HEYNE <

Das Buch

Die Weiten der Galaxis sind besiedelt. Zwischen den verschiedenen Planetensystemen und Sternenreichen herrscht ein Friede, der zunehmend zu bröckeln beginnt. Hail Bristol, die ehemalige Kopfgeldjägerin, steht plötzlich an der Spitze des Indrana-Imperiums – nachdem man versucht hat, ihre halbe Familie zu ermorden und ihr den Anspruch auf den Thron streitig zu machen. Jetzt hat Hail, die widerwillige Prinzessin und nun Herrscherin von Indrana, alle Hände voll zu tun. Nicht nur warten drängende Regierungsgeschäfte, die sie lieber mit dem Blaster als mit dem Datenpad erledigen würde, sondern sie muss sich auch gegen Palastintrigen und Mordanschläge behaupten. Und dann ist da noch der drohende Krieg gegen das saxonische Königreich. Aber Hail wäre nicht sie selbst, wenn sie sich von ein paar Gefahren schrecken ließe ...

»K. B. Wagers zieht die Leser mit Action, Hochspannung und funkelnden Figuren in ihre *Indrana-Krieg*-Weltraumsaga hinein.«

Publishers Weekly

DER INDRANA-KRIEG

Erster Roman: *Thronräuber*
Zweiter Roman: *Sternenkrone*

Die Autorin

K. B. Wagers wuchs in Colorado auf, studierte Russisch und wurde für ihre Sachbücher bereits zweimal mit dem Air Force Space Command Media Contest Award ausgezeichnet. Mit ihrer großen neuen Weltraum-Saga um die mutige Space-Piratin Hail Bristol hat sie sich in die Herzen ihrer Fans geschrieben. K. B. Wagers lebt mit ihrem Mann und ihrem Sohn am Fuße der Rocky Mountains.

Mehr über K. B. Wagers und ihre Romane erfahren Sie auf:

K. B. WAGERS

STERNEN KRONE

DER INDRANA-KRIEG

ROMAN

DEUTSCHE ERSTAUSGABE

WILHELM HEYNE VERLAG
MÜNCHEN

Titel der amerikanischen Originalausgabe
AFTER THE CROWN – THE INDRANAN WAR: BOOK 2
Deutsche Übersetzung von Kristof Kurz

MIX
Papier aus verantwortungsvollen Quellen
FSC® C014496

Verlagsgruppe Random House FSC® N001967

Deutsche Erstausgabe 09/2018
Redaktion: Ralf Dürr

Printed in Germany
Umschlaggestaltung: Das Illustrat, München,
unter Verwendung von Motiven von Algol / Shutterstock
Satz: Schaber Datentechnik, Austria
Druck und Bindung: GGP Media GmbH, Pößneck

ISBN: 978-3-453-31878-6

www.diezukunft.de

Für Mom und Dad,
Tracy, Sara und Jeffrey –
ich liebe euch.

· 1 ·

DIE HINRICHTUNGEN WURDEN IN EINEM UNSCHEINbaren Gebäude innerhalb des Regierungsbezirks am anderen Ende der Stadt vollstreckt. Als ich den Raum mit meinen BodyGuards betrat, wurde es still. Nur eine Woche war seit dem Putschversuch vergangen, der vielen meiner BodyGuards das Leben gekostet hatte, und noch immer herrschte einige Unruhe in meinem Team. Mein *Ekam* und mein *Dve*, Emmory und Cas, waren beide an meiner Seite. Zin, Willimet und Kisah standen hinter mir.

Ich trug eine schwarze Uniform – keinen Sari, kein Trauerpulver auf meinem Gesicht. Ein bewusstes Signal an die Verräter, deren Hinrichtung ich bald beiwohnen würde: meine Cousine Ganda und mein Neffe Laabh.

»Eure Majestät.«

Jeder der Anwesenden machte einen Hofknicks oder verbeugte sich tief.

»Erhebt euch, bitte.« Während ich durch den Raum schritt, grüßte ich den Richter, die Anwälte und die anwesenden Polizeibeamten.

»Majestät.« Premierminister Eha Phanin vollführte eine perfekte Verbeugung und streckte mir zum Gruß die Handflächen entgegen. »Wir sind froh, Euch wohlauf zu sehen.«

»Ganz meinerseits, Eha. Ich bin erleichtert, dass Ihr in dem ganzen Chaos nicht zu Schaden gekommen seid.«

Phanin wedelte mit einer schlanken Hand. »Ich war in meinem Büro, als es passiert ist. Zum Glück wurde das Gebäude sofort abgeriegelt. Ich glaube nicht, dass sie es auf mich abgesehen hatten – wenn man bedenkt, wie unwichtig meine Position ist.«

Darauf fiel mir keine gute Erwiderung ein. Er war das Oberhaupt der Generalversammlung, doch diese selbst war eher repräsentativer Natur. Phanin hatte keine wirkliche Macht innerhalb der indranischen Regierung. Seine Aufgabe war es, das Volk ruhig zu halten.

Auch wenn ich dies ändern wollte, würde ich es ihm nicht auf die Nase binden.

»Eure Majestät.« Zwei Flottenoffiziere erschienen gerade rechtzeitig, um mich aus dieser unangenehmen Situation zu befreien. Phanin murmelte einen Abschiedsgruß und verschwand.

»Kommandant Timu Stravinski.« Der Befehlshaber, ein Mann mit ergrauten Schläfen und klaren grauen Augen, salutierte und nickte Emmory zu.

»Kommandant.«

Die junge Frau neben ihm war kaum achtzehn Jahre alt. Ihre Augen waren tiefblau, und sie trug ihr blondes Haar in einem eleganten Knoten über dem Kragen ihrer Marineuniform. Ich wusste, noch bevor sie ihren Namen nannte, wer sie war: Meine Cousine. Ein Familienmitglied – ebenso wie die Frau, die ich nun hinrichten lassen würde.

»Oberleutnant Jaya Naidu, Majestät.« Sie salutierte.

»Lieutenant.« Auch wenn Gandas jüngere Schwester meiner verräterischen Cousine nicht allzu ähnlich sah, erkannte ich dennoch ihre Züge in ihr wieder. Ich spürte, wie Emmory sich in Erwartung einer unangenehmen Szene anspannte.

»Ich habe mich freiwillig als Zeugin gemeldet, Eure Majestät – um meinen Eltern weitere Qualen zu ersparen. Sie haben den Namen der Verräterin aus dem Stammbaum entfernt. Ich komme nicht aus Mitleid oder um ihr den Abschied zu erleichtern. Ich bin nur hier, um zu sehen, wie der Gerechtigkeit Genüge getan wird.« Jaya verbeugte sich knapp.

»Richte deinen Eltern mein Beileid aus.« Meine Tante hatte ich einige Male bei Zusammenkünften des Matriarchinnenrats gesehen, aber nie mit ihr gesprochen. Meinen Onkel hatte ich nicht mehr zu Gesicht bekommen, seit ich meine Heimat verlassen hatte. Ich erinnerte mich an den einzigen Bruder meiner Mutter als liebenswürdigen Mann mit einem fein geschnittenen Gesicht.

»Meine Familie ist Euch treu ergeben, Majestät.«

»Selbstverständlich, ich danke dir.« Meine Stimme war tonlos, mir fiel keine bessere Antwort ein. Lieutenant Naidu nickte mir noch einmal zu und ging.

Für Laabh war niemand außer seinem Anwalt gekommen, der sich tief vor mir verbeugte. Der Vater meines Neffen war zu den Saxoniern geflohen. Seine Mutter und Schwester waren bei einem Bombenanschlag der radikalen *Upjas* gestorben, bei dessen Planung er geholfen hatte. Leenas Familie hatte sich längst von ihm losgesagt, um sich nicht den Unmut des Throns zuzuziehen. Ich war die einzige Familie, die ihm noch geblieben war. Und ich hatte gerade an diesem Morgen veranlasst, seinen Namen für immer aus unseren Annalen zu tilgen.

Ich sah, wie Leena Surakesh durch die Tür schlüpfte. Sie war bereits in das Weiß der Witwen gekleidet und hatte dunkle Ringe unter den Augen. Die Hände krallte sie so fest in ihren Sari, dass die Fingerknöchel sich scharf abzeichneten. Ihr großer gesellschaftlicher Coup – die Ehe mit einem Mitglied des Kaiserhauses – hatte sich in einen Albtraum verwandelt.

Ich murmelte eine an Laabhs Anwalt gerichtete Entschuldigung, lief zur Tür und umarmte Leena, bevor sie einen Hofknicks zustande brachte. Sie erstarrte vor Schreck, um sich dann einen Moment lang an mich zu klammern.

»Ich habe Taran zu Hause gelassen«, sagte sie, als sie sich von mir löste. »Ich dachte, es wäre nicht angemessen, ihn mitzubringen. Er versteht das alles noch nicht.«

»Das war eine gute Entscheidung, er gehört ja nach wie vor zur Familie. Sein Bruder trägt die alleinige Schuld. Taran werden wir nicht zur Rechenschaft ziehen.«

Wir hatten einige Daten aus Dr. Satirs *smati* retten können. Sie bestätigten Laabhs Aussage, dass das *lokum*, das Taran meiner Mutter wöchentlich als Geschenk mitgebracht hatte, mit *Amanita virosa indus* versetzt gewesen war. Und es war nicht ausgeschlossen, dass Dr. Satir davon gewusst hatte, doch dieses Geheimnis hatte sie mit ins Grab genommen. Jedenfalls war die Süßigkeit nicht gescannt worden, bevor Taran sie überbrachte. Und auch mein Argwohn gegenüber Mutters *Ekam*, der spurlos verschwunden blieb, wuchs beständig. Aber das Rätsel um Bial würde ich heute nicht lösen. Am Tag des gescheiterten Putsches war er von Pashati geflohen – nachdem er mir das Leben gerettet hatte.

»Bitte nehmt ihn mir nicht weg, Majestät. Ich habe Taran lieb gewonnen.«

»Das liegt nicht in meiner Absicht, Leena. Ich habe die Bittschrift deiner Mutter erhalten, und ich stimme mit euch überein, dass der beste Platz für ihn fern der Öffentlichkeit ist. Taran wird bei dir bleiben.«

»Ich danke Euch.«

Leenas Blick wanderte über meine Schulter hinweg zu der Kammer am anderen Ende des Raumes. »Ich habe meinen Mann früher einmal geliebt. Und ich hatte mir so viel mehr von ihm erhofft.«

»Das kann dir niemand verdenken.« Ich beobachtete, wie ein Gerichtsdiener Laabh und Ganda in die Kammer eskortierte. »Du hast noch nie jemanden sterben sehen, oder?«

»Nein, ich ... Nein, Majestät.«

Ich fasste sie sanft an der Schulter. »Du brauchst dich nicht zu schämen, wenn du lieber nicht zusehen möchtest. Diese Todesart ist zwar wesentlich humaner als andere, aber trotzdem wirst du Zeuge, wie ein Leben ausgelöscht wird. So etwas zu sehen lässt niemanden unberührt.«

»Ihr habt den Tod gesehen.«

Ein kaum merkliches, freudloses Lächeln umspielte meine Mundwinkel. »Öfter, als es für einen Menschen gut ist.«

»Dann werde ich stark sein wie Ihr, Majestät.«

Ich wusste nicht, wie ich ihr beibringen sollte, dass Stärke hier nicht half. Dass selbst die Stärksten nachts schweißgebadet aufwachten, weil die Erinnerungen sie heimsuchten. »Wenn sie den Raum verlassen möchte, gehe mit ihr«, befahl ich Willimet.

»Ja, Majestät.«

»Eure kaiserliche Hoheit, verehrte Anwesende.« Richterin Sita Claremont war eine hochgewachsene, schlanke Frau. Während sie sprach, wurden Ganda und Laabh in der Kammer von mehreren Bediensteten auf Liegen festgeschnallt, was aufgrund der Trennscheibe völlig geräuschlos vonstattenging. »Wir haben uns heute hier als Zeugen der Vollstreckung des Urteils versammelt, das das Imperium von

Indrana gegen Ganda Rhonwen Naidu und Laabh Albin ausgesprochen hat.«

Laabh schien ruhig, aber als er mich ansah, brannte fanatischer Hass in seinen dunklen Augen. Gandas Blick dagegen irrte im Raum umher. Als der Tisch etwas nach oben geklappt wurde, damit die Anwesenden ihr Gesicht sahen, verriet das rasche Heben und Senken ihrer Brust, wie schnell sie atmete.

Richterin Claremont wandte sich den Gefangenen hinter der Glasscheibe zu. »Ihr wurdet beide aufgrund der Beweislast und Eurer Geständnisse für schuldig befunden, einen Krieg gegen das Imperium angestiftet zu haben, dazu seid Ihr des versuchten Herrschermords und des Hochverrats überführt. Das Recht auf einen Prozess wurde auf Wunsch Ihrer Majestät ausgesetzt. Es ist der Wille Ihrer Majestät, dass Ihr heute hingerichtet werdet und die Strafe der Dunklen Mutter empfangt.«

Ganda zuckte, während Laabh weiterhin wie erstarrt schien.

»Eure Majestät, ist es Euer Wunsch, die beiden Verräter zu begnadigen?«

Mit dieser Frage hatte ich gerechnet. Der Palast war mit diesbezüglichen Eingaben überschwemmt worden. Die meisten hatte ich gelesen und mit einigen der Bittsteller gesprochen. Am stärksten hatte mich ein Anruf von Amnesty Galactic ins Grübeln gebracht.

Dennoch durfte ich mich davon in meiner Entscheidung nicht beeinflussen lassen. Wir hatten von beiden schriftliche Geständnisse, und das war unabhängig von meinen persönlichen Gefühlen mehr als genug, um sie zu verurteilen.

Und ich würde nicht den Fehler begehen und meine Feinde am Leben lassen. Das hatte ich auf die harte Tour von Po-

Sin, meinem ehemaligen Arbeitgeber und Anführer, lernen müssen.

»Nein.«

Richterin Claremont nickte. »Wünschen die Verurteilten noch etwas zu sagen?«

»Alles, was ich tat, geschah zum Wohle des Imperiums.« Ganda klang nicht so überzeugend wie Mutters *Ekam*, als er dasselbe für sich in Anspruch genommen hatte. »Die Kaiserin hat uns den Saxoniern schutzlos ausgeliefert und so das Imperium dem Untergang geweiht. Und nun setzt ihr diesen Abschaum auf den Thron. Eine Kriminelle, eine Waffenschmugglerin. Sie leugnet es ja nicht einmal. Sie verdient weder eure Treue noch euren Respekt!«

Ich verzog keine Miene, denn ich schämte mich für nichts, was ich getan hatte, nachdem ich meinem Zuhause den Rücken gekehrt hatte.

»Das hättest du leicht vermeiden können: Hättest du meine Schwestern nicht getötet, wäre ich nie zurückgekehrt. Cire hätte Kaiserin werden sollen, oder ihre Tochter, oder eben Pace. Jede von ihnen wäre eine bessere Wahl gewesen. Es war dein Verrat, der mich hierhergebracht hat.«

»Das ist nicht wahr.« Ganda schüttelte den Kopf, und Tränen liefen über ihr Gesicht. Aber ihren Worten fehlte die Überzeugungskraft.

Laabh schob hochmütig das Kinn vor, konnte aber seine Angst nicht verbergen. »Das wirst du bereuen. Du unterschätzt uns, unsere Pläne sind so viel größer als dieses mickrige Imperium. Du wirst den nächsten Lauf dieses Planeten um die Sonne nicht überleben, du Dreckstück.«

Einigen Anwesenden blieb vor Empörung die Luft weg. Ich verschränkte die Arme vor der Brust und reagierte auf

Laabhs Wut mit einem kalten Lächeln. »Und du wirst das Scheitern deiner Mitverschwörer nicht mehr erleben.«

Laabh schrie noch etwas, aber seine Antwort sollte niemand mehr hören, denn Richterin Claremont ließ mit einer knappen Geste die Sprachverbindung zur Kammer trennen. Die beiden Techniker setzten ihre Atemmasken auf, während die Liegen mit den Verurteilten wieder nach unten geklappt wurden.

Hinrichtungen wurden im Imperium schon seit Jahrtausenden mit Stickstoff vollzogen, der die Verurteilten schnell und schmerzlos tötete. Nichtsdestotrotz – man löschte damit ihr Leben aus.

Die Wandbeleuchtung in der Kammer flammte auf, und mit einem Nicken gab Richterin Claremont das Startsignal. Ein Techniker legte einen Hebel um, und aller Sauerstoff wurde dem Raum entzogen und durch reinen Stickstoff ersetzt.

Laabh war innerhalb einer Minute bewusstlos, bei Ganda dauerte es kaum länger. Der Stickstoff ersetzte den Sauerstoff in ihren Lungen und dann in ihrem Blut und würde in kürzester Zeit zum Hirntod führen.

Ich hatte wesentlich scheußlichere Tode erlebt und trug für mehr als einen davon die Verantwortung. Es war auch nicht das erste Mal, dass ich von der anderen Seite einer Glasscheibe aus einem Tod beiwohnte. Dennoch fröstelte es mich angesichts dieses schnellen und lautlosen Sterbens. Es fühlte sich seltsam steril an. Falsch.

Ich beobachtete, wie ihre Atemzüge zunehmend flacher wurden und sich ihre Brustkörbe immer unmerklicher hoben und senkten. Auch ihr Herzschlag wurde nach und nach schwächer, wie die Monitore über den beiden Liegen anzeigten. Als Laabhs Körper sich verkrampfte, hallte Leenas ersticktes Schluchzen durch den Raum.

»*Uie Maa.* Bring sie nach draußen, Will«, raunte ich, ohne meinen Blick von den Sterbenden abzuwenden.

Kurz nachdem Willimet Leena aus dem Raum geführt hatte, signalisierte eine von einem schrillen Ton begleitete Nulllinie auf dem Monitor, dass nun erst bei Laabh, dann bei Ganda kein Herzschlag mehr feststellbar war. Die Techniker mit den Atemmasken überprüften rasch und gründlich die Verurteilten und gaben das Ergebnis an Richterin Claremont weiter.

»Der Herztod wurde bestätigt«, teilte die Richterin den Anwesenden mit. »Der Hirntod wird in etwa drei Minuten eintreten.«

Der Signalton wurde abgestellt. Dann warteten alle Anwesenden schweigend auf eine letzte Bestätigung durch die Techniker in der Kammer. Schließlich drehte sich der für Laabh zuständige Bedienstete um und nickte kurz, aber ich hielt meinen Atem an, bis auch der für Ganda verantwortliche mit einem Nicken ihren endgültigen Tod anzeigte.

»Der Herztod wurde bestätigt. Die Hinrichtung erfolgte um 2253 Einheitszeit. In den Aufzeichnungen soll vermerkt werden, dass der Gerechtigkeit Genüge getan wurde.«

»Eure Majestät.« Emmorys Stimme klang leicht besorgt, als ich an die Scheibe trat.

Unwillkürlich flüsterte ich ein Gedicht. »Asche schwebt in der Luft. Sie windet sich hinauf. Wie eine Sichel ernten uns die Sonnenstrahlen. Und nur der Geschmack unserer Haut besänftigt die Dunkle Mutter.«

»Cas, lass den Wagen holen.« Emmory legte mir eine Hand auf die Schulter. »Majestät, es wird Zeit.«

Ich war nicht in der Stimmung, mit ihm darüber zu diskutieren, und wandte mich von der Glasscheibe ab. Nach einem kurzen Nicken, mit dem ich mich von den Anwesenden verabschiedete, ließ ich mich von meinen BodyGuards von diesem Ort des Todes auf dem direkten Weg zurück in den Palast bringen.

Ohne große Umwege ging ich zu dem kleinen Schränkchen mit Alkoholika neben dem Kamin, griff nach der erstbesten Flasche und schenkte mir ein. Wohltuende Wärme breitete sich in meiner Brust aus und ließ etwas von dem Eis schmelzen, das sich dort festgesetzt hatte. Ich füllte das Glas gleich noch einmal und trank es in einem Zug aus.

»Majestät ...«

»Das ist nicht der richtige Augenblick, um mich zu belehren, Zin.«

»Eigentlich wäre ich gerade lieber nicht im Dienst.« Der Ehemann meines *Ekam* lächelte. »Seid dennoch vorsichtig damit, Ihr habt nicht besonders viel zu Abend gegessen.«

Ich war gerade dabei, mir ein drittes Mal das Glas vollzuschenken. »Seit wann gehört das zu deinen Aufgaben? Du passt auf, wie viel ich esse?«

»Schon immer. Ich erwähne es nur gerade jetzt, da Ihr nach dem dritten Glas mit kalasanischem Whiskey auf leerem Magen vermutlich demnächst stockbesoffen auf Eurem Hintern landen werdet ... Eure Majestät.«

Ich prustete vor Lachen, nahm mein Glas und setzte mich auf die Couch. »Ich kann dich locker unter den Tisch trinken, Jäger.«

»Denk nicht einmal im Traum daran, Zin«, schaltete sich Emmory ein. »Erstens wirst du Ihre Majestät nicht zu einem Wetttrinken herausfordern. Zweitens würde Ihre Majestät dich vermutlich wirklich unter den Tisch trinken – du verträgst zwar einiges, aber du spielst nicht in derselben Liga wie jemand, der mit einer ganzen Truppe königlich-hyperianischer Marines gesoffen hat, bis sie allesamt im Delirium lagen.«

»Ich hielt das für ein Märchen.« Zin sah mich mit hochgezogenen Augenbrauen an.

»Zum Teil.« Ich salutierte mit dem Glas in der Hand und zwinkerte ihm verschwörerisch zu. »Zwei. Es waren nur zwei, und die Sache ging ziemlich knapp für mich aus. Aber glaubt bloß nicht, dass ich nicht merke, dass ihr mich aufheitern wollt.«

»Wer? Wir?« Zin grinste.

»Morgen muss ich das noch einmal durchstehen. Bei Shiva, das war fürchterlich.«

Meine gute Laune war verflogen. Ich starrte die goldfarbene Flüssigkeit in meinem Glas an, beobachtete, wie sie sich bei jedem Schwenk in einem kleinen Strudel drehte. Wenigstens würde die Hinrichtung meiner ehemaligen BodyGuard ohne großes öffentliches Brimborium stattfinden.

»Es ist notwendig, Eure Majestät.«

»Das macht es nicht leichter.«

»Würde es Euch leichtfallen, würde ich mir Sorgen machen.« Emmory setzte sich mir gegenüber und umschlang seine Knie mit den Händen. »Aber das ist nicht das Einzige, was Euch bedrückt, habe ich recht?«

»Sie hatten es verdient«, erwiderte ich kühl.

Er nickte.

»Sie haben meine Mutter, meine beiden Schwestern, Jet und Ramani ermordet. Und zu viele andere. Ich würde es wieder tun. Und ich schwöre, ich finde die, die für all das verantwortlich sind. Und dann werden sie dafür bezahlen.« Ich trank das Glas mit einem Zug leer. Dann stellte ich es mit den übertrieben vorsichtigen Bewegungen einer Betrunkenen auf dem Tisch ab.

»Verdammte Scheiße«, fluchte ich leise. »Ich will nichts hören.« Warnend hob ich meine Hand und sah Zin an. Dann stand ich leicht schwankend auf. »Kein einziges Wort.«

»Was ärgert Euch?«, wollte Emmory wissen. »Die Tatsache, dass Euch die Notwendigkeit des Tötens nicht kaltlässt, oder dass es Euch nicht leidtut?«

»Nächstes Mal drücke ich eigenhändig den Hebel herunter. Das ist so viel leichter, als daneben zu stehen, während jemand anderes die Dreckarbeit erledigt.«

»Beantwortet die Frage.« Sein Kommandoton wirkte.

Ich fuhr herum und schrie meinen *Ekam* an. »Zur Hölle mit dir! Ich weiß es nicht. Es darf mich nicht kaltlassen, oder? Ist es nicht das, was einen zivilisierten Menschen ausmacht, wenn jemand direkt vor seiner Nase stirbt? Und dann auch noch *so*. Festgeschnallt und hilflos. Ich hätte sie begnadigen können. Wir hatten doch alles von ihnen, was wir brauchten. Ich hatte die Macht der Vergebung in meinen Händen, hätte sie einfach für den Rest ihres Lebens einsperren lassen können. Ich habe die ganze verdammte Woche damit zugebracht, mit Leuten zu reden, die genau das von mir wollten.

Aber als ich vor ihnen stand, fiel mir ein, dass ich meinen Schwestern versprochen hatte, sie zu rächen. Und ich musste daran denken, wie Po-Sin mir einmal das Bein gebrochen hat, weil ich einen Yakuza am Leben gelassen hatte.« Die Erinnerung daran war eigenartig erheiternd. »Zuerst erschoss er den Mann. Dann sorgte er dafür, dass ich diesen Fehler nie wieder begehen würde. Ich habe nie wieder einen Feind am Leben gelassen, Emmy. Nie.«

Zin gab einen gequälten Laut von sich. Emmory blieb dagegen stumm. Er wich meinem Blick nicht aus, aber ich wusste, dass sich die beiden über den privaten Kommunikationskanal ihrer *smatis* unterhielten.

Der *smati*, fünf miteinander vernetzte Mikrochips, die an den Schlüsselbereichen des Gehirns implantiert waren, bezog seine Energie aus Neuronen und Nervenbahnen und benutzte diese gleichzeitig als Kommunikationsleitungen. Über diese ständig aktivierte Schnittstelle konnte man kommunizieren und aufzeichnen, was man hörte und sah. Der *smati* war mit einem großen Speicher und – wenn man es sich leisten konnte – einer Menge anderer praktischer Zusatzfunktionen ausgestattet.

Auch seine Reichweite war mit der Zeit immer weiter verbessert worden. Am Anfang hatte sie nur ein paar Meter betragen, nun waren es bei militärischen Modellen über Hundert. Für alles darüber hinaus brauchte man allerdings ein externes Kommunikationssystem.

Für Emmory und Zin, die schon jahrelang zusammenarbeiteten, waren private *smati*-Unterhaltungen etwas ganz Natürliches.

Ich wartete noch etwa eine Minute. »Seid ihr endlich fertig?«

»Zin hat einiges an Po-Sins Lehrmethoden auszusetzen, Majestät.«

»Da ist er nicht der Einzige.« Ich sank auf die Armlehne der rosafarbenen Couch zurück. »Hao schäumte vor Wut, und Portis hätte Po-Sin dafür am liebsten umgebracht. Die Schmerzen waren …« Ich fand keine Worte dafür. »Aber ich hatte Mist gebaut – und war deswegen beinahe draufgegangen. Es war mir eine Lehre, denn diesen Fehler habe ich nie wieder gemacht. Ich mag als götterverdammte Adelige geboren worden sein, Emmory, aber beim Wettsaufen oder in einer Kneipenschlägerei fühle ich mich eher zu Hause als in diesem Palast.«

»Ihr seid die Kaiserin von Indrana«, erwiderte er leise.

»Umso schlimmer«, gab ich postwendend zurück. »Im Moment wäre ich lieber wieder eine Waffenschmugglerin.«

»Nein, das wärt Ihr nicht.« In diesem Augenblick wurde mir klar, dass mich dieser Mann, den ich seit weniger als einem indranischen Monat kannte, völlig durchschaut hatte. Ungläubig starrte ich ihn an.

Ich hatte mich fürs Bleiben entschieden. Und was immer mich der Alkohol hier auch verkünden ließ – es änderte nichts daran. »Na schön, nein, wäre ich nicht.« Deutlicher würde ich nicht zugeben, dass er recht hatte.

Ich stand auf und kämpfte einen Moment mit der Verlockung eines weiteren Drinks, entschied mich dann aber dafür, den morgigen Tag lieber ohne Kater anzugehen. »Ich gehe ins Bett.«

»Ich werde Euch Stasia schicken, Majestät.«

»Ich brauche sie nicht.« Meine Zofe war ein herzensguter Mensch, und ich wollte sie nicht meiner vom Alkohol spitzen Zunge aussetzen. So schloss ich meine Schlafzimmertür, zog mich aus und kroch ins Bett. Sofort schlief ich ein, aber in meinen Träumen sah ich nur Tod und Schmerz, und schließlich erwachte ich in einer Lache aus Mondlicht und Schweiß.

Ich stand wieder auf, wickelte mich in meinen Morgenmantel und lehnte mich gegen die Fensterbank. Hinter dem bunten Glasfenster stand der Mond hoch am Himmel.

»Komm rein.« Das Klopfen an der Tür kam nicht unerwartet.

»Eure Majestät?« Wie immer war es Zin, der nach mir sah. Ohne den Blick vom Mond abzuwenden, bedeutete ich ihm einzutreten.

»Geht es Euch gut?«

»Es war nur ein Albtraum. So langsam gewöhne ich mich daran.« Eine Lüge.

»Das ist nicht gut. Dr. Ganjen könnte Euch sicher ein Schlafmittel geben.«

»Ich komme schon klar.« Mit einem Lächeln drehte ich mich zu ihm um.

»Soll Stasia Euch etwas zu trinken bringen?«

»Ich würde gerne wissen, was Laabh meinte, als er von ›unseren Plänen‹ sprach.« Ich griff nach dem Schürhaken, stocherte damit in der Asche und legte einen Scheit nach. Dann setzte ich mich und beobachtete, wie die Flammen am Holz nagten und dank der neuen Nahrung wuchsen. »Es ist noch nicht vorbei. Vielleicht wird es das nie sein.«

»Uns ist allen bewusst, dass das eine schwierige und langwierige Angelegenheit wird. Macht Euch darüber keine Sorgen, Majestät.«

Ich lachte, wandte mein Blick aber nicht von den Flammen ab. »Um dich oder Emmory mache ich mir keine Sorgen. Auch nicht um irgendeinen der anderen BodyGuards.« Beim Gedanken an Jet und meine anderen toten Leibwächter wurde mir das Herz schwer. Ich ballte meine Hand zu einer Faust. »Ich weiß nicht, wem ich vertrauen kann, Zin. Wenn der Verrat so tief reicht, wie Laabh behauptet hat – auf wen können wir dann noch zählen?«

»Ich weiß es nicht, Majestät. Wir werden alles gründlich untersuchen, das verspreche ich. Jedes Gespräch, jedes Treffen, jegliche Kommunikation, jede einzelne Person, die sich ihm auf mehr als zwei Meter genähert hat ...« Zin kniete neben meinem Stuhl nieder. »Wenn es diesen Plan wirklich gibt, dann werden sie ihn weiterverfolgen. Und wir werden gewappnet sein.«

»Ich muss etwas tun.«

»Jetzt? Wie wäre es mit Schlafen, Majestät? Ihr müsst ausgeruht sein.« Er stand wieder auf und reichte mir die Hand.

»*Dhatt.* Du bist genauso eine Nervensäge wie Emmory«, seufzte ich. Aber ich nahm seine Hand und legte mich wieder schlafen.

»Gute Nacht, Majestät.«

· 2 ·

»EURE MAJESTÄT, DAS GRÖSSTE PROBLEM IST DIE Entfernung. Bei einem Auftrag von dieser Dringlichkeit musste mein Agent natürlich …«

»Caspel, wenn Ihr nicht umgehend zur Sache kommt, werde ich Euch auf der Stelle erschießen«, warnte ich ihn.

Aber Caspel Ganej, Leiter der Imperialen Sicherheitsbehörde, ließ sich nicht von mir beeindrucken. Stattdessen formte sich unter seiner Hakennase ein trockenes Lächeln. »Ich bitte um Vergebung, Eure Majestät, aber Ihr seid nicht bewaffnet.«

»Ich bin mir sicher, dass Emmory mir seine Waffe gerne zur Verfügung stellt«, antwortete ich ebenso trocken. »Nicht wahr, Emmory?«

»Selbstverständlich, Majestät.«

Caspel grinste mich an. »Eure Majestät, das Gebiet ist nicht sicher, und wir können Admiral Shul nicht vertrauen. Gouverneurin Ashwari konnte entkommen, mehr weiß ich im Moment nicht. Ich vertraue darauf, dass mein Agent sie so schnell wie möglich herbringt.«

»Danke, Caspel, das war doch nicht so schwer.«

»Nein, Majestät.«

»Ich möchte sofort unterrichtet werden, sobald Ihr von Eurem Mann hört.«

»Selbstverständlich, Majestät.« Caspel nickte und stand auf. *»Majestät, ich muss unter vier Augen mit Euch über Admiral*

Shul sprechen.« Kein Zögern verriet ihn, während er in Richtung Tür schritt. Ich musste mich beherrschen, nicht unwillkürlich in seine Richtung zu starren.

»Am üblichen Treffpunkt?«, antwortete ich über unsere private *smati*-Leitung.

»Ja, Majestät.«

»Wer ist der Nächste, Alba?« Ich griff nach meiner Tasse.
»Morgen als Allererstes. Und Ihr schuldet mir einen Gefallen, wenn ich schon so früh aufstehen muss.«

»Majestät, ich würde Euch nicht darum bitten, wenn es nicht so wichtig wäre. Und Ihr schlaft zurzeit sowieso nicht viel.«

Ich fragte lieber nicht, woher er das wusste.

»Wir haben noch eine halbe Stunde, bevor Ihr ins *Shivan's* müsst. Die Unterredung mit Matriarchin Desai sollte nicht mehr als fünf Minuten in Anspruch nehmen. Die Matriarchinnen Gohil und Khatri haben ebenfalls um eine kurze Audienz gebeten, wenn Ihr es einrichten könnt.«

»Wirklich?« Mit der Tasse an den Lippen hielt ich kurz inne und dachte nach. »Das ist ja interessant. Schiebe sie doch in der nächsten Viertelstunde dazwischen, ich hoffe, sie sind in der Nähe. Und schicke mir bitte Clara herein.« Ich nahm noch einen Schluck von dem blauen Chai und tauschte einen Blick mit Emmory aus.

»Ich habe keine Ahnung, Majestät«, antwortete er auf meine unausgesprochene Frage.

Als Kind hatte ich immer Angst vor Matriarchin Clara Desai gehabt. Sie war neben meinem Vater einer der wenigen Menschen gewesen, bei denen ich mich zusammenriss und mich anständig benahm. Jetzt war sie eine meiner engsten Verbündeten im Palast.

Als sie eintrat, folgte ihr eine Frau von meiner Größe. Die Familienähnlichkeit mit der Matriarchin war offensichtlich. Clara machte einen Hofknicks, während die Frau in der grauen Uniform hinter ihr sich tief verbeugte.

»Guten Abend, Majestät. Darf ich Euch meine Tochter Majorin Gita Desai vorstellen?«

»Majestät.« Die Frau verbeugte sich noch einmal.

»Sehr angenehm, Majorin. Ihr seid bei den Bodenstreitkräften?«

»Zurzeit ja, Majestät.«

Ich musterte Claras Tochter genau. »Darf ich fragen, was Ihr damit meint, Majorin?«

Majorin Desai fiel auf die Knie. »Eure kaiserliche Majestät, ich weiß, dass Ihr BodyGuards braucht. Ich biete Euch meine Treue und mein Leben, wenn Ihr dies annehmen wollt.«

Matriarchin Desais Gesichtsausdruck verriet nichts über ihre Gefühle in Bezug auf das Ansinnen ihrer Tochter. Ich warf Emmory einen Blick zu, den er mit einem Schulterzucken beantwortete.

»Euer Angebot ehrt Euch, Majorin Desai.« Ich erhob mich, ergriff ihre Schultern und zog sie auf die Beine, genauso wie ich es damals mit Jet gemacht hatte. Einen Moment lang raubte mir die Erinnerung den Atem. Ich schloss meine Augen, um mich zu sammeln. »Ich möchte dein Angebot gerne annehmen. Allerdings hat mein *Ekam* das letzte Wort in diesen Dingen.«

»Selbstverständlich, Majestät.«

»Majorin«, wandte sich nun Emmory an sie, »Alba wird dich zu Cas bringen. Er wird alles Weitere mit dir besprechen. Weiß deine Kommandantin Bescheid?«

»Ja, *Ekam*. Sie unterstützt meinen Wunsch.«

Ich beobachtete Matriarchin Desai, wie sie ihrer Tochter nachsah. Einen Moment lang lag Trauer in ihrem Blick, und ich legte ihr meine Hand auf den Arm. »Clara, ich könnte Emmory befehlen ...«

»Bitte tut das nicht, Majestät. Sie ist bei den Streitkräften nicht sicherer als an Eurer Seite. Und wenn ich sie davon abhalte, nur um sie zu beschützen, würde sie mir das nie verzeihen. Es wäre eine Katastrophe für sie.«

»In der Tat«, dachte ich laut. »Ich habe zwanzig Jahre gebraucht, um meiner Mutter zu vergeben.«

Matriarchin Desai machte einen Hofknicks. »Wenn Ihr gestattet, Majestät. Ich weiß, dass Alice und Zaran Euch dringend sprechen möchten – und Eure Zeit ist knapp.«

Nachdem ich sie verabschiedet hatte, stand ich auf und wickelte mich in meinen schweren weißen Sari. Ich hatte heute Morgen bei Nals Hinrichtung wieder meine übliche Uniform getragen, danach aber etwas Wärmeres angezogen. Vor der großen Fensterfront meines Audienzzimmers stehend, dachte ich an meine Mutter. Nun verstand ich ihr Dilemma etwas besser. Sie hatte gewusst, dass ich unbedingt zum Militär wollte, und gleichzeitig hatte sie – besonders nach dem Tod meines Vaters – verzweifelt versucht, mich zu beschützen.

Die Sonne ging bereits über der Balhimbucht unter und sandte ihre goldenen Strahlen über das Meer, das sich mit seinen tiefblauen Wogen und leuchtend weißen Gischtkronen in einem Bogen nach Süden bis Krishan ausbreitete. Der Frost bildete Eisblumen auf den Fensterscheiben. Magh war ein kalter Monat, und die Tage wurden erst jetzt nach Pratimas allmählich wieder länger.

Aber nichts hätte besser zu meiner Stimmung passen können. Obwohl ich erst seit knapp vier Wochen wieder zu Hause war, war ich hier öfter mit dem Tod konfrontiert worden als während meiner gesamten Zeit als Waffenschmugglerin.

Und das sollte etwas heißen, denn Waffenschmuggler sind nicht gerade zimperlich.

Ich hörte, wie sich die Tür hinter mir öffnete und Emmory leise grüßte, drehte mich aber nicht sofort um, obwohl ich neugierig auf die Matriarchinnen war. Worum es auch immer ging, es war den beiden wichtig genug, um auf ein Treffen mit mir im Palast zu warten.

Nach einer angemessenen Pause wandte ich mich ihnen zu. Die Matriarchinnen machten tiefe Hofknickse. »Eure Majestät.«

Alice Gohil war nach Clara eine der ersten Matriarchinnen gewesen, die meiner Krönung zugestimmt und mir ihre Unterstützung zugesagt hatte. Ihre Begleiterin war die neu eingesetzte Matriarchin Zaran Khatri, deren Aussage wohl ihre eigene Mutter in Abwesenheit des Hochverrats überführen würde.

»Alice. Zaran.« Ich nickte den Matriarchinnen zu und hieß sie aufstehen. Mir fiel auf, dass beide einen *salwar kamiz* trugen. Anscheinend hatte ich einen Modetrend ausgelöst, eine Vorstellung, die mich erheiterte, was ich mir aber nicht anmerken ließ. Diese Variante meines einfachen Kleidungsstils war wohl die für Adlige gerade noch akzeptable Version.

»Majestät.« Da ich nichts weiter gesagt hatte, sprach Zaran mich mit einer leicht angedeuteten Neigung des Kopfes noch einmal an. »Danke, dass Ihr Zeit für eine Unterredung gefunden habt.« Die Blondine war gut einen Kopf größer als ihre dunkelhäutige Begleiterin. Und sie schien auch die Wortführerin zu sein, denn Alice blieb stumm. »Ich höre, Ihr wollt Euch mit Abraham Suda treffen. Es steht mir selbstverständlich nicht zu, Euch um einen Gefallen zu bitten, aber …«

»Woher habt Ihr das denn?« Als ich sie erblassen sah, beeilte ich mich, den scharfen Ton meiner Frage durch ein Lächeln etwas abzumildern. »Ich meine nicht die Information über dieses Treffen, sondern die Vorstellung, dass ich Euch einen Gefallen verweigern könnte. Schließlich habt Ihr nicht nur dabei geholfen, aufzudecken, wer an der Verschwörung und an der Ermordung meiner Angehörigen beteiligt war, sondern auch dazu beigetragen, weitere Todesfälle zu verhindern. Wir stehen in Eurer Schuld.«

»Ja, Majestät, dessen bin ich mir bewusst, allerdings ist meine Mutter ...« Sie brach mitten im Satz ab und straffte ihre Haltung. Dann lag plötzlich eine unvermutete Stärke in ihrem Blick. »Eine Verräterin, Majestät.«

»Aber Ihr nicht.«

»Stimmt, das bin ich nicht. Ich liebe Indrana, bin Euch und dem Thron treu ergeben, und ich möchte dazu beitragen, das Imperium zu einem besseren Ort zu machen.«

»Ihr wollt dabei sein, wenn ich mich mit Abraham und den *Upjas* treffe. In Ordnung.« Als ich ihren schockierten Gesichtsausdruck sah, musste ich grinsen.

»Majestät, ich ...«

»Zaran, hattet Ihr erwartet, dies diskutieren zu müssen? Ich weiß, dass Ihr Kontakt zu den *Upjas* habt. Den hatte ich früher auch, was aber schon eine Weile her ist. Ich gehe also davon aus, dass Ihr über ihre aktuellen Pläne besser informiert seid als ich, und es wäre sehr hilfreich, Euch dabeizuhaben. Alice, Eure Anwesenheit wäre ebenfalls von Nutzen – auch wenn ich annehme, dass Ihr nur hier seid, um Zaran moralisch zu unterstützen.«

Eine Idee nahm in meinem Kopf Gestalt an. Ich lächelte den beiden Matriarchinnen zu und wedelte mit der Hand.

»Alba wird Euch beiden morgen mitteilen, wann und wo das Treffen stattfindet. Gute Nacht.«

»Gute Nacht, Majestät.«

Als ich aufstehen wollte, schien sich plötzlich der ganze Raum zu drehen, und ich musste mich an der Couch festhalten. Emmory war sofort an meiner Seite und schlang seinen Arm um meine Taille.

»Mir geht's gut. Mir ist nur etwas schwindlig.« Ich presste meine Hand gegen die Stirn.

»Ihr seid erschöpft. Wir sollten das Abendessen absagen.«

»Das geht nicht, ich muss Taran sehen. Und ich könnte so oder so nicht schlafen.« Ich lehnte mich an ihn und sank dann fluchend auf die Couch. »Es geht schon, ich muss mich nur kurz etwas ausruhen.« Für einen Moment schloss ich die Augen, und als ich sie wieder öffnete, saß Emmory neben mir.

Er hielt mir seine behandschuhte Hand hin, und ich atmete den aus ihr aufsteigenden Nebel tief ein.

Als das Phrine zu wirken begann, war die Benommenheit wie weggeblasen, und ich nahm alles um mich herum mit glasklarer Schärfe wahr.

»Besser?«, fragte Emmory.

Ich nickte und lächelte ihn beruhigend an. Phrine ist eine Droge auf Adrenalinbasis und wird zum Beispiel im Krieg, bei Geiselbefreiungsaktionen und dergleichen eingesetzt. Bei einem Konsum über längere Zeit muss man jedoch mit schweren Gesundheitsschäden bis hin zum Herzstillstand rechnen. Emmory wusste genauso gut wie ich, dass ich nicht ständig darauf zurückgreifen durfte. Andererseits hatte ich einfach zu viel um die Ohren und kaum eine Nacht mehr geschlafen.

»Gibt es weitere junge Adlige, die Umgang mit den *Upjas* haben?«

Mein *Ekam* dachte einen Moment lang nach. »Vermutlich, Majestät. Darf ich fragen, warum Ihr Euch dafür interessiert?«

»Hauptsächlich aus Neugier. Aber es ist ja auch völlig klar, dass ich bei einem Treffen mit Abraham nicht mehr tun kann, als ein paar Höflichkeitsfloskeln auszutauschen. Wenn sich wirklich etwas bewegen soll, muss dies quasi hinter unserem Rücken passieren.«

»Ihr sprecht von echten Verhandlungen?«

»Ja.« Gedankenverloren tippte ich mit dem Finger gegen die Fensterscheibe. »Alice ist keine Anhängerin der *Upjas*. Ihre kritische Distanz wäre eine gute Ergänzung zu Zarans jugendlichem Idealismus.«

»Das ist sicher sinnvoll, Majestät«, schaltete sich Alba in unsere Überlegungen ein, während sie mir meinen Chai reichte. »Und Ihr habt sicher auch keine Zeit, die Verhandlungen persönlich zu beaufsichtigen. Außerdem gilt diese Gruppierung offiziell weiterhin als terroristisch.« Der Chai war noch sehr heiß. Ich trank ihn in kleinen Schlucken, während Emmory über meine Idee nachdachte.

»Ich hätte da ein paar Kandidaten für Euch, Majestät«, sagte er schließlich.

»Fantastisch. Benachrichtige Abraham und sag ihm, dass er zu mir in den Palast kommen soll.« Ich strahlte meinen irritierten BodyGuard an und reichte Alba die leere Tasse. »Wir müssen los, sonst macht sich Leena noch Sorgen.«

Kurze Zeit später ging ich, eskortiert von meinen vertrauten BodyGuards, die Treppe zum *Shivan's* hinauf. Momentan versuchte ich, mich so wenig wie möglich außerhalb des Palastes zu bewegen, da bislang nur wenige neue BodyGuards

Gnade vor Emmorys Augen gefunden hatten und diese auch noch nicht in der Öffentlichkeit auftreten sollten.

Seltsam. Du tust so, als ob du ständig hier ein und aus gehst. Dabei war ich seit meiner Rückkehr nur ein einziges Mal im *Shivan's* gewesen. Da hatte Jet noch gelebt. Ein nervöser Rama hatte mich an den lärmenden Medienvertretern vorbeigelotst, Adail hatte mit stoischem Gesichtsausdruck an der Tür auf uns gewartet. Jetzt waren sie beide ebenfalls tot. Adail hatte sich als Verräter herausgestellt und Rama erschossen. Emmory hatte ihn im Gegenzug getötet.

»Anderthalb Wochen, aber es fühlt sich an wie eine Ewigkeit. Wie kann das sein?«

»Trauer lässt die Zeit lang werden, Majestät.« Kummer lag in Zins graugrünen Augen, als er mir die Tür öffnete. Wir alle hatten bei dem Putschversuch Freunde verloren. Ich vermisste jeden einzelnen, aber ich wusste, dass Zin Jets Tod besonders schmerzte. Während ihrer kurzen gemeinsamen Zeit waren ihm die BodyGuards, die später am Garuda-Platz ihr Leben für mich lassen sollten, ans Herz gewachsen. Ich hatte überlebt und meinen Anspruch auf den Thron behauptet – aber in diesem Moment hatte ich nicht das Gefühl, dass es das wert war.

Mit einem halbherzigen Lächeln betrat ich das graue Backsteingebäude, und der Straßenlärm wich der Stille.

»Majestät.« Avan Shivan nahm meine Hand und küsste mich auf die Wangen. Der rundliche Besitzer des *Shivan's* war ein treuer Freund, daran hatte auch meine zwanzigjährige Abwesenheit nichts geändert. In den Tagen nach dem Tod meines Vaters hatte ich mich oft stundenlang in der Küche des Restaurants versteckt. Und auch jetzt war das *Shivan's* für mich ein Zufluchtsort, an dem mir Avan die Medien und überhaupt jeden, der mir lästig werden konnte, vom Leib hielt. »Euer Neffe und Eure Schwägerin erwarten Euch.«

»Danke, heute Abend ist ja viel los hier.«

»Wir haben eine sechsmonatige Warteliste, Majestät.« Er lächelte. »Jeder möchte hier essen – in der Hoffnung, Euch zu begegnen.«

Ich musste lachen. »Freut mich, dass ich dein Geschäft ankurble!«

»Aufzug, Majestät?«

»Du meinst, ich darf es mir aussuchen, *Ekam*?«

Ich scherzte. Als wir das letzte Mal im *Shivan's* gewesen waren, hatte Emmory in seiner Paranoia darauf bestanden, die Treppen zu nehmen. Zugegebenermaßen hatten mir zu diesem Zeitpunkt eine Menge Menschen nach dem Leben getrachtet. Seine Sorge war also nicht unbegründet gewesen. Trotzdem – ich hasste Treppen und beeilte mich, in den Aufzug zu kommen, bevor Emmory am Ende doch noch seine Meinung änderte.

Ich wusste nicht, was mich erwartete. Taran hatte seinen Bruder abgöttisch geliebt, und so sehr Leena auch versuchte, ihn von allem fernzuhalten: Er war alt genug, um zu verstehen, was vor sich ging.

Ich hatte befohlen, Stillschweigen darüber zu wahren, dass Tarans wöchentliche Besuche den Verrätern ermöglicht hatten, meine Mutter zu vergiften. Und wir hatten alle möglichen Vorsichtsmaßnahmen getroffen, um sicherzugehen, dass dies ein Geheimnis blieb. Es gab Dinge, die ein achtjähriger Junge nicht wissen musste, und wenn ich ihn davor bewahren konnte, dann war mir das ein paar Lügen wert.

»Nervös, Majestät?«

Ich warf Zin einen Seitenblick zu. »Von Kindern habe ich keine Ahnung. Was soll ich sagen?«

»Meine Tanten haben immer angefangen mit ›Hallo, schön, dich zu sehen‹.«

Spielerisch boxte ich ihm gegen die Schulter, als wir den Aufzug verließen. »Blödmann!«

»Natürlich, Majestät.« Er nickte Indula und Willimet zu. Willimet öffnete mir mit einem Lächeln die Tür. Wie auch immer er es geschafft hatte, Indula hatte Emmory anscheinend überreden können, ihn zu diesem öffentlichen Termin mitzunehmen. Er war der einzige der neuen Rekruten, den ich bislang außerhalb des Palastes gesehen hatte. Vielleicht spielte die Tatsache, dass er der BodyGuard meiner Mutter gewesen war und uns Bial ausgeliefert hatte, dabei eine Rolle.

Wie ich während des letztens Monats hier auf Pashati gelernt hatte, hatte Zin in solchen Dingen meistens recht: Wie sich herausstellte, hatte ich mir ganz umsonst Sorgen um Taran gemacht.

»Tante Hail!« Mein Neffe wollte auf mich zustürmen, wurde aber abrupt von Leena gestoppt, die ihn am Kragen festhielt. »Eure Majestät.« Er warf Leena einen kurzen Blick über die Schulter zu und verbeugte sich dann ungelenk.

Die Matriarchinnen Desai und Surakesh hatten darauf gedrängt, ihn seines Status als Prinzen zu entheben und es der Familie Surakesh zu erlauben, ihn zu adoptieren. Offiziell war er zwar noch von Adel, aber kein Mitglied der kaiserlichen Familie mehr.

»Bitte keine Förmlichkeiten, wir sind hier doch ganz unter uns«, sagte ich mit einem Lächeln.

Leena lächelte verhalten zurück. »Ich versuche, ihm Respekt vor dem Thron beizubringen, Majestät. Nach allem, was passiert ist, halte ich das für sehr wichtig.«

»Das stimmt.« Ich ging in die Hocke und hielt meinem Neffen die ausgestreckten Arme entgegen. »Aber wir sind eine Familie, und das ist auch wichtig.«

Ich schmiegte meine Wange an Tarans Lockenkopf, als er mich umarmte. Er war alles, was mir von meiner Familie geblieben war, der einzige leibliche Nachkomme meiner Mutter – abgesehen von mir selbst. Die wahre Tragödie bestand darin, dass es den Verrätern letzten Endes doch gelungen war, die Blutlinie meiner Mutter auszulöschen. Es blieben ein paar Großcousinen, Nachkommen der Geschwister meiner Großmutter und von deren Kindern. Aber Taran würde den Thron niemals besteigen. Und ich konnte keine Kinder bekommen.

Dieses Geheimnis hatte ich für mich behalten. Ein Hinterhalt auf einem verschlafenen Planeten hatte die Hoffnung, dass ich eine Thronerbin gebären würde, für immer zerstört. Aber der Einzige, der davon gewusst hatte, war tot, und ich hatte nicht vor, diesen Umstand an die große Glocke zu hängen, nachdem ich gerade knapp einen von meiner Cousine und meinem Neffen angezettelten Putschversuch überlebt hatte.

Dazu kam, dass sich Indrana am Rande eines Krieges mit der Saxonischen Allianz befand, und ich saß nach wie vor nicht besonders fest auf meinem Thron. All das waren weitere gute Gründe, dies für mich zu behalten.

»Herr Joshi sagt, ich hätte ein großes Talent für Quantenmechanik.« Während er mich losließ und sich setzte, plapperte Taran begeistert drauflos. Ich schüttelte mein Unbehagen ab und zwang mich, mich darauf zu konzentrieren, was er mir erzählte. Die Zeit verging wie im Flug, und dann war das Abendessen auch schon vorbei.

Zin trat an Tarans Seite. »So, junger Mann, ich zeige dir mal ein Rätsel. Wenn du es lösen kannst, schließe ich mich sofort der hohen Meinung an, die dein Lehrer von dir hat.«

Zin bedeutete dem Jungen, ihm zu folgen, damit Leena und ich uns unter vier Augen unterhalten konnten.

»Hattest du Erfolg?«

»Nein, Majestät.« Leena warf Taran, der fröhlich auf Zin einredete, einen kurzen Blick über die Schulter zu. »Ich habe mir Laabhs Nachrichtenverkehr angesehen. Alles, was ich finden konnte. Aber er war klug genug, nichts über unsere Server zu Hause laufen zu lassen.«

Ich hätte mir in den Hintern beißen können dafür, dass ich dem Rat gefolgt war, Laabhs Privatsphäre zu respektieren und mir nicht gewaltsam Zugang zu den Daten seines *smati* zu verschaffen, bevor er alles gelöscht hatte. Nach seinem Tod hatten wir dort nur noch wenige Informationen finden können, und alles, was wir auf Gandas Computer entdeckt hatten, belegte, dass sie von Laabhs und Wilsons Plänen nichts gewusst hatte.

»Ich werde weitersuchen, Majestät. Wir haben ein paar Hinweise auf mehrere regelmäßige Besucher gefunden, denen mein Sicherheitspersonal gerade nachgeht.«

»Tu das, Leena. Was immer da auf uns zukommt, ich möchte nicht davon überrumpelt werden.«

»Selbstverständlich, Majestät.«

Wir verabschiedeten uns. Taran war zu sehr mit Zins Rätsel beschäftigt, als dass er die Besorgnis der Erwachsenen um ihn herum bemerkt hätte.

Hinter einem Sichtschutz bestieg ich meinen Schwebewagen, während meine BodyGuards in identisch aussehenden Wagen, die zur Ablenkung mitfuhren, Platz nahmen. Emmory bestand aus Sicherheitsgründen auf dieses Vorgehen. Da die erste *Ekam* meiner Mutter bei einem Schwebewagenunfall gestorben war, war seine Vorsicht nur zu verständlich.

»Schade, dass wir uns nicht gleich mit Caspel treffen können«, murmelte ich, während ich aus dem Fenster in den Nachthimmel schaute. »Es würde mich nicht überraschen, wenn man ihn herbeirufen könnte, indem man seinen Namen dreimal laut ausspricht.«

Mein *Ekam* schüttelte mit dem Kopf und brach in Gelächter aus. »Er ist weder ein Dämon noch ein Zauberer, Majestät.«

»Das sind unsere Feinde auch nicht, und dennoch scheinen sie sich in Luft aufgelöst zu haben.« Ich nestelte an einer Rocknaht herum und sah dann Emmory an. »Manchmal kommt es mir so vor, als ob wir das hier schon ein Leben lang machen.«

Das war natürlich nicht der Fall. Vor etwas mehr als einem Monat war Emmory noch ein Jäger gewesen, den meine ältere Schwester damit beauftragt hatte, mich nach Hause zu holen. Ich dagegen war entschlossen gewesen, den größtmöglichen Abstand zu Indrana zu halten. Der Gedanke, in die Enge des Palastes zurückzukehren, war mir unerträglich gewesen. Aber der Tod meiner Schwestern und der geistige Verfall meiner Mutter, den wir fälschlicherweise einer Shakti-Demenz zugeschrieben hatten, hatten mir keine Wahl gelassen.

»Manchmal scheint es so.«

Ich war mir nicht sicher, ob seine Zustimmung ein gutes Zeichen war, also sah ich wieder aus dem Fenster und behielt meine Gedanken für mich.

· 3 ·

»EURE MAJESTÄT?«

Ich wandte mich vom Fenster meines Schlafzimmers zu Emmory um und wischte mir mit dem Handrücken Tränen der Wut von den Wangen. »Wir sollten gehen. Caspel wird immer nervös, wenn wir uns verspäten.«

»Ihr habt nicht geschlafen.«

»Ich habe geschlafen.«

»Lügnerin.« Mein *Ekam* bedachte mich mit einem seltenen Lächeln. »Ihr habt nur etwas gedöst, genau wie in der ganzen letzten Woche. Ihr werdet den Träumen nicht ewig entfliehen können, Majestät. Es ist nicht gut für Euch, genauso wenig wie das Phrine.«

»Das sind die Albträume auch nicht.« Ich ging zum Kleiderschrank. Emmory war glatt imstande, mir hier die ganze Nacht lang Vorträge zu halten. Aber wir mussten los. Ich schob die Kleidung beiseite und gab den Code für den Geheimgang ein. Dann sah ich Emmory kurz über die Schulter hinweg an. »Ich bin müde, aber es war viel schlimmer, Portis sterben zu sehen. Oder wie Jet in die Luft gejagt wurde. Auf etwas Schlaf zu verzichten ist gar nichts dagegen.«

Emmory erwiderte nichts darauf, aber ich spürte, wie sich sein missbilligender Blick in meinen Rücken bohrte.

Zum Glück ließ er das Thema fallen, als wir den Palast durch den engen Tunnel kriechend verließen. Ich konnte mich mit meiner Klaustrophobie auseinandersetzen oder mit meinem BodyGuard – aber nicht mit beidem gleichzeitig.

»Ach du Scheiße.« Die Kälte fiel mich an wie ein Tier. Ich verkroch mich tief in meinen dunklen Kapuzenmantel und zog meinen SColt .45. Dann half ich Emmory hoch, der mir kurz zunickte und seinen Arm um meine Schultern legte. Wir betraten die enge Gasse.

Am dunklen Himmel funkelten die Sterne hinter einem dünnen Wolkenschleier. Die kalte Nachtluft brannte in meiner Lunge und nahm mir beinahe den Atem. Die Straßen waren leer bis auf eine einsame Gestalt, die ohne uns zu bemerken in einiger Entfernung ihrem Ziel entgegeneilte.

Eine halbe Stunde später erreichten wir den Hafen. Das Klatschen der Wellen hallte durch die Morgenluft, und der Frost kroch noch tiefer in unsere Kleidung.

Emmory trat vor mich, als sich vor uns ein Schatten von einem Gebäude löste.

»Ich bin's nur, *Ekam*«, sagte Caspel mit erhobenen Händen.

»Es ist so was von lächerlich, dass ich mich heimlich aus dem Palast schleichen muss, um mich mit dem Chef meiner eigenen Sicherheitsbehörde zu treffen. Wir könnten stattdessen in meinen Gemächern sitzen. Da ist es viel gemütlicher. Und wärmer.«

»Ich bitte um Verzeihung, Majestät. Das liegt in der Natur der Sache. Bitte folgt mir, um die Ecke steht ein Ofen.«

Tatsächlich stand dort in einer Nische ein Heizofen, in dem blaue Flammen loderten. Ich wärmte meine Hände daran, während Emmory uns den Rücken zukehrte und in die Dunkelheit spähte.

»Was ist so verdammt wichtig? Sprecht, bevor ich hier jämmerlich erfriere.«

»Ich konnte endlich Kontakt zu einem Agenten an Bord von Admiral Shuls Schiff aufnehmen«, sagte Caspel mit grimmiger Miene. Mein Magen krampfte sich zusammen.

»Wie schlimm ist es?« Ich schlang meine Arme um mich und versuchte, nicht zu zittern.

»Schlimm, Majestät. Der Admiral hält eine Fassade der Normalität aufrecht. Allerdings haben die meisten Mitglieder der Schiffsführung und ein großer Teil der Besatzung ihren Unmut über Eure Thronbesteigung geäußert.«

»Das ist mir bereits bekannt ...«

»Ich weiß«, antwortete Caspel ohne einen Anflug von Ironie. »An Bord von Admiral Shuls Schiff sowie in der gesamten zweiten Flotte sind mehr männliche Besatzungsmitglieder als im Flottendurchschnitt. Dazu kommt, dass sich Major Bristol vermutlich noch an Bord befindet – auch wenn wir das noch nicht zweifelsfrei bestätigen konnten.«

»Diesen Namen verdient er nicht. Er trägt ihn nur, weil er meine Schwester geheiratet hat.«

»Verzeiht, Majestät. Macht der Gewohnheit.«

Mir war viel zu kalt, um das auszudiskutieren. Aber ich hatte an dem Tag, als ich Laabh formal aus unserer Familie verstoßen hatte, auch Albin Maxwell Bristol offiziell seines Ranges enthoben und ihm meinen Namen entzogen. »Können wir das zweifelsfrei bestätigen, ohne unsere Agenten in Gefahr zu bringen?«

Caspel wedelte mit einer behandschuhten Hand. »Schon möglich. In dieser Situation gehe ich davon aus, dass meine Agenten einen Fluchtplan für sich selbst und so viele loyale Untertanen wie möglich zurechtgelegt haben, falls ...«

»... die sprichwörtliche Kacke am Dampfen ist.« Ich erwiderte Caspels zustimmendes Nicken. »Ich muss in Erfahrung bringen, wie loyal meine Flotte ist. Shul sollen so wenig Schiffe wie möglich in die Hände fallen.«

»Selbstverständlich, Majestät.«

»Wir verschwinden. Ich erfriere, und Emmory wird langsam nervös.«

»Natürlich, Majestät. Ich melde mich, wenn ich mehr weiß.«

»Das nächste Treffen findet dann an einem wärmeren Ort statt.«

»Selbstredend, Majestät.« Caspel verbeugte sich und verschwand wieder in den Schatten wie ein Geist.

Ich hakte mich bei meinem BodyGuard unter, und wir machten uns auf den Rückweg. *»Was hältst du davon?«*, fragte ich über unsere *smati*-Verbindung. *»Können wir ihm trauen?«*

»So wie jedem anderen, Majestät.«

»Keine sehr beruhigende Antwort.«

»Euch zu beruhigen gehört nicht zu meinen Aufgaben, Majestät.«

Plötzlich sah ich Jet vor mir, wie er mich darauf hinwies, dass es nicht seine Aufgabe war, mich glücklich zu machen. Ich erinnerte mich auch daran, wie ich ihm befohlen hatte, nicht zu sterben. Und an seine Antwort, dass genau das wiederum sehr wohl seine Aufgabe sei.

»Majestät?« Emmory hielt abrupt an. Seine behandschuhte Hand umfasste mein Handgelenk. Ich hatte wohl hörbar scharf eingeatmet.

»Alte Erinnerungen.« Ich zwang mich zu einem Lächeln. »Keine Sorge, ich werde hier sicher nicht anfangen zu weinen, Emmy. Mir würde das Gesicht erfrieren.«

Am nächsten Morgen hatte ich verquollene Augen, und meine Nerven lagen blank. Das legte sich auch nicht bei der täglichen Lagebesprechung im von mir so verabscheuten Büro meiner Mutter. Ihr missbilligender Blick verfolgte mich vom Gemälde an der gegenüberliegenden Wand. Ich gehörte nicht hierher.

»Majestät?«

Ich schaute auf und blinzelte Clara an. Sie zog eine Augenbraue hoch und sah dann auf meine Finger herab, mit denen ich auf den Schreibtisch trommelte. Ich nahm die Hand vom Tisch. »Entschuldigung, was?«

»Wir sind immer noch dabei, die Trümmer des Hauptquartiers der Imperialen Spezialkräfte wegzuräumen. Im Moment arbeiten Generalin Vandi und die anderen Überlebenden der ISK-Führung in den Büros, die uns Matriarchin Tobin freundlicherweise zur Verfügung gestellt hat. Aber auf lange Sicht müssen wir das Gebäude wiederaufbauen.«

»Was das kostet«, murmelte Phanin. »Verzeiht, Majestät, aber unser Budget ist begrenzt.«

Ich nickte. Die Finanzberichte hatte ich mir angesehen, und auch wenn ich sie kaum verstand –, dass die dicke rote Zahl am Ende auf einen wachsenden Schuldenberg hindeutete, begriff ich sehr wohl.

Das Imperium war reich an Ressourcen, aber arm an flüssigen Finanzmitteln. Ein altbekanntes Problem.

»Gibt es einen vernünftigen Grund, warum sie nicht in den Büros bleiben können? Mir wäre es lieber, den Wiederaufbau nicht zu übereilen. Da passieren nur Fehler.«

»Es spricht eigentlich nichts dagegen«, antwortete Admiralin Hassan mit einem Schulterzucken.

Clara nickte. »Matriarchin Tobin sagte uns, dass die ISK willkommen sind und so lange kostenlos ihre Büros nutzen können, bis die neuen Gebäude stehen. Wir sollten aber überlegen, sie trotzdem dafür zu entschädigen, sollte es länger als ein Jahr dauern.«

»Setzt jemanden an die Pläne für den Wiederaufbau, und informiert mich über die Fortschritte. Ich muss es dann nicht noch einmal extra genehmigen – ihr werdet dafür schon jemand Passendes finden.«

Clara lächelte kurz und fuhr mit einem Finger durch die Luft, um zum nächsten Punkt auf der Liste auf ihrem *smati* zu scrollen. »Ihr trefft Euch heute Nachmittag mit den *Upjas*, Majestät.«

»Ich weiß. Abraham und Tazerion kommen in den Palast. Alice und Zaran werden auch dabei sein.« Ich zog eine Augenbraue hoch, als ich die schlecht kaschierte Missbilligung in Phanins Gesicht sah. »Premierminister, möchtet Ihr dazu etwas sagen?«

»Bitte verzeiht, Majestät, aber ich halte das für keine gute Idee.«

»Das habt Ihr bereits wiederholt deutlich gemacht. Ich verstehe das, aber es ist nicht Eure Entscheidung.«

Phanin deutete eine Verbeugung an. »Bitte verzeiht ...«

»Wenn Ihr das noch einmal sagt, gehe ich Euch an die Gurgel.«

Phanin erbleichte, und Clara sah mich ungläubig an. Alle anderen im Raum erstarrten. Ich hatte meine Stimme nicht erhoben, aber das musste ich auch nicht. Mein Ruf eilte mir voraus. Ich fragte mich, ob ich in zwanzig Jahren noch mit derselben Reaktion rechnen konnte oder ob ich ab und zu wirklich jemanden erwürgen sollte, nur um sicherzugehen.

»Die *Upjas* sind nicht das Problem. Der Thron wird sich anhören, was sie zu sagen haben, und dann werden wir eine Lösung finden. Indrana hat schon genug Feinde, ich möchte lieber ein paar Verbündete gewinnen. Und wer wäre besser geeignet als unsere eigenen Leute?

Meinetwegen gefällt Euch das nicht, Phanin, aber ich möchte nichts mehr davon hören. Das betrifft auch jegliche Kommunikation mit den Medien. Ist das klar?«

»Völlig klar.« Er senkte sein grauhaariges Haupt.

»Ach, scheiße, Leute, jetzt brauch ich einen Drink.« Ich ging zur Bar und goss mir einen Whiskey ein, während alle verlegen wegschauten. Ich trank ihn in einem Zug aus und setzte mich wieder.

Nach etwa einer Minute räusperte sich Admiralin Hassan schließlich. »Wenn es sonst nichts mehr zu besprechen gibt, Eure Majestät, dann treffen wir uns in einer halben Stunde mit den anderen Mitgliedern des Raksha. Ich würde vorher gerne die neuesten Nachrichten von Canafey besprechen.«

»Nein, wir sind hier fertig. Clara?« Als ich aufstand, erhoben sich auch die anderen.

»Das war alles, Majestät.« Clara knickste. »Mit Eurer Erlaubnis.«

»Bis später.« Ich beobachtete, wie Phanin den Raum verließ, und kämpfte mit meiner Wut. Von Anfang an hatte ich ihn nicht ausstehen können, wusste aber nicht recht, warum.

»Politiker hinterlassen bei mir auch immer ein ungutes Gefühl, Majestät«, sagte Admiralin Hassan, als wir allein waren. »Aber sie sind nützlich, und Phanin ist sehr beliebt. Eure Schwester hat auf seinen Rat gehört.«

Beim besten Willen konnte ich mir nicht vorstellen, warum Cire sich von ihm hatte beraten lassen, denn dieser Mann brachte mich jedes Mal zur Weißglut. Aber sie war auch immer die Geduldigere von uns beiden gewesen.

»Ich habe seinen Rat ja ebenfalls angehört, aber ich bin eben anderer Meinung.« Ich rieb mir die Stirn und atmete scharf aus. »Und ich bin gerade extrem reizbar, Inana. Ich versuche ja, nicht so sehr ...« Ich suchte nach den passenden Worten.

»Ihr selbst zu sein, Majestät?«

Ich warf ihr einen finsteren Blick zu. »Ha. Aber wahrscheinlich habt Ihr recht. Wir sollten die Karte anschauen, bevor die anderen kommen.«

»Majestät, die *Upjas* sind hier.«

Mit einem Stöhnen erwachte ich aus meinem traumlosen Halbschlaf und bedachte Alba mit einem giftigen Blick, den sie natürlich nicht verdiente. Meine Kammerfrau ließ sich davon nicht aus der Ruhe bringen – einer der Gründe, warum ich sie überhaupt eingestellt hatte.

Sie reichte mir eine Metallröhre, aus der parfümiertes kaltes Wasser in einer leuchtend orangefarbenen Explosion auf meine Nase spritzte und sich auf meinem Gesicht verteilte. Es half ein bisschen, aber trotzdem sah ich Emmory flehentlich an.

Mein *Ekam* bedachte mich mit einem vielsagenden Blick. »Ihr solltet lieber einmal richtig ausschlafen, Majestät.«

»Bis dahin muss es eben so gehen. Ich könnte mir das Phrine auch einfach selbst besorgen. Es ist doch gut, wenn ich dich darum bitte und du mitbekommst, wie viel ich nehme.«

An seinem Blick konnte ich ablesen, dass er sich nicht sicher war, was das heißen sollte. Und um ehrlich zu sein, wusste ich das selbst nicht so genau. Was ich aber sicher wusste, war, dass ich nicht ohne einen klaren Kopf zu der Besprechung gehen konnte.

Ich riss mich zusammen und lächelte ihn an. »Bitte?«

Emmory seufzte kaum hörbar und streckte seine behandschuhte Hand aus. Ich inhalierte, und im Handumdrehen waren mein Kopf und mein Blick wieder klar.

Mit Albas Hilfe strich ich die Falten aus meiner schwarzen Hose und rückte das weiße Seidenoberteil mit dem dunkelroten Blumenmuster auf den Ärmeln zurecht. Dann verließen wir meine Gemächer und gingen in das kleine Besprechungszimmer, das normalerweise für Treffen mit anderen Staatsoberhäuptern verwendet wurde. Um es zu erreichen, mussten Abraham und Taz durch den Thronsaal gehen, aber eine kleine Erinnerung daran, mit wem sie es hier zu tun hatten, konnte nicht schaden.

Während der letzten drei Tage war ich lautstark in den Medien angegriffen worden, weil ich die *Upjas* für das erste offizielle Treffen in den Palast gebeten hatte. Viele hielten das für dumm oder verrückt. Aber es war der einfachste Weg gewesen, Emmorys Zustimmung zu dem Treffen zu erhalten.

»Eure Majestät.« Alice begrüßte uns mit einem Hofknicks. »Es sind bereits alle da.«

Im Besprechungszimmer würde niemand Waffen tragen, auch meine BodyGuards nicht. Nur so hatte ich Abraham – ungeachtet meiner Zusicherung, sie zu begnadigen – zu einem Treffen im Palast bewegen können. Emmory war dagegen gewesen, bis ich ihm erlaubt hatte, im Raum nebenan einen ganzen Trupp Marines zu postieren.

»Wie ist die Stimmung?«

»Nervös, Majestät«, antwortete Alice ohne Zögern. »Abraham kann es besser verbergen als Zaran. Tazerion wirkt dagegen entspannt.«

Auch wenn sich mein Magen zusammenkrampfte, ich würde nicht zugeben, dass ich ebenfalls nervös war. Hinter der Tür wartete Tazerion Benton Shivan, mein bester Freund aus Kindheitstagen. Ich hatte nicht mehr mit ihm gesprochen, seit ich meinen Heimatplaneten verlassen hatte.

Cas und Zin gingen hinter mir her. Ich tauschte einen Blick mit Emmory aus, bevor ich Alice mit einem Nicken bedeutete, die Tür zu öffnen.

»Ihre kaiserliche Majestät, Hailimi Mercedes Jaya Bristol.« Alba war durchaus in der Lage, sich Gehör zu verschaffen, wenn sie wollte – diesbezüglich wurde sie angesichts ihrer sonst so sanften Stimme oft unterschätzt.

Abraham und Taz verbeugten sich.

»Ich danke Euch für Euer Kommen.« Ich musste mich dazu zwingen, nicht in Tazerions braune Augen zu blicken, sondern Abraham anzusehen, als ich ihm mit einem Lächeln meine Hand entgegenstreckte. »Wir freuen uns auf dieses Gespräch und hoffen, dass es das erste von vielen sein wird. Wir wollen einen neuen Weg für Indrana einschlagen.«

»Kaiserliche Hoheit. Wir danken Euch dafür, dass Ihr uns empfangt.« Sein Lächeln, als er meine Hand nahm, war zurückhaltend, und er trat schneller als nötig zur Seite, um Tazerion Platz zu machen.

»Eure Majestät«, begrüßte mich Taz mit einem neckenden Unterton, auf den Emmory zu meiner Überraschung nicht reagierte.

Wir legten die Handflächen aufeinander. Er schien noch gewachsen zu sein, denn er überragte mich – bei meiner Größe eine seltene Erfahrung.

Überwältigt von widersprüchlichen Gefühlen, lächelte ich unbeholfen und wartete mit meiner Antwort, bis ich mir sicher war, mich so weit im Griff zu haben, dass meine Stimme nicht zitterte.

»Schön, dich wiederzusehen.«

»Ich hätte nicht gedacht, dass die Dunkle Mutter so gnädig sein könnte.« Taz lächelte.

»Das ist sie selten.«

»Wir sind dankbar für diese Gelegenheit, mit Euch zu sprechen.«

»Ich weiß, dass es Euch einige Überwindung gekostet hat, einem Treffen an diesem Ort und ohne Waffen zuzustimmen«, erwiderte ich.

»Ich vermute, dass Ihr im Zweifelsfall dennoch die Oberhand behalten würdet, Majestät.«

»Mir wurde gesagt, dass Faustkämpfe bei Verhandlungen nicht gerne gesehen werden.«

Tazerion lachte, woraufhin ihn alle anstarrten, und ich versteckte mein Lächeln schnell hinter einer vor den Mund gehaltenen Hand.

Abraham ließ sich davon nicht anstecken, sondern begann ein Gespräch mit meiner Kammerfrau. Taz faltete die Hände und verbeugte sich noch einmal. »Dürfen wir Platz nehmen, Majestät?«

»Aber gerne.« Ich setzte mich und deutete auf den Stuhl neben mir – dabei fühlte ich mich wieder seltsam dumm und ungeschickt. »Abraham unterhält sich lieber mit Alice und Zaran?«

Taz nickte und sah dann über die Schulter zu Abraham, wobei sein schwarzes Haar über den Hals strich. Es war so lang, dass es den Kragen seines Hemdes berührte. »Das hier ist der einfache Teil. Schwierig wird es anschließend.«

»Hängt der Haussegen schief?«

Er lachte. »Das ist einfach die menschliche Natur, Majestät. Kann sich eine größere Anzahl Menschen denn jemals mal einfach so auf etwas einigen? Und das auch noch, wenn es um bedeutende Dinge geht? Der moderate Flügel der *Upjas* unterstützt Abrahams Vision, aber lasst Euch davon nicht täuschen. Nicht alle sind auf seiner Seite.«

»Zugegeben.« Ich lehnte mich gegen das feste graue Polster meines Stuhls und schlug die Beine übereinander. »Anscheinend habt ihr euch darüber geeinigt, wie es weitergehen soll?«

»So einigermaßen«, antwortete Taz mit einem Schulterzucken. »Christophs Gefolgsleute haben nur am lautesten protestiert und waren bereit, sich von uns abzuspalten. Dennoch denken viele von uns nach wie vor, dass nur Gewalt etwas bewegen kann – die Frage ist dann lediglich, in welchem Ausmaß sie angewandt werden soll.«

»Also Worte, Fäuste oder gleich Hämmer.«

»Oder schwere Geschütze.«

Ich grinste ihn an. Dann wurde ich wieder ernst und beobachtete meinen alten Freund genau. Taz ließ sich davon nicht aus der Ruhe bringen. Darin war er schon immer ein Meister gewesen: Er war ein in sich ruhender Fels und ich die Brandung.

Er hatte sich kaum verändert, nur sein Gesicht war breiter und kantiger um Augen und Kinn geworden und wirkte erwachsener.

»Bist du verheiratet?« Ich hatte diese Frage nicht laut aussprechen wollen. »Ach du Scheiße. Entschuldige, das musst du natürlich nicht beantworten.«

»Nein, Majestät. Ich bin nicht interessiert daran, Kinder in einer Gesellschaft großzuziehen, in der die Hälfte der Mitglieder angeblich von Natur aus minderwertiger als die andere ist.«

Überrascht von der Schärfe seiner Worte, zog ich eine Augenbraue hoch und vermied es, meine BodyGuards anzuschauen, die nun unverhohlen unserem Gespräch lauschten.

»Wie können wir das ändern?« Ich beugte mich vor und stützte die Arme auf die Knie. »Schon als ich wegging, herrschte Ungerechtigkeit. Ich kann mir vorstellen, dass es jetzt noch schlimmer ist. Aber eine Vorstellung allein ist noch keine Lösung. Ich brauche belastbare Fakten und realistische Vorschläge.«

Ich spürte seine Erleichterung, und einen Moment lang glaubte ich, er würde in Tränen ausbrechen. Er blinzelte und räusperte sich, dann lächelte er. »Bis wann braucht Ihr die, Majestät?«

»Bis morgen, wenn möglich. Die Menschen und ihre Ansichten zu verändern wird wesentlich mehr Zeit in Anspruch nehmen – aber ich kann neue Gesetze erlassen, wenn mir danach ist.« Ich zwinkerte ihm zu. »Das sind wohl die angenehmen Seiten meines Jobs.«

»Dann werde ich Alba morgen etwas schicken.«

»Bitte komm damit doch zu mir persönlich. Ich würde mich gerne etwas ausführlicher mit dir unterhalten.« In diesem Moment verlor das Phrine seine Wirkung, und ich musste mich zusammenreißen, um nicht vornüberzukippen und auf dem Boden zu landen.

»Hail, was ist los?« Taz wollte nach meiner Hand greifen, hielt aber inne, als Emmory ihn warnend anknurrte.

»Es war ein anstrengender Monat.« Ich wusste, dass mein schwaches Lächeln niemanden täuschen konnte. »Ich bin einfach nur müde.«

»Bringt sie raus. Abraham darf sie so nicht sehen«, sagte Taz.

»Da müsstest du mich schon wegtragen. Ich glaube nicht, dass ich im Moment aufstehen kann«, murmelte ich. Es gefiel mir, dass er nicht nur um meine Gesundheit besorgt war, sondern auch darum, dass die *Upjas* mich nicht in einem

Augenblick der Schwäche erlebten. »Ich brauche nur einen Moment. Emmory, du hast doch sicher einen Plan B, mit dem wir sie ablenken können, ohne größeren Schaden anzurichten?«

Emmory warf mir einen tadelnden Blick zu, und aus dem Augenwinkel nahm ich wahr, wie Alba sich scheinbar beiläufig vor mich stellte, um Abraham die Sicht zu versperren. »Ich könnte mir vorstellen, dass Eure Majestät noch andere Verpflichtungen hat«, sagte Emmory leise. »Schafft Ihr es bis zur Tür?«

»Das sollte gehen.« Ich atmete ein paar Mal tief durch und stand gerade in dem Moment auf, als Alba mit Abraham zu mir herüberkam. Ich streckte ihm mit einem Lächeln die Hand entgegen. »Es tut mir leid, ich muss gehen. Aber ich zweifle nicht daran, dass ihr alle ohne mich mehr zustande bekommt.«

»Majestät.« Abraham verbeugte sich kurz, als wir uns die Hand gaben. »Ich möchte mich noch einmal für dieses Treffen bedanken. Es bedeutet mehr, als Ihr Euch vorstellen könnt.«

Ich nickte. »Es ist zum Besten der Bürger des Imperiums. Wir sprechen uns später.« Ich lächelte Taz an, nickte Alice und Zaran zu und schaffte es irgendwie aus dem Zimmer, bevor meine Knie nachgaben.

Zin fing mich auf. »Majestät?«

Ich seufzte. »Ich habe nicht die Energie, mich mit dir darüber zu streiten, ob du mich tragen sollst. Also tu es einfach.«

Er unterdrückte ein Lachen, aber ich konnte spüren, wie aufgeregt sein Herz schlug, als er mich den Flur entlang trug.

Mit dem Kopf gegen die Couch gelehnt, kämpfte ich gegen die Schwärze der Bewusstlosigkeit, die an mir zerrte.

»Majestät, legt Euch ruhig schlafen. Wir sind ja da.« Caspian Yuri Kreskin ergriff nun zum ersten Mal das Wort. Der BodyGuard mit dem kindlichen Gesicht war früher unsicher und schüchtern gewesen, hatte sich mittlerweile aber zu meinem *Dve* – Emmorys Stellvertreter – hochgearbeitet. Von uns allen war er sicher derjenige, der sich in den vergangenen Wochen am meisten verändert hatte.

»Cas, da ist etwas in der Dunkelheit.« Meine Antwort war kaum noch zu verstehen.

»Ich weiß.« Er nahm meine Hand. »Wir sind da.«

Ich gab den Kampf auf und glitt langsam in eine tiefe Bewusstlosigkeit.

· 4 ·

ICH ERWACHTE IN VÖLLIGER STILLE. MEINEM *SMATI* zufolge hatte ich fast sechzehn Stunden geschlafen. Die erste der Sonnen von Pashati ging gerade auf. Das Licht unseres Hauptsterns Nasatya überstrahlte das von Dasra, der sich gerade am äußersten Punkt seiner Umlaufbahn in unserem Sternensystem befand. Es würde noch einmal zehn Jahre dauern, bevor er wieder nah genug war, um uns unheimliches Dämmerlicht im Winter und drückende Hitze im Sommer zu bescheren. Im Moment war Dasra kaum mehr als ein blasser Stern, der unserer Sonne folgte, sofern er überhaupt zu sehen war. Genauso fühlte ich mich gerade auch. Ziellos trieb ich umher und folgte doch einem kaum erkennbaren Pfad. »Ach du Scheiße.« Ich rieb mir die Augen und rollte aus dem Bett. Immer noch in meinen Klamotten vom Vortag – was für eine Erleichterung –, tappte ich in Socken zum Fenster.

Die Entscheidung hierzubleiben hatte ich im Chaos der vergangenen Wochen gefällt, aber auch jetzt war ich mir sicher, dass es die richtige gewesen war. Im Gegensatz zu meiner äußerlich zur Schau getragenen Ruhe fühlte ich mich aber, als ob ich von einem Problem zum nächsten schlingerte – immer in der Hoffnung, dass die Leute um mich herum mich schon davon abhalten würden, allzu viel Scheiße zu bauen.

Mach nicht immer aus allem ein Drama, Hail. Portis' Stimme in meinem Kopf klang ruhig und gleichzeitig amüsiert. Es machte mir nichts aus, dass er sich über mich lustig machte. Er war tot, und außer in meinem Kopf würde ich seine Stimme nie wieder hören. Portis war mein bester Freund gewesen, meine große Liebe – und gleichzeitig der Mann, den mir meine damaligen BodyGuards hinterhergeschickt hatten, als ich mein Zuhause verlassen hatte.

Solange ich nicht auf Indrana gewesen war, hatte er mich beschützt. Und er hatte den Geheimdienst des Imperiums über meine Großtaten auf dem Laufenden gehalten, auch wenn er dabei das ein oder andere unter den Tisch hatte fallen lassen.

»Ich vermisse dich, du Arsch.«

Das hier ist auch nichts anderes, als ein Schiff zu kommandieren. Das weißt du ganz genau. Hör auf mit den Selbstzweifeln, und komm in die Gänge.

»Die Tage sind einfach viel zu kurz.« Meine weinerliche Stimme ging mir selbst auf die Nerven. Wütend drehte ich mich vom Fenster weg. Die Tage waren genauso lang wie immer, und andere Leute kamen schließlich auch prima damit zurecht.

Emmory stand am Fenster und sah auf den Ozean hinaus. Seine Lippen bewegten sich, während er leise via *smati* kommunizierte. Mit einem Lächeln drehte er sich halb zu mir um.

Plötzlich kreischte der Raketenalarm meines *smati* los, und noch bevor ich reagieren konnte, war das Fenster zerschmettert, und alles stand in Flammen. Emmory war in dem klaffenden Einschlagloch verschwunden.

Ich erwachte so abrupt aus dem Albtraum, dass ich aus dem Bett fiel und mir die Knie aufschlug. In jedem panischen Atemzug konnte ich den Rauch und das Feuer schmecken. Ich drückte meine Stirn gegen das glatte Holz des Bodens. Tränen liefen über mein Gesicht.

»Ein Traum. Es war nur ein Shiva-verdammter Traum, Hail. Reiß dich zusammen.« Aber die *smati*-Uhr am Rand meines Sichtfelds teilte mir mit, dass ich sechzehn Stunden geschlafen hatte. Wie in meinem Traum. Ungelenk sprang ich auf und stolperte aus meinem Schlafzimmer.

Emmory stand am Fenster, aber anders als in meinem Traum brach er sein Gespräch in dem Moment ab, in dem ich durch die Tür kam.

»Ich rufe zurück. Majestät?«

»Weg vom Fenster!« Ich wusste, dass es albern war, aber ich packte ihn am Arm und zog ihn in Richtung meiner Schlafzimmertür. »Da war eine ... Ich hatte ... Du warst tot.« Ich sank zu Boden. Emmory hockte sich neben mich.

»Es war ein Traum, Majestät. Albträume sind eine Nebenwirkung des Phrine, wie Ihr wisst.«

»Es war alles so echt.« Ich vergrub mein Gesicht in den Händen. Es war mir unangenehm, in Tränen auszubrechen, aber ich konnte nicht aufhören. »Wie dumm von mir. Ich darf nicht zulassen, dass ...«

»Ihr habt keine ruhige Minute gehabt, seit wir diesen Planeten betreten haben. Ihr seid beinahe erstochen, erschossen, vergiftet und in die Luft gejagt worden. Hail, jeden anderen hätte das schon längst in die Knie gezwungen.«

Mein Name klang seltsam aus seinem Mund. Das letzte Mal hatte er mich kurz nach der Explosion auf dem Garuda-Platz so genannt. Ich schaute ihn an und wischte mir die Tränen vom Gesicht.

»Wie findest du nur immer die richtigen Worte?«

Ein Lächeln umspielte seinen Mund. »Das ist eine seltene Gabe, Majestät.«

»Ich fühle mich, als ob ich überhaupt nicht geschlafen hätte.«

Emmory half mir auf. »Das habt Ihr, tief und fest. Jedenfalls bis vor ein paar Minuten. Ich lasse Euch von Stasia etwas zu essen bringen, und Ihr stellt Euch unter die Dusche. Das sollte helfen.«

»Ich beeile mich, wir hängen sicher schon dem Terminplan hinterher ...«

»Ich habe bereits alle Eure Termine für heute abgesagt, Majestät. Alba hat sie so weit möglich verschoben. Und die anderen werden einen Tag lang auch ohne Euch zurechtkommen.« Er nahm mich bei der Schulter und sah mich eindringlich an. »Es reicht, Majestät. Schluss mit dem Phrine.«

»Mir geht es gut ...«

»Euer Herz war kurz davor zu versagen.«

Ich zuckte bei Emmorys scharfem Tonfall zusammen und nickte. »Also gut, Schluss damit.« Dann brachte mich sein überraschter Gesichtsausdruck so zum Lachen, dass ich ihm spielerisch gegen die Brust boxte und mich aus seinem Griff wandte. »Dachtest du, ich würde deswegen eine Diskussion anfangen? Nach allem, was wir angestellt haben, damit ich nicht draufgehe? Emmy, es wäre doch schön blöd, wenn ich nun, wo ich mein Imperium endlich regiere, an einer Überdosis sterbe. Aber wenn ich diesen Job noch länger machen soll, muss hier einiges anders laufen.«

»Für den Anfang habe ich Alba instruiert, Euren Terminkalender zu entzerren. Wir werden uns noch einmal alles ausführlich anschauen, wenn Ihr Euch richtig ausgeruht habt. Und dann überlegen wir uns sinnvolle, dauerhafte Änderungen.«

»Vielleicht solltest lieber du das Imperium regieren, Emmy.«

»Nicht in einer Million Jahren, Majestät.«

Das Gelächter entspannte mich. Nach der Dusche und in frischen Klamotten hatten sich auch die letzten Spuren des Albtraumes verflüchtigt.

»Mit wem hattest du eigentlich gesprochen?«, fragte ich Emmory und biss in ein Gebäck.

»Generalin Saito hat für übermorgen ein Treffen mit den Jägern Winston und Peche einberufen und wollte wissen, ob ich Zeit hätte, daran teilzunehmen.«

»Gibt es bezüglich Bial etwas Neues?«

»Das werde ich dann erfahren, Majestät.«

Bialriam Malik war der *Ekam* meiner Mutter gewesen. Inwiefern er in die Verschwörung zur Ermordung meiner Familie verstrickt gewesen war, hatte sich nicht eindeutig klären lassen, denn er war direkt nach dem Putschversuch geflohen – nachdem er mir das Leben gerettet hatte.

Erst nach Bials Flucht hatte mein eigener *Ekam* mich in Kenntnis davon gesetzt, dass Bial ursprünglich dem Jägerkorps angehört hatte. Kurz nachdem er mit seiner Schwester ein Jägerteam gebildet hatte, hatten sie einen Unfall gehabt. Sie starb, er überlebte und fiel in ein Koma, das ihn vor dem Wahnsinn bewahrte, in den Jäger normalerweise verfielen, wenn sie von ihrem Partner getrennt wurden.

»Was hast du ihr gesagt?«

»Dass es davon abhängt, wie es Euch geht.«

»Emmory, ich brauche keinen Babysitter.« Ich hielt mein Glas hoch und schwenkte es demonstrativ. »Ich darf sogar schon Alkohol trinken.«

Es machte einfach zu viel Spaß, ihn aus der Fassung zu bringen. Er lachte und schüttelte gleichzeitig mit gespielter Resignation den Kopf. »Majestät ...«

»Im Ernst. Mir wäre es lieber, du würdest hingehen und dir anhören, was sie zu sagen haben – und mir dann Bericht erstatten. Ich bleibe im Palast. Wir haben doch genug BodyGuards hier, oder?«

»Ich glaube, Iza, Gita und Indula sind inzwischen so weit, alle BodyGuard-Aufgaben zu übernehmen. Es sei denn, Ihr habt Einwände, Majestät?«

»Da lasse ich dir freie Hand. Ich mag Iza und Indula. Gita muss ich erst noch besser kennenlernen, bevor ich mir ein Urteil bilden kann. Aber ich vertraue deiner Einschätzung.«

Iza Hajuman war eine Polizeibeamtin, die nach der Explosion auf dem Garuda-Platz zu uns gestoßen war. Auch unter Beschuss hatte sie sich nicht aus der Ruhe bringen lassen und war auch während des Angriffs auf den Palast an unserer Seite geblieben. Es hatte mich gefreut, dass sie Emmorys Angebot angenommen hatte.

Seit bekannt geworden war, dass Emmory Gita eingestellt hatte, hatte ich sechs weitere BodyGuard-Bewerbungen von Mitgliedern einflussreicher indranischer Familien bekommen. Mein *Ekam* hatte jedoch bislang außer Gita keinen dieser Bewerber berücksichtigt.

Indula war mir ein Rätsel. Augenscheinlich hatte er irgendetwas getan, um Emmorys Vertrauen zu gewinnen. Sicher hatte es etwas damit zu tun, dass er einer der BodyGuards meiner Mutter gewesen war. Und es war vor allem ihm zu verdanken, dass Bial mich nicht als Geisel hatte nehmen können, als ich in den Palast zurückgekehrt war, um mich meiner Cousine zu stellen.

»Ich teile Gita dann Zin und Kisah in Team eins zu. Iza und Indula bilden mit Will Team zwei. Die übrigen BodyGuards werden ebenfalls in Teams eingeteilt, aber ich brauche noch etwas Zeit, um sie einzuweisen.«

»Nimm dir alle Zeit, die du brauchst. Ich vertraue dir.«

Emmory lächelte mich an. »Das freut mich zu hören, Majestät.«

»Na ja, bislang hast du jedenfalls noch nicht versucht, mich um die Ecke zu bringen. Mehr verlange ich gerade nicht.« Ich streckte ihm die Zunge raus. »Du weißt, was wir in puncto Sicherheit brauchen, und ganz bestimmt habe ich dir sowieso schon irgendwann mal versprochen, mich da rauszuhalten. Abgesehen davon haben wir alle Zeit der Welt«, sagte ich mit einem Schulterzucken.

· 5 ·

DEN GANZEN TAG NICHTS ZU TUN ZU HABEN WAR ein seltsames Gefühl. Emmory hatte recht gehabt, was meinen Terminkalender anging – und mit dem Phrine. Nach ein paar Stunden bescherten mir die Entzugserscheinungen Kopfschmerzen, und mir wurde bewusst, wie sehr ich mich in Bezug auf das Ausmaß meines Konsums verschätzt hatte.

Ich döste ein wenig, wachte aber immer sofort wieder auf, sobald ich schlecht träumte. Dann verwendete ich die Zeit dazu, mich bei Hansi und in anderen sozialen Netzwerken auf den neuesten Stand zu bringen. Und ich las einen Teil der E-Mails, mit denen ich beständig bombardiert wurde.

Die Neuigkeit erreichten uns nach dem Mittagessen. Ich setzte mich auf die Couch und bat Alba, mir die Nachrichtensendung an die Wand zu projizieren.

Ein junger Reporter stand vor einem Park, den ich erkannte, weil er nur ein paar Kilometer vom Palast entfernt war. »... die Demonstranten trafen um etwa 17 Uhr indranischer Standardzeit aufeinander. Auch wenn beide Seiten größtenteils friedlich blieben, musste eine Sondereinheit der indranischen Polizei einschreiten und einige Demonstranten festnehmen. Noch ist unklar, von welcher Seite die Aggressionen ausgingen. Einige Gewalttäter wurden in Haft genommen, es gibt bislang keine Stellungnahme der IP dazu, was ihnen im Einzelnen vorgeworfen wird.«

»Ach du Scheiße«, murmelte ich. »Was ist da los?«

»Soweit ich weiß, hatte sich eine Gruppe von *Upjas*-Sympathisanten im Lichterpark versammelt. Dann tauchten Gegendemonstranten auf, und die Lage eskalierte.«

»Weiß man, wer angefangen hat?«

»Nein, Majestät. Ich habe bei der IP eine Liste der Verhafteten angefordert. Es wird wohl etwas dauern, bis ich sie bekomme.«

»Wenn du in einer Stunde noch nichts gehört hast, gib mir Bescheid.«

»Natürlich, Majestät.« Ich sah, wie Alba den Mund verzog und schnell ihr Datenpad davor hielt, um es zu verbergen.

»Was ist?« Ich sah meine Kammerfrau fragend an.

»Nichts, Majestät.«

»Kuhscheiße. Alba, was ist los?«

»Es wäre vielleicht besser, das Ganze der Polizei zu überlassen.«

»Ach?« Ich sah Emmory über die Schulter an.

Er zuckte mit den Achseln. »Das sollten die Gerichte regeln. Es wäre besser, wenn sich das Kaiserhaus neutral verhält.«

Ich lachte und stand auf. »Das Thema ist doch schon längst auf dem Tisch, Emmory. Je nachdem, wen du fragst, bin ich entweder viel zu nachsichtig mit den *Upjas* oder zu ablehnend gegenüber ihren berechtigten Forderungen. Ich habe die Artikel gelesen.«

»Das mag sein, Majestät, aber für solche Vorfälle ist die Justiz zuständig. Wenn der Palast anfängt, sich ohne guten Grund einzumischen, haben wir am Ende mehr Probleme, als wir bewältigen können.«

In den Nachrichten wurden gerade Aufnahmen der Ausschreitungen gezeigt. Ich verzog das Gesicht und schaltete die Übertragung mit einer kurzen Handbewegung ab.

»In Ordnung, ich werde mich vorerst bedeckt halten. Aber ich möchte regelmäßig auf dem Laufenden gehalten werden.«

»Selbstverständlich, Majestät.«

Ich stand den restlichen Tag und den nächsten Morgen durch. Dann wurde ich rastlos. Nach dem Mittagessen räumte ich gemeinsam mit Stasia das Büro meines Vaters aus. Sie hatte mir angeboten, sich alleine darum zu kümmern, aber ich musste einfach dabei sein.

»Ich habe gelüftet und die Vorhänge zugezogen, Majestät.«

Ich nickte. Dann öffnete ich die Tür zu meiner Vergangenheit. »Mutter hat sein Büro am Tag nach seinem Tod abgesperrt. Hier hat sich in zwanzig Jahren nichts verändert.«

Der Schreibtisch und die Regale waren staubfrei. Auf dem Boden vor den Fenstern lag dagegen eine dicke Schicht mit Fußspuren darin.

Der Schreibtisch meines Vaters war aus hellem, von Gebrauchsspuren gezeichnetem Massivholz. Bei seinem Anblick verschlug mir die Erinnerung den Atem.

»Hier saß ich.« Ich berührte die Schreibtischplatte links neben dem Ledersessel. »Und ich zählte ihm sämtliche Planeten des Imperiums auf, während er arbeitete. Wenn ich alle auswendig wusste, gingen wir zur Belohnung an den Strand.« Meine Stimme war belegt. Ich sank in den Sessel und griff nach einer altmodischen Fotografie in einem Holzrahmen.

Mein Vater war auf dem Bild jünger als ich jetzt. Er lächelte mir zu, die Arme hatte er um zwei Männer gelegt. Sie waren seine besten Freunde auf der Akademie gewesen. Ich runzelte die Stirn in dem Versuch, mich an ihre Namen zu erinnern. Beide waren kurz vor dem Krieg bei einem Unfall an Bord eines Raumschiffes ums Leben gekommen.

»An dem Tag vor seinem Tod saß ich hier und lernte für die Aufnahmeprüfung an der Flottenakademie«, erzählte ich weiter, während ich das Bild zurück auf den Tisch stellte. »Die Stühle vor dem Kamin waren ihm sowieso lieber. Wir hatten vor, Mutter zu überreden, mich früher auf die Akademie zu lassen.«

»Haili, mein Kind. Geh.« *Die Stimme meines Vaters war nur schwach über die* smati-*Verbindung zu hören. Und sein Blut rann über meine Hände.*

»Ich werde dich nicht hierlassen.« Ich drückte seine Hand noch fester.

»Ich möchte nicht, dass du das hier siehst. Geh. Ich liebe dich.«

»Ich liebe dich auch«, *antwortete ich in Gedanken, als meine BodyGuards mich von ihm wegzogen. Ich traute meiner Stimme nicht zu, die Worte laut auszusprechen.*

»Alles in Ordnung, Majestät?«

Ich wischte mir die Tränen ab und zwang mich zu einem Lächeln. »Uff. Wir behalten die Möbel und die Bücher. Stasia, pack alles zusammen und lass es einlagern.«

»Ja, Majestät.«

Als wir mit dem Büro fertig waren, setzte ich mich an den Schreibtisch und las mich durch einen Berg an Berichten und Dossiers. Am späten Nachmittag wurde ich wieder unruhig und tigerte auf und ab, während Zin schweigend an der Tür Wache hielt.

Ich sah mir die endlosen Wiederholungen der Bilder von den Ausschreitungen an, die nur von einem Bericht über den Prozess von Generalin Prajapati unterbrochen wurden.

Im Gerichtssaal waren zwar keine Berichterstatter zugelassen, aber das hielt die Medien nicht davon ab, Spekulationen über die Verhandlung anzustellen. An der Schuld der Generalin bestand kaum ein Zweifel. Schließlich hatte sie in meinem Thronsaal mehr oder weniger ein Geständnis abgelegt. Dennoch, sie war beliebt gewesen und hatte ihre Arbeit gut gemacht. Es gab bereits Forderungen nach einer Begnadigung.

»Verdammt, ich kann sie nicht hinrichten«, murmelte ich vor mich hin.

»Majestät?«

»Prajapati.« Ich verzog das Gesicht und zeigte auf die an die Wand projizierten Aufnahmen der Generalin. »Ich kann sie nicht hinrichten lassen. Schließlich brauche ich sie noch. Außerdem ist die Argumentation ihres Anwalts schlüssig – sie hat einfach das getan, was sie im Hinblick auf den Thron für das Richtige hielt. Und wir haben keine Beweise dafür, dass sie von den weiteren Plänen der Verschwörer wusste.«

»Das hier ist keine Demokratie, Majestät.« Zin klang richtiggehend gekränkt, und ich musste mir das Lachen verkneifen.

»Shiva sei Dank«, brachte ich hervor. »Wir haben auch so genug Probleme.«

»Was meint Ihr damit, dass Ihr sie noch braucht?«

Ich stellte den Nachrichtensender ab und rief stattdessen meine Datei zu Generalin Prajapati auf. »Sie war Klassenbeste in Mumbai, und ihre Rekorde in den jährlichen Kriegssimulationen der Kaiserlichen Militärakademie wurden in fünfzig Jahren nicht gebrochen. Im Krieg hat sie die Saxonier auf vier verschiedenen Planeten besiegt.

Auf so viel militärischen Sachverstand kann ich nicht einfach verzichten, selbst wenn sie eine Verräterin ist. Selbst wenn sie mich hasst. Da wäre ich schön blöd. Wenn kein Wunder passiert, werden wir uns vor Ablauf des nächsten Jahres wieder mit den Saxoniern im Krieg befinden.«

»Ihr könnt ihr nicht vertrauen.«

»Ich weiß. Ich muss eben hoffen, dass sie die Saxonier mehr hasst als mich. Oder ihr glauben, dass sie nur das Beste für das Imperium im Sinn hatte – und ihr dann beweisen, dass ich das Beste für das Imperium bin.« Ich zuckte mit den Schultern. »In der Zwischenzeit stelle ich jemanden ab, der auf sie aufpasst und ihr eine Kugel verpasst, sollte sie an Verrat auch nur denken.«

Zin zog eine Augenbraue hoch, sagte aber nichts.

»Ich muss mal raus.« Hastig wirbelte ich herum. »Ich rufe Stasia, sie soll mir meinen Mantel holen.«

»Majestät, wir sind auf das Verlassen des Palastes nicht vorbereitet.«

»Dhatt.« Ich warf die Hände in die Luft. »Ich muss raus, ich bin hier schon zu lange eingesperrt. Ein weiterer Anschlag auf mich ist zu diesem Zeitpunkt doch sehr unwahrscheinlich.«

»Damit rechnen wir grundsätzlich immer.«

Ich verzog das Gesicht. »Du klingst schon wie Emmory. Darf ich wenigstens in die Bibliothek? Ich bin relativ optimistisch, dass ich es lebend bis dorthin schaffe.«

Zin nickte.

Ich nahm meinen grauen Wollsari, den ich vor ein paar Stunden in die Ecke geschmissen hatte, und drapierte ihn über meine grüne Hose mit dem ebenfalls grünen Top.

Meine drei BodyGuards waren in stiller Konversation begriffen, als ich in den Flur trat. Kisah und Gita verbeugten sich.

»Eure Majestät.«

Ich nickte zur Antwort.

Lass dir Zeit mit deiner Besprechung. Ich verspreche, den Palast nicht zu verlassen. Wir sind in der Bibliothek. Ich sandte Emmory diese stille Nachricht, auch wenn ich mir ziemlich sicher war, dass Zin ihn längst unterrichtet hatte.

Im Palast herrschte große Geschäftigkeit. Jeder, der uns im Flur begegnete, machte einen Hofknicks oder verbeugte sich. Manchmal hielt ich inne und unterhielt mich kurz mit einem bekannten Gesicht.

Ich wartete mit Zin vor der Bibliothek, während meine BodyGuards den Raum sicherten. Die Palastbibliothek war nicht öffentlich. Nur Befugte hatten Zugang zu dem dort aufbewahrten Schriftgut.

Auch wenn die meisten Aufzeichnungen in unserer digitalen Welt natürlich elektronisch gespeichert wurden, waren gedruckte Bücher nach wie vor gefragt – und diese Bibliothek beherbergte eine ganze Reihe seltener Bände.

Meine Mutter hatte die Sammlung in großem Umfang, wenn auch nach etwas beliebigen Kriterien erweitert und dafür in allen Ecken des Imperiums, des Solarkonglomerats und an anderen Orten Bücher erworben. Einmal hatte ich meinen Vater dazu befragt. Seine Erklärung lautete, dass es sie einfach glücklich mache.

Ich inhalierte den vertrauten, beruhigenden Geruch des alten Papiers und setzte mich in einen der breiten Ledersessel neben dem großen Kamin. Neben dem Büro meines Vaters war die Bibliothek ein anderer Lieblingsort aus meiner Kindheit. Hier hatte ich mich mit einem gedruckten Buch oder etwas Interessantem auf meinem *smati* in einen Sessel gekuschelt und vor der Welt – und vor allem vor meiner Mutter – versteckt.

Erinnerungen prasselten auf mich ein und brachten mich einen Moment lang ins Schwanken. Zin hielt mich am Arm fest.

»Majestät?«

»Schon gut. Nur Erinnerungen.«

Im Kamin lagen einige Holzscheite. Als ich das Feuerzeug vom Kaminsims nahm und mich vorbeugte, mischte sich Gita ein.

»Majestät, lasst mich ...«

Ich unterbrach sie. »Ich bin die Kaiserin, Gita, aber keine Invalidin.«

»Natürlich, Majestät. Verzeihung.«

»Du wirst es schon noch lernen«, antwortete ich und zündete das Holz an. Es dauerte einen Moment, bis die Scheite Feuer fingen. Die Luftaufbereiter liefen an, sobald ihre Sensoren den veränderten CO_2-Gehalt und den aufsteigenden Rauch registrierten.

Ich stand wieder auf. »Zin, hat sich Taz gemeldet?«

»Heute Morgen kam er in den Palast, Majestät. Alba hat ihn in einem Gästezimmer einquartiert, bis wir ihn in dem neuen Terminplan unterbringen können.«

»Machst du einen Riesenaufstand, wenn ich ihn jetzt einfach herbitte?« Ich erwiderte Zins entnervten Gesichtsausdruck mit der unschuldigsten Miene, zu der ich fähig war.

»Majestät, er ist der stellvertretende Anführer der *Upjas*.«

»Der auf meinen Wunsch hin hier ist. Er wurde doch sicher seit seiner Ankunft im Palast mehrfach durchsucht. Du kannst ihn ja auch selbst noch einmal unter die Lupe nehmen, weil ihn Alba gleich herbringen wird.« In dem Moment klopfte es an der Tür, und ich strahlte Zin an.

Gita starrte uns mit ihren großen braunen Augen an. Kisah grinste und folgte Zin zur Tür. »Du wirst es schon noch lernen«, sagte sie und tätschelte der älteren Frau im Vorbeigehen gönnerhaft den Arm.

Ich setzte mich und wickelte mich fest in den grauen Stoff meines Saris. Das Knacken des Holzes in den Flammen übertönte die Stimmen aus der anderen Ecke des Zimmers.

»Eure Majestät.«

Taz erwiderte mein Lächeln nicht.

»Setz dich doch. Möchtest du etwas trinken?«

»Wenn es keine Umstände macht, hätte ich gerne einen Tee.«

»Alba?«

»Ja, Majestät.« Sie verließ den Raum.

Taz setzte sich in den anderen Stuhl. Er trug eine marineblaue Nehru-Jacke über einer weiten, cremefarbenen Bündchenhose.

»Verzeiht meinen legeren Aufzug, Majestät. So spontan hatte ich nicht mit einer Einladung gerechnet.«

»Du siehst gut aus. Und ein ›Hast du Lust auf eine Unterhaltung?‹ ist ja keine offizielle Einladung.«

»Doch, wenn es von der Kaiserin kommt.«

»Woher die Feindseligkeit?« Ich zog meine Augenbrauen hoch und setzte mich auf. Albas Absätze klapperten geschäftig auf dem Holzboden, als sie mit einem Tablett in die Bibliothek zurückkam. Sie stellte es auf den kleinen Beistelltisch und reichte mir eine Tasse Chai. Ich nahm sie und nickte ihr zum Dank zu.

Dann beobachtete ich Taz' Miene über den Rand der Tasse, während ich daraus trank. Ich hatte geglaubt, nahtlos an unsere Freundschaft von vor zwanzig Jahren anknüpfen zu können. Doch bei seinem verletzten, argwöhnischen Blick wurde mir klar, wie idiotisch dieser Gedanke gewesen war.

»Vielen Dank.« Taz lächelte meine Kammerfrau an, als sie ihm ebenfalls eine Tasse Tee reichte.

Ich widerstand der Versuchung, meine Frage zu wiederholen, und ließ ihn sich erst einmal mit seinem Tee beschäftigen. Erst nachdem er genug Milch und Zucker für einen ganzen Schulhof hineingeschüttet und die halbe Tasse ausgetrunken hatte, sah er mich wieder an.

»Ihr habt Geduld gelernt, Majestät«, stellte er mit einem leichten Lächeln fest.

»Die wurde mir eingebläut.«

Er war noch immer leicht zu durchschauen. Überraschung spiegelte sich in seinem Gesicht, als er darüber nachdachte, ob das ein Scherz war oder nicht.

»Ihr habt einige meiner Leute verhaftet«, sagte er schließlich.

»Ich habe niemanden verhaftet.«

»Also gut – die Polizei hat einige meiner Leute verhaftet. Was werdet Ihr in dieser Angelegenheit unternehmen?«

Ich musste meine BodyGuards nicht ansehen, um zu wissen, wie ihre Reaktion ausfiel. Gita atmete scharf und vernehmlich ein, und ich konnte förmlich spüren, wie Zins zorniger Blick die Luft zerschnitt. Ich stellte meine Tasse ab und starrte Taz an.

Die Stille wurde immer unerträglicher. Schließlich senkte er den Blick und murmelte: »Verzeiht, Majestät, es steht mir nicht zu.«

»Komm mir nicht noch einmal so, Tazerion. Für das, was gestern passiert ist, gibt es Gesetze.« Ihn bei seinem vollen Namen zu nennen fühlte sich seltsam an. »Wir werden uns da nicht einmischen und alles nur noch schlimmer machen.«

»Es tut mir leid, Majestät. Eure Mutter hätte sie alle erschießen lassen.«

»Ich bin nicht meine Mutter.« Ich sprang auf, stellte meine Tasse auf dem Kaminsims ab und legte meine Hände auf den warmen Stein. Die Flammen tanzten und wirbelten um die Scheite, schwärzten das Holz und loderten immer heller. Ein Scheit zerbarst und löste einen Funkensturm aus.

»Offensichtlich nicht.« Taz war ebenfalls aufgestanden. Er stellte seinen Tee beiseite und sah Zin um Erlaubnis bittend an, bevor er sich zu mir ans Feuer stellte. »Die Zeiten ändern sich, und manchmal sind wir alle etwas überfordert damit.«

»Sag bloß.« Ich sah, wie ein zaghaftes Lächeln in seinem Blick aufflackerte. »Warum bist du damals nicht mit mir gekommen?«

»Daran erinnere ich mich noch sehr genau. Du hast zu mir gesagt, dass du das alleine tun musst. Und dass ich mein Leben nicht mit deinem Rachefeldzug vergeuden soll.«

»Umso besser«, murmelte ich. »Du wärst da draußen vermutlich draufgegangen. Wie all die anderen.«

»Ich weiß. Mein Beileid.«

»Schnee von gestern.« Ich griff nach dem erstbesten Schürhaken und stocherte damit in der Glut herum. »Ich bin gerade zu sehr mit Indranas Zukunft beschäftigt, als dass ich Zeit hätte, um Vergangenes zu trauern. Emmory hat mir berichtet, dass Abraham die Hauptstadt verlassen hat.«

»Wie ich bei unserem letzten Treffen schon angedeutet habe: Die *Upjas* sind gespalten.« Er warf meinen BodyGuards einen flüchtigen Blick zu. »Aber das Ganze hat noch einen anderen Grund. Der Tod von Prinzessin Cire hat Abraham schwer getroffen. Er hat sich davon noch nicht erholt, und ich glaube auch nicht, dass das jemals geschieht. Er hat Eure Schwester geliebt.«

»Ich weiß.« Ich lächelte traurig.

»Taz, war Atmikha seine Tochter?« Die Frage stellte ich über das *smati*. Sie laut auszusprechen wäre Wahnsinn gewesen.

»Abraham hat nie darüber gesprochen, aber ich glaube schon.«

»Dann übernimmst du also die Führung?«

»Ja, mit seinem Segen, Majestät. Wir halten es für das Beste.« Ich sah in seinen braunen Augen, dass es ihm ernst war. »Wir hoffen, dass ich sie einigen und von einer friedlichen Lösung überzeugen kann. Und ich hoffe, dass Ihr …«

In diesem Moment flog eine der Türen mit einem Knall auf, und Emmory marschierte herein. Er fuhr Zin an, der sichtbar zusammenzuckte, aber als er vor mir stand und mir zunickte, war sein Gesicht ausdrucklos. »Majestät.«

»Das ist aber ein Auftritt, *Ekam*.« Ich trank einen Schluck aus meiner Tasse. »Was ist los?«

»Shivan, entfernt Euch sofort von der Kaiserin.«

Angesichts Emmorys Tonfall zog ich die Augenbrauen hoch. Taz trat einen Schritt zurück, wirkte dabei aber entspannt und lächelte meinem *Ekam* zu.

»Die Kaiserin hat nach mir geschickt.«

»Die Kaiserin, die Ihr beseitigen wollt.«

»Ich strebe Gleichberechtigung an, *Ekam*, nicht mehr. Und abgesehen von den Umständen, die dazu geführt haben, bin ich froh, sie auf dem Thron zu sehen.«

»Majestät, es ist nicht klug, sich mit diesem Mann ohne umfangreiche Sicherheitsvorkehrungen zu treffen.«

»Wie bitte?«

Alle Anwesenden erstarrten, und nur noch das Knacken des Feuers war zu hören. Mir aber schlug das Herz bis zum Hals. Ich stellte meine Tasse auf dem Kaminsims ab und erwog kurz ein paar mögliche Reaktionen.

»Tazerion, es hat mich sehr gefreut. Danke für das Gespräch. Wir sehen uns morgen. Alba wird dich zu deinen Gemächern zurückbringen.«

»Eure Majestät. *Ekam.*« Taz machte eine perfekt abgezirkelte Verbeugung und ging.

»Die anderen verlassen ebenfalls den Raum. Du nicht«, sagte ich, als ich sah, dass Emmory wie die anderen gehen wollte. Als sich die Tür hinter Zin schloss, verschränkte ich die Arme vor der Brust. »Das nächste Mal sagst du mir so etwas gefälligst entweder unter vier Augen oder über unsere private *smati*-Verbindung. Wage es nicht noch einmal, meine Urteilskraft vor jemandem wie Tazerion infrage zu stellen. Ist das klar?«

»Ich bin um Eure Sicherheit besorgt.«

»Kuhscheiße. Du stellst meine Kompetenz infrage, Emmory. Das sind zwei Paar Schuhe. Ich bin keine Idiotin, also lass mich vor den Augen eines Rebellenanführers nicht wie eine dastehen.«

»Ihr habt Euch mit diesem Rebellenanführer im Beisein von lediglich drei BodyGuards getroffen. Und keiner von ihnen stand nah genug bei euch, um Euch im Notfall zuverlässig beschützen zu können.«

Ich trat auf ihn zu. »Ich habe Taz schon vor zwanzig Jahren in die Tasche gesteckt. Und in der Zwischenzeit habe ich noch ein paar Tricks dazugelernt.«

»Euer Selbstvertrauen ist bewundernswert, Majestät, aber es ist meine Aufgabe, Euch zu beschützen. Was, wenn er eine Bombe in seinem Körper gehabt hätte wie Ramani?«

Als er den Namen des kleinen Mädchens nannte, krampfte sich mir der Magen zusammen. »Im Moment könnte ich dir wirklich ins Gesicht schlagen.« Ich musste mich von Emmory wegdrehen, um dieser Versuchung zu widerstehen.

»Er ist ein Mitglied der *Upjas*. Seine Gruppe ist zumindest teilweise verantwortlich für das, was passiert ist.«

»Die *Upjas* sind zerstritten. Christophs Abspaltung war erst der Anfang. Abraham kann sie nicht mehr zusammenhalten, aber er hofft, dass Taz die Mehrheit auf Linie bringt. So etwas erfährt man nur in Gesprächen wie dem gerade eben. Nicht mal im Angesicht aller Feuer in Naraka würde Taz das morgen in aller Öffentlichkeit zugeben.«

»Majestät …«

»Ich bin noch nicht fertig.« Heftig wirbelte ich herum und hob die Hand. »Keine Ahnung, was du für ein Problem hast, aber ich weiß, was ich tue – egal ob ich geruhe, dir das mitzuteilen oder nicht. Ich werde weiterhin meinem Bauchgefühl folgen, das hat mich nämlich noch nie im Stich gelassen. Du kannst mir gerne sagen, wenn dir was nicht passt, aber nur, wenn wir unter uns sind. Vor den anderen hältst du gefälligst die Klappe. Verstanden?«

Emmory nahm Haltung an. »Ja, Majestät.«

»Raus mit dir. Ich will dich heute nicht mehr sehen.«

Ich war immer noch wütend. Als ich hörte, wie sich seine Schritte entfernten, sank ich vor dem Feuer zu Boden und starrte in die Flammen, bis alles vor meinen Augen verschwamm.

»Majestät?«

Ich stand auf und sah in Zins besorgtes Gesicht. Was er von dem hielt, was gerade passiert war, konnte ich nicht erkennen. Ich atmete tief ein und rieb mir die Stirn. »Ich habe nicht übertrieben. Das weißt du doch, oder? Ich hatte einen guten Grund.«

»Emmory ist manchmal sehr auf seine Aufgaben fokussiert.«

»Wie eine lasergesteuerte Lenkrakete.«

Ein Lächeln zeichnete sich in Zins Gesicht ab. »Ja, Majestät.«

»Mir ist nicht entgangen, dass du meine Frage nicht beantwortet hast.« Ich sah ihn streng an und ging dann zum Fenster. Im Vorbeigehen trommelte ich mit den Fingern auf den Tisch. Die Sonne stand schon tief am Himmel, und plötzlich fröstelte es mich angesichts der bevorstehenden Nacht – eine Reaktion, die mich wütend machte.

»*Hai Ram.* Habe ich wirklich Angst vor dem Schlafengehen?«

»Majestät?«

»Stand in Portis' Berichten über mich auch etwas zu Rastinghowl?«

Zin runzelte die Stirn, und der Blick seiner graugrünen Augen wirkte einen Moment lang leer, während er seine Informationen durchging. »Nein, Majestät.«

»Interessant. Auch wenn es mich nicht allzu sehr überrascht, dass Portis nichts davon berichtet hat. Man hätte ihm umgehend befohlen, mich sofort nach Hause zu bringen.«

»Was ist dort passiert?«

»Rastinghowl ist kein Ort, sondern eine Person. Oder besser: *War* eine Person.« Ich ging zurück zum Feuer und kniete mich davor. »Er war überzeugt, dass das Ende des Universums nahe sei und dass sein Gott ihn und seine Anhänger erretten würde. Ich verstehe immer noch nicht, wofür er dann die ganzen Waffen brauchte, aber der Wahnsinn hat wohl seine eigene Logik.

Hao hätte keine Geschäfte mit ihm machen sollen, das habe ich ihm auch gesagt. Ich habe ihn förmlich angefleht, es nicht zu tun, denn ich hatte ein sehr schlechtes Gefühl bei der ganzen Sache. Aber es war viel Geld für uns drin, und so haben wir das Geschäft doch gemacht. Es ging schief, das war keine große Überraschung – und wir endeten alle als Rastinghowls Gefangene.« Ich sah Zin von der Seite an. »Rastinghowl und seine Anhänger nahmen diese Leib-Christi-Sache wörtlich. Sie haben Hamish aufgegessen, bevor wir entkommen konnten.«

Ein Schauer kroch meinen Rücken hoch, und ich rückte näher ans Feuer. Zin kniete neben mir.

»Ich habe ihn mit seinem eigenen Messer erstochen und danach wunderbar geschlafen. Hao hat mein Bauchgefühl nie wieder angezweifelt. Nach allem, was ich erlebt habe – warum bekomme ich jetzt plötzlich Albträume?«

»Jeder erreicht irgendwann seine Belastungsgrenze, Majestät. Hier seid Ihr in Sicherheit, zumindest im Moment. Es ist doch nur normal, dass Ihr nun ein wenig die Kontrolle über Euch verliert.« Zin nahm den Schürhaken und stocherte in der Glut herum. »Aus dem gleichen Grund ist Emmory im Moment so angespannt. Nach seiner Erfahrung geht meistens genau dann alles schief, wenn die Anspannung nachlässt.«

»Das ist sein Problem? Er glaubt, dass ich nachlässig werde?«

Zin antwortete nicht sofort. Und als er sprach, schaute er statt mich das Feuer an. »*Dhatt*«, murmelte er, »er hat keine Angst davor, dass Ihr nachlässig werdet. Sondern er selbst.«

»Was?«

»Er träumt von Eurem Tod. Jede Nacht seit der Explosion.«

· 6 ·

ICH WUSSTE NICHT, WAS ICH ZU ZINS ENTHÜLLUNG sagen sollte. Er weigerte sich außerdem, weiter darauf einzugehen. Also kuschelte ich mich in einen Stuhl und las, bis das Feuer heruntergebrannt war.

Dann gingen wir schweigend in meine Gemächer. Mein *Ekam* ließ sich nirgends blicken. Ich aß alleine zu Abend und ging früh zu Bett, in der Hoffnung, dass die Götter mir die Gnade einer traumlosen Nacht gewähren würden.

Wie konnte ich das hoffen, wo die Götter mir doch noch nie eine Gnade gewährt hatten? Ich erwachte keuchend und schluchzend in der Dunkelheit, während der Albtraum langsam verblasste.

Es brauchte etwas Zeit, aber schließlich fand ich wieder in den Schlaf. Dieses Mal sah ich keine Toten, aber meine Träume waren immer noch so chaotisch und verstörend, dass ich morgens übellaunig erwachte.

Und meine Laune wurde noch schlechter, als ich Emmorys Bericht von seinem Treffen mit Generalin Saito sah. Er war makellos, ließ kein Detail aus und keine Fragen offen.

Auf diese Weise musste er nicht mit mir sprechen.

Ich schloss die Datei, ohne sie gelesen zu haben, und stand auf.

Mein Frühstück stand schon auf einem Tablett bereit, aber ich stocherte nur lustlos darin rum, während ich aus dem Fenster starrte.

»Habt Ihr keinen Hunger, Majestät?«, fragte Bene, eines der neuen Mädchen, die meine Zofe unterstützten. Sie war jung, hatte große braune Augen und kurze braune Locken.

»Nein.« Ich wedelte mit der Hand und griff schnell nach meinem Chai, damit sie ihn nicht mit abräumte. Stasia sagte nichts, als ich meine übliche Uniform anzog. Sie tat auch ansonsten kaum mehr, als meine Haare zu einer einfachen Frisur zu flechten, damit sie mir nicht ins Gesicht hingen. Dann verließ ich das Zimmer für meine erste Besprechung des Tages.

Cas war an meiner Seite. Normalerweise war er ein willkommener Anblick, aber heute machte mir seine Anwesenheit nur überdeutlich bewusst, dass Emmory nicht da war. Zin war an diesem Morgen ebenfalls nicht im Dienst, und so war ich auf meinem Weg durch den Palast ausschließlich von Team 2 umgeben.

Alba blieb meine Stimmung nicht verborgen – sie kannte mich mittlerweile so gut, als würden wir bereits seit Jahren zusammenarbeiten –, und so ging mir niemand auf die Nerven, als wir durch die Flure schritten. Dann saß ich schweigend in der letzten Reihe, während der Raksha – Indranas Militärrat – die jüngsten Flottenbewegungen der Saxonier diskutierte.

»Die drei *Vajrayana*-Schiffe, die bei einem Manöver waren, als der Angriff der Saxonier erfolgte, sind gestern in unser System zurückgekehrt. Ich werde sie der Heimatflotte zuteilen. Nach dem Angriff auf Canafey konnten wir keine größeren Truppenbewegungen mit diesem Ziel feststellen«, sagte Admiralin Hassan und zeigte auf die über dem Tisch der Kommandozentrale schwebenden Planetendarstellungen. »Wir haben einige Truppenbewegungen innerhalb des saxonischen Territoriums registriert, aber keine größeren Verbände.«

»Auf Canafey gibt es nach wie vor Gefechte mit Kräften, die als saxonische Sturmtruppen bezeichnet werden. Aber bislang können wir diese Behauptungen nicht zweifelsfrei mit Bildmaterial belegen.« Caspel stützte sich auf dem Tisch ab und legte die Stirn in Falten. »Des Weiteren lässt sich nicht ausmachen, wie viele Schiffe sich in der Gegend aufhalten. Ursprünglich wurde berichtet, dass es weniger als ein Dutzend seien.«

»Wir müssen Verstärkung schicken«, sagte Generalleutnant Aganey Triskan, ein magerer Mann mit säuerlichem Gesicht, der Prajapati im Rat ersetzt hatte. Er kam mit den besten Empfehlungen nicht nur von Generalin Hassan, sondern auch von Generalin Saito. Ich war nicht überrascht, dass sein Vorschlag eine Diskussion nach sich zog – nicht nur, weil er ein Mann war, sondern auch weil er kaum älter war als ich. »Unsere Truppen brauchen vermutlich Nachschub.«

»Wir können Admiral Shul erst dorthin schicken, wenn wir wissen, was da genau los ist«, antwortete Caspel. »Canafey und selbst die *Vajrayana*-Schiffe sind nicht die gesamte zweite Flotte wert. Es wäre besser, die Reihen zu schließen und sie auszuhungern.«

»Und die Menschen dort? Frauen, Männer, Kinder. Wie könnt Ihr ...«

»Ich weiß, Aganey.«

»Aber darüber, wer sich dort im Weltraum befindet, wisst Ihr nichts. Wozu seid Ihr überhaupt gut?«

»Es reicht.« Generalin Vandi schlug mit der Hand auf den Tisch, nachdem sie mir einen Blick zugeworfen hatte. »Aganey, ich weiß, dass Ihr Euch Sorgen um Eure Töchter macht, aber wir müssen hier einen klaren Kopf behalten. Direktor Ganej tut, was angesichts der schlechten Informationslage möglich ist.«

»Seine Töchter sind auf Canafey?«, fragte ich Admiralin Hassan über den *smati*-Link.

»Ja, Majestät. Eine ist bei den Bodentruppen auf Minor stationiert. Die andere ist bei der Flotte, sie hat an dem Vajrayana-*Projekt gearbeitet.«*

»Verzeihung, Direktor. Es stand mir nicht zu.« Aganey legte die Handflächen zusammen und verbeugte sich vor Caspel, der abwinkte.

»Ich verstehe Eure Sorge, General. Wir tun, was wir können. Das verspreche ich.«

»Caspel, ich möchte bis heute Abend eine Aufstellung, wie viele saxonische Schiffe sich in diesem System befinden, damit wir entscheiden können, wie wir weiter verfahren«, sagte Admiralin Hassan. »Solange wir das nicht wissen, kommen wir nicht weiter. Ich für meinen Teil möchte nicht herumsitzen und den nächsten Schritt der Saxonier abwarten, bevor wir etwas unternehmen.«

Die Anwesenden nickten. Ich stand auf und war bereits auf dem Weg zur Tür, als das Treffen sich auflöste.

»Majestät, ich möchte mich dafür entschuldigen, dass es bislang keine Fortschritte im Fall Bial gibt.« Generalin Saito fing mich mit einer Verbeugung an der Tür ab. »Da der Unfall so kurz nach der Teambildung stattfand, hat er nicht das offizielle Training durchlaufen. Aber er scheint ein Naturtalent zu sein, denn meine Jäger haben Probleme, seiner Spur zu folgen.«

»Ihr habt ihn verloren?«

»Es tut mir leid, Majestät. Ich dachte, Emmory hätte es Euch bereits mitgeteilt.«

»Er hat mir einen Bericht geschickt. Ich kam aber noch nicht dazu, ihn zu lesen.«

»Oh, ich dachte, er hätte es Euch längst erzählt.«

»Der heutige Morgen war ziemlich chaotisch. Wenn Ihr mich entschuldigt, ich treffe mich gleich mit den Matriarchinnen.« Meine Antwort klang gekünstelt, wie mir sehr wohl bewusst war, aber ich ignorierte das besorgte Stirnrunzeln der Generalin und verließ den Raum.

Mir graute vor dem Treffen, aber Trödeln würde nicht helfen. Ich war mir ziemlich sicher, dass Clara nicht ohne mich anfangen würde.

Außerdem musste ich Präsenz zeigen. Seit dem Putschversuch hatte ich mich nicht mehr offiziell mit dem Matriarchinnenrat getroffen und war neugierig darauf, wie diejenigen, die Matriarchin Khatri unterstützt hatten, sich verhielten.

»Cas, Iza, ihr kommt mit mir«, befahl ich, als wir an die Tür kamen. Ich drehte mich zu der jungen Frau um, ohne eine Bestätigung durch meinen *Dve* abzuwarten. »Ich möchte, dass du darauf achtest, ob sich irgendwer seltsam benimmt.«

»Ja, Majestät.« Iza war während des Putschversuchs zu uns gestoßen und dann zu einer meiner BodyGuards geworden – ihr neuer Job schien ihr zu gefallen.

Matriarchin Desai war bereits anwesend und schien nichts daran auszusetzen zu haben, dass Iza mir folgte und sich hinter meinem Platz positionierte. Die späte Morgensonne fiel durch die bunten Glasfenster und färbte die gegenüberliegende Wand blau.

Ich beobachtete die Ankunft jeder einzelnen Matriarchin ganz genau. Alice und Zaran diskutierten angeregt, als sie eintraten, knicksten aber beide in meine Richtung. Ihr Lächeln schien aufrichtig.

Matriarchin Waybly dagegen vermied es, mir in die Augen zu sehen, und beeilte sich, Platz zu nehmen. Die dunkelhaarige Frau war auf der Seite von Elsa Khatri gewesen, als diese mein Anrecht auf den Thron angezweifelt hatte. Aus der darauffolgenden lautstarken Diskussion hatte sie sich allerdings herausgehalten. Ich beschloss, sie genauer unter die Lupe zu nehmen.

Gandas Mutter und meine Tante, Loka Naidu, hatte dunkle Ringe unter den Augen. Sie kam zu mir, und ich stoppte Iza mit einer erhobenen Hand, als diese sie aufhalten wollte. Die Matriarchin sank auf die Knie.

»Eure kaiserliche Majestät. Ich überbringe Euch das tief empfundene Bedauern meiner Familie. Wir bitten untertänigst um Vergebung.«

»*Mai* Loka.« Ich beugte mich vor und streckte meine Hand aus. »Eure andere Tochter hat bereits mit mir gesprochen. Ganda hat auf eigene Faust gehandelt, ich werfe Euch nichts vor.«

»Ich habe sie gut erzogen, Majestät. Ich weiß nicht, was sie dazu getrieben hat.« Sie senkte ihren kummervollen, düsteren Blick. »Ich hätte etwas von ihren Plänen ahnen müssen.«

»Kinder sind Meister darin, etwas vor ihren Eltern zu verbergen. Meine Mutter hätte Euch davon ein Lied singen können. Erhebt Euch, der Boden ist kalt. Ich vergebe Euch.«

»Danke, Majestät.« Sie lächelte erleichtert. Dann stand sie auf und verbeugte sich noch einmal, bevor sie zu ihrem Platz schritt.

Die Ankunft der anderen Matriarchinnen hatte ich nun nicht mehr beobachten können – einer der Gründe, warum ich Iza mitgenommen hatte. Es gab sicher noch ein paar weitere, über die ich mir aber selbst nicht ganz im Klaren war. Als ich in die Gesichter der nun um den Tisch Sitzenden blickte, vermieden einige, mir direkt in die Augen zu sehen.

Clara klopfte mit den Fingerknöcheln auf den Tisch, und es wurde still. »Eine BodyGuard ist anwesend, die Gründe dafür sind offensichtlich. Ich denke, wir werden dies zulassen, bis wir den letzten Rest der verräterischen Brut ausgerottet haben, die uns so zu schaffen gemacht hat.«

Matriarchin Prajapati rutschte angesichts der Worte Desais unbehaglich auf ihrem Sitz herum und verknotete ihre schlanken Finger so fest, dass ihre Knöchel weiß hervortraten. Der Verrat ihrer Schwester war nicht ihre Schuld, aber die anderen hielten sichtbar Abstand zu ihr.

»Diese Gelegenheit möchte ich gerne dazu nutzen, Matriarchin Zaran Khatri im Rat der Matriarchinnen zu begrüßen.« Clara lächelte herzlich. »Auch wenn die Umstände unerfreulich sind, freuen wir uns darauf, künftig von ihren weisen Ratschlägen profitieren zu können.«

Ich stampfte ebenso wie die anderen anerkennend mit dem linken Fuß auf. Der Beifall hallte einen Moment lang durch den Raum, dann wurde es wieder still. Zaran nickte etwas verlegen angesichts der geballten Aufmerksamkeit.

»Zaran, würdet Ihr uns von dem Treffen mit den *Upjas* berichten?«, fuhr Clara schließlich fort.

Zaran nickte, wobei ihr die kurzen Locken um den Kopf tanzten, und faltete die blassen Hände. »Vor drei Tagen haben Alice und ich uns gemeinsam mit der Kaiserin mit zwei hochstehenden Mitgliedern der *Upjas* getroffen – Abraham Suda und Tazerion Benton Shivan. Soweit ich weiß, findet heute ein weiteres Treffen mit Tazerion und zwei weiteren *Upja*-Vertretern statt, das auch den Matriarchinnen und Mitgliedern des Beirats offensteht. Darin soll genauer umrissen werden, was die *Upjas* von der Regierung fordern.

Bei unserem vorherigen Treffen haben Alice und ich mit beiden Männern gesprochen. Abraham war sehr angenehm und höflich im Umgang. Ganz anders, als man es von einem Rebellenanführer erwarten würde.« Ein Lächeln huschte über ihr Gesicht. »Seitdem habe ich mich noch mit anderen Mitgliedern der Gruppe unterhalten. Sie sprechen sehr offen über ihre Forderungen und sind sich alle einig in dem Wunsch, eine ›echte Gleichheit der Geschlechter‹ – so ihre Worte – im Imperium verwirklicht zu sehen.«

»Was amüsiert Euch daran, Matriarchin Zellin?«, fragte ich, als die Frau losprustete.

»Ich finde daran Verschiedenes amüsant, Eure Majestät. Zuerst einmal die Tatsache, dass wir überhaupt mit einer als terroristisch bekannten Gruppierung reden, die ganz offen an aufrührerischen Akten gegen den Thron beteiligt ist. Und dann die Idee, dass Männer nicht schon gleichberechtigt sind. Bei Shiva, wir haben einen männlichen Premierminister. Mehr als die Hälfte Eurer BodyGuards sind Männer. Und Ihr habt gerade einen Mann in den Raksha befördert. Was wollen sie denn noch?«

»Wenn ich dürfte, Majestät«, warf Alice mit erhobenem Arm ein. Ich nickte, und sie sah Matriarchin Zellin mit einem eindringlichen Blick an. »Sie wollen mehr als ein paar symbolische Gesten, Tare. Sie wollen nicht bei einer Beförderung übergangen werden, wenn sie mehr als qualifiziert für die Stelle sind – nur weil ihre Chefin die Position lieber mit einer Frau besetzt. Sie möchten für die gleiche Arbeit auch das Gleiche bekommen, nicht beinahe einen halben *ravga* im Durchschnitt weniger.«

»Das ist doch absurd. Ich zahle meinen männlichen Mitarbeitern nicht weniger.«

»Detaillierte Studien quer durch das gesamte Imperium haben gezeigt, dass dem aber generell nicht so ist«, gab Alice zurück, aber ihre Worte gingen in dem zustimmenden Gemurmel für Tare Zellin unter.

»Eure Majestät, es tut mir sehr leid, aber ich kann es nicht mit meinem Gewissen vereinbaren, diesem Treffen beizuwohnen«, ließ Matriarchin Surakesh nun verlauten. »Unschuldige Menschen wurden vor nicht allzu langer Zeit von dieser Gruppierung getötet. Das Imperium hat noch nie mit Terroristen verhandelt, und jetzt damit anzufangen, wo wir uns am Rande eines Krieges befinden – das hätte Eure Mutter nicht geduldet.«

Ich sah sie ungläubig an. Ihre Weigerung, an dem Treffen teilzunehmen, machte mich sprachlos. Und was noch schlimmer war: Etwa die Hälfte der Anwesenden nickte zustimmend.

Und meine Mutter zu erwähnen – ich sagte nichts, obwohl ich am liebsten losgebrüllt hätte. Wenn die Leute nicht endlich damit aufhörten, mir sie als leuchtendes Beispiel vorzuhalten, würde ich demnächst durchdrehen.

»Majestät, Euer Blutdruck ist etwas zu hoch«, hörte ich Izas Stimme leise über die *smati*-Verbindung sagen.

»Ich weiß«, antwortete ich. *»Daran wirst du dich wohl gewöhnen müssen.«*

Ich stellte das warnende Blinken am Rand meines Sehfeldes ab und atmete einmal tief durch, was den Anwesenden nicht entging.

»Meine Damen.« Ich sprang auf und stützte die Hände auf den Tisch. »Ich werde das nur einmal sagen, also schlage ich vor, dass Ihr mir gut zuhört. Die Zeiten ändern sich. Ob es Euch gefällt oder nicht. Niemand – auch ich nicht – kann Euch dazu zwingen, etwas zu befürworten, woran Ihr nicht glaubt. Die Zeiten ändern sich«, wiederholte ich noch einmal. »Und Indrana muss sich mit ihnen ändern, oder es wird mit allen seinen überholten Vorstellungen auf dem Müllhaufen der Geschichte landen. Ich bin nicht meine Mutter, und das Indrana der Zukunft ist nicht das Imperium meiner Mutter. Es gibt eine Fülle an verschwendetem Potenzial in unserer Bevölkerung, und es ist höchste Zeit, dass unsere Gesetze dieses Potenzial angemessen behandeln.«

Ich sah mich um. »Ich könnte jede von Euch zu dem heutigen Treffen mit den *Upjas* zwingen. Aber ich kann keine von Euch dazu zwingen, Tazerions Worten Gehör zu schenken. Und ich kann keine von Euch dazu zwingen, ihr Herz zu öffnen.«

Alice erhob sich. »Ihre Majestät hat recht. Ich war skeptisch und hätte die *Upjas* nie unterstützt. Aber mir ist klar geworden, dass es an der Zeit ist, unsere Arroganz zu überwinden. Ich möchte Euch alle dazu ermutigen, hier und heute zuzuhören. Nicht, um zu widersprechen, sondern um ihre Botschaft zu verstehen. Ich ersuche Euch auch, mit Euren Söhnen zu sprechen. Ihr werdet vermutlich überrascht darüber sein, was sie zu sagen haben.«

Ein verdutztes Schweigen folgte. Ich musste mich zusammenreißen, um meine Freude zu verbergen. Noch vor weniger als einem Monat hatte Alice mir gesagt, dass sie die *Upjas* nicht unterstütze. Wie es schien, hatte irgendetwas sie bewogen, ihre Meinung zu ändern.

»Gut, ich danke Euch. Eure Majestät. Alice.« Clara räusperte sich mit einem Lächeln und klopfte auf den Tisch, während wir uns wieder setzten. »Zaran und Alice haben einen Bericht über das Treffen vorbereitet. Ich empfehle, dass jede ihn vor dem Treffen heute Nachmittag liest.«

Matriarchin Hassan klopfte mit den Fingerknöcheln auf den Tisch. »So faszinierend dieses kleine Projekt auch ist, könnten wir nun zu den dringlichen Punkten kommen? Die Kaiserin muss für einen Nachkommen sorgen. Und sie muss jemanden benennen, der im Fall der Fälle eine Interimsregierung leiten könnte. Es droht ein Krieg. Die Bevölkerung ist nervös, das würde sie beruhigen.«

Ich verschränkte die Arme und bemühte mich, der Mutter von Admiralin Hassan keinen giftigen Blick zuzuwerfen. »Dass ich ein Kind bekomme, ist wichtiger als die hundert Millionen anderen Probleme, die das Imperium im Moment hat?«

Clara schüttelte den Kopf. »Ihr braucht eine Erbin, Majestät. Matriarchin Hassan hat recht. Indrana kann es sich nicht leisten, ohne Führung zu sein, besonders in diesen unsicheren Zeiten.«

»Es versteht sich ja von selbst, dass aus der Linie meines Vaters nun niemand mehr für den Thron infrage kommt.« Ich nickte Loka knapp zu. »Alle anderen Verwandten sind noch Kinder und außerdem zu weit entfernt von der direkten Blutlinie meiner Mutter, als dass sie infrage kämen. Es sind nur Taran und ich übrig.«

»Ihr könnt Taran nicht zum Thronfolger ernennen, Majestät. Die Gesetze ...«

»Die Gesetze sind mir bekannt«, fuhr ich Matriarchin Tobin an. Die betagte Frau sah mich schockiert an. »Ich möchte nur, dass allen klar ist, was möglich ist – und was nicht. Ich habe keine Familie mehr.«

»Ein weiterer Grund, endlich in die Gänge zu kommen, Kindchen.« Matriarchin Maxwell lachte keuchend und schlug mit der Faust auf den Tisch. »Sucht Euch einen hübschen und halbwegs intelligenten jungen Mann.«

Ich vergrub mein Gesicht in den Händen und stöhnte. Dies war nicht der richtige Moment, dem Rat mein Geheimnis zu offenbaren. Naraka würde losbrechen.

Alice klopfte mit den Fingerknöcheln auf den Tisch. »Was Matriarchin Maxwell da – zugegebenermaßen sehr taktlos – sagt ...«

»Pah, wenn Ihr mal in mein Alter kommt, Kindchen, lernt Ihr, dass Takt Zeitverschwendung ist.«

Alice lächelte mir verständnisvoll zu. »Mir ist klar, dass Ihr im Moment eine Menge um die Ohren habt, Majestät. Aber es ist wichtig, dass Ihr anfangt, Euch mögliche Kandidaten anzusehen.«

»Na schön.« Ich lehnte mich in meinem Stuhl zurück und hieb mit der Faust auf den Tisch. »Und in der Zwischenzeit ernenne ich Alice zu meiner Nachfolgerin.«

Chaos brach aus.

Alice wurde blass und starrte mich mit offenem Mund an. »Majestät, nein. Ich möchte nicht ...«

»Und genau aus diesem Grund habe ich dich ausgesucht.« Ohne mich um das Durcheinander zu kümmern, sah ich die Anwesenden der Reihe nach an. »Ihr alle habt mich dazu getrieben. Also beschwert Euch jetzt nicht.«

»Majestät, Ihr könnt so eine wichtige Entscheidung doch nicht einfach so treffen, ohne ...«

»Das ist lächerlich.«

»Majestät, Ihr solltet diese Entscheidung sorgfältig erwägen …«

»Wollt Ihr damit andeuten, dass ich unbesonnen bin?«, fragte ich Clara mit hochgezogenen Augenbrauen.

»Majestät …«

»Nein, im Ernst. Ich habe Alice beobachtet, seit ich angekommen bin. Ihr benehmt Euch alle, als ob ich nicht darüber nachdenken würde, wer das Imperium nach mir regieren soll. Zum Beispiel, falls mir etwas zustoßen sollte. Alice ist sehr fähig. Und ich vertraue ihr, sie will das Beste für das Imperium.«

»Eure Majestät, das hier verstößt gegen alle Regeln.«

»Dhatt.« Ich fuhr mir mit der Zunge über die Zähne. »Matriarchin Acharya, ich habe kein Problem damit, noch eine weitere Exekution anzusetzen. Ich weiß, dass Ihr einer Meinung mit der alten Matriarchin Kathri gewesen seid. Und ich weiß, dass Ihr Euch mehrfach mit ihr außerhalb des Palastes getroffen habt. Ich würde Euch also raten, mir jetzt nicht in die Quere zu kommen.«

»Wollt Ihr mir drohen?« Acharya stand vor Fassungslosigkeit der Mund offen. »Matriarchin Kathri war eine alte Freundin. Macht uns nun jeder Kontakt verdächtig?«

»Habt Ihr nicht aufgepasst? Ich drohe niemandem«, erwiderte ich. »Wir sind hier fertig. Alice ist meine Thronerbin. Wenn irgendjemand offiziell Widerspruch einlegen möchte, soll er sich an Matriarchin Desai wenden.« Ich wedelte mit der Hand. »Und jetzt raus mit Euch.«

Alle gingen, nur Alice und Clara blieben.

»Mir ist nicht gut«, murmelte Alice.

»Bitte nicht auf den Teppich.« Ich grinste sie an. »Mach dir keine Sorgen, du wirst dich schon dran gewöhnen.«

»Majestät, die Auswirkungen dieses …«

»Das wird schon, Clara. Alice wird meinen Job übernehmen, sollte mir etwas zustoßen. Und das ist die Hauptsache, soweit ich mich erinnere.«

»Zumindest, solange Eure Majestät keine Kinder bekommt.«

Ich räusperte mich und zwang mir ein Lächeln in Claras Richtung ab.

»Selbstverständlich.«

Früher oder später wirst du es jemandem erzählen müssen, Hail, erinnerte mich eine unangemessen gut gelaunte Stimme in meinem Kopf.

Ich knurrte diese Stimme leise an, als ich den Raum verließ.

· 7 ·

TAZ ÖFFENTLICH ZU TREFFEN FÜHLTE SICH GANZ anders an als die private Zusammenkunft in der Bibliothek. Ich saß am Kopfende eines lächerlich großen Tisches in einem Raum, der, so war ich mir ziemlich sicher, seit mindestens einem Jahrzehnt nicht mehr genutzt worden war. Der Bogen des riesigen Fensters wölbte sich bis zur Decke, hinter ihm erstreckte sich der schneebedeckte Palastgarten.

Ich war müde, und der pochende Kopfschmerz, der mich seit dem Mittagessen plagte, wurde immer schlimmer, während sich der Raum mit Menschen füllte. Matriarchin Surakesh blieb dem Treffen wie angekündigt fern. Dafür kam ihre älteste Tochter Mina und grüßte mit einem vornehmen Nicken.

»Eure Majestät.«

»Wie schön, Euch zu sehen. Ich hatte nicht erwartet, heute jemanden aus Eurer Familie hier zu sehen.«

»Meine Mutter und ich vertreten in Bezug auf die Herausforderungen, vor denen das Imperium steht, nicht ganz dieselbe Meinung«, erwiderte sie.

»Danke, dass Ihr gekommen seid«, sagte ich. Sie nickte mir noch einmal zu und ging dann zu ihrem Platz.

Taz und zwei junge Männer betraten den Raum, und alle verstummten. Ich war froh um die Stille. »Eure kaiserliche Majestät«, grüßte er und verbeugte sich elegant. Er trug eine gut geschnittene dunkelgraue Nehru-Jacke über einer Hose in derselben Farbe.

»Tazerion. Garhi. Salham.« Es schmerzte mich, dass der Jüngste der Gruppe so hieß wie einer meiner verstorbenen BodyGuards. Aber es war nun mal ein weitverbreiteter Name. So etwas kam vor.

Während sich alle begrüßten, versuchte ich, mich etwas zu entspannen. Bei den vielen Menschen würde es eine Weile dauern, bevor alle zur Ruhe kamen. Die Hälfte der Matriarchinnen war nicht erschienen, und ich war überrascht, als Matriarchin Zellin den Raum betrat und mich mit einem Hofknicks begrüßte. Dafür waren alle ältesten Töchter gekommen, was ich als gutes Zeichen auffasste. Premierminister Phanin und einige handverlesene Vertreter der Medien nahmen ebenfalls am Treffen teil.

Der Raum wurde zudem mit dem Sicherheitspersonal der Adligen sowie zwei meiner BodyGuard-Teams bevölkert. Emmorys Abwesenheit war unübersehbar – er dachte wohl immer noch über seine übertriebene Reaktion auf Taz' Besuch bei mir am vorigen Abend nach.

Ich schob die Gedanken an meinen *Ekam* beiseite, als Clara die Anwesenden begrüßte und Tazerion das Wort erteilte.

Er räusperte sich, stand auf und strich seine Jacke glatt. Eine nervöse Geste, die ich von früher kannte.

»Eure Majestät. Meine Damen. Premierminister und Vertreter der Medien. Ich danke Ihnen allen für Ihr Kommen, und ich möchte mich ebenso für diese Gelegenheit, unseren Stimmen Gehör zu verschaffen, bedanken.

Die *Upjas* sind nicht gegen das Imperium. Wir möchten vielmehr ganz einfach ein Teil davon sein – ein gleichberechtigter Teil. Wir sind der Auffassung, dass es falsch ist, die Hälfte der Bevölkerung von der Möglichkeit auszuschließen, Titel zu erben oder an den Gesetzen mitzuarbeiten, an die sie sich ja schließlich auch halten müssen. Oder von dem Respekt, der Frauen ganz selbstverständlich entgegengebracht wird – nur aufgrund des Geschlechts, mit dem sie geboren wurden.«

Ich zwang mich, meinen Blick von Taz abzuwenden und stattdessen die Gesichter der Frauen um den Tisch herum zu studieren. Die älteren Matriarchinnen starrten ihn feindselig und mit zusammengepressten Lippen an – ausgenommen die unberechenbare Matriarchin Tobin. Sie lächelte.

Die Reaktionen der jüngeren Frauen waren unterschiedlich. Manche sahen ihre Hände an oder rutschten unbehaglich auf ihren Stühlen herum, andere saßen mit versteinerter Miene da, während ein paar, gebannt von Taz und seiner Botschaft, lächelten.

»Männer haben an der Seite der Frauen um unsere Unabhängigkeit vom Solarkonglomerat gekämpft. Ihr habt unsere Unterstützung geschätzt und tut dies nach wie vor in allen Bereichen des Militärs. Aber wir sind mehr als Maschinen, die Befehle empfangen. Wir sind vernunftbegabt. Wir werden nicht von unserer Wut oder von unseren Instinkten gelenkt.

Wollen wir – jetzt, im einunddreißigsten Jahrhundert – in Indrana nicht endlich ein aufgeklärtes Zeitalter einläuten? Ihr Matriarchinnen habt die Macht, und diese Macht würde ja nicht geringer, wenn Ihr uns gleichberechtigt erlaubt, unser eigenes Schicksal zu bestimmen, unsere Familien zu ernähren, unsere Kinder aufzuziehen, zur Schule zu gehen oder ein Amt zu bekleiden. Und Eure Macht würde auch nicht geringer, wenn Ihr uns als Euresgleichen behandelt.«

»Ihr wollt die Monarchie abschaffen«, sagte Matriarchin Desai mit leiser Stimme in die Stille.

Als er antwortete, sah Taz mich und nicht Clara Desai an: »Ist das nicht eine antiquierte Staatsform? Anfangs, als wir noch in ständiger Gefahr lebten und unsere Welt von einer einzigen Stimme geleitet werden musste, war sie – vielleicht – die richtige. Nun hat sich unser Volk auf vielen Planeten ausgebreitet, und es geht um das Schicksal vieler Menschenleben. Ist es da noch richtig, sie alle auf eine einzige Person einzuschwören?«

Er streckte eine Hand aus. »Wir sehen doch die Gefahr – wie nah uns die letzten beiden Jahrzehnte an den Rand eines Krieges gebracht haben. Und diese Gefahr besteht immer noch, weil alle Entscheidungen von einer einzigen Person abhängen.«

Taz, jetzt gehst du zu weit, dachte ich und wünschte mir, der Raum wäre nicht mit *smati*-Störsendern ausgestattet. Unter den Zuhörern machte sich zunehmend Unruhe breit.

»Junger Mann.« Matriarchin Maxwell hob ihre schlanke Hand. »Ihr seid ...«

Was immer sie hatte ausdrücken wollen – Schelte oder Lob –, sie kam nicht mehr dazu, denn plötzlich erschütterte ein grollendes Rumpeln den Tisch. Ich sah zu Cas, dessen *smati* trotz Störsender funktionierte, und bemerkte, wie er sich anspannte.

»Los, Majestät«, sagte er in einem Tonfall, den ich von meinem milchgesichtigen BodyGuard nicht kannte. Ich war längst aufgesprungen.

»Nehmt die drei fest, aber tut ihnen nichts.« Ich fing Taz' Blick auf, während meine BodyGuards mich aus dem Zimmer drängten. Er stand mit erhobenen Händen und einem resignierten Gesichtsausdruck vor den anderen beiden *Upjas*.

Cas hielt mich am Arm, als wir den Flur entlangschritten. Die anderen BodyGuards hatten sich um uns formiert und hielten aufmerksam nach Gefahren Ausschau. Ich hätte gerne gefragt, was vor sich ging, wollte sie aber nicht ablenken.

Wir gingen nicht in Richtung meiner Gemächer, stattdessen bog Cas nach rechts in einen engen Gang ab. Schließlich blieb mein *Dve* stehen und legte seine Hand auf ein Bedienfeld neben einer Metalltür.

Ich erstarrte, als die Tür sich öffnete und ein winziger Aufzug zum Vorschein kam. »Wohin führt der?«

»Ins Untergeschoss. Eure Mutter ließ ihn vor einigen Jahren einbauen.«

Er wollte mich hineinzerren. Ich wehrte mich. Das Herz schlug mir bis zum Halse.

»Majestät, es muss sein.«

»Hat Emmory dir nicht gesagt ...« Ich wollte dies nicht hier und jetzt in diesem Flur ausdiskutieren, aber meine Beine weigerten sich, sich auch nur einen Millimeter in Richtung dieses Stahlsarges zu bewegen. »Ich kann nicht ... Ich kann da nicht rein.«

»Majestät.« Cas wirkte nun genauso panisch, wie ich es war. »Bitte zwingt mich nicht, Euch hineinzutragen. Ich habe meine Befehle.«

»Deine beschissenen Befehle sind mir egal!«

»Majestät.« Emmory kam um die Ecke. »Wegtreten, alle. Die Gefahr ist gebannt.« Die BodyGuards um uns entspannten sich, und Cas ging schweigend mit ihnen davon. Nun war ich allein mit Emmory.

Ich schloss die Augen. »Was ist los?«

»Zwei Männer haben einen Lastwagen gegen den Haupteingang des Palastes gesteuert und in die Luft gesprengt. Ich erhalte vereinzelte Berichte über weitere Anschläge innerhalb der Hauptstadt, es gibt aber bislang nur unvollständige Informationen.«

»Bei der Dunklen Mutter. Wie viele Opfer?«

»Die beiden diensthabenden Frauen am Tor wurden getötet, ebenso einige Zivilisten, die auf Einlass in den Palast gewartet hatten. Dazu gab es mehrere Verletzte.« Emmory fuhr sich mit der Hand über den Kopf. »Ich habe noch keine Informationen zu den anderen Anschlägen. Wir wussten nicht, ob es einen Versuch geben würde, in den Palast einzudringen, deswegen wollte ich Euch an einem Ort wissen, der sicherer ist als Eure Gemächer. Es tut mir leid, ich hätte Euch über diesen Plan unterrichten müssen. Und ich hätte Cas ermahnen müssen, an Eure Klaustrophobie zu denken.«

»Eine Übung hätte sicher auch nicht geschadet ... oder achthundert.« Ich schluckte und fluchte leise. Dann trat ich näher an den Aufzug. »Da wir nun schon mal hier sind, können wir gleich ausprobieren, ob ich es auch schaffe, wenn es kein Notfall ist.«

»Majestät ...«

»Bitte, ich will das jetzt nicht diskutieren. Sonst drücke ich mich nur gleich wieder.« Zum Glück trug ich keinen meiner voluminösen Röcke, denn damit hätte ich bestimmt nicht in den winzigen Raum gepasst. Der Aufzug war kaum mehr als zwei Quadratmeter groß – er hätte vier Leute fassen können, aber nur, wenn sich diese wirklich gerne mochten. Ich hielt den Atem an und ging hinein. Der Boden bewegte sich, als Emmory mir folgte. Ich kniff meine Augen zusammen und drehte mich nicht zu ihm um, denn ich wusste, dass ich beim Anblick von Emmory, wie er den Ausgang versperrte, panisch werden würde.

Die Tür glitt geräuschlos zu, aber ich merkte trotz der geschlossenen Augenlider, dass es dunkel wurde, und mein Herz begann erneut, laut zu pochen. Schließlich öffnete ich die Augen wieder und betrachtete mein verschwommenes Spiegelbild an der Polystahlwand.

»Generalin Saito sagte mir, dass die Jäger Bials Spur verloren haben.«

»Majestät?«

»Rede mit mir, Emmory. Lenk mich bitte davon ab, dass wir in dieser Blechdose stecken.« Als der Aufzug losfuhr, griff ich nach einer Stange an der Wand und lachte hysterisch.

»Ihr habt meinen Bericht nicht gelesen?«

»Ich hatte noch keine Zeit dazu.« Schwer atmend presste ich meinen Kopf gegen das kühle Metall. »Und ich war noch wütend auf dich.«

»Ihr wart im Recht, Majestät.« Er seufzte. »Ich möchte mich dafür entschuldigen, Eure Urteilsfähigkeit angezweifelt zu haben. Cas sagte mir, dass Ihr angeordnet habt, die *Upjas* festzunehmen.«

»Es ist wesentlich wahrscheinlicher, dass Christoph hinter den Anschlägen steckt, aber so ist es am sichersten für alle Beteiligten.«

Emmory lehnte sich neben mir gegen die Wand, und ich drehte mich zu ihm um. »Tu Winston ist einer der besten Jäger, die ich kenne. Winston und Peche haben Bials Spur auf der Wasteland-Station verloren. Aber sie gehen die letzten bekannten Aufenthaltsorte jetzt noch einmal Schritt für Schritt ab, und die Generalin ist zuversichtlich, dass sie ihn wieder aufspüren werden.«

»Du hast dir seine Aktivitäten hier angesehen, oder?«

Emmory nickte.

»Ich möchte einen umfassenden Bericht. Wir finden hoffentlich etwas, das den Jägern helfen wird.«

»Wir, Majestät?«

Ich zuckte mit den Schultern und versuchte, nicht auf das Ruckeln zu achten, mit dem der Aufzug anhielt. »Ich möchte wissen, ob er an der Verschwörung gegen meine Familie beteiligt war.« Die Tür glitt auf, und ich sprang aus dem Aufzug in die zweifelhafte Sicherheit der unterirdischen Kammer. »Oder ob er nur eine falsche Vorstellung von Ehre hatte und wir ihn laufen lassen sollten. Vielleicht sollten wir die Jäger lieber auf diesen geheimnisvollen Wilson ansetzen.«

»Seine Spur ist noch kälter als die Bials.«

»Ich weiß, aber er ist wichtiger. Bial ist ein Rätsel, so viel steht fest. Wir wissen doch beide, dass er das Imperium schon lange vor meiner Rückkehr hätte untergehen lassen können – hätte er das gewollt.«

Der unterirdische Raum, den meine Mutter hatte bauen lassen, war anscheinend noch nie benutzt worden. Ich fragte mich, ob Paranoia oder Weisheit sie auf die Idee zu diesem Bunker gebracht hatte.

In der gegenüberliegenden Ecke befand sich ein kleiner Hologrammtisch, ein paar Bildschirme hingen an einer Wand, vor den anderen standen Tische und Stühle. Fragend zeigte ich auf die beiden Türen.

»Die rechte Tür führt zu den Schlafräumen, die linke zu einem anderen Ausgang.«

Bei diesen Worten entspannte ich mich, auch wenn mir klar war, dass dieser vermutlich in einen weiteren Tunnel führen würde. Aber es bedeutete, dass es wenigstens eine Alternative zu diesem entsetzlichen Metallkasten gab.

»Zin hat mir von deinen Träumen erzählt.«

»Mir hat er von Rastinghowl erzählt.« Ein Lächeln huschte über sein Gesicht. »Und dass er keine Lust mehr hat, den Vermittler zwischen uns zu spielen.«

»Das war doch nicht einmal für einen ganzen Tag.«

»Er mag keinen Streit, Majestät.«

»Wer mag den schon.« Ich zuckte mit den Schultern und lehnte mich gegen den Hologrammtisch. »Was hast du eigentlich zu ihm gesagt, als du in die Bibliothek gekommen bist?«

»Ich habe ihn gefragt, wie es seinem Bein geht.« Emmory sah beschämt aus. »Ich war wütend. Ich hätte das nicht sagen sollen.«

»Aber trotzdem eine gute Frage. Wobei hat er es sich verletzt? Wofür hast du den Stern bekommen?«

Der Kaiserliche Stern war eine hoch angesehene Auszeichnung. Er wurde nicht einfach für eine tapfere Tat verliehen. Um mit ihm geehrt zu werden, musste man etwas geleistet haben, das weit über Pflichterfüllung hinausging, etwas, das einen auf den Weg heim in den Tempel schickte. Und normalerweise kehrte man davon nicht zurück zu den Lebenden.

Emmory trug das Ehrenzeichen mit dem komplizierten Rautenmuster, dessen vier Spitzen sich leicht gegen den Uhrzeigersinn neigten, für jeden sichtbar mitten im Gesicht. Ich glaubte nicht, dass er das aus Stolz tat.

»Ich trage den Stern in meinem Gesicht, damit ich bei jedem Blick in den Spiegel daran erinnert werde, dass Nachlässigkeit dazu führt, dass die Menschen, die ich liebe, getötet werden«, sagte er und beantwortete damit meine unausgesprochene Frage. »Zin hat keine Beinverletzung, Majestät. Er hat seinen Unterschenkel verloren, direkt unterhalb des Knies.« Emmory klopfte gegen sein Bein, und ich sah, wie seine Augen sich bei der Erinnerung vor Kummer trübten.

»Wir waren zwar schon ein paar Jahre dabei, aber immer noch etwas unerfahren. Es war ein hässlicher Fall. Ihr erinnert Euch vermutlich nicht daran, denn Ihr wart damals erst neun oder zehn Jahre alt. Wir jagten einen Serienmörder, der von Pashati geflohen war, um sich seiner Strafe zu entziehen.«

»Ich erinnere mich. Der Vierzehn-Rosen-Mörder.« Ich nickte und schauderte. »Ich weiß noch, wie nervös Ofa und Tefiz damals waren. Wir durften kaum noch aus dem Palast, auch nicht, nachdem er tot war. Tefiz hatte immer die Hand an ihrer Waffe, wenn wir mal nach draußen gingen.«

»Und sie tat gut daran. Seine Anhänger ermordeten nach seinem Tod mehr Menschen als er selbst.« Emmory schüttelte den Kopf. »Zin und ich hatten ihn außerhalb des Territoriums des Solarkonglomerats aufgespürt. Er starb während der Schießerei, die dann folgte.« Mein *Ekam* log, ohne mit der Wimper zu zucken. Wir wussten beide, dass sein Befehl vermutlich nicht beinhaltet hatte, Howell Tajman lebend nach Pashati zurückzubringen.

»Eine seiner Anhängerinnen wurde niedergeschossen, und wir haben nicht nachgesehen, ob sie wirklich tot war. Sie hat Zin das Bein mit einer Machete abgetrennt. Ich fing mir zwei Kugeln von einem Mann ein, der sich in einem Kellerraum des Gebäudes versteckt hatte.«

Ich zuckte zusammen.

»Ich war nur einen Moment lang unachtsam, weil ich dachte, es sei alles vorbei und gut gelaufen. Und deswegen sind wir beide fast gestorben. Zin hat sein Bein verloren, und ich werde mir das nie vergeben.«

Energisch schüttelte ich den Kopf. »Er macht dir keine Vorwürfe«, sagte ich. Ich war also schon einmal nahe dran gewesen, die beiden zu verlieren – noch bevor ich sie überhaupt gekannt hatte. Und ich fragte mich, wie sich alles für mich entwickelt hätte, wenn sie damals in dem heruntergekommenen Warenhaus auf diesem Hinterweltplaneten gestorben wären.

Ich wäre vermutlich längst tot.

»Das muss er auch nicht, Majestät. Ich hatte die Verantwortung, und ich habe versagt.«

»Und jetzt hast du Angst, dass hier dasselbe noch mal passiert?« Ich atmete tief durch und ging in Richtung Aufzug.

Emmory runzelte die Stirn. »Es geht nicht um Angst, Majestät. Ich darf nicht zulassen, dass sich das wiederholt. Ich habe einen Schwur geleistet, Euch und das Imperium zu beschützen. Und den werde ich nicht brechen.«

Wenn mein *Ekam* glaubte, für das Geschehene Buße leisten zu müssen, so war das seine Privatangelegenheit – ich wollte mich da nicht weiter einmischen, auch wenn ich der Auffassung war, dass er da falsch lag. Das hatte ich in dieser kurzen Zeit über Emmory gelernt: Nicht einmal die Götter selbst konnten ihn dazu bringen, einen Schwur zu brechen.

Schweigend fuhren wir nach oben. Die Türen glitten auf, und da ich wusste, dass der Rest meiner BodyGuards sich immer noch im Gang aufhielt, versuchte ich, so entspannt wie möglich zu wirken, als ich den Aufzug verließ, obwohl ich befürchtete, dass mein Herzklopfen mir die Brust sprengte.

»Ihr solltet einmal tief durchatmen«, raunte Emmory mir zu. »Ich stelle die Übertragung der Lebenszeichen für die anderen erst wieder an, wenn sich Euer Herzschlag normalisiert hat.«

»Ich arbeite dran, Emmory«, antwortete ich über unsere private *smati*-Verbindung, ohne in seine Richtung zu sehen. Ich lächelte Alba zu, als sie zu mir kam.

»Ich möchte mit Tazerion sprechen. Ich muss wissen, ob er von dem Plan wusste oder ob er nur zur falschen Zeit am falschen Ort war.«

· 8 ·

»WO WOLLT IHR IHN EMPFANGEN, MAJESTÄT?«, fragte Emmory.

»Im Thronsaal?«, schlug Alba vor.

Emmory und ich schüttelten beide gleichzeitig den Kopf. »Das wäre zu steif«, fand ich.

»Zu exponiert. Im Moment stehen sie in ihren Räumlichkeiten unter Arrest – wir könnten einen Verhörraum absichern«, meinte Emmory.

»Ich werde sie nicht wie Kriminelle behandeln.«

»Nüchtern betrachtet sind sie das aber, Majestät«, wandte Alba ein. »Nur Euer temporärer Gnadenerlass sorgt dafür, dass sie nicht als solche behandelt werden.«

»Was ist mit dem Raum, in dem wir gerade waren? Er wurde mehrfach durchsucht und gesichert. Ich kann mir nicht vorstellen, dass sich die Lage in den letzten zehn Minuten so sehr verändert hat, dass es dort nicht mehr sicher ist.«

Emmory musste lachen, und Alba sah leicht verlegen drein. Ich ging den Flur entlang zurück zum Konferenzsaal. Der war nun leer, und von dem Durcheinander, das hier kurz vorher noch geherrscht hatte, zeugten nur noch ein paar vom Tisch weggerückte Stühle.

Ich nahm Platz und schwang ein Bein über die Armlehne. »Alba, gibt es von diesem Raum Aufnahmen von dem Moment, als die Bombe hochging?«

»Ja, Majestät.«

»Besorg sie mir – ab dreißig Sekunden, bevor ich in den Raum komme, bis zu dem Moment, in dem ich ihn wieder verlasse.«

Einige Minuten später piepte mein *smati*, und ich konnte mir die Aufnahmen ansehen. Ich stellte den Ton ab, um mich nicht von Taz' leidenschaftlicher Rede ablenken zu lassen. Taz und die beiden *Upjas* sprangen ebenso wie alle anderen auf, als der Tisch erbebte. Sogar ich zuckte zusammen und drehte mich fragend zu Cas um.

Dann sprang mir etwas ins Auge, und ich spielte die Aufnahme noch einmal ab.

»Emmory, was siehst du da?« Ich ließ die Aufzeichnung auf einem der im Tisch eingelassenen Bildschirme laufen.

Mein *Ekam* legte den Kopf schief. »Die *Upjas* sind so überrascht wie alle anderen – oder sie sind sehr gute Schauspieler …« Er unterbrach sich und tippte auf den Bildschirm, um den Film ein paar Sekunden zurückzufahren. »Matriarchin Zellin reagiert dagegen überhaupt nicht. Selbst Ihr zuckt ein bisschen, Majestät.«

»Der ganze Raum wurde durchgerüttelt. Das lässt doch niemanden kalt. Hier hört sie auf, mit den Fingern auf den Tisch zu trommeln.« Ich hielt die Aufnahme an. »Als hätte sie einen Countdown heruntergezählt. Einige Stunden davor hat sie aber noch sehr lautstark gegen die *Upjas* gewettert.«

»Ein brauchbares Ablenkungsmanöver.«

»Shiva, bewahre mich vor Intrigen. Können die Leute nicht einfach sagen, was sie wirklich denken?« Ich rieb mir mit beiden Händen das Gesicht und sah Emmory an. »Das ist alles nur deine Schuld!«

»Es war Eure Entscheidung zu bleiben, Majestät«, erinnerte er mich mit einem nachsichtigen Lächeln.

Ich hätte ihm gerne die Zunge rausgestreckt, aber da kam schon Cas mit Taz und den anderen beiden jungen Männern herein. Alle drei fielen auf die Knie.

»Ach du Scheiße. Steht auf. Unterwürfigkeit ist mir peinlich. Setzt Euch.« Ich zeigte auf die Stühle, die Emmory an der anderen Seite des Tisches zurechtgerückt hatte.

Taz zuckte zusammen, als er sich setzte, und fasste sich mit einer Hand an die Seite. Ich warf Cas einen scharfen Blick zu. »Habe ich nicht eindeutige Anweisungen gegeben, dass unseren Gästen nichts geschehen soll?«

»Das habt Ihr, Majestät.«

»Ich möchte wissen, wer sich nicht daran gehalten hat.«

»Das ist nichts, Majestät.«

»Da bin ich anderer Meinung, Tazerion. Ihr seid meine Gäste, und ich bin verantwortlich für Eure Sicherheit.«

»Ich bitte um Vergebung, Majestät«, antwortete er und ließ den Kopf hängen.

»Halt die Klappe.«

Garhi unterdrückte ein Lachen, und Salham schaute abwechselnd mich und Taz an.

»Christoph ist also für all das hier verantwortlich?« Ich lehnte mich zurück und klopfte mit meinem Fuß gegen das Stuhlbein. »Er wusste also, dass Ihr Euch mit mir trefft.«

»Das war nicht gerade ein Geheimnis«, erwiderte Taz. »Er hat wohl gehofft, dass Ihr wütend werdet, uns für die Anschläge verantwortlich macht und verhaften lasst.«

»Mit dem Wutausbruch hat er schon mal recht. Und wenn ich euch tatsächlich verhaften lasse, was hat er dann vor?«

Es folgte langes Schweigen. Taz dachte sorgfältig nach, bevor er antwortete. »Er würde weitermorden, Majestät. Und er würde es so aussehen lassen, als ob die *Upjas* auf diese

Weise für unsere Freilassung kämpfen. Abraham hat die Stadt verlassen, außer mir kann niemand für die *Upjas* sprechen.«

Leise fluchte ich vor mich hin.

»Er wird vermutlich auch nicht damit aufhören, wenn Ihr uns freilasst. Er ist wahnsinnig und will Euch und jede Matriarchin töten. Er will das Imperium in Schutt und Asche legen. Mit ihm kann man weder diskutieren noch verhandeln. Er wird erst aufhören, wenn er all das erreicht hat oder tot ist.«

»Und selbst wenn wir ihn erwischen – seine Anhänger werden weitermachen. Ich weiß, wie solche Menschen ticken.« Ich schwang mein Bein von der Armlehne herunter und stampfte auf den Boden. »Ich kann also nichts tun.«

»Doch, es gibt etwas, was Ihr tun könnt. Aber das wird Euch nicht gefallen.«

Ich zog eine Augenbraue hoch und starrte Taz einen Moment lang an. »Raus hier. Und zwar alle.«

Die beiden jüngeren *Upjas* standen auf, und meine Body-Guards wandten sich zur Tür. Taz blieb, wo er war. Emmory ebenfalls.

Diesbezüglich war also wieder alles beim Alten. Ich wartete, bis sich die Tür geschlossen hatte, dann hieß ich Taz fortfahren.

»Lasst uns gehen. Wir kümmern uns darum.«

Erstaunt schaute ich ihn an. »Ihr wollt, dass ich einen unkontrollierten Bandenkrieg gutheiße?«

»Ich hatte gehofft, dass es nicht so weit kommt. Wir tun, was wir können, um Blutvergießen zu vermeiden. Wir sind stark genug, um es mit ihm aufzunehmen – und wir kennen ihn besser als Eure Leute.«

Ich seufzte und fuhr mir über das Gesicht, dann sah ich zur Decke hoch. Die grauen Steine variierten etwas in ihrer Farbgebung, so ließen sie sich einfach unterscheiden und zählen. Ich zählte von einer Bogenrippe zur nächsten und kam auf einhundertdrei Steine, dann hatte ich die Mitte der Decke erreicht. Ich schüttelte den Kopf.

»Das kann ich nicht gestatten. Ich kann nicht zulassen, dass Ihr Euch um meine Probleme kümmert.«

»Wenn Ihr mir meine Direktheit verzeiht, Majestät: Du hast bereits einen Krieg, um den du dich kümmern musst, Hail.« Taz sah kurz zu Emmory, der aber nicht auf diese Vertraulichkeit reagierte. »Du wirst alle deine Kraft brauchen, um es mit den Saxoniern aufzunehmen und das Imperium zu schützen. Ich kenne Christoph. Ich weiß, wie er denkt.« Taz stand auf. »*Ekam*, darf ich näher treten?«

Emmory zog eine Augenbraue hoch, nickte aber. Taz kniete nieder und legte seine Hand auf meine.

»Lass mich das für dich tun. Für Indrana. Wir waren doch früher ein gutes Team.«

»Ja, das waren wir.« In meinem Kopf herrschte Chaos, aber meine Hand fand ganz von selbst in seine und hielt sie fest. »Bitte beschütze unser Volk.« Unsere Blicke trafen sich, und ich hoffte, dass er in meinen Augen das deutliche *»Bitte pass auf dich auf«* lesen konnte.

»Ich tue, was immer notwendig ist, Majestät.«

Ich räusperte mich und wand meine Hand wieder aus seiner. Plötzlich war mir das Ganze unangenehm. »Ich möchte, dass dich jemand begleitet. Emmory, könnten wir Captain Gill und ihre Einheit entbehren?«

»Ich kläre das, sobald sie hier eintrifft, Majestät. Und ich habe bereits Sergeant Terass rufen lassen.«

Ich schüttelte den Kopf, als Taz wieder aufstand. »Das ist sehr nett von dir, aber sie wird ihm nicht helfen können. Die Kräfte der Farianer haben keine Wirkung bei Taz. Weißt du das denn nicht?«

Als die Farianer mit uns Kontakt aufnahmen, hatte die Menschheit sich bereits damit abgefunden, allein im Universum zu sein. Von ihnen erfuhren wir, dass noch andere Lebensformen in der Weite des Raumes existierten, die sich aber nicht bis in unsere entlegene Ecke der Milchstraße wagten.

Die Farianer dagegen waren Entdecker. Ihre einmalige Fähigkeit, mit einer Handberührung zu heilen oder zu töten, war Grundlage ihres Glaubens und ebenso eine biologische Notwendigkeit.

Die Menschen, so stellte sich heraus, waren das perfekte Gegenstück zu dieser Lebensform, die heilen musste, um zu überleben. Unsere fragilen Körper boten genug Betätigungsfeld für die Energie der Farianer, die sie selbst verbrannte, wenn sie sie nicht einsetzten. Aber wie auch immer: Bei einem von einer Million Menschen funktionierte es nicht. Und Taz war einer davon.

»Es ist nicht schlimm.« Taz lächelte und zuckte mit der Schulter – woraufhin er sich wieder reflexartig an die Seite fasste. »Ich denke nicht, dass sie mir etwas gebrochen haben.«

»Majestät, wenn Ihr mit Cas zurück in Eure Gemächer gehen möchtet, dann kümmere ich mich hier um alles«, schlug Emmory vor und öffnete die Tür.

Ich nickte und folgte ihm nach draußen. Alba stand mit einem Gesichtsausdruck im Flur, den sie immer aufsetzte, wenn sie dringend mit mir sprechen wollte. Also widersprach ich Emmory nicht schon wieder, sondern verabschiedete die *Upjas* mit einem Lächeln und ging.

»Majestät, ich habe eine Nachricht von Botschafter Toropov. Er würde gerne mit Euch zu Abend essen, wenn Ihr es einrichten könnt.«

»Hat er denn nicht mitbekommen, was heute alles los ist? Er soll sich einen besseren Termin aussuchen, zum Beispiel dann, wenn meine Untertanen gerade nicht auf offener Straße ermordet werden.«

Alba zuckte bei meinem scharfen Tonfall zusammen, nickte aber. »Soll ich das wörtlich ausrichten oder etwas diplomatischer formulieren?«

»Wörtlich. Mal sehen, wie er drauf reagiert.« Jaden Toropov war zu clever, um sich einen solchen Fauxpas zu erlauben. Deswegen fragte ich mich, was es damit auf sich hatte. »Alba, lass die Medien wissen, dass ich heute Abend um zwanzig Uhr eine Ansprache an das Volk halten werde. Ich denke, am besten von meinem Büro aus.«

»Soll ich eine Rede vorbereiten, oder wollt Ihr das selbst machen?«

»Schreib bitte einen Entwurf. Ich werde ihn aber wohl noch überarbeiten.« Ich wartete mit Indula im Flur, während Cas und die anderen den Raum überprüften. Dann gingen wir hinein. »Cas, ruf die BodyGuards, die noch nicht mithören können.«

»Ja, Majestät.«

Auf dem Weg zur Couch war Alba schon dabei, auf ihrem *smati* eine Rede zu formulieren. Vermutlich würde ich, anders als behauptet, nicht mehr viel daran ändern müssen. Ich warf die Nachrichten an die gegenüberliegende Wand und stand dann nachdenklich davor.

»Wie reagiere ich nur darauf?«, flüsterte ich Emmory zu, als er zu mir herüberkam. »Wie soll ich mich dazu äußern, ohne zu klingen, als ob ...« Ich fand die richtigen Worte nicht und wedelte hilflos mit der Hand vor der Wand herum. »Ich bin erst seit einem Monat hier. Wie soll ich sie aus diesem Albtraum herausführen?«

»Ihr könnt das, Majestät.« Emmory nahm den Blick nicht von den Nachrichtenbildern. »Captain Gills wird Tazerion überwachen und uns von seinen Plänen berichten. Er hat sich bereit erklärt, auf Euer Einverständnis zu warten, bevor er etwas unternimmt.«

»Es überrascht mich, dass er dazu bereit ist.«

Emmory zuckte nur mit den Schultern. »Ich bin nicht unbedingt seiner Meinung, und ich vertraue ihm nicht – aber er hat recht, sie kennen Christoph besser als wir.«

»Und er hat mehr Leute vor Ort. Wie viele Anschläge waren es insgesamt?«

»An vier Stellen in der Stadt kam es zu Explosionen. Außer dem Anschlag am Palasttor gab es noch zwei in Restaurants und einen in einem Park.«

»Matriarchin Zellin muss überwacht werden.«

»Das habe ich bereits angeordnet, Majestät.«

Ich lief unruhig auf und ab, während das Gefühl der Enge stetig stärker wurde und mein Hirn verzweifelt einen Ausweg aus diesem Horror suchte. Nach dem Anschlag am Garuda-Platz war die Hauptstadt noch gar nicht zur Ruhe gekommen – und nun gab es schon wieder Tote.

War ich an alldem schuld? Ich schüttelte den Kopf, noch bevor sich dieser Gedanke vollständig ausgeformt hatte. Christoph und die anderen hatten sich schon gegen den Thron verschworen, noch bevor ich hier angekommen war. *Hail, wage es nicht, dich in sinnlosem Selbstmitleid zu suhlen. Das bringt gar nichts.*

»Majestät.« Cas kam mit einem Mann und einer Frau herein. »Die Matriarchinnen Desai und Hassan waren sehr hilfsbereit. Wir haben die betreffenden Mitschnitte angesehen und sind zu dem Schluss gekommen, dass diese beiden hier Eure Anordnungen hinsichtlich der Behandlung unserer Gäste missverstanden haben.«

»Meine Anordnungen, ja. Wie lauteten die doch gleich, Cas?«

»Nehmt die drei fest. Tut ihnen nichts.«

»Tut – ihnen – nichts.« Ich beobachtete, wie die beiden bei jedem Wort zusammenzuckten. »Und doch wurden meine Gäste misshandelt. Könnt ihr mir das erklären?«

»Nein, Majestät«, sagte die Frau mit gesenktem Blick. »Wir haben unbesonnen gehandelt und möchten uns dafür entschuldigen.«

»Entschuldigungen heilen keine gebrochenen Knochen. Ich werde einen Eintrag in eure Personalakten vornehmen lassen. Seid froh, dass ihr nicht zu meinen BodyGuards gehört. Sonst würde ich euch feuern.« Ich sah zu Cas und wies dann mit dem Kopf zur Tür.

Er führte sie hinaus.

Ich ging zu Alba und lehnte mich gegen den Tisch. »Also, was hast du für mich?«

»Bitte seht Euch das hier an.«

Mein *smati* piepste, als sie mir den Entwurf schickte.

»Ich dachte, wir beginnen ruhig und werden dann lauter. So macht es mehr Eindruck.«

Ich nickte. »Gefällt mir. Nimm doch die zweite Zeile dorthin und ergänze davor die ›Tränen des Imperiums‹.«

»Gerne. Nennen wir sie immer noch *Terroristen*?«

»Auf jeden Fall.«

· 9 ·

MEINE ANSPRACHE FIEL KURZ AUS. ICH SCHAFFTE es, nicht allzu wütend zu klingen, obwohl in mir alles nach Rache schrie.

Du bist nicht länger eine Waffenschmugglerin, Hail, und unbedachte Worte lösen Kriege aus.

Und Kriege drohten schon zu viele, da hatte Taz recht. Ich war ihm dankbar für seine Hilfe. Nur zwei Tage nach den Anschlägen hatten die *Upjas* bereits zwei Gruppen von Christophs Anhängern überwältigt. Und die Tatsache, dass sie die Terroristen sofort an Captain Gill übergeben hatten, beeindruckte sogar meinen *Ekam*. Zumindest ein bisschen.

Am nächsten Tag saß ich mit Caspel und Admiralin Hassan in meinem Büro. Die Admiralin konnte endlich verlässliche Neuigkeiten zur zweiten Flotte präsentieren. Mein Büro war zwar abhörsicher, aber wir hatten dennoch zusätzlich Emmorys Störsender eingeschaltet.

»Admiral Shul kommandiert achtundzwanzig Schiffe.« Admiralin Hassan warf die Details an die Wand.

Die Flotte umfasste sieben Träger der Nadi-Klasse, die jeweils sechzehn kleinere Jal-Raumjäger transportieren konnten. Dazu kamen zwei Asvin-Lazarettfregatten, zehn Schlachtkreuzer der Jarita-Klasse und neun Sarama-Zerstörer. Genug Feuerkraft also, um eine vergleichbare Streitmacht komplett zu vernichten.

Caspel stand auf und zeigte auf die Namen der Schiffe, während er weitersprach. »Meine Agenten berichten, dass die Offiziere von acht Schlachtkreuzern – darunter das Flaggschiff von Admiral Shul –, einer Lazarettfregatte, drei Transportschiffen und sechs Zerstörern mit Christoph sympathisieren. Auf wenigstens einem weiteren Träger ist eine Meuterei möglich, meine Agenten wollen die Kapitänin dieses Schiffes kontaktieren und warnen.«

Admiralin Hassan nickte. »Ich kenne einige der Kapitäne und Kommandanten persönlich, Majestät. Sie sind loyal.«

»Ich habe dieses Rumeiern satt. Stellt mir eine Verbindung zu Shul her, Admiralin. Ich will hören, was er zu sagen hat.«

»Majestät?«

»Kontaktiert ihn, Inana. Wenn, dann soll er mir ins Gesicht lügen.«

Caspel räusperte sich. »Verzeiht, Majestät, aber ich kann nicht zulassen, dass Ihr meine Operation in Gefahr bringt. Wenn Ihr zu früh sein Misstrauen erregt, würdet Ihr unsere Pläne durchkreuzen und so Eure Anhänger in Gefahr bringen.«

»Verdammt, Caspel …«

»Eure Majestät, bitte entschuldigt«, unterbrach mich Alba und ignorierte dabei den bösen Blick, mit dem ich sie bedachte. »Präsident Hudson vom Solarkonglomerat möchte Euch sprechen.«

»Wird auch Zeit, dass der sich mal meldet«, brummte ich, während Hassan sich ein Lachen verkniff. Shul musste also warten. Ich schaute Hassan an. »Benachrichtigt unsere Verbündeten so unauffällig wie möglich. Sagt ihnen, sie sollen Shul nicht aus den Augen lassen und sich auf das Schlimmste vorbereiten. Und ich möchte, dass Ihr beiden

Euch einen glaubhaften Grund ausdenkt, mit dem wir die zweite Flotte nach Hause beordern können, ohne dass Shul Verdacht schöpft.«

»Ja, Majestät.« Hassan salutierte zackig. Ich nickte ihr zu, sie machte auf dem Absatz kehrt und verließ den Raum. Caspel folgte ihr.

»Alba, wirf mir die Verbindung mit Hudson an die Wand.« Ich strich meinen Rock glatt, blieb aber sitzen. Mit einem kurzen Blick über meine Schulter versicherte ich mich, dass Emmory ebenfalls im Bild war. Er hatte Haltung angenommen und stand rechts hinter mir. Ich massierte kurz meinen Nacken und zwang mich zu einem Lächeln. Dann nickte ich Alba zu, die die Verbindung herstellte.

»Präsident Hudson.«

Der Ratspräsident des Solarkonglomerats war ein vornehmer älterer Herr mit blasser Haut und silbernem Haar. Ich beobachtete, wie er kurz zu Emmory sah, bevor er mich mit einem leichten Neigen des Kopfes anlächelte. »Kaiserin, es ist mir eine Freude, mit Euch zu sprechen, auch wenn die Umstände ernst sind. Bitte gestattet mir, Euch im Namen des Solarkonglomerats mein Beileid auszusprechen. Sowohl zum Tode Eurer Mutter und natürlich auch in Bezug auf die aktuellen Vorkommnisse.«

Angesichts seiner lächerlich vorsichtigen Ausdrucksweise musste ich mir ein Lachen verkneifen. Stattdessen sah ich ihn ungerührt an. »Wir danken Euch, Präsident Hudson. Es ist eine schwere Zeit für Indrana. Die kürzlich verübten Angriffe sowohl hier auf unserem Heimatplaneten als auch auf anderen Welten des Imperiums sind entsetzlich. Und es ist eine große Enttäuschung für uns, dass die Saxonische Allianz den schon so lange bestehenden Friedensvertrag verletzt hat.«

Präsident Hudson zuckte mit keiner Wimper, aber ich hörte, wie jemand im Hintergrund ungläubig nach Luft schnappte. Meine Leute blieben zum Glück ruhig.

»Das sind schreckliche Neuigkeiten, Majestät. Die Saxonier haben sich allerdings nichts zuschulden kommen lassen. Wir hätten sicher vom Solarkonsulat auf Major erfahren, wenn der Friedensvertrag gebrochen worden wäre. Das ist aber nicht der Fall. Ich möchte Euch an Euer trauerndes Volk erinnern. Übereilte Racheaktionen sind keine gute Grundlage für Verhandlungen.«

»Und einen Aufstand in meinem Imperium zu schüren ist keine gute Grundlage für einen Friedensvertrag, Präsident.« Ich verschränkte die Arme vor der Brust und warf ihm einen Blick zu, der noch den übelsten Waffenschmuggler in Angst und Schrecken versetzt hatte und genauso gut bei einem Politiker funktionierte. Ich beobachtete, wie sich rote Flecken auf seinen Wangen ausbreiteten. Das Gemurmel seiner Leute im Hintergrund wurde lauter.

»Majestät ...«

»Ich möchte, dass wir uns über eins im Klaren sind«, fuhr ich in einem offizielleren Tonfall fort. »Wenn wir Beweise dafür finden, dass die Saxonische Allianz an dieser Verschwörung beteiligt ist, werden wir Euch darüber informieren. Aber das Kaiserreich Indrana ist seit fünfzehn Jahrhunderten kein Mitglied des Solarkonglomerats mehr, wir sind also nicht auf Euer Einverständnis angewiesen, wenn wir Entscheidungen zum Wohle unseres Volkes treffen. Wir möchten die guten Beziehungen zum Solarkonglomerat gerne fortführen, aber wir werden dafür weder indranische Leben noch indranisches Territorium opfern. Haben Sie besten Dank für Ihren Anruf«, schloss ich mit meinem süßesten Lächeln. »Nun, wir haben noch anderes zu tun, Ihr sicher auch. Wir wünschen Euch alles Gute.« Ich winkte Alba, die die Verbindung trennte, bevor Präsident Hudson noch etwas erwidern konnte.

Alba atmete tief durch.

Ich sah sie kurz an. »Zu dick aufgetragen?«

»Nein«, sagte sie zu meiner Überraschung. »Hoffentlich hat er keinen Herzinfarkt bekommen.«

»In seinem Rat gibt es genug andere alte Männer, die für ihn einspringen können.« Ich rieb mir den Nacken und drehte mich um. »Emmory, was meinst du dazu?«

Mein *Ekam* zog eine Augenbraue hoch, und ich verdrehte die Augen zum Zeichen, dass er etwas deutlicher werden sollte.

»Das war barsch, Majestät, aber beherrscht. Es war ein guter Schachzug von Euch, gleich klarzustellen, dass Ihr kein unsicheres junges Ding seid, das sich herumschubsen lässt.«

»Ich glaube nicht, dass mich irgendwer für ein ›unsicheres junges Ding‹ hält«, schnaubte ich.

»Jemand, der sich nicht über Euch informiert hat, vielleicht schon.«

»Alba, ich glaube, mein *Ekam* macht sich lustig über mich.«

»Möglicherweise halluziniert er aufgrund seines Schlafmangels, Majestät.«

Das Wortgeplänkel half mir, mich etwas zu entspannen, ich konnte sogar drüber lachen. »Es ist seine eigene Schuld. Er hat mich in dieses Chaos reingezogen. Alba, haben wir eine Antwort von Botschafter Toropov?«

»Noch nicht, Majestät.«

»Interessant.« Ich stand auf. »In ungefähr einer Stunde treffe ich mich mit Alice, richtig?«

»Ja, Majestät. Danach habt Ihr einen Termin im Kulturzentrum.«

»Diesen Termin hast du nicht abgesagt?« Ich schaute Emmory verwundert an.

»Ich dachte mir, dass Ihr da unbedingt hinwollt. Die Sicherheit ist gewährleistet und es macht keine großen Umstände.«

Ich fühlte, wie sich ein Kloß in meinem Hals festsetzte. Am Abend sollte ein Gedenkkonzert für die Kinder und die anderen Unschuldigen stattfinden, die bei der Explosion auf dem Garuda-Platz ums Leben gekommen waren. Ich hatte mich sehr für die Veranstaltung eingesetzt und Emmory überredet, mich hingehen zu lassen. Angesichts der neuen Gewaltwelle war ich jedoch davon ausgegangen, dass er mich nicht gehen lassen würde.

Geschäftig kramte ich auf meinem Schreibtisch herum, während ich nach den richtigen Worten suchte. Dann erlöste mich ein Anruf von Alice.

»Majestät.«

Ich nickte ihr zu. »Eurem Gesichtsausdruck nach zu urteilen, müssen wir unser Treffen wohl verschieben?«

Sie nickte. »Es tut mir sehr leid, Majestät. Es ist etwas dazwischengekommen.«

»Nicht schlimm.« Ich wischte ihre Sorge mit einer Handbewegung weg. »Wenn ich sonst etwas Freizeit haben will, muss ich schon bei wichtigen Besprechungen in Ohnmacht fallen. Lass dir von Alba einen neuen Termin geben.«

»Ja, Majestät.«

Ich unterbrach die Verbindung, dann sprang ich auf und trommelte mit den Fingern auf den Tisch. Ich konnte meine Freude kaum verbergen. »Drei ganze Stunden nur für mich allein. Das gab es ja noch nie.«

Alba räusperte sich. »Es ist mir schrecklich unangenehm, Majestät, aber ich habe gerade eine Nachricht von Botschafter Toropov empfangen. Er steht Euch zur Verfügung, wann immer Ihr Zeit für ihn findet.«

»So ein Dreck«, brummte ich und fiel wieder in meinen Stuhl. »Wage es bloß nicht zu lachen, Emmory.«

»Niemals, Majestät.«

»Lügner. Alba, sag ihm, dass ich ihn in zwanzig Minuten in der Bibliothek empfange. Und bestell uns etwas zu essen in der Küche.«

»Ja, Majestät.«

Ich wartete, bis sie gegangen war, dann stand ich auf. »Emmory, ich werde Trace um ein Treffen bitten.« Wenn ich im letzten Monat etwas gelernt hatte, dann, dass mein *Ekam* keine Überraschungen mochte. Wenn ich wollte, dass er mitspielte, war es besser, ihm rechtzeitig Bescheid zu geben.

Trace Gerison war der König der Saxonischen Allianz. Den Thron hatte er von seinem Vater geerbt, als dieser in einer Schlacht kurz nach der Ermordung meines Vaters starb. Eine Weile sah es dann so aus, als ob Indrana den Krieg gewinnen würde. Aber der damals erst siebzehnjährige Trace war ein weitaus besserer Stratege als meine trauernde Mutter gewesen.

»Was erwartet Ihr Euch davon?«, fragte Emmory vorsichtig.

»Ich will den Krieg beenden, bevor er losgeht.« Manchmal hatte ich das Gefühl, statt mit meinem BodyGuard mit meinem Vater zu sprechen. »Du weißt, dass wir den Saxoniern in einem offen geführten Krieg nicht lange standhalten können.« Ich lehnte mich gegen den Schreibtisch. »Mir wurde gesagt, ich sei ganz gut im Verhandeln.«

»Was wollt Ihr ihm anbieten?«

»Ganz ehrlich: keine Ahnung. Ich werde mir etwas überlegen, aber ich will das nicht mit dem Matriarchinnenrat diskutieren. Ich würde aber gerne von Angesicht zu Angesicht mit ihm sprechen und mir persönlich ein Bild von ihm machen, bevor uns hier alles um die Ohren fliegt. Dann habe ich wenigstens eine kleine Chance, ihn zu schlagen.«

»Wieder einmal habe ich Euch unterschätzt, Majestät.« Emmory lächelte.

»Ich nehme das mal als Kompliment.«

»So ist es auch gemeint.« Er wies auf die Tür. »Toropov wird bald eintreffen.«

Die Bibliothek war mittlerweile zum üblichen Treffpunkt für informelle Treffen geworden. Und sogar ich war nicht verrückt genug, Emmory zu bitten, den Botschafter der Saxonier in meinen Privatgemächern zu empfangen.

Während ich also in der Bibliothek auf Toropov wartete, machte ich es mir in einem Stuhl am Kamin bequem und las in einem alten Buch. *Es gibt drei Arten, auf die eine Herrscherin Unheil über ihre Armee bringen kann.* Mit einem Lächeln sah ich von der altertümlichen Schrift Sun Tzus auf, als sich Zin zu mir vorbeugte.

»Majestät, Botschafter Toropov ist hier.«

»Bitte ihn herein.« Ich schloss das Buch, legte es beiseite und stand auf. »Exzellenz. Schön, dass Ihr kommen konntet.«

»Majestät, ich danke Euch, dass Ihr die Zeit gefunden habt, mich zu empfangen. Es ist mir eine Ehre und ein Vergnügen, Euch wiederzusehen.« Toropov nahm meine ausgestreckte Hand in seine beiden narbigen Hände und drückte sie herzlich. Er war überraschend leger gekleidet, aber als er sich setzte, fiel mir der leichte Glanz seines Hemds ins Auge. Nur Seide schimmerte so im Feuerschein.

Das bedeutete, dass sein Hemd fast so viel gekostet haben musste wie das Buch, das ich gerade beiseitegelegt hatte.

»Majestät?«

Ich blinzelte und lachte dann. »Verzeiht, Botschafter. Ich dachte gerade darüber nach, wie schnell sich das Schicksal eines Menschen ändern kann. Ich habe uns etwas zu essen vorbereiten lassen.«

»Das Glück ist unbeständig.« Toropov folgte mir zu einem Tisch in der Ecke und nickte Alba dankbar zu, als sie eine Tasse vor ihm abstellte.

»Würdet Ihr gerne hören, wie ich hierherkam?«

Ich nickte Toropov zu und nahm meine Tasse mit blauem Chai. Wir aßen, und ich hörte mir seine Geschichte eines armen Jungen an, der sich in Schwierigkeiten brachte und schließlich vor die Wahl zwischen Gefängnis oder Militärdienst gestellt wurde. Er wählte das Militär und verbrachte fast vierzig Jahre beim Saxonischen Marinekorps, bevor er in den Ruhestand ging.

»Vor zehn Jahren wurde mir dieser Posten hier angeboten. Und ich bin froh, dass ich die Chance ergriffen habe. Euer Reich ist beeindruckend, Majestät.«

»Ich danke Euch.«

Toropov beugte sich vor. »Aber ich bin sicher nicht hier, damit Ihr einem alten Mann zuhören könnt, wie er sich über seine Vergangenheit verbreitet. Vor allem, da Eure Body-Guards dies sicher alles längst wissen.«

Über den Rand meiner Teetasse lächelte ich ihm zu. »Das ist wahr, aber es ist nichtsdestotrotz eine gute Geschichte. Ich muss mich mit Trace treffen.«

Toropov ließ sich keinerlei Reaktion anmerken. »Ich kann für Euch eine Videokonferenz vereinbaren, Majestät, aber dafür braucht Ihr mich eigentlich nicht. Eure Kammerfrau könnte das genauso gut ... Ah.« Er brach ab und lächelte. »Es geht um ein persönliches Treffen, oder?«

»Ich bin bereit, mich in Bezug auf die Wahl des Ortes nach ihm zu richten. Soweit ich weiß, gibt es eine Liste mit neutralen Planeten, die für diesen Zweck geeignet sind.«

Auf Toropovs Gesicht spiegelte sich ein kurzes Zögern. So kurz, dass ich mir nicht sicher war, es wirklich gesehen zu haben. »Darf ich dem König einen Grund für Euren Wunsch übermitteln? Das würde die Sache erleichtern.«

Ich unterdrückte ein Lachen angesichts Toropovs vorsichtiger Wortwahl und stand auf. »Wir wollen es ein Gespräch über die Angelegenheiten unserer beiden Völker nennen.«

»Gut, Eure Majestät.« Er nickte und folgte mir dann zurück zum Kamin. »Mal sehen, was ich tun kann.«

»Mehr erwarte ich nicht.« Ich stellte meine Tasse ab und griff nach meinem Buch.

Toropov lächelte und legte den Kopf schief, um den Titel lesen zu können. »Es ist lange her, dass ich es gelesen habe, Majestät. Und das auch nur in einer Übersetzung, nicht auf Chinesisch. Ich bin beeindruckt.«

»Ja, ich komme so einigermaßen zurecht«, antwortete ich mit einem Lächeln. »Chinesisch ist nicht Cheng, aber es gibt Parallelen.«

»Ich wünsche Euch einen schönen Nachmittag, Majestät. Ich werde Eure Kammerfrau benachrichtigen, sobald ich eine Antwort habe.«

Dankbar nickte ich ihm zu, und Toropov verabschiedete sich. Dann setzte ich mich wieder. Möglicherweise hatte ich gerade in ein Wespennest gestochen. Aber wenn es funktionierte, konnte ich so einen Krieg verhindern.

Und ich musste diesen Krieg verhindern. Wir würden kämpfen, wenn wir mussten, aber alleine hatte Indrana keine Überlebenschance.

Ich griff wieder nach dem Buch und öffnete es an der Stelle, die ich zuletzt gelesen hatte.

Es gibt drei Arten, auf die eine Herrscherin Unheil über ihre Armee bringen kann. Die erste ist, den Befehl zu Angriff oder Rückzug zu geben, ohne sich bewusst zu sein, dass die Armee nicht gehorchen kann.

· 10 ·

ICH NAHM DAS TASCHENTUCH, DAS ALBA MIR reichte, und wischte mir die Tränen vom Gesicht. Die Musik meiner Heimat hatte ich lange nicht gehört. Nun erfüllte sie den Saal, als ein kleiner Junge mit hoher, klarer Stimme sang. Er hatte bei den jüngsten Anschlägen seinen Bruder verloren, wie mir meine Kammerfrau mitteilte. Trotzdem hatte er darauf bestanden aufzutreten.

Er intonierte ein Gebet an die alten Götter aus vorindranischer Zeit. Es vergab den Mördern und war gleichzeitig ein Abschied an die geliebten Angehörigen, der mich und die anderen Zuhörer tief berührte. Meine BodyGuards waren die Einzigen, deren Augen trocken blieben.

Die auf das Lied folgende Stille hielt einige Herzschläge lang an, bis ich schließlich den Bann brach, indem ich mit dem linken Fuß auf den Boden stampfte. Die um mich Sitzenden spendeten ebenfalls auf diese Weise Beifall, der schließlich durch den ganzen Saal brandete. Der Junge legte seine Hände zusammen und verbeugte sich tief. Seine Schultern zitterten, als er schließlich selbst in Tränen ausbrach.

Ich steckte mein Taschentuch tief in den Ärmel meines dunkelgrünen Kleides und stand auf. Meine BodyGuards formierten sich um mich, dann verließen wir den Konzertsaal und stellten uns den draußen wartenden Medienvertretern.

»Eure Majestät. Ist es wahr, dass Ihr mit den *Upjas* ein Übereinkommen getroffen habt, um neue Anschläge zu verhindern?«

»Majestät, wir haben gehört, dass Abraham Suda nicht mehr länger der Anführer der *Upjas* ist. Ist das der Grund für Tazerion Shivans Besuch im Palast?«

»Eure Majestät, gibt es Pläne, die Verwundeten zu besuchen, mit denen Ihr auf Hansi gechattet habt?«

»Eure Majestät, Tazerion Shivan wurde einmal von Eurer Mutter als Ehemann für Euch ausgewählt. Besteht immer noch die Möglichkeit, dass er Euer Prinzgemahl werden könnte? Auch wenn er der neue Anführer der *Upjas* ist?«

»Wie bitte?« Als ich mich abrupt zu ihr umdrehte, wich die Reporterin zurück, bis sie an ihre umstehenden Kollegen stieß. »Wer sind Sie?«

»Eljia Yulin, Majestät. *Pashati Daily News.*« Sie schluckte. »Ich hatte gefragt, ob ...«

»Ich habe die Frage verstanden.« Ich gab mir keine Mühe, meinen wütenden Tonfall zu mildern, auch wenn ich wusste, dass mindestens ein Dutzend Kameras alles mitschnitt. »Wir kommen gerade aus einem Gedenkkonzert, Frau Yulin. Einhundertdreiundvierzig Indraner wurden in den vergangenen Wochen getötet. Und Sie interessieren sich nur für Klatsch.« Ich beugte mich zu ihr vor, und Emmory griff überraschenderweise nicht ein. »Sie sollten sich schämen.«

»Majestät, ich ...«

»Sie sollten sich schämen«, wiederholte ich, dann drehte ich mich auf dem Absatz um und ging. Die anderen Journalisten wichen schweigend vor mir und meinen BodyGuards zurück.

»Sie gehört zu keiner renommierten Nachrichtenagentur, Majestät«, informierte mich Alba, als wir wieder im

Schwebewagen saßen. »Sie hat auch keine Akkreditierung für den Palast.«

»Dann sorg dafür, dass das auch so bleibt. Wenn sie mir noch mal über den Weg läuft, wird das in einem Publicity-Albtraum enden.«

»Ja, Majestät.«

Auf der Fahrt zurück zum Palast fiel kein Wort. Mittlerweile kannten meine Leute meine Launen gut genug, um zu wissen, wann es besser war, mich in Ruhe zu lassen. So konnte ich ungestört über den Vorfall brüten.

Auch am nächsten Morgen war meine Wut noch nicht verflogen. Nur mit Mühe konnte ich die Gedanken an den gestrigen Zwischenfall beiseiteschieben und mich auf den bevorstehenden Telefontermin mit Trace konzentrieren. Botschafter Toropov lächelte ich zur Begrüßung zu, als wir uns an der Tür zu meinem Büro trafen. Er zog die Augenbrauen hoch.

»Alles in Ordnung, Majestät?«

»Geht so.« Ich war mir sicher, dass er die Bilder von mir in den Nachrichten bereits gesehen hatte. Sie waren am Morgen in allen Medien gewesen. Ich nickte ihm zu, woraufhin er die Übertragung an die gegenüberliegende Wand projizierte.

Während meiner Abwesenheit von Indrana hatte ich Aufnahmen des saxonischen Königs gesehen und wusste, wie er aussah, aber als sein Gesicht erschien, kostete es mich meine ganze Selbstbeherrschung, ihn nicht mit offenem Mund anzustarren.

»Kaiserin.« Trace neigte den Kopf zum Gruß und strahlte über das ganze Gesicht.

Bei unserem letzten Zusammentreffen war er noch ein schlaksiger, elfjähriger Junge gewesen. Nun war Trace Gerison ein hochgewachsener, breitschultriger Mann mit kurzem, blondem Haar geworden. Unbestreitbar sehr attraktiv, aber nicht mein Typ und – zum Glück – verheiratet. Zu ihm würde ich mir also keine ärgerlichen Fragen anhören müssen.

»Schön, Euch zu sehen.«

»Na, da ist aber aus uns beiden was geworden, was, Haili?« Noch bevor ich antworten konnte, fuhr er fort. »Es tut mir leid, so schreckliche Neuigkeiten über Eure Familie zu hören. Wir waren schon seit einiger Zeit über die schwindende Gesundheit Eurer Mutter besorgt. Aber wir hätten uns etwas so Schreckliches nie träumen lassen.«

»Ganz bestimmt nicht, da bin ich mir sicher, Eure Majestät«, murmelte ich.

Trace wollte protestieren, hielt sich aber zurück und setzte dann die mir nur allzu gut bekannte Miene von jemanden auf, der daran gewöhnt ist, zu herrschen. »Mir sind die Gerüchte bekannt, aber ich kann Euch versichern, dass das Saxonische Königreich mit all dem nichts zu tun hat. Der Friedensvertrag zwischen unseren Völkern liegt mir sehr am Herzen.«

»Mir ebenso«, antwortete ich und fragte mich gleichzeitig, wie ich dessen Bestand sichern konnte. Einen Moment lang starrten wir einander schweigend an.

»Nun gut.« Trace räusperte sich. »Jaden sagte, dass Ihr ein persönliches Treffen mit mir vereinbaren möchtet. Ich werde meinem Sicherheitsbeauftragten befehlen, sich die Liste mit neutralen Planeten anzusehen. Als Zeichen unseres guten Willens würde ich vorschlagen, dass wir drei davon aussuchen und Eurem *Ekam* übermitteln, mit dem Ihr dann einen davon als Treffpunkt bestimmt?«

Ich nickte nur. Einen Moment lang war es mir unmöglich, bei dem Chaos in meinem Kopf eine vernünftige Antwort zu geben. »Das ist sehr großzügig von Euch.«

Er zuckte mit den Schultern und wirkte dabei etwas unbehaglich. »Das Saxonische Königreich will keinen Krieg. Ich denke, dass wir beide schon mehr als genug Tod gesehen haben und unseren jungen Männern und Frauen das ersparen wollen.«

Dem konnte ich nur zustimmen. Und ich hatte den Eindruck, dass er auch meinte, was er sagte. Andererseits war ich mir auch ziemlich sicher, dass ich von uns beiden die Einzige mit Kampferfahrung war. Und auch die Frage, was auf Canafey eigentlich vor sich ging, beantwortete all das nicht. Aber darauf konnte ich hier und jetzt nicht deutlicher eingehen. Nicht, nachdem er mir gerade in Bezug auf den Treffpunkt die endgültige Entscheidung überlassen hatte.

Strahlend lächelte ich ihn an. »Das ist sehr freundlich von Euch, Trace. Ich weiß das sehr zu schätzen.«

»Bis bald dann.« Trace unterbrach die Verbindung, und ich starrte nur noch auf eine leere Wand.

Botschafter Toropov räusperte sich. »Ich bitte um Verzeihung, Majestät. Seine Majestät ist manchmal ein wenig schroff. Bitte nehmt das nicht persönlich.«

Ich lachte und stand auf. »Anscheinend habt Ihr vergessen, dass ich schon mit weit schlechterem Benehmen zu tun hatte.«

Toropov lachte ebenfalls, stand auf und verbeugte sich elegant. »So ist es wohl, Majestät. Ich werde die Liste weitergeben, sobald ich sie bekomme.«

»Es war mir wie immer ein Vergnügen, Botschafter.«

Er nickte zum Gruß und verließ mein Büro.

»Na, das war doch interessant.« Ich klopfte Zin auf die Schulter. »Es ist lange her, dass ich mit Trace gesprochen habe. Wir haben uns einmal kurz getroffen, als ich sieben Jahre alt war. König Geri besuchte Mutter ein Jahr vor

Kriegsausbruch – ein letzter Versuch, die Lage zu entspannen. Er war ein süßes Kind, schlaksig und irgendwie ein bisschen merkwürdig.«

»Mittlerweile ist er erwachsen geworden, Majestät.«

»Das sind wir wohl beide.« Ich lachte und fuhr mir mit der Hand über das Gesicht. »Aber auf sehr verschiedene Weise.«

»Was ich meinte, ist, dass er sehr selbstsicher ist, er stellt sein Recht zu herrschen nicht infrage. Das ist ein Vorteil für ihn. Ihr seid noch immer ...«

»Unsicher, ob ich überhaupt hierhergehöre?« Ich wedelte mit der Hand, bevor er zu einer Entschuldigung ansetzen konnte. »Stimmt ja auch.«

»Majestät.«

»Emmory.« Ich wandte mich um und sah meinen *Ekam* an. »Ich habe mich schon gefragt, wann du endlich etwas sagst.«

»König Trace hat immer wieder nach links geschaut. Ich vermute, zu jemandem, der neben der Kamera stand.«

»Glaubst du, jemand hat ihn aus dem Hintergrund instruiert?«

Emmory legte den Kopf schief, während er nachdachte. »Bei einer so kurzen Unterhaltung ist das schwer zu sagen. Ich werde das besser beurteilen können, wenn ich seine Entourage persönlich in Augenschein nehmen kann. Ich empfehle Euch, Vorsicht walten zu lassen, Majestät.«

»Das sehe ich auch so.« Ich spielte das gesamte Gespräch noch einmal ab und verfolgte, wie Trace immer wieder kurz nach links sah. Ich fragte mich, wer noch bei dem Gespräch zugegen gewesen war und warum.

Matriarchin Desai war von meiner Entscheidung, Taz an unseren morgendlichen Besprechungen teilhaben zu lassen, überhaupt nicht begeistert. Aber ich bestand darauf, hauptsächlich, um mir zu ersparen, mir dreimal täglich dieselben Informationen anhören zu müssen.

Mit der ihr eigenen Nüchternheit und Effizienz gab sie den derzeitigen Stand der offiziellen Verhandlungen mit den *Upjas* wieder und überließ Taz dann ohne Murren das Wort.

»Majestät, wir haben bereits einige von Christophs Terrorzellen erfolgreich ausgehoben. Christoph selbst konnten wir aber bislang nicht aufspüren. Darüber hat Euch Captain Gill sicher bereits informiert.«

»Er befindet sich noch hier auf Pashati?«

Taz nickte. »Er ist nach wie vor in der Hauptstadt, soweit wir wissen. Allerdings bleibt er nie lange an einem Ort und verändert ständig sein Erscheinungsbild. Captain Gill lässt alle legalen Körpermodifikationszentren intensiv überwachen. Aber es gibt leider sehr viele nicht registrierte Unternehmen.«

»Sucht weiter. Und schlaft Euch mal richtig aus, Ihr seht müde aus.«

Ein Grinsen huschte über sein Gesicht, aber Taz verkniff sich, mir dasselbe zu empfehlen. »Ja, Majestät.«

Eha Phanin räusperte sich. »Eure Majestät. Werden die Informationen, die dieser Rebell uns präsentiert, in irgendeiner Form überprüft?« Der Premierminister war Taz gegenüber nach wie vor sehr abweisend.

»Captain Gill begleitet die *Upjas* seit Beginn der Aktion.«

»Captain Gill hat in ihrer Familie einige *Upjas*-Sympathisanten.«

Das war mir neu. Und ich musste mich beherrschen, meinem *Ekam* keinen fragenden Blick zuzuwerfen. »Wir vertrauen Captain Gill.«

»Natürlich, Majestät. Ich möchte nur, dass wir alles mehrfach überprüfen, anstatt einer einzigen Informationsquelle zu vertrauen.«

Ich starrte Phanin an, der sich aber nicht verunsichern ließ. Wir beide wussten, dass mir die Argumente fehlten, um ihm zu widersprechen. »In Ordnung. Wir werden uns eine zweite Informationsquelle suchen. Würde Euch das genügen, Eha?«

Nur für den Bruchteil einer Sekunde wirkte er genervt, aber das reichte mir, um mich als Sieger zu fühlen. Phanin nickte. »Selbstverständlich, Majestät. Mir geht es nur um die Sicherheit des Imperiums.«

»Ebenso wie mir.«

»Damit kommen wir nun zum nächsten Punkt der Tagesordnung«, sagte Clara. »Majestät, ich habe eine Liste mit möglichen Heiratskandidaten. Ich würde sie an Alba weitergeben, damit sie die Vorstellungsgespräche in Euren Terminplan integrieren kann.«

Taz zog eine Augenbraue hoch, hielt sich aber mit einem Kommentar zurück.

Ich merkte, wie sich meine Wangen rot färbten, und vermied es, ihn anzusehen. »Clara, das ist kein guter Zeitpunkt.«

»Ihr habt darauf bestanden, dass er bei den morgendlichen Besprechungen dabei sein soll, Majestät. Vielleicht hättet Ihr Euch die Tagesordnungspunkte vorher ansehen sollen?«

Am liebsten hätte ich ihr eine verpasst. Aber dafür hätte ich sicher Ärger bekommen. Also faltete ich meine Hände im Schoß und atmete einmal tief durch. »Matriarchin Desai, ich mag es überhaupt nicht, wenn man mich drängt. Wenn Ihr das noch nicht gemerkt habt, dann wird es höchste Zeit. Umso mehr Ihr mir damit auf die Nerven geht, umso sturer werde ich. Und da ich die Kaiserin bin, habt Ihr nur sehr begrenzte Mittel, mich tatsächlich zu etwas zu zwingen. Ich werde mir Eure Liste ansehen und diese völlig unwichtige Angelegenheit dann in meinem Terminplan berücksichtigen, wenn es mir passt. Und bis dahin möchte ich von diesem Thema nichts mehr hören. Ist das klar?« Ich stand auf, und es entstand Unruhe in meinem Büro, als sich jeder beeilte, dasselbe zu tun.

»Ja, Majestät.« Clara verbeugte sich und wirkte dabei nicht im Geringsten zerknirscht.

»Dann noch einen schönen Tag.« Ich erinnerte mich noch einmal daran, dass ich ihr unter keinen Umständen eine verpassen durfte, und verließ das Zimmer.

Meine BodyGuards brachten mich schweigend zurück in meine Gemächer. Dort angekommen, warf ich sofort einen Nachrichtensender an die gegenüberliegende Wand, schlüpfte aus dem goldenen Sari und pfefferte ihn achtlos auf die Couch. Dann ließ ich mich auf die Couch fallen. Stasia reichte mir meinen blauen Chai.

»Ihr dürft Matriarchin Desai keine verpassen«, meldete sich Emmory zu Wort.

»Weiß ich doch«, antwortete ich mit einem dünnen Lächeln. »Ich würde es aber verdammt gerne.«

Gita und Kisah nahmen ihre Posten neben der Tür ein. Zin schien sich mit Emmory über ihren privaten *smati*-Kanal zu unterhalten, während beide aus dem Fenster auf die Bucht sahen. Ich trank meinen Chai und zupfte an einem losen Faden meiner cremefarbenen Hose.

»Die Gerüchte um das Verhältnis der Kaiserin zu dem neuen Anführer der *Upjas*, Tazerion Shivan, verstummen nicht. Wie aus gut informierten Kreisen innerhalb des Palastes zu erfahren ist, haben sich die beiden bereits mehrere

Male privat getroffen, und Shivan scheint mittlerweile zu den engsten Beratern der Kaiserin zu gehören. Er war bei mehreren der täglichen Lagebesprechungen anwesend und kann im Palast unbehelligt ein und aus gehen.«

»Wir durchsuchen ihn nach wie vor, Majestät. Dieser Teil ist eine Fehlinformation.«

»Was heißt hier ›dieser Teil‹? Nichts davon ist wahr«, knurrte ich.

»Natürlich, Majestät.«

»Es wird viel über die notwendige Suche der Kaiserin nach einem Prinzgemahl spekuliert. Ist Tazerion der Führende in diesem Rennen? Hören Sie, was unsere Zuschauer dazu zu sagen haben.« Ich hätte auch gerne etwas dazu gesagt, musste mir aber stattdessen den aufgedrehten Nachrichtensprecher anhören, wie er die Zuschauermeinungen zum Besten gab.

Der Sprecher verstummte, als ich den Empfang abrupt unterbrach. Ich stand auf.

»Gut informierte Kreise innerhalb des Palastes?«

»Ihr seid von vielen Menschen umgeben, Majestät«, gab Emmory zu bedenken. »Sie unterschreiben bei ihrer Anstellung Geheimhaltungsklauseln, aber die Medien bieten ihnen eine Menge Geld für Informationen über die neue Kaiserin. Wir können nicht alle überwachen und völlig vermeiden, dass etwas nach draußen dringt.«

»Eure Majestät könnte es schlimmer treffen.« Zin zuckte mit den Schultern.

»Ach ja, wirklich?«

Entweder entging ihm die Schärfe meines Tonfalls, oder er ignorierte sie absichtlich. »Er ist kein Adliger, aber die Shivans sind eine alteingesessene Familie, die immer gute Beziehungen zum Thron gepflegt hat. Zudem war diese Verbindung schon einmal geplant. Und sie würde die Versöhnung mit den *Upjas* fördern.«

Ich sank auf die Couch und stellte meine Tasse ab, bevor ich sie wieder aufnahm und nach Zin warf. Mein ganzer tief vergrabener Kummer bahnte sich nun seinen Weg an die Oberfläche und drohte mich zu ersticken. Portis' Gesicht stand mir vor Augen, und seine letzten Worte hallten durch meinen Kopf.

»Haben hier alle vergessen, dass ich vor kaum mehr als einen Monat blutüberströmt neben Portis' totem Körper aufgewacht bin? *Ich* nicht.« Mit einer Hand schlug ich auf den Tisch. Alle außer Emmory zuckten zusammen. »Ich habe den einzigen Mann verloren, den ich jemals geliebt habe. Und jetzt wollt ihr mich alle so schnell wie möglich als götterverdammte willige Zuchtstute mit gespreizten Beinen auf dem Viehmarkt verschachern. Und das alles natürlich nur zum Wohle des Imperiums. Ihr könnt mich mal. Ich mache das nicht.«

Gita schnappte nach Luft, Zin schluckte.

Ich stand auf, meine Hände waren zu Fäusten geballt. »Das werde ich nicht mitmachen. Hört ihr mich? Ich werde niemanden heiraten. Ich habe ihn geliebt. Nur ihn. Ich ...« Tränen erstickten meine Stimme, und ich schlug mir die Hand vor den Mund. Der Schmerz durchfuhr mich mit einer solchen Schärfe, dass er mir den Atem nahm.

»Ihr drei, raus«, befahl Emmory leise.

Als die Tür sich hinter meinen BodyGuards schloss, sank ich zurück auf die Couch. Ich schluchzte so haltlos, dass ich kaum noch Luft bekam. Keuchend und nach Atem ringend, sank ich schließlich in mich zusammen, legte den Kopf auf meine Knie und weinte bis zur völligen Erschöpfung.

Emmory legte mir die Hand auf den Nacken. Eine so sanfte Geste hätte ich ihm nie zugetraut. »Ruhig durchatmen, Majestät.«

Ich tat einen zitternden Atemzug, dann noch einen, bevor ich den Kopf hob. Emmory reichte mir ein Taschentuch und dann, nachdem ich mir die Tränen abgewischt und die Nase geputzt hatte, einen Drink.

»Ihr müsst Euer Gleichgewicht finden, Hail, sonst werdet Ihr zusammenklappen, und es gibt nichts, was ich dann noch tun kann, um Euch zu helfen.«

»Ich weiß nicht, ob ich das kann«, flüsterte ich. »Ich dachte … Ich habe mir selbst vorgemacht, dass der Schmerz vorbei ist. Aber ich bin noch nicht über ihn hinweg. Und ich weiß nicht, ob ich das jemals schaffe.« Ich nahm den Drink und leerte ihn in einem Zug.

»Ihr müsst nicht über ihn hinwegkommen.«

»Können sie sich nicht mit Alice zufriedengeben? Sie ist doch eine viel bessere Kaiserin als ein Säugling.«

Er nahm mir das Glas ab und stand auf, um es erneut zu füllen. Ich musste mir noch einmal die Nase putzen, dann folgte ich ihm.

»Emmy, ich kann das nicht.«

»Ich weiß, Majestät.«

»Nein, ich meine körperlich. Ich kann keine Kinder bekommen.« Und dann brach die Geschichte vom Kampf auf Candless aus mir hervor.

Emmory hörte zu und reichte mir das volle Glas, während ich sprach. »Ich weiß.«

»Wie kannst du das wissen? Portis hat es niemandem erzählt. Und auf keinen Fall hättest du mich zurück nach Hause geschleppt, wenn du das gewusst hättest.« Ich trank auch das zweite Glas in einem Zug leer. »Hast du mir nicht zugehört? Ich kann keine Kinder kriegen. Wofür eine Kaiserin beschützen, die keinen Thronfolger bekommen kann?«

»Ich habe zugehört. Und ich wusste es bereits.«

Ich starrte ihn mit einem erbärmlichen, schockierten Gesichtsausdruck an. »Aber woher?«

Emmory lächelte. »Ich bin doch nicht auf den Kopf gefallen. Ich stand neben dem Techniker, als er die Scans gemacht hat. Er war vielleicht zu abgelenkt von Euch, um es zu bemerken, aber ich habe die Ergebnisse gesehen.« Er nahm mein leeres Glas und füllte es zum dritten Mal. Aber dieses Mal gab er es nicht mir, sondern trank es selbst aus.

Mit offenem Mund saß ich da, während mein Hirn versuchte, dem Ganzen einen Sinn zu verpassen. »Du wusstest es die ganze Zeit.«

Emmory nickte.

»Warum?«

Emmory zog eine Augenbraue hoch. »Warum was, Majestät?«

»Warum bist du hier? Warum bist du geblieben? Warum hat meine Mutter davon nichts erfahren?« Ich wedelte mit der Hand. »Ich bin nutzlos.«

»Eure Mutter hat es nicht erfahren, weil ich die Ergebnisse des Scans aus dem Bericht gelöscht habe.«

»Aber warum solltest du das ...«

»Hail, Euer Wert als Kaiserin von Indrana besteht nicht darin, Nachkommen zu gebären. Das Imperium braucht Euch. Wie Ihr selbst schon gesagt habt: Die Frage, wer nach Euch den Thron besteigt, ist im Moment unsere kleinste Sorge. Ich kann es mir nicht leisten, über eine Dynastie nachzudenken, wenn wir nicht einmal wissen, ob es Indrana nächstes Jahr noch gibt.«

Ich starrte ihn mindestens weitere zehn Sekunden lang an, bevor ich meinen Mund schloss. Mit einem Räuspern wandte ich mich ab, um die Tränen zu verbergen, die mir in den Augen brannten. »Also, was jetzt?«

»Ich rate Euch davon ab, diese Information öffentlich zu machen.«

Ich musste lachen.

»Das würde sicher nicht gut ausgehen.«

»Nur wir beide wissen davon, ich habe es nicht einmal Zin gesagt. Am besten bleibt das auch so, bis sich alles etwas beruhigt hat. Ihr habt Matriarchin Desai bereits in die Schranken gewiesen, und Alba wird die Termine für Bewerbungsgespräche vergeben oder nicht, ganz nach Euren Wünschen. Sie wird sich da sicher von niemandem beeinflussen lassen.«

Ich wandte mich ihm wieder zu. »Ich kann nicht glauben, dass du hierbei auf meiner Seite bist.«

»Von Anfang an war ich auf Eurer Seite, Majestät.«

»Tatsächlich?« Ich zog eine Augenbraue hoch.

Emmory lächelte halb. »Von dem Moment an, als ich meinen Schwur geleistet habe. Zufrieden?«

»Etwas weniger unglücklich.« Ich brachte ein Lächeln zustande und betrachtete mein verheultes Gesicht im Spiegel über dem Kamin. »Zin wird sich sicher entschuldigen wollen. Sag ihm bitte, dass es schon in Ordnung ist. Es tut mir leid, dass ich ihn angefahren habe.«

»Ich richte es ihm aus.« Emmory ging zur Tür. »Ruht Euch etwas aus.«

Ich nickte, aber statt mich hinzulegen, füllte ich mir das Glas noch einmal und nippte daran, während ich aus dem Fenster sah. Das reflektierende Sonnenlicht ließ die sonst dunkelgraue Haut der im Wasser der Bucht spielenden Delfine in allen Farben des Regenbogens schimmern.

»Majestät, darf ich kurz stören?«

Hinter mir stand Gita. Sie trug ihre lockigen schwarzen Haare in kleinen Zöpfchen, die sie im Nacken zusammengefasst und umgeschlagen hatte. Statt mich anzusehen, galt die Aufmerksamkeit ihrer dunklen Augen dem Ozean.

»Worum geht es?«

»Wenn Ihr mir meine Direktheit verzeiht, Majestät. Ich habe dasselbe erlebt. Ich weiß, wie es ist, sich vor Kummer leer zu fühlen – und dann wieder wütend auf das gesamte Universum zu sein, weil alles einfach weiterläuft, als sei nichts passiert – als ob es nichts bedeutet, dass meine eigene Welt gerade zum Stillstand gekommen ist. Ich kann Euch leider auch kein Heilmittel verraten, aber ich bin für Euch da, wenn Ihr darüber reden möchtet.«

»Wen hast du verloren?«

»Meinen Mann, Majestät. Er wurde getötet …« Gita brach ab. Anscheinend kostete es sie große Mühe weiterzusprechen. »Es war ein Unfall. Ein betrunkener Jugendlicher in einem Schwebewagen, der den Autopiloten nicht eingeschaltet hatte. Es war dumm und sinnlos, und es ist jetzt schon zehn Jahre her. Aber ich wache nachts immer noch manchmal heulend auf, weil ich ihn so sehr vermisse.«

»Das tut mir leid.«

Sie lachte kummervoll. »Danke, Majestät. Aber deswegen habe ich es Euch nicht erzählt. Es wird niemals aufhören. Sie verlassen uns, und wir müssen jeden Tag neu damit klarkommen.«

»Wie schaffst du das?«

Sie zuckte mit den Schultern. »An manchen Tagen ist es leicht, man lebt einfach vor sich hin. An anderen wache ich auf und verfluche seinen Namen.«

Wir verfielen in Schweigen, und ich beobachtete, wie meine BodyGuard auf ihrer Unterlippe herumkaute, während sie mit etwas kämpfte, was ihr nicht so recht über die Lippen kommen wollte. Schließlich musste ich lachen. »Gita, sag es einfach. Ich verspreche, du wirst nicht dafür gefeuert.«

»Vor dem Hintergrund, dass Ihr keine neue Verbindung eingehen wollt: Vielleicht sollten Eure Majestät eine künstliche Befruchtung in Erwägung ziehen?«

Dieser Vorschlag erstaunte mich. »Das hat es noch nie gegeben.«

»Mit Verlaub, Majestät, Ihr habt Euch bislang auch an keine Konventionen gehalten. Warum wollt Ihr jetzt damit anfangen?«

»Guter Punkt.« Ich musste schmunzeln. »Das würde nun wirklich alles auf den Kopf stellen.« Gita erwiderte nichts darauf, und ich dachte darüber nach, war mir aber nicht sicher, ob das alle Probleme lösen würde. Vor allem aber wurde mir klar, wie wichtig es gewesen war, Alice als meine Nachfolgerin einzusetzen.

Ich konnte nur hoffen, dass sie die Stellung halten würde, wenn mir etwas zustieß.

· 11 ·

»EURE MAJESTÄT?« DIE CAPTAIN VOR MIR RÄUSperte sich. »Es tut mir leid, aber hört Ihr überhaupt ...«

»... zu? Ja.« Ich schlug mit der Hand auf meinen Schreibtisch und sah Generalin Prajapatis Anwältin an. »Das Gericht hat Generalin Prajapati des Hochverrats und einiger minder schwerer Straftaten für schuldig befunden. Hier geht es hauptsächlich um den Hochverrat. Trotz dieses Urteils und trotz Generalin Prajapatis Geständnis, dass sie in das Mordkomplott meiner Cousine verwickelt war, seid Ihr und das Gericht der Ansicht, dass der Thron Gnade walten lassen soll.« Ich sah zu Generalin Pai hinüber. Die Vorsitzende des Tribunals war eine kleine Frau mit kurz geschnittenem dunklen Haar. »Das heißt doch einfach nur, dass Ihr nicht für das Urteil verantwortlich sein und mir den Schwarzen Peter zuschieben wollt.«

»Die Tradition will, dass ...«

»Oh, bitte«, fuhr ich sie an. »Ihr solltet es doch mittlerweile besser wissen, als mir mit so was zu kommen.«

Ein paar Wochen waren mittlerweile vergangen, aber Emmory hatte stur dafür gesorgt, dass Alba meinen Terminkalender weiterhin so überschaubar wie möglich hielt. Generalin Prajapatis Prozess war vor drei Tagen zu Ende gegangen. Seitdem gab es ein endloses Hin und Her zwischen dem Militärtribunal und ihrer Verteidigerin.

»Wie viele Menschen wurden getötet?«

Generalin Prajapati blinzelte mich an. Sie stand mit hinter dem Rücken gefesselten Händen und flankiert von meinen BodyGuards an der Tür. »Majestät?«

Ich griff nach einem Stapel Fotografien auf meinem Schreibtisch und warf ihn ihr zu. Die Bilder fielen um ihre Füße herum zu Boden.

»Ich scheiß drauf, ob Ihr versucht habt, mich zu töten, Maya. Das haben schon so viele versucht, und ich habe nicht die Zeit, mich bei jedem Einzelnen dafür zu rächen. Aber die Menschen, die Ihr unterstützt habt, haben Kinder getötet. Sie haben meine Schwestern getötet. Meine Nichte. Meine Mutter. Sie haben jeden vernichtet, der ihnen im Weg war. Oder einfach nur zur falschen Zeit am falschen Ort.« Ich lehnte mich gegen den Schreibtisch und verschränkte die Arme. »Ich habe auch Menschen getötet. Das habe ich nie abgestritten. Indirekt bin ich vermutlich für den Tod von vielen Tausend verantwortlich. Ich habe meinen Frieden damit gemacht. Und ich habe auch damit meinen Frieden gemacht, dass ich das als Kaiserin vermutlich wieder tun muss. Der einzige Unterschied dabei ist, dass es nun angeblich legal ist, weil ich eine Krone trage. Ihr habt mir beteuert, dass Ihr das alles nur zum Wohle des Imperiums getan habt. Bislang habe ich allerdings noch kein Argument dafür gehört, dass es nicht zum Besten für das Imperium ist, Euch zu töten.«

»Das liegt daran, dass es keines gibt, Eure Majestät.«

Angesichts dieser leise ausgesprochenen Antwort der Generalin unterdrückte ihre Anwältin einen Fluch. Maya bemerkte es nicht, sie starrte immer noch das Bild eines dreijährigen Jungen an, das auf ihrem linken Schuh gelandet war.

»Sein Name war Ronson«, sagte ich. »Seine Mutter erzählte mir, dass er Hunde mochte und ein besonders fröhliches Kind war.«

Maya schloss die Augen und schluckte. Als sie sie wieder öffnete, waren sie feucht vor Tränen. »Wie ich schon vor Gericht gesagt habe, wusste ich nichts von der Verschwörung gegen Eure Familie und hielt die Anschläge für reinen Zufall. Ich habe mich mit Matriarchin Kathri verbündet, als Ihr nach Hause zurückgekehrt seid. Ich hielt es für ein Unglück für Indrana, dass eine Kriminelle den Thron bestieg. Und ich bin immer noch nicht davon überzeugt, dass dem nicht so ist. Ihr wart nicht bereit, still und leise wieder zu verschwinden, also blieb als einzige Lösung nur, Euch zu töten. Der Krieg mit den Saxoniern wird kommen. Indrana kann nicht warten, bis Ihr beweist, dass Ihr des Thrones würdig seid.«

»Ich muss Euch nichts beweisen, Generalin.«

Sie hob den Kopf und sah mich mit ihren dunklen Augen an. »Ich weiß, Eure Majestät. Es ist vermessen von mir, so etwas zu denken.«

Ich stieß mich vom Schreibtisch ab und ging auf sie zu. »Bei Shiva, da habt Ihr verdammt recht. Ich sollte Euch gleich hier mit der Waffe meines *Ekam* erledigen.« Ich hielt meine Hand hoch, und Emmory gab mir ohne zu zögern seine .45er Hessian.

Einige der Anwesenden traten unruhig von einem Fuß auf den anderen, aber die Generalin stand ungerührt da und sah mich weiter an.

»Ihr habt recht, Generalin. Indrana wird in den Krieg ziehen. Ich versuche alles, um das zu verhindern, aber vielleicht kann sogar ich die Saxonier nicht davon abhalten. Das Einzige, was Euch gerade vor dem Tod bewahrt, ist Eure militärische Erfahrung, die unseren Truppen dann fehlen würde. Denkt darüber nach, wenn Ihr das nächste Mal an meiner Treue zum Imperium zweifelt.«

Ich gab Emmory seine Waffe zurück und ging wieder zu meinem Schreibtisch.

Die darauffolgende schockierte Stille hielt einige Minuten an. Schließlich sackte Generalin Prajapati in sich zusammen. »Ihr werdet mich nicht hinrichten lassen?«

»Ich werde Euch nicht einmal degradieren«, antwortete ich. »Aber vielleicht werdet Ihr Euch wünschen, ich hätte es, wenn wir hier fertig sind.« Ich wedelte mit der Hand, und die Frau, die bislang still in einer Ecke gestanden hatte, trat vor. Sie war kleiner als die Generalin, hatte einen kahl rasierten Kopf und eine hässliche Narbe, die sich von ihrem linken Ohr bis zum Kinn zog.

»Das ist Lou. Sie war früher bei den ISK, jetzt ist sie mir direkt unterstellt. Ihr folgt ihren Befehlen – und wenn sie nur den kleinsten Hauch eines Verdachtes hegt, dass Ihr Euch wieder gegen mich verschwören wollt, wird sie Euch eine Kugel in den Schädel jagen.«

Diejenigen unter den Anwesenden, die nicht bereits in meine Pläne eingeweiht gewesen waren, hielten entsetzt den Atem an. Ich hob eine Hand, und es wurde wieder still.

»Und nun – bevor die Captain hier einen Anfall bekommt – habt Ihr die Wahl: Wenn Ihr meine Bedingungen für inakzeptabel haltet, werde ich Euch auf den Rang einer Corporal zurückstufen und unehrenhaft aus der Truppe entlassen. Dann werdet Ihr Indrana nie mehr dienen können.« Ich faltete die Hände in meinem Schoß.

Generalin Maya Prajapatis ganze Verteidigung hatte darauf basiert, dass ihr bei all ihren Taten nur das Wohl Indranas am Herzen gelegen hatte. Nun musste sie sich dieser Behauptung stellen und ihren Worten auch Taten folgen lassen. Würde sie die Schande auf sich nehmen und mit einer Aufpasserin an ihrer Seite, die außerhalb der Befehlskette stand und Order hatte, sie bei der geringsten Auffälligkeit zu erschießen, Indrana weiter dienen? Oder würde sie sich als Lügnerin entpuppen?

»Eure Majestät.« Maya verbeugte sich trotz ihrer gefesselten Arme tief. »Ich würde mich glücklich schätzen, unter Lous Aufsicht Indrana weiter dienen zu dürfen. Ich danke Euch für die Gnade einer zweiten Chance.«

Ich nickte. »Zin, nimm ihr die Fesseln ab. Admiralin Hassan wird Euch in Eure neue Aufgabe einweisen, Generalin.«

»Ja, Majestät.« Prajapati massierte ihre Handgelenke und verbeugte sich erneut. Dann wollte sie zusammen mit den anderen mein Büro verlassen.

»Generalin?«

Sie hielt inne und drehte sich zu mir um. »Majestät?«

»Lou ist sehr fähig. Aber sollte ihr trotzdem irgendetwas zustoßen, wird mich das sehr wütend machen.«

Lou grinste. Generalin Prajapati nickte kurz und verließ den Raum.

»Ich hoffe wirklich, dass ich das nicht bereuen werde«, sagte ich zu Emmory und legte einen Fuß auf den Schreibtisch.

»Ich denke, es war die richtige Entscheidung, Majestät. Was auch immer sie von Euch hält – Indrana scheint ihr wirklich am Herzen zu liegen. Und Colonel Nyr wird sie in jedem Fall in Schach halten. Gibt es einen besonderen Grund dafür, dass Ihr die Generalin glauben lassen wolltet, dass man Lou aus den ISK geworfen hat?«

Ich grinste. »Es schadet sicher nicht, sie etwas geheimnisumwittert erscheinen zu lassen. Zum Glück wurde Colonel Nyr hauptsächlich für geheime Missionen ausgezeichnet, und zu den Aufzeichnungen darüber hat die Generalin keinen Zugang mehr. Es ist vielleicht ganz hilfreich, wenn sie Lou für eine Kriminelle hält. Vielleicht benimmt sie sich dann.«

»Hoffentlich.«

»Sei kein Pessimist, Emmy.«

»Dafür bezahlt Ihr mich, Majestät.« Emmory legte den Kopf schief, als er einen Anruf über sein *smati* erhielt. »Captain Gill, was ist?«

Ich lachte noch, als mein eigenes *smati* klingelte und ich einen Anruf von Taz entgegennahm. Als ich sein übel zugerichtetes Gesicht sah, rutschte mein Fuß vom Tisch.

»Wir haben Christoph gefunden, Majestät, und ihn im Hethan-Distrikt in die Enge getrieben.« Ich konnte Schüsse in unmittelbarer Entfernung hören. »Er hat sich in einem Gebäude verschanzt, wo meine Leute ihn nun einkreisen. Captain Gill hat Verstärkung angefordert. Sobald die hier ist, werden wir ihn stellen.«

»Bringt ihn mir wenn möglich lebend, Taz. Ich will keinen Märtyrer aus ihm machen.«

Taz nickte und unterbrach die Verbindung. Ich sprang auf, wurde aber von Gita und Zin an der Tür aufgehalten.

»Majestät, wo wollt Ihr hin?«, fragte Emmory.

»Na, dorthin.«

»Setzt Euch.« Ich starrte ihn einen Moment lang an und sank dann zurück in meinen Stuhl.

»Captain Gill schickt uns eine Liveübertragung«, sagte er und projizierte die Bilder der mit den Augen der ISK-Captain verbundenen Kamera an die Wand. Anfangs war es schwer, sich zu orientieren.

»Wir haben ihn bis in dieses Gebäude verfolgt.« Ilyia zeigte mit einer behandschuhten Hand auf das verlassene, verfallene Lagergebäude zu ihrer Rechten. »Taz' Männer kämpfen sich Stockwerk für Stockwerk vor. Sie stoßen auf massive

Gegenwehr. Captain Hilts und ihr Team sind an der Eingangstür. Der Rest meines Teams und die andere Hälfte von Taz' Leuten sichern die Ausgänge. Wir bekommen ihn, Majestät, so oder so.«

Sirenengeheul kündigte die Ankunft einiger Transportshuttles der ISK an. Sekunden später waren sie gelandet. Captain Gill wies die Verstärkung ein.

Taz erschien kurz im Bild, als Gill ihm zunickte und sie dann in gebückter Haltung eine zugemüllte Straße entlangliefen. Ich sank tiefer in meinen Stuhl, und meine Hände verkrampften sich ineinander.

Sie erreichten den Haupteingang. Captain Gill und ihre Leute bewegten sich schnell durch die noch rauchgeschwängerte Tür. Ilyia und Taz folgten ihnen auf den Fersen.

»Gesichert!« Sie überprüften einen Raum nach dem anderen, über das Funkgerät kamen nur noch kurze taktische Anweisungen.

»Captain, da sind ...«

»Kabel! Hier ist alles voller Kabel!«

»Wieso haben wir das nicht gesehen?«

»Raus, sofort raus hier!«

Das Bild wurde unscharf, als Taz nach Captain Gill griff und sie die Treppe, die sie gerade hochgekommen waren, hinunterschubste. Dann wurde die Verbindung abrupt unterbrochen. Plötzlich herrschte Stille.

»Was ist passiert?« Ich stand auf. »Emmory, woher kamen die ...«

Mein *Ekam* starrte den entsetzt dreinblickenden Zin an. Gita keuchte einen Fluch, was bei einer Soldatin einem Gebet am nächsten kam.

»Was ist passiert?«

»Das Gebäude ist explodiert, Majestät.«

»Taz.« Ich presste eine Hand vor den Mund, um den Schrei zurückzuhalten. »Bei der Dunklen Mutter, Emmory.«

»Setzt Euch, Majestät.« Er drückte mich zurück in den Stuhl, seine Hand blieb auf meiner Schulter. »Ja, Admiralin? Nein, die Kaiserin ist noch in ihrem Büro. Wir sind alle hier. Wir haben über Captain Gills Kamera zugesehen, bis die Übertragung ausfiel.«

Ich schloss die Augen in der Hoffnung, so die Tränen zurückzuhalten. Aber es half nicht viel, die Namen derer, die ich gerade verloren hatte, hallten durch meinen Kopf. Nun waren Taz, Ilyia Gill und Fasé …

Emmorys Griff an meiner Schulter wurde fester, als ich mich nicht mehr beherrschen konnte und leise schluchzte. »Ja, Admiralin. Haltet uns auf dem Laufenden. Majestät, Admiralin Hassan hat Rettungskräfte geschickt, die nach Überlebenden suchen sollen. Dort ist keinerlei Funkverkehr mehr möglich, wir vermuten, dass ein *smati*-Störsender aktiviert wurde.«

Oder dass alle dort tot sind. Die unausgesprochenen Worte hingen in der Luft. Ich stand auf, schaltete die Nachrichten ein und warf sie mit einer kurzen Bewegung des Handgelenks an die Wand. Sie brachten keine neuen Erkenntnisse, lenkten aber von der Stimme in meinem Kopf ab, die nicht aufhörte, die Namen der Toten zu wiederholen.

»Eine Explosion erschütterte vor ein paar Minuten den verlassenen Hethan-Distrikt. Die Gegend wurde abgeriegelt, doch wie unsere Reporter erfuhren, fand dort eine militärische Operation statt.« Der Gesichtsausdruck der Nachrichtensprecherin war dem Ereignis angemessen ernst. »Wir schalten nun zu Talia, die sich am Ort des Geschehens befindet.«

Das Gesicht einer hübschen jungen Frau erschien, die vor den rauchenden Ruinen stand. »Danke, Kalini. Ich befinde mich nun direkt am Rande des Explosionsgebietes. Näher lassen uns die ISK-Truppen nicht an den Unglücksort heran. Die Geräusche, die Sie im Hintergrund hören, stammen von mehreren militärischen Krankentransportshuttles, die gerade über uns fliegen und auf dem Feld zu unserer Linken landen werden. Bislang ist noch nicht klar, wer hier das Kommando hat und was die Explosion verursacht hat – oder was der Grund für den Einsatz der ISK war.«

Ich tigerte etwa eine Stunde lang in meinem Büro auf und ab. Mit jedem Namen eines Überlebenden, der über die Nachrichten hereinkam, sank meine Hoffnung, dass Taz und Captain Gill es geschafft hatten. Fasé war dagegen unverletzt. Die Farianerin war weit genug vom Explosionsherd entfernt gewesen.

»Sie haben sie gefunden.« Emmory griff, schon auf dem Weg zur Tür, nach meinem Arm. »Verstanden, Admiralin. Wir sind unterwegs, wir treffen Euch im Krankenhaus.«

»Sind sie am Leben?« Ich beeilte mich, mit Emmory Schritt zu halten. Alba rannte hinter uns her, während Zin und Gita den Weg sicherten. Team 4 und Team 6 stießen an der Garageneinfahrt zu uns.

»Captain Gill ist schwer verletzt, aber Fasé war dabei, als man sie aus den Trümmern holte, und hat ihre letzten Kräfte aufgewandt, um sie zu stabilisieren.« Emmorys Mund wurde zu einer schmalen Linie, wie immer, wenn er mir schlechte Nachrichten überbringen musste.

»Tazerion ... es sieht nicht gut aus, Majestät. Sie sind sich nicht sicher, ob er durchkommen wird.«

»Bei Shiva. Beeilung!« Ich sank in den Sitz meines Schwebewagens, und meine Hände verkrampften sich in meinem Schoß.

· 12 ·

IM KAISERLICH INDRANISCHEN HOSPITAL HERRSCHTE geordnetes Chaos, und in der Notaufnahme unterbrach das Personal nur kurz seine Arbeit, als meine grimmig dreinblickenden BodyGuards hineinmarschierten.

»Eure Majestät.« Der putzmuntere junge Mann am Empfang sprang auf und verbeugte sich.

Da ich nun im Zentrum der Aufmerksamkeit stand, wählte ich meine Worte mit Bedacht. »Wir möchten unsere Leute besuchen.«

»Ja, Majestät. Ich werde ...«

»Ich kann Ihre Majestät nach hinten mitnehmen, Ishan.« Eine ältere Frau mit silbergrauem Haar klopfte ihm auf die Schulter. Sie lächelte mir zu und öffnete die Tür mit einem Knopfdruck. »Eure Majestät, ich bin Oberschwester Oni Suggitt. Euer *Ekam* möchte sicher vorangehen?«

Emmory erteilte einige Anweisungen über seine *smati*-Verbindung, wich aber nicht von meiner Seite. Team 6 ging mit gezogenen Waffen voran durch die Tür. Ich blieb stehen, bis Emmory mir seine Hand auf den Rücken legte.

»Majestät.« Fasé verbeugte sich. »Sie wollen mich nicht zu Lieutenant Saito lassen.«

Die ISK-Sergeant sah zerzaust und dreckig aus, schien aber unverletzt. Ich umarmte sie und versuchte, sie dabei nicht zu fest zu drücken. »Wie schön, dass du in Sicherheit bist«, sagte ich leise, als ich sie wieder losließ.

»Dr. Flipsen operiert gerade Tazerion Shivan«, erklärte mir Oni. »Ich werde sie wissen lassen, dass Ihr hier seid, aber es ist schwer vorherzusagen, wie lange die Operation dauern wird. Captain Gill ruht sich aus, und dasselbe sollte Sergeant Terass eigentlich gerade auch tun.« Die Schwester sah die rothaarige Farianerin mit einem tadelnden Blick an, den diese mit einem schwachen Lächeln quittierte. »Und ich lasse sie nicht zu Lieutenant Saito, weil diese gerade für die Operation vorbereitet wird – vielleicht ist ihr Bein ja noch zu retten. Sie, junge Dame, haben sich bereits genug verausgabt.« Oni blieb vor einem Zimmer stehen und klopfte an die halb geschlossene Tür.

»Herein.«

»Bleibt liegen, Captain«, sagte ich, als ich eintrat.

»Majestät.« Ilyia versuchte trotzdem, sich aufzusetzen, aber Oni hielt sie zurück und stellte stattdessen den Kopfteil des Bettes etwas höher. Captain Gills Gesicht war schwer lädiert, eine teilweise verheilte Schnittwunde unter dem Haaransatz zeugte von der Hilfe der Farianerin. »Es tut mir leid. Es war eine Falle. Und ich bin geradewegs hineinmarschiert.«

»Das konntet Ihr nicht wissen, Captain.«

»Wie viele haben wir verloren?«

»Nicht jetzt.« Ich schüttelte den Kopf. »Darüber reden wir, wenn es Euch besser geht. Taz wird gerade operiert. Ruht Euch aus, Captain.«

»Ja, Majestät.« Aber wir wussten beide, dass sie keine Ruhe finden würde.

Eine unangenehme Stille trat ein. Emmory unterhielt sich leise mit Ilyia, Fasé döste in einem Stuhl am Fenster, und ich versuchte, nicht ruhelos umherzutigern.

»Majestät, setzt Euch«, sagte Zin leise und holte mir einen Stuhl aus dem Flur. »Es wird eine Weile dauern.«

Mir fielen immer wieder die Augen zu, dazwischen hörte ich mir die hereinkommenden Berichte von Admiralin Hassan und den anderen an. Das Gebäude war komplett zerstört worden, und es würde noch Tage dauern, bis alle Toten geborgen waren. Oder das, was noch von ihnen übrig war.

»Kaiserin Hailimi.«

Ich setzte mich in meinem Stuhl auf und blinzelte. Vor mir stand eine Frau.

»Eure Majestät, ich bin Dr. Eleanor Flipsen.« Sie streckte mir ihre blasse Hand entgegen und verbeugte sich lächelnd.

»Wie geht es ihm?« Ich schüttelte ihre Hand und stand auf.

»Er lebt. Er hat massive innere Blutungen und eine schwere Gehirnerschütterung. Wir haben die schlimmsten Verletzungen erfolgreich behandelt, aber es wird noch ein oder zwei Tage dauern, bevor er außer Lebensgefahr ist.« Sie sprach mit einem starken Akzent.

»Ihr seid nicht von hier?«

Trotz der Erschöpfung in ihren Augen lächelte Eleanor. »Nein, Majestät, auch wenn ich die meiste Zeit meines Lebens hier verbracht habe. Meine Eltern kamen als Missionare von Sanctaria hierher, als ich zehn war. Mir gefiel es hier so gut, dass ich nach meinem Abschluss wieder herkam.«

»Ich bin froh, dass Ihr hier seid. Kann ich ihn sehen?«

»Sobald er aufwacht, Majestät.« Ihr Blick wirkte einen Moment lang leer, während sie auf die Uhr ihres *smati* sah. »Das sollte nicht mehr lange dauern. Ich werde die Schwester fragen.«

Ich ging zu Emmory, der aus dem Fenster sah. *»Dr. Flipsen ist eine der besten Unfallchirurgen im ganzen Imperium«*, informierte er mich über unsere private *smati*-Verbindung.

»Heißt das, ich soll mir keine Sorgen machen?«

Aus den Augenwinkeln sah ich ihn lächeln. *»Ich weiß, dass Ihr Euch Sorgen macht, Majestät. Und das mit Recht. Sie haben ein ganzes Gebäude über ihm einstürzen lassen. Er hat unheimlich viel Glück gehabt.«*

»Gibt es Neuigkeiten von Admiralin Hassan?«

»Nein. Sie haben das ISK-Team gefunden, das vor Captain Gill ins Gebäude gegangen ist. Keine Überlebenden.«

»Christoph soll froh sein, dass er tot ist.«

»Wieso, Majestät?«

»Weil ich ihn sonst eigenhändig umbringen würde.« Ich drehte mich um, als Dr. Flipsen zurückkam.

»Er ist wach, aber noch etwas benommen, Majestät. Wenn Ihr mir folgen wollt?«

Zin und Gita bewachten bereits die Tür zu Taz' Zimmer, und meine anderen BodyGuards hatten sich über den Flur verteilt. Emmory bedeutete der Schwester und Dr. Flipsen mit einem Blick, dass wir lieber mit Taz allein sein wollten. Nachdem sie gegangen waren, schloss er die Tür.

Die Verletzungen in Taz' Gesicht waren noch schlimmer, als sie es morgens bei seinem Anruf gewesen waren. Seine braune Haut hatte einen gelblichen Ton angenommen, bei dessen Anblick mir übel wurde.

Da wir nun allein waren, wagte ich es, sein Gesicht zu berühren. »Hey, du.«

Taz' Lider flatterten und schlossen sich wieder, dann riss er plötzlich die Augen auf. Emmory reagierte schneller als ich und drückte ihn zurück in das Bett, während er leise und schnell mit ihm sprach.

»Ihr seid in Sicherheit, Shivan. In Sicherheit. Im Krankenhaus.«

»Tresk?« Taz' Stimme war rau. »Wo bin ich? Was ist passiert?«

»Christoph hat das Warenhaus in die Luft gejagt, und du wurdest darunter begraben.« Ich nahm seine bandagierte Hand in meine. »Du bist gerade operiert worden. Also versuch bitte, Dr. Flipsens mühselige Arbeit nicht gleich wieder zunichtezumachen.«

Taz blinzelte mich an. Er hörte die Worte, schien aber nichts zu begreifen. Doch seine Finger schlossen sich um meine Hand, und er lehnte sich entspannt zurück. »Ich weiß nicht ... Ich erinnere mich, wie ich heute Morgen aufgewacht bin, und dann an nichts mehr. Captain Gill und ich waren ...« Er versuchte, sich wieder aufzusetzen, und warf meinem *Ekam* einen finsteren Blick zu, als dieser ihn wieder ins Bett zurückdrückte.

»Geht es Ilyia gut?«

»Ja. Sie war noch schwerer verletzt als du, aber Sergeant Terass konnte ihr gerade noch rechtzeitig zu Hilfe kommen. Im Gegensatz zu dir hat sie ja keine Probleme mit den Farianern.«

Taz brachte ein Lächeln zustande, das aber schnell wieder verschwand. »Und wer hat es nicht geschafft?«

»Unteroffizierin Danse wird noch vermisst. Dem Bericht von Captain Gill nach stand sie direkt neben dem Gebäude, als der Sprengsatz hochging. Lieutenant Saito wird gerade operiert. Sie versuchen, ihr Bein zu retten.«

»Was ist mit Madu? Und was ist mit meinen Leuten?«

»Über den Verbleib der *Upjas* weiß ich nichts.« Ich hatte mir vor allem Sorgen um Taz und um die ISK-Truppen gemacht. Nun überkamen mich Schuldgefühle, und ich wandte den Blick ab. »Unteroffizierin Chaturvedi hat es nicht geschafft.«

Taz fluchte. »Morgen wäre ihr Geburtstag gewesen.«

Ich sah zur Tür, durch die man gedämpft ein Gespräch im Flur hören konnte. »Taz, es tut mir so leid. Captain Gill vermutet, dass Christoph mit der Explosion so viele wie möglich von euch töten ...«

Ich bemerkte, wie Emmory sich anspannte, als die Stimmen draußen lauter wurden, dann gingen wir beide zur Tür, um nach dem Rechten zu sehen. Ein Mann mit einem kleinen Mädchen an der Hand schien Zin und Dr. Flipsen inständig um etwas anzuflehen. Ich erkannte sofort, wer er war, denn seine jüngere Ausgabe lag hinter mir im Krankenbett.

»Immer mit der Ruhe«, sagte ich leise und legte eine Hand auf Emmorys Arm, als er mich zurückhalten wollte. »Es ist Taz' Vater.«

»Eure Majestät.« Benton Shivan fiel auf die Knie. »Ich flehe Euch an, lasst mich zu meinem Sohn.«

»Du hast ihn verstoßen. Ihr verdient nicht, ihn zu sehen.« Ich zog eine Augenbraue hoch. »Wo ist seine Mutter?«

»Sie weiß nicht, dass wir hier sind, Majestät. Ich habe mich mit Ahlaya aus dem Haus geschlichen.« Benton sah zu mir auf. »Ich habe es immer bereut, dass meine Frau ihn verstoßen hat. Als ich hörte, was passiert ist, dachte ich, ich hätte ihn für immer verloren.«

Ich schluckte die harten Worte herunter, die mir auf der Zunge lagen. Hätte er sich gegen die Entscheidung von Vama Shivan aufgelehnt, wäre er wie sein Sohn auf der Straße gelandet.

»Eure Majestät, bitte bestraft meinen Vater nicht. Er hat nur das getan, worum Taz ihn selbst gebeten hat, bevor er uns verließ.« Ahlaya sah mich an. Sie hatte die gleichen dunklen Augen wie ihr Bruder.

»Und was war das?«

»Zu bleiben und sich um mich zu kümmern.«

Das Mädchen musste noch ein Säugling gewesen sein, als Taz verstoßen worden war. Es überraschte mich nicht, dass er sich für seine kleine Schwester verantwortlich gefühlt und seinen Vater gebeten hatte, sich um sie zu kümmern. Die launische Vama Shivan hatte ich dagegen nie leiden können.

»Geht hinein. Wenn er Euch sehen möchte, dann bleibt. Wenn er Euch nicht sehen möchte oder wenn Ihr ihn aufregt, lasse ich Euch beide von meinen BodyGuards rausschmeißen, Nachrichtenkameras hin oder her.«

»Ja, Majestät.« Ahlaya machte einen Knicks und zwängte sich dann an mir vorbei.

Wie sich herausstellte, musste ich mir wegen ihrer Anwesenheit keine Sorgen machen. Taz strahlte beim Anblick seiner kleinen Schwester und streckte die Arme aus. Ahlaya umarmte ihn vorsichtig und legte ihren Kopf an seine Brust, während sie ihm etwas zuflüsterte, was ich nicht hören konnte.

Benton stand in der Tür. Ob er nicht zu seinem Sohn wollte oder sich einfach nur nicht traute, war nicht erkennbar. Dann hob Taz den Kopf, und der Anblick seines Vaters traf ihn wie der Schlag. »Papa?«

»Mein Sohn.« Tränen standen in Bentons Augen.

Ich wollte nicht länger stören und schloss leise die Tür, als ich den Raum verließ. »Sie dürfen bleiben«, sagte ich zu Dr. Flipsen. »Und falls Vama Shivan auftauchen sollte: Lasst sie nicht herein, ohne mir vorher Bescheid zu geben. Egal womit sie droht – ich habe hier das Sagen, nicht sie.«

»Ja, Majestät.«

»Und Ihr benachrichtigt mich, wie es Lieutenant Saito geht, sobald sie operiert ist?«

»Natürlich, Majestät.«

Ich streckte meine Hand aus. »Ich danke Euch für alles. Emmory, lass uns zurück in den Palast fahren. Gebt Admiralin Hassan Bescheid, dass ich sie dort treffen möchte. Ich brauche einen vollständigen Bericht innerhalb der nächsten Stunde.«

»Soweit wir bislang wissen, hatte sich Christoph eine Sprengladung umgeschnallt und weitere damit verbundene Brandsätze im Gebäude verteilt, um die größtmögliche Zerstörung anzurichten. Vermutlich werden wir seinen Körper nicht finden, aber wir suchen in den Trümmern nach DNA, um seinen Tod zweifelsfrei zu bestätigen.« Admiralin Hassan drehte das dreidimensionale Bild über dem Besprechungstisch der Kommandozentrale. Während sie sprach, zeigte sie auf die Orte, um die es ging, und ließ sie jeweils aufleuchten.

»Wie viele Opfer?«

»Alle ISK-Mitglieder wurden geborgen. Wir haben sieben davon verloren, darunter auch Captain Hilts und ihr gesamtes Team. Die Unteroffizierinnen Chaturvedi und Danse wurden ebenfalls getötet. Zum Glück waren die anderen beiden Teams weiter vom Gebäude entfernt und wurden nur von umherfliegenden Trümmern verletzt. Von den *Upjas* wurden, soweit wir wissen, ein Drittel getötet. Sie befanden sich ja bereits im Gebäude, als es in die Luft flog. Wir arbeiten zusammen mit Tazerion an genaueren Zahlen.«

»Der einzige Lichtblick, Majestät«, stellte Caspel fest, während er den Tisch mit hinter dem Rücken verschränkten

Armen abschritt, »ist, dass diese Aktion Christophs radikale Fraktion offenbar vernichtet statt gestärkt hat. Wir wissen nicht, wie viele seiner Männer mit ihm im Gebäude waren, doch falls noch Anhänger von ihm am Leben sind, verhalten sie sich auffällig ruhig.«

»Dafür haben wir aber einen sehr hohen Preis bezahlt«, flüsterte ich, während ich durch die Dateien der getöteten ISK-Mitglieder scrollte.

»Zweifelsohne«, stimmte mir Caspel zu. »Ein notwendiges Übel. Und wir müssen mit den Folgen unserer Entscheidungen leben.«

»Wir leben aber zumindest weiter.« Ich wandte mich von der Reihe der toten Gesichter ab. »Haltet mich darüber auf dem Laufenden, ob Christophs Leichnam gefunden wird. Ich möchte, dass das hier erledigt ist, bevor wir zu den Verhandlungen abreisen.«

»Selbstverständlich, Majestät.«

Ich nickte, und plötzlich begann sich der ganze Raum zu drehen. Caspels Augen weiteten sich vor Schreck, und er griff nach meinem Arm, aber es war schon zu spät. Er konnte mich nicht halten, und ich ging zu Boden.

»Majestät.«

»Mir geht es gut.« Ich schloss meine Augen und spürte Emmorys Hand in meinem Nacken. »Mir ist nur etwas schwindlig.«

»Ihr habt nichts gegessen. Alba?«

»Ich habe bereits etwas in ihre Gemächer schicken lassen«, antwortete Alba. »Ich ging davon aus, dass sie dorthin geht, sobald wir hier fertig sind. Ich habe Dr. Ganjen benachrichtigt. Er ist unterwegs.«

Caspel und Admiralin Hassan verabschiedeten sich leise und verließen das Zimmer.

»Mir geht's gut, mir ist nur etwas schwindlig geworden.« Ich versuchte, mich aufzusetzen, aber Emmory schüttelte den Kopf. »Ach, scheiße, soll ich etwa hier am Boden liegen bleiben?«

»Eure Werte gefallen mir nicht, Majestät. Ich rate Euch, auf den Arzt zu warten.«

Sein ernster Tonfall machte mir Sorgen, und ich rief meine Werte auf meinem eigenen *smati* auf. Ich pfiff durch die Zähne. »Nach reiflicher Überlegung bleibe ich doch lieber liegen. Warum sind meine Werte so schlecht, Emmory? Ich dachte, die Zwangspause hat alles wieder ins Lot gebracht?«

Ein wenig gelungener Scherz. Der abgespeckte Terminkalender hatte tatsächlich geholfen, und so gut wie in den letzten Wochen hatte ich noch nicht geschlafen, seit ich den Fuß auf diesen Planeten gesetzt hatte. Abgesehen von den Ereignissen des heutigen Tages war es mir seit dem Putschversuch nie besser gegangen.

»Ich weiß es nicht, Majestät. Ich lasse gerade einen Scan laufen.« Zin brachte eine Decke, und Emmory breitete sie auf dem Boden aus. Ich legte mich darauf und bettete meinen Kopf auf eine zweite zusammengerollte Decke.

Dann wurde die Tür geöffnet, und Dr. Ganjen eilte herein. Emmory ging ihm entgegen und unterhielt sich leise mit ihm.

»Hey, mein Blutdruck hat sich normalisiert.« Ich grinste Zin an, der an meiner Seite geblieben war und mir nun ein verkniffenes Lächeln schenkte. »Entspann dich, bitte. Wenn du dich jetzt aufregst, rege ich mich auch auf.«

»Ihr werdet nicht in der Lage sein, diese Verhandlungen zu führen, Majestät. Nicht, solange Eure Gesundheit in einem so schlechten Zustand ist.«

Ich verzog das Gesicht. »Ich bin gesund, mir war nur etwas schwindlig.«

»Ihr seid eine gesunde junge Frau, Majestät. Euch sollte nicht so einfach schwindlig werden.« Zin machte Platz, und Dr. Ganjen kniete sich mit einem Lächeln neben mir auf den Boden.

»Majestät.«

»Wie nett, dich hier am Boden zu treffen, Doktor.«

Dr. Ganjen schaute einen Moment lang irritiert, lächelte aber weiter. »Wie fühlt Ihr Euch, Majestät?«

»Jetzt wieder gut. Meine Werte sind auch wieder normal. Darf ich mich aufsetzen?«

»Einen Moment, Majestät. Wollt Ihr einem alten Mann bitte das Gefühl geben, gebraucht zu werden?« Dr. Ganjen legte mir die Hand auf die Stirn, und seine Augen schienen ins Leere zu starren, während er seine Untersuchung durchführte.

Ich bemühte mich, geduldig zu sein, aber es schien eine halbe Ewigkeit zu dauern, bis der Doktor endlich nickte und Emmory mir aufhalf.

»Wie lautet Euer Urteil, Doktor?«

»Alles in Ordnung, Majestät.«

Ich staunte. »Das war's? Alles in Ordnung?«

Dr. Ganjen lächelte und tätschelte meine Hand. »Eure Majestät, Ihr seid erschöpft, überarbeitet und gestresst. Und Ihr dürft nicht vergessen, dass Ihr Euch immer noch von dem Phrinekonsum erholen müsst. Aber abgesehen davon geht es Euch gut.«

»Mein *Ekam* ist da möglicherweise anderer Ansicht, Doktor. Aber ich danke Euch für Euer Kommen. Und ich verspreche, mehr zu schlafen.«

Der Doktor lächelte angesichts meiner Lüge und verbeugte sich.

Emmory blieb dagegen ernst. »Majestät, warum gab es kein Warnsignal?«

Ich verdrehte die Augen und fuhr mir mit der Zunge über die Zähne. »Möglicherweise habe ich es abgestellt …«

Emmory sah mich tadelnd an.

»Vor einiger Zeit.«

»Majestät.« Er seufzte. »Bitte schaltet es wieder ein.«

Nun war ich an der Reihe zu seufzen, aber ich stellte das Alarmsignal wieder an. »Zufrieden?«

»Eigentlich nicht.«

»Ich auch nicht, aber ich glaube, ich schaffe es nun zurück in meine Gemächer, ohne gleich wieder umzukippen. Und da ich mir ziemlich sicher bin, dass du bereits alle meine restlichen Termine für heute abgesagt hast, werde ich mich bis zum Abendessen auf die Couch legen.«

»Alba hat Euch eine Mahlzeit bestellt, Majestät. Ihr werdet zuerst etwas zu Euch nehmen.«

»In Ordnung.« Ich seufzte. »Dann esse ich eben erst etwas und lege mich dann hin, du Nervensäge.«

· 13 ·

EMMORY ZWANG ALBA, MEINEN TERMINKALENDER noch einmal auszudünnen. Sie protestierte zwar, strich aber alles bis auf die allerwichtigsten Termine.

Und so fand ich mich ein paar Tage später vormittags mit einem Glas Whiskey in der Hand in Vater Westinkars Studierzimmer wieder. Ich wandte mich von dem mit benutztem Geschirr zugestellten Tisch ab und ging hinüber zu dem kleinen Fenster. Das Fensterbrett war aus demselben grauen Stein wie der Rest des Zimmers. Es fühlte sich kühl unter meinen Händen an.

Es war ein grauer Tag, die Sonne schaffte es nicht, sich durch die schweren dunklen Wolken zu kämpfen. »Wird dieser Winter denn nie zu Ende gehen?«

»Nichts ist für die Ewigkeit, Majestät. Weder die Kälte noch die Hitze.«

»Nichts ist für die Ewigkeit«, murmelte ich und starrte weiter aus dem Fenster. Meine Brust schmerzte, aber ich wusste nicht, weshalb.

»Jeder anderen würde ich noch sagen, dass nur die Götter für die Ewigkeit sind.« Vater Westinkar lächelte. »Aber ich weiß, dass Euch das wenig bedeutet.«

Er hatte recht, aber ich brachte es nicht übers Herz, das laut auszusprechen. Ich hatte durchaus zu einem Glauben gefunden, aber der umfasste nicht unbedingt den Glauben an Götter, die bis in alle Ewigkeit existierten. »Glaubt Ihr, dass es eine gute Idee ist, sich mit Trace zu treffen?«

Er schaute mich an und zog eine graue Augenbraue hoch. »Ich bin nur ein Priester, und meine Meinung zu Staatsangelegenheiten fällt nicht ins Gewicht. Aber ...« Er sprach bereits weiter, bevor ich protestieren konnte. »Indrana braucht Frieden. Noch ein Krieg – und ganz besonders einer, den wir nicht gewinnen können – wäre fatal.«

»Mit anderen Worten: Es kann nicht schaden?« Ich ging wieder zum Tisch zurück und trank den letzten Schluck Whiskey. »Ich könnte einen Krieg auslösen, Vater.«

»Ihr habt den Krieg erlebt, Majestät, oder zumindest Ähnliches. Ich sehe es in Euren Augen. Ihr würdet Eure Leute dem nicht einfach so aussetzen.«

»Ihr glaubt an mich.«

Vater Westinkar lachte und breitete die Arme aus. »Ich bin Priester, Majestät. Ich habe eine Menge Glauben zu vergeben.«

Ich umarmte ihn und lachte ebenfalls, aber es klang immer noch so angespannt, dass er mich noch etwas länger festhielt.

»Ihr seid ein guter Mensch, Majestät. Zweifelt niemals daran, und zweifelt niemals an Euren Fähigkeiten.«

Ich brachte ein Lächeln zustande und trat zurück. »Danke für das Mittagessen, Vater. Und für das Gespräch. Ich weiß das sehr zu schätzen.«

»Meine Tür steht Euch immer offen, Majestät.« Er verbeugte sich tief und nickte Cas zu. Cas nickte zurück, dann machte ich mich mit meinem jungen *Dve* auf den Rückweg durch den Tempel.

Mein auf Emmorys Wunsch hin nochmals überarbeiteter Terminkalender bereitete meiner Kammerfrau und meiner

Thronerbin einige Kopfschmerzen. Ich freute mich dennoch über eine Stunde Ruhe vor meiner Zusammenkunft mit Alice. So würde ich bei dem Treffen nicht erschöpft oder benommen sein.

Und das war auch nötig. Meine Thronerbin hatte ihre Ehrfurcht vor mir schnell verloren und äußerte ihre Ansichten nun sehr offen bei unseren regelmäßigen Treffen.

Sie vergaß aber nur selten, wer die Kaiserin war.

»Es gibt ein paar Frauen, die ganz offensichtlich nicht geeignet sind, an den Verhandlungen teilzunehmen.« Ich lehnte mich in meinem Bürosessel zurück und hantierte mit der Fotografie meines Vaters mit seinen Freunden. »Matriarchin Maxwell ist zu alt für eine Raumreise.«

»Lasst Sie das nicht hören«, murmelte Alice amüsiert.

»Clara und Zaran müssen ebenfalls hier bleiben. Wir brauchen sie für die Verhandlungen mit den *Upjas*.«

»Ihr habt die Matriarchinnen Zellin und Prajapati ebenfalls von der Liste gestrichen?«

Ich nickte. »Wir sind uns noch nicht sicher, was Tare Zellins Verwicklung in Christophs Machenschaften angeht. Und wenn ich vom schlechten Urteilsvermögen ihrer Schwester ausgehe, möchte ich lieber nicht auf einem Schiff mit Matriarchin Prajapati sein, selbst wenn sie Mayas Taten öffentlich anprangert.« Ich sah die Liste noch einmal genau an. »Können wir davon ausgehen, dass Matriarchin Tobins Gesundheit eine Reise zulässt?« Trotz ihres Alters hatte Masami Tobin einen messerscharfen Verstand, und ich freute mich schon darauf, wie sie sich über die Saxonier und ihre männerdominierte Kultur lustig machte.

»Ihrer letzten ärztlichen Untersuchung zufolge schon.«

»Dann sollten wir sie fragen. Ich dachte auch an Matriarchin Naidu. Die Arbeit könnte sie etwas ablenken.«

Alice schüttelte den Kopf. »Es geht ihr nicht besonders gut, Majestät. Ich denke nicht, dass sie sich auf die Verhandlungen konzentrieren könnte.«

»Das sehe ich genauso.« Ich nahm sie wieder von der Liste des Teams, das mich zu den Verhandlungen begleiten sollte. »Was haltet Ihr von Caterina Saito?«

Matriarchin Saito war vierzehn Jahre älter als ich und hatte sich in den Debatten um meine Legitimität immer zurückgehalten. Ihrer Familie gehörte eine der größten Banken Indranas.

»Sie stand meiner Mutter sehr nahe, trotz des großen Altersunterschieds«, erzählte Alice. »Ihr Ehemann starb in dem Jahr, in dem ich geboren wurde. Meine Mutter hat immer gesagt, dass sie sich von diesem Verlust nie erholt und in die Arbeit gestürzt hat. Sie ist klug, Majestät. Ich denke, sie ist eine gute Wahl.«

Ich zog Caterinas Namen auf die rechte Seite des Bildschirms zu den anderen Reiseteilnehmern und dachte über die verbliebenen Kandidaten nach. »Ich möchte Matriarchin Vandi ebenfalls dabeihaben.« Ich zog ihren Namen zu den anderen.

»Sie ist sehr unerfahren, Majestät. Ihre Mutter ist erst vor einem Jahr verstorben. Ich bin zwar auch nur fünf Jahre älter als sie, aber ich bin Ratsmitglied seit …«

»Jung ist gut. Sie wird frischen Wind in die Angelegenheit bringen.« Ich lächelte Alice an. »Die Zeiten ändern sich, oder nicht? Wir sollten uns an die halten, die diese Veränderungen willkommen heißen.«

»Ist das der Grund, warum ich nicht mitkommen soll?«

Erstaunt sah ich sie an. »Was?«

»Ich darf nicht mitkommen, weil ich nicht offen genug für Neues bin. Zu eingefahren in meinen Ansichten, auch wenn ich jünger bin als Ihr.«

»Legst du mir nun die Worte meiner Mutter in den Mund?«, fragte ich sie in einem ruhigen Tonfall. Alice lief rot an.

»Bitte verzeiht, Majestät. Ich dachte nur ...«

»Ihr kommt nicht mit, weil Ihr meine Thronerbin seid.« Ich trommelte mit meinen Fingern auf den Tisch. »Wenn wir beide gleichzeitig den Planeten verlassen, ist das ungünstig. Sollen wir uns dann noch beide zusammen auf einem ungesicherten Planeten in einem Raum mit potenziellen Feinden aufhalten? Was ist, wenn wir alle zusammen hochgehen? Wer soll mich dann beerben?«

»Warum geht Ihr davon aus, dass etwas passiert?«

Ich tauschte einen Blick mit Emmory aus. »Weil immer etwas passiert. Das solltest du dir beizeiten klarmachen, damit du auf alles vorbereitet bist.«

Sie nickte. »Ja, Majestät. Matriarchin Desai möchte, dass ich Euch daran erinnere, dass Premierminister Phanin ebenfalls Teil der Delegation sein wird.«

»Zu dumm«, erwiderte ich. »Aber es ist ja noch eine Woche bis dahin. Vielleicht rutscht er in der Dusche aus und bricht sich etwas.«

»Majestät!«

Ich verdrehte die Augen. Man hatte mich so lange bearbeitet, bis ich zugestimmt hatte. Anscheinend wollte jeder außer mir Premierminister Phanin dabeihaben. Natürlich hatte mich das nicht besonders überrascht, denn »Ich mag seine Visage nicht« war kein besonders überzeugendes Argument, um jemanden von Phanins Erfahrung und politischem Durchsetzungsvermögen von den Verhandlungen auszuschließen.

Ich brauchte jemanden mit mehr Erfahrung an meiner Seite. Und er war der Mann für diesen Job – egal wie wenig ich ihn mochte.

»Du magst ihn nicht, weil er ein Idiot ist.« Taz bewegte sich in seinem Krankenbett und zuckte dabei vor Schmerzen zusammen. Als ich ihm helfen wollte, fauchte er mich an. »Lass das, Hail. Mir geht's gut.«

Wir waren allein, und so konnte er sich den vertraulichen Ton erlauben. Dennoch lächelte er verlegen, als ich eine Augenbraue hochzog.

»Du guckst immer noch so missbilligend. Oder liegt das an den Schmerzmitteln?«

»Schwester Suggitt sagte mir, dass du die letzten paar Tage keine Medikamente nehmen wolltest. Vielleicht liegt es eher daran?« Ich stand auf. »Darf ich dir nun also helfen, oder soll ich Oni rufen?«

Taz seufzte. »Ihr seid eine ebenso große Nervensäge wie Schwester Oni, Eure Majestät. Nicht nötig, mir geht's gut, und wenn sie erst mal hier ist, kriegen wir sie die nächste halbe Stunde nicht mehr los. Zeit, die ich lieber mit dir allein verbringen würde.«

Er schenkte mir ein aufrichtiges Lächeln, und ich setzte mich wieder. »Ich werde nur eine Woche lang weg sein.«

»Das letzte Mal, als du mich verlassen hast, hab ich dich zwanzig Jahre nicht gesehen.«

Ich verzog das Gesicht. »Genau solches Gerede ist schuld an dem ganzen Klatsch.«

Taz lächelte. Die blauen Flecken in seinem Gesicht verblassten bereits, und auch die Schnittwunden heilten. Aber seine inneren Verletzungen sorgten dafür, dass Oni Suggitt weiterhin ein wachsames Auge auf ihn hatte.

Sie heilten nicht so schnell, wie Dr. Flipsen gehofft hatte. Und die Gehirnerschütterung war so schwer, dass Taz manchmal vergaß, wo er war, oder einfache Dinge nicht tun konnte, wie zum Beispiel mit einer Gabel zu essen. Er protestierte, aber sie bestand darauf, dass mindestens eine Woche ohne solche Episoden vergehen musste, bevor er das Krankenhaus verlassen durfte. Und das auch erst, wenn seine inneren Verletzungen verheilt waren.

Die Stille zog sich immer länger hin. Dann hielt ich es nicht mehr aus. »Was ist?«

»Ich liebe dich immer noch, Hail.«

Mein Herz tat einen Sprung. »Taz, bitte nicht.«

»Hör mich an, ich muss das loswerden.« Er griff nach meiner Hand. »Ich werde dich immer lieben, aber ich weiß, dass jetzt alles anders ist. Ich kann die Geister in deinen Augen sehen.

Ich bin dankbar für die Chance, dich noch einmal neu kennenzulernen, und hoffe, dass wir wieder Freunde werden. Ich erwarte nicht mehr, als du bereit bist, zu geben. Lass sie reden. Wir beide wissen ja, wie es wirklich ist.«

Seine zärtlichen Worte lösten zumindest einen der Millionen Knoten, die sich in meinem Magen gebildet hatten. Ich lachte erleichtert und drückte seine Hand.

»Ich bin wirklich froh, dass du nicht gestorben bist.«

»Und ich erst.« Er grinste und ließ meine Hand los. »Gut, Majestät, genug der Rührseligkeiten. Captain Gill sagte mir, dass sie Knochenfragmente gefunden haben, die sie Christoph zuordnen konnten.«

Ich nickte und setzte mich wieder in den Stuhl, nachdem ich seine Hand noch einmal gedrückt hatte. »Ja. Ilyia war sich ziemlich sicher, dass sie nicht mehr finden werden. Immerhin war es eine ziemlich heftige Explosion, und er befand sich mitten in ihrem Zentrum.«

»Wir hatten Glück, überhaupt so viel zu finden«, murmelte Taz. »Wann reist du ab?«

»In drei Tagen. Ich habe Alice angewiesen, dich zu besuchen und auf dem Laufenden zu halten.«

»Glaubst du, dass sie das wirklich tun wird? Ich glaube, sie mag mich nicht.«

»Sie wird es tun, weil ich es angeordnet habe.« Ich lächelte. »Und du wirst überrascht sein, glaube ich. Sie unterstützt vielleicht die *Upjas*-Bewegung nicht so sehr wie Zaran, aber sie ist fair und möchte das Beste für Indrana.«

»Ich verspreche dir, mich zu benehmen.«

»Das glaube ich erst, wenn ich es sehe.«

»Ich bin am Boden zerstört. Hast du so eine schlechte Meinung von mir?«

»Beweis mir das Gegenteil.«

Seine amüsierte Miene wurde wieder ernst. »Das schwöre ich, Majestät. Wir wollen das Beste für Indrana, egal was es kostet.«

Ich nahm seine Hand. »Das will ich auch.«

· 14 ·

»GUTEN MORGEN, MAJESTÄT.« PHANIN VERBEUGTE sich tief.

»Morgen.« Ich wartete, bis er vor mir stand, bevor ich ihn anlächelte. »Würdet Ihr mich bei meinem Spaziergang begleiten?«

»Mit Vergnügen. An Bord wird man immer so unruhig, *ayah?*«

Wir liefen nebeneinander her, Zin folgte uns.

Emmory hatte die Aufgaben der Teams an Bord der *Para Sahi* leicht modifiziert. Selbst auf einem solch großen Schiff waren drei BodyGuards auf einmal als Begleitung zu viel. Dafür war einfach zu wenig Platz.

Dazu kam, dass Kapitänin Starzin mir glaubhaft versichert hatte, dass ihre Crew loyal war. Und da ich Zins älterer Schwester vertraute, war ich mir auch ziemlich sicher, dass niemand versuchen würde, mich zu töten.

Zumindest hier an Bord.

Nachdem wir Pashati an Bord der *Vajra*, Admiralin Hassans Flaggschiff, verlassen hatten, hatten wir mehrmals das Schiff gewechselt und waren nun mit der gesamten Delegation auf der *Para Sahi* unterwegs, die uns nach Red Cliff bringen würde.

Es war Phanins Vorschlag gewesen, die Delegation auf verschiedene Schiffe aufzuteilen, aber das erschwerte es nur unnötig, auf dem Weg nach Red Cliff Besprechungen abzuhalten.

Ich hatte Alice versprochen, mir Mühe zu geben, den Premierminister besser kennenzulernen. Deshalb hatte ich darauf bestanden, auf demselben Schiff wie er zu reisen.

»Habt Ihr gut geschlafen?«

»Zu meiner Überraschung ja, Majestät. Ich glaube, dass ich hier sogar besser schlafe als zu Hause.« Phanin lächelte, was sein ernstes Gesicht etwas sympathischer machte. »Das könnte damit zusammenhängen, dass ich mich nicht ständig um alles Mögliche kümmern muss.«

Ich lachte. »Schon möglich.«

In der ersten Nacht an Bord hatte ich so gut wie noch nie in meinem Leben geschlafen. Mir war nicht bewusst gewesen, wie sehr ich das leise Brummen eines Schiffsantriebs vermisst hatte. Auf Raumschiffen neigte ich auch nicht zur Klaustrophobie, und es war ohnehin viel Platz auf der *Para Sahi*. Kaiserin zu sein hatte außerdem einige Vorteile, denn meine Kabine war riesig.

»Ich habe eine Liste mit Euren Anliegen zusammengestellt, Majestät«, sagte Phanin. »Soll ich sie Euch schicken?«

»Ja, bitte.« Nachdem wir in den Morgenstunden in den Warp geglitten waren, würde es noch drei Tage dauern, bis wir Red Cliff erreichten. Auch wenn es sich um ein eher informelles Treffen handelte, gab es doch eine Reihe von Themen, die ich unbedingt ansprechen musste.

Canafey zum Beispiel.

Laut Caspel war die Lage dort schlecht und wurde ständig schlimmer. Die einzigen guten Nachrichten waren, dass sein Agent Gouverneurin Ashwari hatte retten können. Wir würden sie in Red Cliff treffen.

Das half mir in der Frage, wie ich siebenundvierzig brandneue Schiffe aus einer Werft in der Nähe eines besetzten Planeten bergen sollte, zwar nicht weiter, aber es bedeutete, dass es möglich war. Die drei Schiffe, denen es gelungen war, zu entkommen, waren zu Hause in Sicherheit.

Vorausgesetzt, dass Caspels Agent die Gouverneurin lebend zurückbrachte oder zumindest schnell genug nach ihrem Tod ihren *smati* barg, damit wir an die Entsperrungscodes gelangten.

Bei diesem grausigen Gedanken schüttelte es mich, und Phanin sah mich besorgt an.

»Es ist ziemlich kühl an Bord«, log ich mit einem Lächeln.

Bei meinem letzten Treffen vor unserer Abreise mit dem Direktor der Sicherheitsbehörde war nur Emmory dabei gewesen. Caspel hatte gebeten, die Neuigkeit über Gouverneurin Ashwari geheim zu halten, und auch wenn ich mich bemühte, meine Haltung gegenüber Phanin zu ändern, fiel es mir nicht schwer, ihm nichts davon zu sagen. Je kleiner der Kreis der Personen war, die von der Gouverneurin und seinem Agenten Bescheid wussten, desto sicherer waren die beiden.

Wir gingen schweigend weiter, bis wir Matriarchin Masami Tobin mit einer Leibwache trafen.

»Guten Morgen, Eure Majestät.« Die betagte Matriarchin lächelte und ließ den Arm ihrer Wache los, um mich mit einem Knicks zu begrüßen.

»Guten Morgen. Wie habt Ihr geschlafen?«

»Furchtbar schlecht. Es ist viel zu laut an Bord dieser Dinger. Die Kinder haben dieses Problem anscheinend nicht. Sie schlafen immer noch, soweit ich weiß.«

Die temperamentvolle ältere Dame war anfangs nicht bereit gewesen, mich zu unterstützen. Aber sie hatte schließlich ihre Ansichten geändert. Zu meinem Glück war ihre Unterstützung für meine Cousine weniger leidenschaftlich als rational begründet gewesen. Ungeachtet ihres Alters war ihr Verstand messerscharf, und sie war meine erste Wahl gewesen.

Die »Kinder« waren die beiden anderen Matriarchinnen, Sabeen Vandi und Caterina Saito, die ich mitgenommen hatte, um Tobins herben Charakter auszugleichen. Matriarchin Vandi war mit ihren siebenundzwanzig Jahren praktisch noch ein Kind, Matriarchin Saito war fast doppelt so alt wie sie, aber immer noch weit jünger als Matriarchin Tobin mit ihren siebenundachtzig Jahren.

Ich suchte nach einer passenden Antwort, aber die Matriarchin schien gar keine zu erwarten. Stattdessen wandte sie sich Phanin zu.

»Und Euch ebenfalls einen guten Morgen, Premierminister.«

»Matriarchin.«

»Dann lasse ich Euch beide jetzt allein. Ich muss zurück in meine Kabine, weil ich mit Alice zu einer Videokonferenz verabredet bin. Und ich bin mir sicher, dass irgendwer darauf bestehen wird, dass ich zuerst etwas esse.«

»Das scheint mir keine schlechte Idee zu sein«, sagte Phanin. »Matriarchin Tobin, wollt Ihr mir Gesellschaft leisten?«

Ich verließ die beiden, während sie noch darüber nachdachten, ob sie in der Messe essen sollten oder in Masamis Quartier, und ging mit Zin im Schlepptau zurück in meine Kabine.

»Euer Treffen mit Alice ist doch erst in einer Stunde, Majestät.«

»Danke, dass du das nicht vor den beiden erwähnt hast, Zin.« Ich knuffte seinen Arm. »Ich hatte nicht so richtig Lust auf ein Frühstück mit den beiden, und ich muss noch ein paar Berichte lesen, bevor ich mit Alice rede.«

Drei Tage später saß ich voller Anspannung in einem Shuttle, das uns von der *Para Sahi* nach Red Cliff brachte.

Der kleine unabhängige Planet war etwa 7500 Lichtjahre vom Ashvin-System und etwa doppelt so weit von Traces Heimatplanet Marklo entfernt. Auf der Liste neutraler Planeten des Solarkonglomerats wurde er als Tango bezeichnet und stand für Treffen dieser Art zur Verfügung.

Gegen Bezahlung natürlich.

Ich hatte kein Problem damit. Dies war die Haupteinnahmequelle für dieses kleine blaue Juwel hier im Nirgendwo. Die Gebühr hatte ich gerne bezahlt, denn ich war es ja auch gewesen, die das Treffen angeregt hatte.

Dass Trace vorgeschlagen hatte, die Hälfte der Kosten zu übernehmen, war sehr zuvorkommend von ihm gewesen. Allerdings hatte es die Gerüchte beflügelt, nach denen eine Heirat mit seinem jüngeren Bruder Teil der Verhandlungen war.

Hinzu kam noch, dass Trace mit meiner Mutter, bevor sie in den Wahnsinn abgeglitten war, über eine Eheschließung seines jüngsten Bruders mit Pace verhandelt hatte.

Jetzt gab es nur noch mich, und ich war siebzehn Jahre älter als Prinz Samuel. Eine Verbindung, die für keine Seite einen Vorteil brachte.

Ich schob diese gefühlsduseligen Gedanken beiseite und stand auf, sobald der Pilot es gestattete. Dann schüttelte ich meinen cremefarbenen Sari aus und ließ Alba meine Haare richten. Stasia hatte sie zu einer komplizierten Frisur geflochten und eine Haarnadel hineingesteckt, an der eine Traube seltener schwarzer Perlen von der Erde hing.

Sie war jener Haarnadel sehr ähnlich, die ich benutzt hatte, um aus meiner Kabine auf der *Para Sahi* auszubrechen, als man mich zurück nach Pashati gebracht hatte. Aus dieser schönen Erinnerung heraus hatte ich es ihr erlaubt, mir dieses protzige Ding ins Haar zu stecken.

»Majestät.«

Ich nickte zur Antwort auf Emmorys nicht ausgesprochene Frage und folgte ihm aus dem Shuttle.

Trace wartete umgeben von seinen Bodyguards in einem Hangar nur wenige Meter entfernt vom Shuttle. Hinter ihm hatte sich sein Gefolge versammelt, das genauso viele Köpfe wie meines zählte.

An der Rampe erwartete uns ein lächelnder Mann mit blasser Haut und glänzendem schwarzen Haar.

»Eure kaiserliche Majestät.« Er verbeugte sich mit routinierter Eleganz. »Ich bin Vermittler Billings. Willkommen auf Red Cliff. Wir sind sehr erfreut, dass Eure Wahl auf unseren Planeten gefallen ist. Wenn Ihr irgendetwas braucht, lasst es mich bitte wissen. Mit Eurer Erlaubnis werde ich Euch nun den anderen Gästen vorstellen.«

»Danke, Vermittler.« Ich blieb einen Moment stehen und tat so, als ob Alba etwas an meinem Kleid in Ordnung bringen müsse, um hinter dem Rücken meiner BodyGuards einen Blick auf Trace werfen zu können.

Er trug ein Hemd, das so blau wie seine Augen war. Es steckte in einer schwarzen Hose, die wohl aus militärischen Beständen stammte. Ich war furchtbar neidisch, dass er Kampfstiefel tragen durfte, während Stasia bei mir auf »anständige« Schuhe bestanden hatte. Ich hatte lediglich ein absatzloses Paar durchsetzen können. Im Nachhinein eine schlechte Entscheidung, denn so überragte mich Trace um einige Zentimeter.

Wenigstens trug er keine Krone.

»Wie zwei Schulhofrowdys und ihre Cliquen, die sich gegenseitig abschätzen«, flüsterte ich Emmory zu. »Los, wenn wir uns noch länger anschweigen, wird's seltsam.«

Ich ging auf Trace zu, baute mich vor ihm auf und nickte knapp. »Trace«, sagte ich, bevor Billings mir zuvorkommen konnte.

»Hailimi.« Trace streckte mir die Hand entgegen, und ich nahm sie. Immer noch lächelnd legte er seine andere Hand über meine und drückte sie sanft. »Schön, Euch wiederzusehen. Vermittler Billings, ich möchte nicht unhöflich sein, aber ich denke, wir kommen nun alleine klar.«

»Selbstverständlich.« Als erfahrener Vermittler wusste Billings genau, wann es an der Zeit war, sich zurückzuziehen.

Trace sah ihm nach und wandte sich dann wieder mir zu. »Wenn Ihr erlaubt, möchte ich Euch meine Landsmänner vorstellen.«

Auf mein Nicken hin begrüßten sich die anwesenden Indraner und Saxonier, und es wurde laut im Raum. Nach einer halben Stunde kam schließlich Trace zu mir.

»Ich bringe Euch zu Eurem Quartier. Unsere BodyGuards können ja mitkommen und sich hinter unserem Rücken böse Blicke zuwerfen.«

Ich musste mich sehr beherrschen, um nicht in Gelächter auszubrechen. Trace grinste, nahm meinen Arm und gab unseren Leuten im Hintergrund ein Zeichen.

Die Laute unserer Schritte und Stimmen hallten von der höhlenartigen Decke wider. Schließlich erreichten wir die Tür am anderen Ende. Sie glitt auf, und wir schritten aus dem lauten Hangar in einen relativ ruhigen und gut beleuchteten Korridor.

»Du siehst gut aus«, sagte Trace, als wir um die Ecke bogen. »Bei der Haarfarbe war ich mir ja zuerst nicht so sicher, aber sie steht dir.«

»Das Kompliment kann ich nur zurückgeben.«

Er grinste verlegen. »So wird's von mir erwartet. Um ehrlich zu sein, ich hätte sie gerne länger, aber man lässt mich nicht.«

»Bist du nicht der König?«

Er lachte. »Ich glaube, für dich ist es einfacher, mit Traditionen zu brechen, Haili. Ich mache das hier schon eine ganze Weile. Wenn ich jetzt plötzlich anfange, seltsame Dinge zu tun, wird Ivan hier sicher einen Herzinfarkt bekommen.«

»Nicht unbedingt, Majestät.« Der massige Mann zur Rechten von Trace hatte eine Stimme, die sich anhörte, als würden zwei Schlachtkreuzer miteinander kollidieren. »Ich würde mir nur Sorgen um Eure geistige Gesundheit machen.« Der harte Blick seiner grauen Augen hielt meinem ohne jegliche Ehrerbietung stand. »Ich erinnere mich an Euch, Eure Majestät.«

Irritiert schaute ich ihn an, bis es mir wieder einfiel. Dieses Mal konnte ich mir das Lachen nicht verkneifen.

»Sie hat meinen Schützling in den Bauch geboxt«, teilte Ivan über unsere Köpfe hinweg Emmory mit.

»So, dass mir Hören und Sehen verging«, verkündete Trace seltsam beschwingt.

Ich sah Emmory an und zuckte mit den Schultern. »Er hat versucht, mich zu küssen.«

Trace kicherte immer noch. »Ich denke, das räumt mit den Heiratsgerüchten endgültig auf. Mein kleiner Bruder wäre dir nicht gewachsen, Haili.«

Angesichts dieser Vertraulichkeit zog ich eine Augenbraue nach oben, was Trace missverstand.

»Ich mache nur Spaß. Es tut mir leid. Ich weiß, dass das nicht der Grund für unser Treffen ist.«

Dann wurde er wieder ernst und wedelte mit der Hand. »Wir werden noch genug Zeit haben, über Staatsbelange zu sprechen, und ich möchte die Gelegenheit, Neuigkeiten mit Euch auszutauschen, nicht verpassen. Hier sind Eure Quartiere. Ich wohne etwas weiter hinten auf demselben Flur. Es gibt einen hübschen Garten, und hier ist gerade Frühling. Die Bäume blühen.«

Er lächelte und ließ meine Hand los. »Wenn Eure Body-Guards es einrichten könnten, den Ort zu überprüfen, würde ich mich freuen, heute mit Euch dort zu Abend zu essen.«

»Sehr gerne.« Ich erwiderte sein Lächeln. »Emmory und Ivan sollen sich um die Details kümmern.«

Trace verbeugte sich. »Dann sehe ich Euch heute Abend.«

· 15 ·

»DAS LIEF JA BESSER ALS ERWARTET«, SAGTE ICH zu Emmory, als wir in meinem Quartier angekommen waren. Gita und Willimet hatten an den großen Fenstern auf der gegenüberliegenden Seite des Raumes Position bezogen. Stasia begrüßte mich lächelnd mit einem Hofknicks. Sie waren mit der Vorhut gekommen und hatten unsere Räume gesichert. Zu meiner Überraschung hatte Emmory statt Zin Indula mitgeschickt.

»Das Wetter ist hier viel besser, Majestät. Wollt Ihr trotzdem einen Chai?«, fragte Stasia.

»Wenn du welchen mitgebracht hast, trinke ich ihn gerne.«

»Hattet Ihr erwartet, dass sie uns härter angehen, Majestät?«, fragte Zin.

»Dich vielleicht.« Ich knuffte ihn in den Arm. »Nein, ich hatte eher steife Förmlichkeiten erwartet.« Ich verzog das Gesicht. »Mit so viel guter Laune oder so großer Vertraulichkeit hatte ich nicht gerechnet.«

Ich ging zum Fenster und stützte mich mit den Ellbogen auf der Fensterbank ab. Die meiste Zeit der Reise hierher hatte ich damit verbracht, mir zu überlegen, was ich Trace sagen wollte. Nun kam mir alles wie leere Floskeln vor.

»Was denkst du?«

Emmory zuckte mit den Schultern. »Er war höflich, Majestät. Er hat sich ehrlich gefreut, Euch zu sehen. Und er war entspannter als während Eurer letzten Unterhaltung.«

»Alba?«

»Das sehe ich auch so, Majestät. Weder der König noch seine Begleiter wirkten angespannt.«

Ich drehte mich um und sah Zin an, der am anderen Ende des Raums stand.

»Zin, was meinst du?«

»Ihre Wachen wirkten ebenfalls entspannt, wenn nicht sogar arrogant.« Viele der Anwesenden nickten.

»Das sehe ich auch so, Majestät«, meldete sich nun Alba zu Wort. »Ich würde es nicht unbedingt Überheblichkeit nennen wollen, aber ...« Sie verzog das Gesicht. »Mir fällt kein gutes Wort dafür ein. Arroganz trifft es wohl. Selbst wenn sie sich unbeobachtet fühlten, waren sie sehr unbekümmert.«

»Interessant. Gita?«

»Majestät?« Sie zuckte zusammen und riss dabei eine zwischen uns stehende kunstvoll verzierte Vase um. Ich fing sie mit meiner linken Hand auf.

Dann stellte ich die Vase zurück auf die lackierte Säule und sah meine BodyGuard mit einer hochgezogenen Augenbraue an. »Was denkst du, Gita?«

»Ich war nicht dabei, Majestät.«

Noch bevor ich etwas sagen konnte, schaltete sich Indula mit einem Seitenblick auf seine BodyGuard-Kollegin ein. »Seine Leute sind effizient und wortkarg. Stasia war wohl etwas erfolgreicher, vermutlich, weil sie ein bisschen hübscher ist als ich.«

Meine Zofe lief rot an, und Indula grinste.

»Ein bisschen, Majestät. Erfolgreicher, meine ich.«

Einige der Umstehenden konnten sich das Lachen nicht verkneifen.

»Der Kammerdiener des Königs ist ein mürrischer alter Mann, der mir lediglich einen guten Morgen gewünscht hat. Die Jüngeren waren vorsichtig, aber ein paar Dinge konnte ich in Erfahrung bringen. Der König hat sich vor der Abreise lautstark mit seiner Mutter gestritten.«

»Worüber?«

»Das konnte ich nicht herausbekommen und bin mir auch nicht sicher, ob sie das überhaupt wussten, Majestät. Aber ich werde versuchen, noch etwas mehr herauszufinden«, erklärte Stasia. »Übrigens: Das saxonische Volk ist der Meinung, dass Canafey erobert wurde, auch wenn die Regierung das abstreitet.«

»So ist das also.« Ich tauschte einen Blick mit Emmory. »Wie kommen sie nur auf so eine Idee?«

»Gute Frage, Majestät.«

Ich winkte ab. »Okay, lasst mich nun allein, ich muss mich für das Abendessen fertig machen. Gita, bleib noch einen Moment.«

Alle anderen verließen den Raum, und Stasia ging ins Schlafzimmer. Gita ließ den Kopf hängen.

»Es tut mir leid, Majestät.«

»Ich verlasse mich darauf, dass ihr alle Dinge seht, die mir vielleicht entgehen. Ich erwarte von dir, dass du das nächste Mal aufmerksamer bist.«

»Ja, Majestät.« Gita verbeugte sich.

Ich wartete, bis sie gegangen war, bevor ich etwas sagte. »Ich will Trace vertrauen, aber etwas stimmt nicht. Ich kann es nicht erklären, aber ich habe so ein Bauchgefühl. Ich fürchte, dass die Saxonier etwas mit den Anschlägen auf unserem Heimatplaneten zu tun haben könnten.

Und dann wäre die nächste Frage, ob Trace etwas davon wusste.«

»Im besten Fall gibt es in seiner Regierung jemanden, der die Fäden in der Hand hat, ohne dass Trace etwas davon weiß. Im schlechtesten Fall ist er aktiv an allem beteiligt.«

»Pessimist.«

»Dafür bezahlt Ihr mich.«

Ich verdrehte die Augen. »Geh und sieh nach, dass im Garten keiner lauert, der mich abservieren will, *Ekam*. Ich möchte mein Abendessen genießen können.«

»Selbstverständlich, Majestät.«

Es gelang mir, vor Trace und Ivan im Garten zu sein. Die Sonne war bereits untergegangen, aber die Frühlingsnacht war mild und so viel angenehmer als der indranische Winter.

Der Garten war hübsch. In einem kleinen, von blühenden Obstbäumen umstandenen Pavillon war ein Tisch für uns gedeckt. Die Blütenblätter schillerten in allen Farben des Regenbogens, und ihr süßer Duft erinnerte mich an *modak*. Diese Süßigkeit hatte meine kleine Schwester besonders gerne gegessen, und die Erinnerung an sie machte mir einen Augenblick lang das Herz schwer. »Pace hätte diese Bäume geliebt, Emmory.«

»Meine Mutter ebenso, Majestät.« Er griff nach einem Ast, und das Licht brach sich in den Blüten. »Sie liebt alles, was funkelt und blitzt.« Ein Lächeln umspielte seinen Mund. »Deswegen fand sie meinen Vater auch so attraktiv – weil er blitzgescheit war. Behauptet er jedenfalls.«

Ich musste lachen. »Pace hätte dich sehr gemocht.«

Emmory antwortete nicht, stattdessen deutete er mir mit einer leichten Körperdrehung an, dass wir nicht mehr allein waren. Ich bemühte mich, ein ehrliches Lächeln aufzusetzen, bevor ich mich umdrehte.

»Trace.«

»Haili.« Trace kam den gepflasterten Weg entlang auf mich zu und streckte mir seine Hand entgegen, als ob wir alte Freunde wären. Der saxonische König wirkte so energiegeladen, dass es mich nervös machte. Er nahm meine Hände, drückte sie und lehnte sich dann vor, um mich auf die Wange zu küssen. »Hübscher Aufzug.« Trace grinste und zwinkerte mir zu.

Für das Abendessen hatte ich mich für eine schwarze Hose und eine smaragdgrüne Nehru-Jacke entschieden. Den einzigen Sari, den Stasia mitgebracht hatte, hatte ich bereits bei unserem ersten Treffen getragen. Der Rest meiner Garderobe bestand aus einer Mischung aus meinen üblichen uniformartigen Outfits und ein paar *salwar kamiz*.

Trace trug ein makelloses weißes Hemd und graue Hosen. Er hatte die Ärmel hochgekrempelt. Als ich angesichts dieser saloppen Aufmachung losprustete, zog er eine Augenbraue hoch.

»Eurem Butler war das nicht recht, oder?«

Er grinste, und es bildeten sich Lachfalten um seine Augen. »Hubert war sehr verärgert. Es war schon schlimm genug, dass ich das Jackett, die Weste und den schrecklichen Fummel um den Hals nicht anziehen wollte. Er befürchtete, dass mich die Kaiserin für einen ungehobelten Barbaren halten wird.« Er lachte. »Ihr habt vermutlich nicht mit Euren Leuten über so etwas diskutieren müssen, oder doch?«

»Sie haben schnell gemerkt, dass das nichts bringt.« Ich hakte mich bei ihm unter, als wir in den Garten hineinspazierten. »Ich werde Euch ein paar Tipps geben.«

Als er wieder lachte, schwang eine Spur Trauer mit. »Im nächsten Leben vielleicht. Es würde ein großes Chaos verursachen, wenn ich plötzlich anfangen würde, mich zu benehmen, wie …«

Die Pause, die entstand, als er nach den richtigen Worten suchte, war eine Gelegenheit, die ich mir nicht entgehen lassen konnte.

»Wie ein Waffenschmuggler?«

Trace lief knallrot an und schlug die Hand vor das Gesicht. Einen Moment lang hatte ich beinahe ein schlechtes Gewissen, aber dann sah ich, wie seine Schultern zuckten, als er ein Lachen zu verbergen suchte.

»Hailimi, das saxonische Königreich ist noch nicht bereit für eine wie Euch.«

»Wenn es Euch hilft: Indrana war es auch nicht, aber sie erholen sich so langsam.« Ich sah über meine Schulter zurück. »Es ist angerichtet.«

Ich gestattete Trace, mir den Stuhl zurechtzurücken, und setzte mich mit einem Lächeln, während ein Kellner in weißem Jackett mit einem Servierwagen zu uns kam.

»Es gibt sehr guten Wein auf Red Cliff. Oder bevorzugt Ihr Whiskey?«

Ich versteckte meine Überraschung hinter einem Lächeln. »Wein wäre reizend, danke.«

Trace goss uns ein. Ich zuckte zusammen, als Emmory mein Glas nahm, bevor ich daraus trinken konnte.

»Mein *Ekam* ist etwas übervorsichtig in diesen Dingen, bitte verzeiht.«

»Aber ja, das ist doch verständlich. Bitte, *Ekam*, ich möchte Euch nicht davon abhalten.« Er lächelte und setzte sich.

»Der Wein ist in Ordnung, Majestät.« Emmory gab Willimet, die während der Reise zu meiner inoffiziellen Vorkosterin avanciert war, das Glas. Sie trank einen Schluck, wischte es mit einem Tuch ab und gab es Emmory zurück.

Ich nahm es wieder an mich und prostete Trace zu. »Auf den Frieden.«

»Auf den Frieden und auf die Familie«, antwortete er.

Ich spülte den Frosch in meinem Hals mit einem Schluck Wein herunter und lächelte Emmory an, der mir meinen Teller reichte. Es gab chiligewürzten Reis mit Hühnchen, der gut zu dem Wein passte.

Trace war ein wesentlich geübterer Plauderer als ich und unterhielt mich, während wir aßen, mit Anekdoten über seine jüngeren Geschwister. Dabei wirkte er jedoch unruhig, trommelte entweder mit den Fingern auf den Tisch oder wippte mit dem Fuß.

»Zu schade, dass wir nicht einfach alle Probleme bei einem Abendessen und einem guten Wein lösen können, oder?«

Ich lehnte mich in meinem Stuhl zurück und drehte mein Weinglas in den Händen, während ich über eine Antwort nachdachte. »Das ist ein notwendiges Übel. Es geht um viele Menschenleben, deswegen wäre es nicht richtig, wenn wir solche Entscheidungen unter uns treffen.«

»Du enttäuschst mich, Haili. Als ich von deinen Großtaten hörte, habe ich mir jemanden vorgestellt, der die Zügel fest in der Hand hält. Was taugt ein Anführer, der nicht anführt?«, fragte er und prostete mir zu.

»Glaub nicht alles, was du hörst«, antwortete ich mit einem Lächeln und prostete ihm ebenfalls zu. »Ich denke, es ist nur weise, auf die zu hören, die älter und erfahrener sind. Besonders in solch wichtigen Angelegenheiten. Das macht einen guten Anführer aus.« Oder überhaupt erst einmal jeden anzuhören. Hao war es egal gewesen, wie alt jemand war, wenn er nur einen guten Rat wusste.

»Das ist wohl wahr.« Er wedelte mit der Hand. »So habe ich es bislang nicht gesehen.«

Ich schluckte meinen Ärger über diese Bemerkung herunter, schließlich war er ganz anders aufgewachsen als ich. Es war nicht überraschend, dass er seine Überzeugungen für der Weisheit letzten Schluss hielt.

Ich lächelte. »Außerdem gibt es so viel zu klären, das können wir beide unmöglich ohne Hilfe schaffen. Canafey allein ist schon ein ziemlich schwieriges Thema.«

Mir rutschte das Herz in die Hose, als ich sah, wie Trace nach links schaute. Er tat dies vorgeblich, um sein Glas abzustellen, aber das leichte Zögern, als er es losließ, verriet ihn. »Ja, das ist eine böse Sache. Ich stelle dir gerne meine Streitkräfte gegen die dafür verantwortlichen Söldner zur Verfügung, Haili.«

»Das ist sehr freundlich von Euch.« Ich stellte mein Glas ebenfalls ab. Der Wein schmeckte nun schal. »Aber wir kommen schon zurecht.« Ich konnte meine Wut gerade noch beherrschen, als ich aufstand. »Bitte verzeiht, ich werde mich nun zurückziehen. Leider ist der Wein eine Enttäuschung, ich bekomme Kopfschmerzen davon.«

Er stand ebenfalls auf. »Das tut mir leid.«

»Mir auch, ich hatte mir mehr erwartet. Gute Nacht, Trace.« Mit einem knappen Nicken verabschiedete ich mich und verließ mit Emmory im Schlepptau den Garten.

»Shiva-verdammt, Emmory, er weiß Bescheid.«

»Es tut mir leid, Majestät. Ich weiß, Ihr hattet gehofft, es würde nicht so sein.«

»Und weißt du, was der wirklich besorgniserregende Teil an dem Ganzen ist?« Ohne langsamer zu werden, ging ich um die nächste Ecke zu meinem Quartier. *»Er hat mir Whiskey angeboten.«*

»Das ist mir nicht entgangen.«

»Ich habe keinen in der Öffentlichkeit getrunken, seit ich zurück bin.«

»Und früher auch nicht.«

Ich nickte. *»Portis mochte ihn, ich nicht. Und wir haben sowieso nie viel in der Öffentlichkeit getrunken. Hao war der Ansicht, dass man keine Schwäche vor dem Feind zeigen darf – und der Genuss von Alkohol ist in seinen Augen ein Zeichen von Schwäche.«*

Ich konnte Emmory ansehen, dass er gerade jede einzelne Gelegenheit durchging, bei der ich einen Whiskey getrunken hatte, und jeden, der mich dabei gesehen hatte. Und ich tat das Gleiche. Die Liste war kurz, und ich vertraute eigentlich jedem auf ihr.

Das bedeutete, dass mich entweder jemand aus meinem engsten Umkreis verraten hatte oder dass Trace irgendwie einen Agenten in meiner nächsten Nähe postiert hatte, der ein so persönliches Detail in Erfahrung bringen konnte. Ich konnte mir nicht vorstellen, dass Hao jemandem, den er nicht kannte, etwas über Portis und mich erzählen würde. Keine dieser Möglichkeiten gefiel mir. Wenn Hao mir in den Rücken gefallen war, würde ich mich einigen Geistern meiner Vergangenheit stellen müssen.

»Mir gefällt das nicht, Majestät.«

Ich stieß die Tür zu meinem Quartier auf. »Mir auch nicht, Emmory. Überhaupt nicht.«

· 16 ·

»GUTEN MORGEN, FASÉ. WIE GEHT ES DIR?« DER nächste Tag begann sonnig und warm und ließ mich den unbehaglichen Ausgang des gestrigen Abends fast vergessen. Die Farianerin stand an meiner Zimmertür und unterhielt sich mit Stasia. Seit Christophs Selbstmordanschlag war ihr Team immer noch nicht wieder einsatzbereit und Captain Gill noch nicht wieder auf den Beinen, doch ich hatte Fasé unbedingt bei den Verhandlungen dabeihaben wollen.

»Danke, bestens, Majestät. Habt Ihr gut geschlafen?«

»Ja, danke. Ich habe gehört, dass es Lieutenant Saito besser geht.«

»Ja, Majestät. Sie konnte gestern schon wieder aus eigener Kraft aufstehen und ein paar Schritte gehen.«

Ich nickte. Dr. Wendel hatte ihr zweites Bein retten können. Fasé und einige weitere Farianer waren in der Lage gewesen, ihre schlimmsten Verletzungen zu heilen. Aber es würde eine Weile dauern, bis sie gelernt hatte, mit der Beinprothese zu gehen.

»Guten Morgen, Majestät.« Alba kam herein, Cas und Emmory folgten ihr. »Hattet Ihr Gelegenheit, Euch die Informationen anzuschauen, die ich Euch geschickt habe?«

»Ja. Ich habe eine Frage zu den Dateien von Colonel Hagen.« Ich winkte meinen BodyGuards zu und nahm Alba beiseite. »Konnte bereits bestätigt werden, was auf den Bildern zu sehen ist?«

»Noch nicht, Majestät. Direktor Ganej arbeitet daran. Er hat mir aufgetragen, sie an Euch weiterzuleiten, wollte aber auf keinen Fall mehr dazu sagen, bevor er die Echtheit der Uniformen durch eine unabhängige Quelle bestätigen kann.«

Ich nickte und versuchte, meine Ungeduld zu beherrschen. Ich wusste, dass er recht hatte, aber ein Teil von mir wäre gerne mit diesen Bildern der aktuellen Kämpfe auf Canafey zum Treffen an diesem Morgen marschiert, um sie für jeden sichtbar an die Wand zu werfen.

Die saxonische Anmutung des blassen Mannes mit den eisblauen Augen war natürlich kein eindeutiger Beweis, das deutlich sichtbare, wenn auch etwas verschwommene Emblem der saxonischen Sturmtruppen allerdings schon.

»Richte Direktor Ganej aus, dass ich seine Zurückhaltung verstehe. Er soll sich mit der Bestätigung aber beeilen.«

»Ja, Majestät.« Alba nickte.

»Hat heute Morgen schon jemand die Matriarchinnen gesehen?« Während ich sprach, sah ich auf die Zeitanzeige meines *smati*. »Sie sollten schon längst hier ...«

Die Tür wurde geöffnet, und die drei Matriarchinnen sowie Phanin betraten den Raum. Sie senkten ihr Haupt zum Gruß.

»Guten Morgen.« Ich nahm in einem grauen Stuhl mit harter Lehne etwas entfernt vom Fenster Platz und zupfte eine Fluse von meiner schwarzen Hose. Phanins Gesicht spiegelte sich auf meinen Stiefeln, als er sich setzte.

»Guten Morgen, Majestät.«

Saris raschelten, als Matriarchin Tobin und die anderen beiden Frauen ebenfalls Platz nahmen. Sabeen Vandi trug ein hellblaues Tuch, das gut zu ihren roten Locken passte. Caterina Saito war in einen Sari mit einem komplizierten schwarz-weißen Muster gekleidet. Die Frisur ihres kinnlangen schwarzen Haares war schon vor längerer Zeit aus der Mode geraten. Mir gefiel jedoch, wie gut ihr Haar zu ihren ausgeprägten Wangenknochen passte. Ich war erleichtert, dass ich nicht die einzige Person der indranischen High Society war, die sich nicht um Modetrends scherte.

Matriarchin Tobins Sari war dunkelrot und mit Goldfäden durchwirkt. Sie hatte mit Bedacht ein Outfit gewählt, das sich von meinem abhob. Die alte Frau verstand es, ihren Stil clever einzusetzen.

Angesichts der erwartungsvollen Gesichter um mich herum rieb ich mir die Hände und atmete einmal tief durch. »In Ordnung, Leute. Zuerst einmal möchte ich ein paar grundsätzliche Dinge für die Verhandlungen heute festlegen. Erstens: Keiner macht irgendwelche Zusagen, ohne vorher meine Genehmigung einzuholen. Ich habe dem Vermittler gegenüber eindeutig klargemacht, dass ich die Einzige bin, die hier Entscheidungen trifft. Und ich möchte, dass ihr das allen, mit denen ihr heute sprecht, immer wieder einschärft. Das heißt natürlich nicht, dass mich eure Ansichten nicht interessieren. Ihr seid ja alle hier, weil ich eure Meinung schätze.« Ich lächelte Sabeen, die die Stirn runzelte, in der Hoffnung zu, so ihre Sorgen zu zerstreuen. »Ich will von euch allen immer eure ehrliche Meinung hören. Haltet euch da nicht zurück.«

»Ja, Majestät.« Sie nickte erleichtert, und ihre Schultern entspannten sich.

»Zweitens: Niemand erwähnt Canafey.«

»Aber Majestät.« Phanin rutschte unruhig auf seinem Stuhl hin und her. »Ist das nicht ...«

»Niemand, Phanin. Wir werden später darüber sprechen, aber nicht gleich zu Anfang der Verhandlungen. Ist das klar?«

»Natürlich, Majestät. Wie reagieren wir, wenn sie darauf zu sprechen kommen?«

»Dann geben wir ihnen zu verstehen, dass wir im Moment noch nicht bereit sind, über dieses Thema zu diskutieren, und bringen einen der anderen fünfzehn Punkte auf der Liste, die Ihr mir gegeben habt, zur Sprache.«

Er nickte knapp, und es war ihm anzusehen, dass er damit nicht glücklich war. Da er aber nichts mehr dazu bemerkte, wandte ich mich in der nun folgenden Stille an Matriarchin Saito. »Caterina, ich möchte, dass Ihr alle beim Treffen Anwesenden genau beobachtet. Ich möchte im Anschluss einen Bericht dazu, wer mit welchem Gesichtsausdruck worauf reagiert hat und wie wir unsere saxonischen Freunde einzuschätzen haben.«

»Ja, Majestät.«

»Alles klar.« Ich klatschte in die Hände und sprang auf. »Dann los, wir haben einen Krieg zu verhindern.«

Als alle den Raum verließen, nahm ich Gita bei der Schulter und hielt sie zurück.

»Ich möchte, dass du Trace genau beobachtest. Jedes noch so winzige Detail ist wichtig!«

»Ja, Majestät.« Die unausgesprochene Frage schwang in ihrer Antwort mit.

»Ich habe ein flaues Gefühl in der Magengegend – und das liegt nicht am Frühstück. Ich möchte, dass du ihn beobachtest, weil ich es nicht kann.«

»Das werde ich, Majestät.«

»Sehr gut.« Ich drückte ihren Arm und verließ dann mit Emmory und Cas im Schlepptau den Raum.

Verhandlungen sind langatmig und anstrengend – das galt für Regierungen genauso wie für Waffenschmuggler. Die erste Stunde verging mit der offiziellen Vorstellung aller Beteiligten durch Vermittler Billings. In der zweiten Stunde wurde der ursprüngliche Friedensvertrag verlesen.

Der Raum war gemütlich und sollte entspannend auf die Verhandlungsteilnehmer wirken. Die cremefarbenen Wände zeigten ein feines Muster aus ockerfarbigen Kreisen, die gemütlichen Ledersessel um den großen runden Tisch nahmen die Farbe des Musters auf. An der Wand stand ein schwerer Buffettisch mit Snacks, Tee und Kaffee. Auf dem Verhandlungstisch befanden sich mehrere Wasserkrüge, und die Jahresringe des einzigen, riesenhaften Baumes, aus dem die Tischplatte gefertigt worden war, spiegelten sich im Metall der Krüge.

»Kaiserin Hailimi.« Als die Zeitanzeige meines *smati* auf die dritte Stunde umsprang, wandte sich Vermittler Billings an mich. »Wenn Ihr Euch nun zu den indranischen Beschwerden äußern wollt?«

»Aber natürlich.« Ich rückte mit meinem Stuhl etwas vom Tisch ab und las aus Phanins Liste vor. Canafey hatte ich als vierten Punkt zwischen die anderen gesteckt und ging ohne das kleinste Zögern zum nächsten über. Dennoch war aus den Reihen der Saxonier ein leises Murren zu vernehmen, und ich sah, wie Traces Kiefermuskeln sich einen Moment lang verkrampften.

»Ich danke Euch, Majestät.« Vermittler Billings wandte sich nun an Trace. »König Trace, möchtet Ihr dazu etwas sagen?«

Er stand auf und stützte die Hände auf den Tisch. »Nichts, außer dass dies völlig haltlose und widerwärtige Beschuldigungen sind. Nichts davon kann Indrana beweisen.« Seine

Stimme klang ganz anders als am Abend zuvor, und er vermied es, mich anzusehen, während er sprach.

Es wurde laut. Phanin und Matriarchin Tobin sprangen auf. Matriarchin Vandi wirkte verwirrt und sah mich – wie ich zufrieden feststellte – Hilfe suchend an. Ich schüttelte den Kopf und hielt Caterina mit einer Geste davon ab, ebenfalls aufzustehen.

»Setzt Euch, Ihr beiden. Sofort«, befahl ich über die *smati*-Verbindung, und Matriarchin Tobin ließ sich wieder in ihren Sessel fallen. Einen Bruchteil einer Sekunde später tat es Phanin ihr gleich.

»Ruhe!«, rief Vermittler Billings. Trace und einige andere zuckten zusammen und starrten ihn erstaunt an. Die Vermittler des Solarkonglomerats hielten große Stücke auf ihre Fähigkeit, solch schwierige Situationen zu meistern. Das war einer der Gründe, warum ihre Dienste so gerne in Anspruch genommen wurden.

»Der Nächste, der seine Stimme erhebt, wird von den Verhandlungen ausgeschlossen. Dauerhaft. Ist das klar?«

Zustimmendes Gemurmel folgte. Trace ließ sich überraschend übellaunig in seinen Sessel zurückfallen. Ich nickte dem saxonischen König zu und setzte mich ebenfalls wieder.

»Es scheint, dass Kaiserin Hailimi für einige der Punkte auf der Beschwerdeliste Beweise vorliegen hat. Einige strittige Fragen sollten sich leicht lösen lassen, wenn Ihr bereit seid, meinem Rat diesbezüglich zu folgen. In der Sache Canafey ...«

»Bitte verzeiht, Vermittler.« Ich wusste, dass es nicht ohne Risiko war, den Vermittler zu unterbrechen, und hoffte, dass mein Lächeln ihn milde stimmen würde. »Wir sind im Moment dabei, unsere Beweise für die Vorkommnisse auf

Canafey zusammenzustellen. Wenn Ihr so freundlich wärt, diesen Punkt solange zurückzustellen?«

Billings zog kurz die Augenbrauen zusammen und nickte dann mit einem Lächeln. »Gewiss, Majestät. Ihr habt achtundvierzig Stunden, um Eure Beweise vorzulegen – oder die Beschwerde wird von der Liste gestrichen.«

»Das ist annehmbar. Ich danke Euch.«

»Ich werde nun meine Vorschläge zu den anderen von Indrana vorgebrachten Beschwerden erläutern.« Billings räusperte sich, und eine Liste erschien auf der Wand hinter ihm.

Ich goss mir etwas Wasser in mein Glas und gab es kommentarlos an Emmory weiter. Er scannte es und reichte es dann Willimet. Sie trank einen Schluck, wischte es ab und gab es dann mit einem Nicken an mich zurück.

Ich fing Traces Blick auf, der das Ganze beobachtete, und prostete ihm zu. Sein Blick wirkte faszinierenderweise gleichzeitig frustriert und kalkuliert. Dann wandte er seine Aufmerksamkeit wieder dem Vermittler zu.

Nachdem Billings seine Lösungsvorschläge vorgebracht hatte, war es Zeit für die Mittagspause. Die dreistündige Unterbrechung bot beiden Parteien Gelegenheit, sich alle Optionen anzusehen und zu besprechen. Da Indrana der Initiator des Ganzen war, gab es für uns nicht viel zu diskutieren, solange Trace und seine Leute sich nicht entschieden hatten, ob sie die Vorschläge des Vermittlers akzeptierten.

Es ist nie schön, von Geschrei geweckt zu werden. Ich erwachte aus meinem Mittagsschlaf und fühlte mich matt und desorientiert. Und das machte es noch schlimmer. *»Emmory, was ist da los?«*

»Phanin und Matriarchin Saito streiten sich, Majestät.«

Ich schnaubte. »*Worüber denn?*«

»*Punkt drei, Majestät. Phanin ist der Ansicht, dass die Reparationszahlungen, die die Saxonier an uns entrichten sollen, zu niedrig ausfallen. Er möchte einen Betrag verlangen, der dreimal so hoch ist wie der, den Vermittler Billings vorgeschlagen hat.*«

Ich schickte einen Seufzer gen Himmel und kroch aus dem Bett. Auf dem Weg zur Tür fuhr ich mir durch die Haare – als ich die Tür öffnete, brach das Streitgespräch abrupt ab.

»Habe ich erwähnt, dass ich es nicht schätze, auf diese Weise geweckt zu werden? Da bekomme ich richtig schlechte Laune ...«

»Verzeihung, Majestät.« Caterina knickste. Phanin drehte sich vom Fenster zu mir um und verbeugte sich knapp, sagte aber kein Wort.

»Ich wollte dem Premierminister gerade erklären, dass ...«

»... dass wir nicht mit Vermittler Billings über seine Vorschläge diskutieren. Das ist richtig, Caterina. Das können wir nur, wenn die Saxonier sie ablehnen.« Ich lächelte und sah dann Phanin streng an. »Und das wisst Ihr auch, Eha. Ich würde also gerne wissen, warum Ihr darüber mit Matriarchin Saito diskutiert.«

»Ich will gar nicht diskutieren, Majestät. Ich hatte nur zu bedenken gegeben, dass ein solcher Betrag unsere finanziellen Verluste, die durch den Eingriff des saxonischen Königreiches in unsere Transportwege entstanden sind, kaum decken wird.«

Ich atmete einmal tief durch. »Das wissen wir doch alle. Wenn die Saxonier sich auf irgendetwas einlassen würden, das wir ihnen vorschlagen, stünden wir auch nicht am Rande eines Krieges. Der Job von Vermittler Billings ist es ja eben, Vorschläge einzubringen, die die Saxonier für annehmbar halten.«

»Ja, Majestät.«

»Gut. Dürfte ich dann vorschlagen, dass wir uns nicht gegenseitig an die Gurgel gehen? Es wäre viel besser, wenn wir den Saxoniern gegenüber Einigkeit demonstrieren.«

»Selbstverständlich, Majestät.« Phanin verbeugte sich noch einmal. »Bitte verzeiht, Matriarchin Saito.«

»Danke, Eha. Mir tut es auch leid«, antwortete sie.

»Majestät, Vermittler Billings bittet um eine Unterredung.«

Angesichts dieser Ankündigung von Zin tauschte ich einen kurzen Blick mit Emmory. Mein *Ekam* zuckte mit den Schultern.

»Lass ihn herein.« Ich strich mein Oberteil glatt.

»Kaiserin Hailimi.« Billings verbeugte sich tief.

»Vermittler. Ich hatte nicht erwartet, Euch während der Mittagspause zu sehen.«

»Ich weiß, Majestät. Ich habe Nachricht von König Trace und hielt es für das Beste, gleich persönlich zu Euch zu kommen.« Er runzelte die Stirn und sah sich im Zimmer um. »Dürfte ich unter vier Augen mit Euch sprechen?«

»Emmory, sichere den Raum.«

Er tat wie geheißen und bezog Posten bei der Tür, nachdem Alba das Zimmer verlassen hatte.

»Vermittler?«

Billings rieb sich mit der Hand über das Kinn. »Majestät, ich muss mich bei Euch entschuldigen. Ich bin seit fast vierzig Jahren Vermittler, aber so etwas habe ich noch nicht erlebt.«

»Sie haben alle Eure Lösungsvorschläge abgelehnt.« Ich musste lachen, als Billings mich irritiert ansah. »Entweder haben sie alle akzeptiert oder alle komplett abgelehnt. Und da Ihr eher entmutigt als überrascht ausseht ...« Ich deutete auf sein Gesicht. »Außerdem war ihr Verhalten heute Morgen nur wenig kooperativ.«

»Ich muss zugeben, dass ich nicht weiter weiß, Majestät. Es scheint nicht sehr sinnvoll zu sein, sich heute Nachmittag noch einmal zu treffen, denn es gibt nichts weiter zu besprechen. Wenn Ihr erlaubt, werde ich meine Vorschläge überarbeiten. Morgen Vormittag können wir entscheiden, ob sie für Indrana akzeptabel sind. Dann würde ich sie König Trace präsentieren.«

»Einverstanden.« Ich lächelte und klopfte ihm auf die Schulter. »Ich habe Vertrauen in Eure Fähigkeiten, Vermittler. Deswegen habe ich Red Cliff als Verhandlungsort ausgesucht.«

»Ich danke Euch, Majestät. Bis morgen.«

· 17 ·

ICH FLUCHTE LEISE VOR MICH HIN, NACHDEM Billings den Raum verlassen hatte. »Mir war schon klar, dass das nicht einfach werden würde, Emmory, aber …«

»Hattet Ihr erwartet, dass sie sich vernünftig verhalten?« Er schüttelte den Kopf. »Sie sitzen am längeren Hebel, Majestät. Und das wissen sie auch ganz genau. Sie müssen sich auf überhaupt nichts einlassen.«

»Ich kann nicht glauben, dass sie es wirklich zu einem Krieg kommen lassen wollen.«

»Warum nicht? Wenn sie davon ausgehen, ihn zu gewinnen, wären die Verluste in ihren Augen akzeptabel. Das Imperium kontrolliert viele wirtschaftlich sehr interessante Gebiete, ohne die es untergehen würde.«

»Verflixt. Ich kann einfach nicht glauben, dass Trace …« Ich lief nervös zum Fenster und zurück. »Schick mir Gita rein und berichte den anderen, was passiert ist. Wir essen hier zusammen zu Abend und denken über unser weiteres Vorgehen nach. Alba soll Alice anrufen und ihr ebenfalls Bericht erstatten. Ich möchte mit ihr sprechen, wenn ich mit Gita fertig bin.«

»Ja, Majestät.« Emmory nickte knapp und verließ das Zimmer. Gita kam unmittelbar nach ihm herein und schloss die Tür hinter sich.

»Majestät?«

Ich setzte mich und starrte meine Hände an, während ich versuchte, mich zu beruhigen. Mein Bauchgefühl riet mir, diesen Planeten auf dem schnellsten Weg zu verlassen. Aber das kam nicht infrage, wenn ich nicht alles noch schlimmer machen wollte.

»Gita, du hast Kampferfahrung, richtig?«

»Ja, Majestät.«

»Setz dich.« Ich lächelte. »Dieses Herumstehen macht mich unruhig. Kennst du dieses Gefühl, dass alles demnächst ziemlich schnell den Bach runtergehen wird?«

»Entlang der Handelswege am Rande des Imperiums hatten wir einmal einen Einsatz gegen Schmugg... Piraten, Majestät.«

Ich schnaubte, als sie sich verbesserte. »Du kannst ruhig Schmuggler sagen, das stört mich nicht.«

»Ja, Majestät. Wir hatten alles perfekt geplant und vorbereitet. Unser Informant war zuverlässig, wir hatten schon vorher mit ihm gearbeitet. Aber ich wurde das Gefühl nicht los, dass es alles ein bisschen zu glatt lief. Das erwähnte ich auch gegenüber meiner Kommandantin.«

»Hat sie es ernst genommen?«

»Ja, Majestät.« Gita lächelte. »Wir gerieten trotzdem in einen Hinterhalt und wurden schwer getroffen. Aber wenn wir nicht gezögert hätten, wären wir ausgelöscht worden.«

»Hier dagegen wirkt es nicht einmal so, als ob alles glatt läuft.« Ich lachte und fuhr mir mit der Hand durchs Haar. »Nach wie vor werde ich das Gefühl nicht los, dass mir jemand ans Leder will, daher kann ich auch nicht sagen, ob mein Bauchgefühl trügt oder nicht. Was hältst du von allem hier?«

»König Trace kann nicht stillhalten. Solche Menschen machen mich nervös, Majestät. Ich möchte mich nicht zu haltlosen Anschuldigungen hinreißen lassen, aber dieses

Verhalten kenne ich sonst nur von Drogensüchtigen. Bei den Verhandlungen war sein Protest zu überstürzt. Wenn Ihr zehn Dinge aufgelistet hättet, die Ihr am saxonischen Königreich gut findet, wäre er aufgesprungen und hätte dasselbe gesagt.«

»Seltsam.« Ich musste lachen, und meine Anspannung löste sich ein wenig. »Sie haben alle Vorschläge von Vermittler Billings abgelehnt. Das hat es wohl noch nie gegeben. Schon gar nicht nach so vielen Jahren des Friedens.«

»Ein solches Verhalten wäre damals während des Krieges verständlicher gewesen.«

»Genau.« Ich spitzte den Mund und tippte mit den Fingern dagegen. »Geh und hol Matriarchin Saito. Ich möchte wissen, wie sich die anderen so verhalten haben.«

»Ja, Majestät.«

Ich stand auf und ging wieder im Raum auf und ab. Dann klingelte es in meinem Ohr.

»Admiralin Hassan.«

»Majestät, Caspel möchte Euch sprechen. Es wird vermutlich ein paar Übertragungsstörungen geben.« Der Schirm teilte sich, und das habichtähnliche Gesicht des Leiters der Imperialen Sicherheitsbehörde erschien.

»Direktor Ganej.«

»Majestät, ich konnte nun unsere Informationen mittels unabhängiger Quellen bestätigen. Einmal durch einen Journalisten der *Solarian Net News*, der damals über den Indranisch-Saxonischen Krieg berichtet hat, als die Kämpfe am heftigsten waren. Und dann noch einmal durch ein unabhängiges Handelsschiff, das dafür bezahlt wurde, Sturmtruppen von Marklo nach Venvenzi Port zu transportieren.«

Venvenzi Port befand sich in der neutralen Zone zwischen dem Saxonischen Königreich und Indrana – und nahe genug an Canafey, um daraus den Schluss zu ziehen, dass Traces Behauptung, von nichts zu wissen, unglaubwürdig war.

»Endlich klappt mal was. Weiß jemand im Hafen dort, wohin die Sturmtruppen verschifft wurden?«

Caspel grinste. »Ich bin dran. Ein Raumlotse aus Venvenzi kann bezeugen, dass ihr tatsächlicher Kurs ein anderer war als der, den sie mit ihrem Flugplan eingereicht hatten. Ich sende Euch Kopien aller eidesstattlichen Versicherungen, die ich bislang vorliegen habe, und dazu Videoaufzeichnungen der Aussagen. Soll ich Vermittler Billings auch Kopien davon schicken?«

»Nein, ich werde es ihm persönlich berichten, danke.« Ich grinste zurück. »Gönnt Euch heute Abend einen Drink, Caspel. Den habt Ihr Euch verdient.«

»In der Tat, allerdings ...« Caspel warf einen Blick über seine Schulter und runzelte die Stirn. Dann fror seine Miene ein, und mir lief ein Schauer über den Rücken. »Majestät, ich höre Schüsse vor meinem Büro. Wo ist Euer *Ekam*?«

»Im Flur, denke ich.«

»Ich bin mir nicht sicher, was hier los ist. Ich empfehle, dass Ihr Euch sofort mit Admiralin Hassan an Bord der *Vajra* begebt. Ich melde mich sobald wie möglich wieder bei Euch.«

»Mögen die Götter mit Euch sein.« Meine Stimme klang fremd in meinen Ohren. Caspel schenkte mir ein flüchtiges Lächeln und trennte die Verbindung.

»Majestät, ich würde das ebenfalls empfehlen. Wir können Euch besser beschützen, wenn ...« Admiralin Hassan brach ab und riss die Augen auf. »Ich habe Meldungen über mehrere unidentifizierte Signale aus dem Warp. Majestät, Ihr müsst ...«

Ich schnappte nach Luft, als ein Laserstrahl, der aussah, als ob er von einer StarFire 1001 aus dem Arsenal der Cheng stammte, die Admiralin traf und aus ihrem Stuhl riss. Ein paar Sekunden lang folgten Schreie und Chaos, dann wurde der Schirm schwarz.

»Scheiße.« Ungläubig starrte ich auf den leeren Bildschirm.

Und dann explodierte das Gebäude um mich herum.

Ach du Scheiße.

Mir tat alles weh. Das Herz schlug mir bis zum Hals und übertönte alles um mich herum. Einen Moment lang dachte ich, ich würde wieder nach jenem albtraumhaften Kampf im Frachtraum der *Sophie* liegen.

»Dunkle Mutter ...«

»Lagebericht, sofort.«

»Xi ist tot. Ich kann niemanden von Team fünf erreichen.«

»Wir wurden aus dem Orbit getroffen.«

»Wo ist die Kaiserin?«

»Ich empfange ihre Vitalwerte. Sie ist am Leben.«

»Laut meinen Daten ist sie unverletzt.« Emmorys Stimme drang nun über unsere *smati*-Verbindung durch den Rauch und das Stimmengewirr aus Flüchen und unverständlichen Wortfetzen. *»Majestät, bitte meldet Euch.«*

Ich war nicht auf der *Sophie*. Wir waren immer noch auf Red Cliff, und den Trümmern nach zu urteilen, unter denen ich begraben war, hatte gerade jemand dafür gesorgt, dass das Gebäude über uns zusammengestürzt war. Ich versuchte, zu sprechen, aber etwas quetschte mir von rechts den Brustkorb ein, und etwas Schweres drückte meinen linken Arm gegen meine Seite. Als ich versuchte, zu antworten, blieb mir die Luft weg.

»Majestät?« Stasias Hand schloss sich um meine. »Cas, ich habe sie gefunden!« Eine Sekunde später kroch meine zierliche Zofe durch einen Spalt in den Trümmern, unter denen ich gefangen war. »Alles in Ordnung«, sagte sie. »Seid Ihr verletzt?«

»Ich glaube nicht …«, brachte ich mit Mühe hervor. »Ich bekomme keine Luft. Wo ist Emmory?« Ich hatte Angst vor der Antwort und fürchtete, dass ich mir seine Stimme in dem ganzen Wirrwarr nur eingebildet hatte.

»Ich bin hier, Majestät.«

Erleichterung durchflutete mich. »Er hat einiges abbekommen, aber es geht ihm so weit gut. Zin ebenfalls. Von den anderen habe ich noch nichts gehört.« Stasia lächelte.

»Emmory, jemand hat auf Admiralin Hassan geschossen. Ich habe es gesehen, bevor …«

»Verstanden, Majestät«, antwortete er. »Team drei, wir haben eine Zulu-Situation. Ich wiederhole: Situation Zulu, Transport ist gefährdet. Lan, kannst du mich hören? Bewegt eure Ärsche auf die Brücke und tötet jeden, der Widerstand leistet. Verstanden?« Lans Antwort schien ihn zufriedenzustellen, denn er sagte nichts weiter.

»Ihr müsst hier raus.« Stasia drehte sich um, und Furcht überkam mich, als mir klar wurde, dass sie wieder zurückkriechen wollte.

»Lass mich nicht allein.«

»Bleib bei ihr, Stasia.« Emmorys Stimme verfehlte auch inmitten dieser klaustrophobischen Umgebung nicht ihre Wirkung. Sie beruhigte mich, bevor meine Ängste mich übermannen konnten. »Sag mir, was du siehst.«

Während Stasia den Schuttberg um uns herum genau beschrieb, konzentrierte ich mich darauf, meinen linken

Arm frei zu bekommen. Ich fluchte, als ich ihn mir dabei aufschürfte.

Stasia räumte die Trümmer um meinen linken Fuß herum weg, sodass ich unter dem herabgestürzten Teil der Zimmerdecke hervorkriechen konnte, der mich um ein Haar erschlagen hätte. Dann kroch ich hinter ihr her aus dem Loch, durch das sie hereingekommen war.

»Alles in Ordnung, Majestät.« Emmorys Hände umschlossen meinen Nacken. »Wir holen Euch hier raus, das verspreche ich.«

Aber das vertraute Wimmern einer .45er Hessian strafte seine Worte Lügen. Noch bevor ich feststellen konnte, woher es kam, drückte mich Emmory zur Seite und gab mir Deckung. Ich hörte den Schuss und dann das dumpfe Geräusch eines zu Boden fallenden Körpers.

»Emmory?«, rief Zin.

»Wir sind okay. Was zur Hölle war das?« Emmory half mir auf.

Als sich der Rauch langsam verzog, sah ich Zin mit dem leblosen Körper eines saxonischen Wächters zu seinen Füßen. Er drehte den Körper des Mannes vorsichtig mit dem Fuß um, während er seine Waffe auf ihn gerichtet hielt. »Tot.« Zin schüttelte den Kopf. »Er wollte Euch in den Rücken schießen.«

»Das beantwortet so einige Fragen«, murmelte Emmory. »Los, Majestät, wir müssen hier weg.«

Wir krochen durch die Trümmer und stießen auf Will und Cas, bei deren Anblick es mir den Atem verschlug. »Götterverdammt.« Ich presste mir die Hand vor den Mund. Will war unter einen Betonpfeiler geraten. Mir war sofort klar, dass ihr gesamter Körper von der Brust abwärts völlig zerquetscht war. Cas sprach mit ihr und strich ihr sanft über das dunkle Haar.

Ich ignorierte Emmorys Fluch, rannte zu den beiden und fiel neben meiner BodyGuard auf die Knie. »Will, verdammt.«

Sie hustete und spuckte Blut, das ihr Gesicht hinunterrann. »Alles in Ordnung, Majestät. Es war mir eine große Ehre, Euch zu dienen. Ich danke Euch …« Ihr Körper krampfte sich zusammen, und Blut spritzte aus ihren Wunden. Dann bewegte sie sich nicht mehr.

Cas sagte leise etwas zu ihr, als er ihr die Augen schloss, und drehte sich dann mit Tränen in den Augen zu mir um. »Majestät, wir müssen hier weg.«

Als ich aufstand, fuhr ich mir mit der Hand übers Gesicht und verschmierte dabei Tränen und Blut.

»Emmory, ich habe Gita und Matriarchin Saito gefunden. Sie hatten Glück. Der Raum, in dem sie sich versteckt hatten, wurde nicht getroffen. Und ich habe einen Weg nach draußen entdeckt.« Kisah streckte ihren Kopf aus einem Trümmerberg zu unserer Rechten. Wir waren immer noch gelähmt vor Schreck und schwiegen. »Verdammt, bitte nicht Will«, flüsterte sie, als sie ihre tote Freundin entdeckte.

»Du kannst später trauern«, sagte Emmory. »Wie kommen wir hier heraus?«

»Hier entlang, *Ekam*.« Kisah unterdrückte ihre Tränen und zeigte hinter den Trümmerberg.

Mühsam bahnten wir uns einen Weg durch den Schutt. Teils mussten wir dabei auf allen vieren kriechen. Der Staub von der Explosion war immer noch so dicht, dass wir kaum Luft bekamen. Schließlich erreichten wir einen Flur, der weitgehend unzerstört geblieben war.

Sonnenlicht fiel durch die Fenster und tanzte auf dem von Trümmern übersäten Boden. Ich musste immer noch verarbeiten, dass einer von Traces Männern auf Zin geschossen hatte, als wir sahen, was von der Stadt übrig geblieben war.

»Ach du Scheiße.« Die Stadt, die ich noch vor Kurzem durch die Fenster meines nun zerstörten Quartiers betrachtet hatte, lag in Schutt und Asche. »All die Menschen ... Was ist mit den anderen Matriarchinnen?«

»Ich habe noch nichts von ihnen gehört. Tut mir leid, Majestät, aber Ihr habt oberste Priorität.«

»Verdammt, Emmory.« Ich wusste, dass mein Protest sinnlos war. Er sah mich tadelnd an, bis ich zustimmend nickte, und versuchte, ihn wegen seiner gefühllosen Worte nicht zu hassen. Das war eben nun mal seine Aufgabe, das, wofür er ausgebildet und worauf er eingeschworen worden war.

»Gita, ist bei euch jemand verletzt?«

»Nein, wir hatten Glück, Majestät.« Sie schüttelte den Kopf. »Die Matriarchin hat einen Schock, ist aber unversehrt.« Sie stützte Caterina am Arm, und der benommene Blick der Matriarchin ließ keinen Zweifel an ihrem Zustand aufkommen.

Ich berührte ihr Gesicht. »Caterina?«

Die Matriarchin blinzelte. »Majestät?«

»Bleibt bei Gita und tut, was sie Euch sagt.«

»Ja, Majestät.«

»Hilf ihr mit dem Sari, damit sie schneller laufen kann.«

»Indula und Tanish haben sich gemeldet«, berichtete Zin. »Sie haben Alba gefunden. Sie hat einen gebrochenen Arm, ist aber ansonsten unverletzt. Matriarchin Tobins Wachen berichten, dass ihre Quartiere vom Angriff unberührt geblieben sind, Matriarchin Vandi ist bei ihr. Phanins Quartiere wurden ebenfalls getroffen, ich kann aber weder ihn noch seine Wachen erreichen.«

»Richte Masamis Wachen aus, dass sie sich zur Militärbasis des Solarkonglomerats durchschlagen sollen. Das ist im Moment der sicherste Ort. Wir versuchen, zum Shuttle zu gelangen. Wenn Lan und der Rest von Team vier die Brücke unter Kontrolle haben, bringen wir die Kaiserin auf die *Vajra.*« Während er sprach, starrte Emmory auf den Lageplan, den Kisah auf dem Boden ausgebreitet hatte. Cas und Iza hielten ihre Waffen im Anschlag und behielten die Flure im Auge. Mir war auch nicht entgangen, dass sich Zin zwischen mir und dem Fenster postiert hatte oder dass meine Zofe mit zwei matt silbern glänzenden Glocks in den Händen hinter mir stand.

»Her damit«, sagte ich, und sie reichte mir eine davon mit einem Lächeln.

»Vielleicht ist dieser Weg noch frei.« Emmory sah auf. »Ich will so schnell wie möglich das Gebäude verlassen und im Hangar nachsehen, ob das Shuttle noch flugfähig ist. Dann können wir weiterplanen.«

Kisah nickte und blendete den Lageplan aus. Cas und Iza gingen voran, und wir folgten ihnen in den Flur, erreichten einen Ausgang und taumelten schließlich in das grelle Sonnenlicht.

»Caspel hörte Schüsse vor seinem Büro. Ich habe gerade mit ihm gesprochen, als das Gebäude in die Luft ging.«

Emmory fluchte. »Verzeiht, Majestät. Ich kann nur eine Krise auf einmal bewältigen.«

»Ich weiß. Aber ich will nicht, dass du mir später vorwirfst, ich hätte nichts gesagt.« Ich grinste ihn tapfer an.

»Majestät, könnt Ihr laufen?«

Ich nickte und rannte hinter Emmory her über das offene Gelände. Als wir sahen, dass der Hangar noch stand, war ich nicht die Einzige, die ein kurzes Dankesgebet gen Himmel schickte. Aber unsere Freude währte nur kurz. Als wir im Hangar um die nächste Ecke bogen, wurden wir von Männern mit gezückten Waffen empfangen. Wir blieben wie angewurzelt stehen, und ich sah Juls blutüberströmten Körper zu Traces Füßen liegen.

»Du lebst«, lachte Trace mit dünner, brüchiger Stimme. »Meine Güte, du bist einfach nicht totzukriegen.«

»Jul ist tot«, sagte Emmory leise.

Trace stellte sich auf den Rücken meines toten BodyGuards und breitete die Arme aus. »Ist das zu glauben? Ich dachte, sie würden nur eure Quartiere in die Luft jagen und nicht das ganze verdammte Gebäude.«

Es dauerte einen Moment, bevor die Worte sich in meinem Kopf zu einem sinnvollen Satz zusammensetzten. »Du wusstest davon?«

Trace zuckte mit den Schultern, und dann schoss er auf uns. Er traf Emmory, der von der Wucht auf mich geschleudert wurde. Reflexartig riss ich meine eigene Waffe hoch und feuerte, aber der schlecht gezielte Schuss traf nur die Wand des Gebäudes und ließ lediglich ein paar Betonstücke auf Trace und seine Wächter regnen.

Ich umklammerte Emmory, als wir zu Boden gingen, und feuerte noch einmal. Dieses Mal durchschlug der Schuss die Kehle des Mannes, der links von Trace stand. Er ruderte mit den Armen, spuckte Blut und brach zusammen. Die anderen rannten in alle Richtungen, als Cas und Zin zwei weitere von ihnen töteten. Das gab uns etwas Zeit, um Emmory hinter einen Stapel Frachtkisten zu zerren.

»Verdammt, Emmory, stirb mir jetzt nicht.« Meine Hände waren blutüberströmt. Ich hatte Portis' ebenso blutüberströmtes Gesicht vor Augen, als ich ihn anflehte, mich nicht zu verlassen. Mein Messer war so glitschig, dass es mir aus den Händen glitt, als ich versuchte, sein Hemd aufzuschneiden. Ich fluchte wieder.

»Majestät, lasst mich das machen.« Stasia nahm mir das Messer aus der Hand und wischte es an ihrem Hosenbein ab, bevor sie den schwarzen Stoff von Emmorys Hemd aufschnitt. »Ich brauche etwas, um die Blutung zu stoppen.«

»Hier.« Caterina drückte meiner Zofe das Ende ihres Saris in die Hand. Die adlige Dame hatte ihren Schock anscheinend überwunden. »Ich bin als Krankenschwester ausgebildet, ich kann dir helfen.«

»Majestät.« Emmory griff nach meinem Arm, bevor ich mich wieder in den Kampf stürzen konnte. »Ihr müsst hier weg.«

· 18 ·

»ICH LASSE DICH HIER NICHT ZURÜCK.«

»Das gehört zu meinen Aufgaben, Majestät. Zin, nimm sie mit und geh.«

»Los, Majestät.« Zin griff nach meinem Arm. Seine Miene war ausdruckslos, aber er konnte den Schmerz und die Resignation in seinen Augen nicht verbergen.

»Nein. Verdammt noch mal. Es gehört nicht zu deinen Aufgaben, einfach so für mich zu sterben.« Ich stieß Zins Hand weg und beugte mich zu Emmory vor. Meine Stimme zitterte, aber das war mir egal. »Ich lasse dich hier nicht verrecken.«

Ich weiß nicht, ob meine Entschlossenheit oder die plötzlich wieder durch den Hangar hallenden Schüsse seine Meinung änderten. Zin fluchte und erwiderte das Feuer. Ich ließ Emmory bei Stasia und Caterina, die sich um seine Wunden kümmerten. »Sucht Fasé«, zischte ich. Wenn die Farianerin bei der Explosion gestorben war, würde ich nicht nur Emmory, sondern auch Zin verlieren. Der Schmerz schnitt mir ins Herz, aber er machte mich eher wütender, als dass er mich lähmte.

»Trace, was verdammt noch mal bei den Feuern von Naraka tust du da?«, schrie ich. Meine Stimme hallte durch den Hangar, und es wurde still, als sie das Feuer einstellten.

»Haili.« Trace verfiel in einen seltsamen Singsang. »Zeig dich. Ich verspreche auch, dich nicht zu erschießen.«

Zins Hand schloss sich um meinen Arm, als ich aufstehen wollte. »Majestät, nicht.«

»Er hat meinen *Ekam* nicht aus Versehen getroffen, er hat auf ihn gezielt«, zischte ich.

»Was?«

»Vertrau mir.« Ich zwang mich zu einem Lächeln und tätschelte seine Wange. »Versuch weiter, Fasé über die *smati*-Verbindung zu erreichen. Wir brauchen sie.« Ich hatte die Wunde gesehen, als Stasia Emmorys Hemd aufgeschnitten hatte. Und Caterinas entsetzter Blick hatte meine Befürchtungen bestätigt. Ich musste uns mehr Zeit verschaffen.

Ich steckte meine Waffe hinten in den Hosenbund und stand vorsichtig auf. Trace stand ungeschützt da, seine Männer aber blieben in Deckung.

»Haili, komm her.«

»Du hast versprochen, mich nicht zu erschießen, aber was ist mit deinen Männern?«

Er warf seine Arme in die Luft und lachte entnervt. »Ich verspreche, dass auch meine Männer nicht auf dich schießen werden. Ich will nur mit dir reden.«

Beherzt trat ich hinter den Frachtkisten hervor. »Also gut, dann rede.«

»Das ist alles nichts Persönliches, das ist dir hoffentlich klar, oder?« Sein Grinsen hatte nun etwas Manisches an sich, während er wie ein Schuljunge von einem Fuß auf den anderen trat.

»Du hast auf meinen *Ekam* geschossen. Persönlicher geht's gar nicht.« Ich nahm meine erhobenen Hände wieder herunter und rieb mir den Staub und das Blut von der Hose.

»Ich wollte nur deine Aufmerksamkeit.« Trace tat meine Worte mit einem Schulterzucken ab. »Diese ganze Kriegsgeschichte ist nichts Persönliches, Haili. Das war alles schon am Laufen, bevor du überhaupt nach Hause gekommen bist. Das hättest du bleiben lassen sollen, denn das hier ist unvermeidlich. Aber es wäre mir wirklich lieber gewesen, wenn es deine Mutter und nicht dich getroffen hätte.«

Ich fühlte, wie sich ein dicker Knoten in meiner Brust bildete, während Trace weiter vor sich hinplapperte. »Du? Du hast meine Schwestern ermorden lassen? Du hast versucht, mich ermorden zu lassen?«

»Aber nein!« Trace trat einen Schritt auf mich zu und streckte mir seine Hand entgegen, überlegte es sich dann aber anders, als er hörte, wie Zin seine Waffe in der Stille des Hangars hochfuhr. »Nein, das war ich nicht. Damit hatte ich überhaupt nichts zu tun. Phanin sagte mir, dass deine Cousine völlig durchgeknallt ist. Sie dachte, sie könnte Herrscherin von Indrana werden. Das hat unsere Pläne etwas verzögert, aber wir sind schließlich auch damit fertiggeworden.«

»Eure Pläne?« Der Knoten wurde immer dicker und größer. »Phanin ...«

»Ein intelligenter Mann. Dein Imperium ist gerade dabei, ebenso auszubluten wie dein *Ekam*.« Angesichts der Fröhlichkeit, mit der er dies verkündete, musste ich meine gesamte Willenskraft aufbringen, um ihn nicht an Ort und Stelle zu erschießen. »Meinem Königreich geht es leider nicht allzu viel besser, um ehrlich zu sein. Der einzige Weg, uns beide zu retten, ist, mit Indrana eine Verbindung einzugehen ... Natürlich nur im übertragenen Sinne.«

»Majestät.« Ich hörte Cas' ruhige Stimme über die *smati*-Verbindung. *»Eine Nachricht von Lan. Admiralin Hassan ist*

schwer verletzt, aber außer Lebensgefahr. Lieutenant Moran kümmert sich um sie. Sie konnten die Meuterei auf ihrem Schiff niederschlagen, aber die Warpsignaturen stammten von eintreffenden imperialen *Streitkräften. Es ist Admiral Shuls Flotte, und sie werden Red Cliff in Kürze erreichen.«*

»Sie soll machen, dass sie wegkommt«, antwortete ich.

»Majestät, das ist unsere einzige Chance, Red Cliff zu verlassen …«

»Los, Cas! Sag ihr, sie soll zum Kroni noch mal machen, dass sie von hier wegkommt. Das ist ein Befehl.«

»Eure Majestät«, schaltete sich nun Indula ein. *»Wir sind bei Fasé auf der anderen Seite des Hangars, hinter den Saxoniern. Wir haben alles mit angehört. Was sollen wir tun?«*

»Zin, ist Emmory …?« Ich brachte es nicht über mich, es auszusprechen.

»Er ist am Leben, Majestät.«

»Können wir ihn bewegen?«

»Es sieht nicht so aus, als ob wir eine Wahl hätten. Was sollen wir tun?«

»Indula, können wir das Shuttle irgendwie in die Luft jagen?« Ich warf Trace einen kurzen Blick zu. Er redete einfach weiter und lief dabei wild gestikulierend auf und ab, ohne zu merken, dass ich ihm gar nicht mehr zuhörte.

»Ich kümmere mich darum, Majestät. Gebt mir nur fünf Minuten.«

Ich stellte einen Countdown ein. *»Auf mein Signal. Geht um den Hangar herum, wir treffen uns auf der anderen Seite. Cas, alle sollen sich für einen Spurt bereithalten.«*

»… das war doch von Anfang an ein albernes Experiment, Haili. Frauen sind zu weich, um zu regieren. Phanin hat mir erzählt, wie einfach es war, deine Schwester in die Irre zu führen. Sie hätte uns Indrana kampflos überlassen.«

»Warum tust du das, Trace? Es stehen Millionen Menschenleben auf dem Spiel.«

»Wir brauchen Geld.« Seine Augen waren glasig wie im Fieberwahn. »Dein Imperium hat meinen Vater getötet und meine trauernde Mutter zur Witwe gemacht. Ich war noch ein Kind, aber ich musste tagsüber ein Königreich regieren und mich dann um meine Geschwister kümmern, die sich jede Nacht in den Schlaf geweint haben, weil sie ihren Vater vermissten. Ich mochte dich schon immer, Haili. Du hättest wieder zu deinen Waffenschmugglern zurückgehen sollen, als du noch konntest. Da hättest du bessere Überlebenschancen gehabt.«

»Dumm gelaufen. Ich bin aber jetzt die Kaiserin, und du wirst dich damit abfinden müssen. Ich werde nicht einfach verschwinden.«

»Ich will dich nicht töten, Haili.«

»Du hast gerade dafür gesorgt, dass mir ein ganzes Gebäude um die Ohren geflogen ist!«

Trace lachte. »Das ist wahr. Aber im Ernst, ich will dich wirklich nicht töten. Hau einfach ab. Nimm deine Leute mit oder lass sie hier – aber hau einfach ab.«

»Du hättest etwas besser aufpassen müssen, Trace. Es ist ein bisschen schwerer, mich zu töten, als du glaubst. Und mein Imperium gibt es schon seit eintausend Jahren. Du bist wahnsinnig, wenn du ernsthaft glaubst, dass du es einfach so zerstören kannst. Die Menschen, die darin leben, sind *meine Leute*. Ich werde sie nicht im Stich lassen.«

Traces Blick wurde hart. »Für das, was du meiner Familie angetan hast, werde ich dafür sorgen, dass Indrana dem Erdboden gleichgemacht wird.«

Indula meldete sich über die *smati*-Verbindung. *»Wir sind bereit, Majestät.«*

»Bringt euch alle in Sicherheit«, befahl ich. *»Jetzt, Indula.«* Dann hob ich die Stimme. »Du beschränkter Scheißkerl«, rief ich Trace zu, »ich könnte dasselbe zu dir sagen. Du hast meine Familie und meine Freunde getötet und mein Imperium in Gefahr gebracht. Du hast keine Vorstellung, was du dir damit eingehandelt hast. Die Medien wissen bereits, dass das Saxonische Königreich hinter dem Angriff auf Red Cliff steckt.«

»Miststück!« Keine Ahnung, ob das seine Antwort auf meine Beleidigung oder diese Neuigkeit war.

Dann explodierte das Shuttle. Zunächst wurde die Luft eingesogen, bevor sie uns die Detonation zusammen mit umherfliegenden Trümmerteilen entgegenschleuderte. In diesem Moment befand ich mich schon mitten im Lauf, ich rannte auf Trace zu und traf ihn mit einem Schlag an der Brust, während sich der Hangar hinter mir mit einem Feuerball füllte.

Wir gingen zu Boden, rutschten und krachten dann mit aller Gewalt gegen die gegenüberliegende Wand des Hangars. Ich bekam keine Luft mehr und krümmte mich einige schreckliche Sekunden lang auf dem Boden wie ein gestrandeter Delfin, bevor ich es schaffte, mich wieder aufzurappeln.

Trace sah mich mit schreckensgeweiteten Augen an und schnappte nach Luft. »Mein Shuttle. Du hast mein Shuttle in die Luft gejagt.«

»Ganz recht, das war ich. Und das hier ebenfalls.« Ich grinste ihn an und schoss ihm ins Knie.

Er heulte vor Schmerzen auf und zappelte unter mir.

Ich drückte ihm meine Waffe unters Kinn, und er wurde bis auf ein unterdrücktes Wimmern still. »Das war dafür, dass du auf meinen *Ekam* geschossen hast. Sei froh, dass ich dich lebend brauche.«

»Eure Majestät.« Ivans Stimme durchschnitt hart wie ein Diamant und kälter als der Weltraum die Luft. Als ich hochsah, ragte seine riesenhafte Gestalt bedrohlich über mir auf. »Lasst Eure Waffe fallen.«

»Nein, das werde ich nicht tun.« Ich schüttelte den Kopf. »Und das weißt du genau. Wenn du jetzt auf mich schießt, tötest du ihn gleich mit. Ich werde jetzt gehen – und wenn ich auch nur den leisesten Verdacht hege, dass du trotzdem auf mich schießen willst, drücke ich ab. Da bleibt von seinem Kopf nichts übrig.« Ich rollte mich von ihm weg, damit sich der König nun zwischen Ivan und mir befand, behielt aber meine Waffe an Traces Kopf.

»Runter mit der Waffe!«, befahl Cas, der hinter mir auftauchte. Ivan bewegte sich keinen Millimeter.

»Ich habe doch gesagt, du sollst dich in Sicherheit bringen.« Ich warf meinem *Dve* über die Schulter einen bösen Blick zu.

»Tut mir leid, Majestät. Ich werde Euch nicht hierlassen.« Er grinste und zerrte Trace hoch, während ich aufstand. »Saxonische Truppen sind im Anmarsch, wir müssen hier weg.«

»Ich weiß.« Ebenso wusste ich, dass mein Gefangener uns nur aufhalten würde. Also schubste ich ihn gegen Ivan und griff mir Cas. »Lauf!«

Wir sprinteten um die zerborstenen Frachtkisten herum und aus dem Hangar heraus, während Ivan und Trace hinter uns schrien und fluchten.

»Hier entlang, Majestät.« Cas übernahm die Führung und lotste mich nach rechts. »Wir haben ein Fahrzeug gefunden, damit kommen wir bis zur Basis des Solarkonglomerats.«

»Nein.« Ich schüttelte den Kopf, als wir das Vehikel erreichten. »Da werden sie uns als Erstes suchen. Sag Matriarchin

Tobins BodyGuards, dass sie von hier verschwinden und versuchen sollen, unbemerkt zurück nach Indrana zu kommen. Sie sollen sich vor Phanin in Acht nehmen. Ich weiß noch nicht, was genau da vor sich geht, aber im Moment können wir niemandem vertrauen.«

Cas nickte, öffnete die Tür und ließ mich einsteigen, bevor er um das Fahrzeug herumlief und sich ans Steuer setzte. Ich schloss die Tür und ergriff Albas ausgestreckte Hand. Ihr gebrochener Arm war an der Körperseite fixiert, und sie sah mich mit schmerzverzerrtem Gesicht an.

Fasé hatte sich auf dem Rücksitz über Emmory gebeugt, ihre Hände waren rot von seinem Blut. Zin war neben ihr. Er hatte seine Stirn gegen Emmorys gepresst, und seine Lippen bewegten sich, als er lautlos betete. Seine Trauer war mit Händen zu greifen.

Und auch mein Herz fühlte sich an, als hätte eine eiskalte Hand es gepackt. Ich konnte und wollte mir keine Welt ohne Emmory vorstellen.

Dann verließ Fasé die Kraft, und Indula fing sie gerade noch auf, bevor sie auf Emmory fallen konnte. »Er ist stabil, aber sehr schwer verletzt. Ich werde ihn weiter heilen, wenn ich mich etwas ausgeruht habe.« Sie brachte die Worte noch gerade so heraus, bevor sie endgültig in Ohnmacht fiel.

»Wohin fahren wir?«

»Zu meiner Cousine, Majestät. Sie lebt auf Red Cliff«, erklärte Alba. »Das war überhaupt der Grund, warum Emmory mit der Wahl dieses Planeten einverstanden war.«

Meine Augen füllten sich mit Tränen, und ich wischte sie mit dem Handrücken ab. »Er plant immer sehr vorausschauend. Aber was wir jetzt vor allem brauchen, ist eine Idee, wie wir von diesem Planeten verschwinden. Admiralin

Hassan und alle Schiffe, deren Besatzung wir vertrauen können, sind wohl schon lange weg.«

»Ich sehe gerade die Verzeichnisse der uns am nächsten liegenden Raumhäfen an.« Ihr Blick wurde leer, während sie die Daten durchging.

»Schick mir eine Liste, wenn du damit fertig bist, vielleicht fällt mir noch etwas auf.« Ich schloss meine Augen, um sie vor den blendenden Strahlen der untergehenden Sonne zu schützen. Der Adrenalinschub ließ nach, und ich wurde hundemüde. Kurze Zeit später hielt unser Fahrzeug bereits wieder, denn wir hatten unser Ziel erreicht.

»Majestät«, Cas rüttelte mich vorsichtig wach. »Wir sind da.«

Eine Frau, etwas größer als Alba, kam mit vier jungen Männern im Schlepptau aus dem Haus gerannt. »Wie viele Verletzte sind es?«, rief sie und umarmte Alba herzlich.

»Leia! Emmory wurde getroffen, und Fasé ist vor Erschöpfung zusammengebrochen.«

»Dein Arm ist gebrochen, und ihr habt allesamt oberflächliche Verletzungen. Kommt rein, die Jungs werden das Fahrzeug verstecken.«

»Majestät, das ist meine Cousine Leia.«

Die Frau verbeugte sich unbeholfen, während sie Alba immer noch fest an sich gedrückt hielt. »Eure Majestät. Ich wünschte, wir hätten uns unter angenehmeren Umständen kennengelernt. Alba hat immer nur das Allerbeste über Euch zu berichten.«

»Wir sind sehr dankbar für Eure Hilfe.«

»Das ist doch selbstverständlich.« Sie drehte sich um und schob Alba in Richtung des Hauses.

Ich protestierte nicht, als Cas seinen Arm um meine Taille legte, um mich zu stützen, als wir den beiden folgten. Wir waren auf dem Land, und so weit wir in der bereits anbrechenden Dämmerung blicken konnten, sahen wir nur Bäume und sanft geschwungene Hügel. Das zweistöckige Haus war solide gebaut und hatte ein steil geneigtes Dach.

Cas setzte mich im Wohnzimmer auf einen Stuhl. »Ruht Euch aus, Majestät.«

»Du erstellst zusammen mit Indula eine Liste all unserer Waffen und Vorräte. Wir können hier nicht lange bleiben, Traces Leute werden den gesamten Planeten nach uns absuchen.«

»Ich weiß, Majestät.« Ein Lächeln, das dem Emmorys sehr ähnlich war, huschte über sein Gesicht.

»Entschuldige, ich will dir nicht vorschreiben, wie du deine Arbeit machen sollst.«

»Tut Ihr aber, Majestät.«

Ich brummte eine knappe Antwort und sah, wie Cas' Schultern zuckten, während er versuchte, ein Lachen zu unterdrücken. Dann begannen alle um uns herum, unterdrückt zu kichern, und ich verdrehte die Augen mit einem Lächeln. »Na los.«

Ich blieb auf meinem Stuhl sitzen, während sich um mich herum eifrige Geschäftigkeit entfaltete. Die lokalen Nachrichtensender berichteten bereits über den Angriff. Ihre Informationen waren aber nur lückenhaft und halfen uns nicht weiter. Indula hatte recht gehabt: Es gab Berichte, nach denen saxonische Schiffe ihre Waffen kurz vor der Zerstörung des Gebäudes, in dem unsere Verhandlungen stattgefunden hatten, hochgefahren hatten. Doch ohne Zugang zu einem Sender mit größerer Reichweite, wie wir sie auf unseren Schiffen hatten, konnte ich keinen indranischen Nachrichtensender empfangen.

Ohne Schiff waren wir von Indrana abgeschnitten.

»Majestät, könnt Ihr aufstehen?« Stasia ging neben mir in die Hocke. »Vielleicht wollt Ihr duschen? Und Fasé würde Euch gerne untersuchen.«

»Mir tut alles weh, aber abgesehen davon geht es mir gut.« Mit einem Stöhnen stand ich auf.

Fasé wartete, auf Zin gestützt, an der Badezimmertür auf mich. Sie war blass und zitterte. Ich tauschte einen Blick mit Zin.

»Wie geht es Emmory?«

»Er ist sehr schwer verletzt, Majestät. Ich weiß nicht ...« Er schluckte und sah zur Decke auf. »Sie glaubt, dass sie die schlimmsten Gewebeschäden heilen konnte, und seine Vitalfunktionen sind stabil. Jetzt brauchen wir einfach Zeit. Wenn wir ihn in den nächsten Stunden nicht bewegen müssen, wird sich sein Zustand nicht verschlechtern. Ich weiß nicht, wie er es geschafft hat, so lange am Leben zu bleiben, bis Fasé bei uns war und sich um ihn kümmern konnte.«

Ich griff nach seiner Hand und drückte sie, während ich mit den Tränen kämpfte.

»Er ist eben ein sturer Mistkerl.«

Zin lachte mit Schmerz in der Stimme. »Selbst nach allem, was sie für ihn getan hat, steht es immer noch auf der Kippe. Er muss in ein Krankenhaus. Ach ja – Fasé hat darauf bestanden, Euch zu sehen.«

»Du solltest lieber etwas schlafen«, sagte ich zu der Farianerin.

»Ich bitte um Verzeihung, Majestät. Ich wünschte, ich könnte mehr tun. Er braucht medizinische Betreuung.«

»Das liegt nicht in deiner Verantwortung.« All das hier war nur Traces Schuld, weil er auf Emmory geschossen hatte. Ich fühlte, wie die Wut wieder in mir aufstieg. »Er ist ein Jäger, Fasé. Er wird das schon wegstecken.« Diese Lüge galt nicht nur ihr, sondern vor allem mir selbst. Emmory war hart im Nehmen, aber Trace hatte ihn beinahe getötet. Auf der Flucht hatten wir Emmory bewegen müssen, was seinen Zustand sicher nicht gebessert hatte. »Bis dahin tun wir für ihn, was wir können. Geh jetzt schlafen.«

»Ja, Majestät.«

»Zin«, sagte ich über unsere private *smati*-Verbindung. *»Du bleibst bei Emmory und tust alles, was in deiner Macht steht, um seinen Lebenswillen zu stärken. Das ist ein Befehl. Wir kümmern uns um alles andere. Verstanden?«*

»Ja, Majestät.«

»Und schalte mir seine Vitaldaten frei. Ich will wissen, wie es ihm wirklich geht.«

Während ich duschte, säuberte Stasia von meinen Klamotten, was davon noch zu retten war. Ich schrubbte mich ab und inspizierte die Kratzer und blauen Flecken auf meinem Körper, dann sah ich mir die Liste der Schiffe in den nächstgelegenen Raumhäfen an. So sehr ich die Dusche genoss, ich wusste, dass ich hier nicht zu viel Zeit vertrödeln durfte. Also drehte ich das Wasser ab. Während ich noch dabei war, mich abzutrocknen, erregte ein Name auf der Liste meine Aufmerksamkeit.

Dort, zwischen tausend anderen, sprang mir plötzlich ein vertrauter Schiffsname ins Auge. »Ach du Scheiße.« Ich ließ mir die Details anzeigen und betete um ein Wunder – und das Ladeverzeichnis, das bei den Hafenbehörden hinterlegt worden war, bestätigte meine Vermutung.

»Cas!« Ich stürzte aus dem Badezimmer. Cas und Gita kamen zusammen mit Iza und Albas Cousine angerannt. Ich verdrehte die Augen und wickelte das Handtuch fester um den Körper, als Cas mitten im Lauf stolpernd anhielt und sich umdrehte. »Das hier ist ein Notfall, Cas, stell dich nicht so an. Wir müssen sofort von hier weg.«

»Wir dürfen *Ekam* Tresk nicht bewegen, Majestät«, protestierte Gita. »Und Fasé ist wieder bewusstlos.«

»Sie bleiben alle hier, Gita. Aber wir drei müssen sofort los. Iza, hol Stasia, sie hat meine Klamotten, und ich brauche sofort etwas zum Anziehen.«

»Majestät, was ist hier los?« Cas' Wangen hatten sich knallrot gefärbt, und er wagte es nicht, mir in die Augen zu sehen. Dennoch gelang es ihm, einen Hauch Autorität in seine Stimme zu legen.

»Hao ist hier. Wir müssen zu seinem Schiff, bevor es den Hafen verlässt.«

»Alle Häfen wurden geschlossen.«

»Das interessiert ihn nicht, sondern führt höchstens dazu, dass er sich noch schneller verdrückt. Das ist unsere Chance, Red Cliff zu verlassen. Und zwar nicht auf einem saxonischen Gefängnisschiff.« Wobei es mir wesentlich wahrscheinlicher schien, dass die Saxonier uns irgendwo verscharren würden – aber das wollte ich nicht laut aussprechen.

»Majestät, Ihr müsst Euch das hier ansehen«, rief Indula.

Im Wohnzimmer war ein Bildschirm an der Wand. Der Ton war abgeschaltet, aber man verstand auch so, was hier gerade gezeigt wurde. Phanin war mit einem grimmigen Gesichtsausdruck auf der Brücke eines Schiffes zu sehen, während das Laufband am unteren Rand des Bildschirms die Zuschauer in reißerisch großen, schwarzen Lettern von meinem Tod in Kenntnis setzte.

· 19 ·

VON DIESER NACHT AUF RED CLIFF SIND MIR AM deutlichsten die beiden Monde in Erinnerung geblieben. Die kugelrunden Zwillinge leuchteten am schwarzen Nachthimmel wie ein paar halb geschlossener Augen. Ich starrte sie unverwandt an und hielt meine Glock fest in beiden Händen, während wir in Leias Schwebewagen auf den Landeplatz vor den Toren der Stadt Behanden zusteuerten.

Wir alle waren angespannt, unsere Adrenalinwerte befanden sich vermutlich auf Rekordhöhe. Was nicht überraschend war angesichts der Tatsache, dass vor nicht einmal zehn Stunden Trace oder Phanin – ich war mir immer noch nicht sicher, wer von den beiden hier der Drahtzieher war – vier Wohnblöcke auf einem neutralen Planeten des Solarkonglomerats dem Erdboden gleichgemacht hatte, um mich erstens zu töten und zweitens einen Krieg anzuzetteln.

Punkt eins hatte schon mal nicht geklappt.

Nun waren wir dabei, im Schutz der Dunkelheit einen verzweifelten Fluchtversuch von Red Cliff zu wagen, bevor Trace doch noch die Chance bekam, mich aus dem Weg zu räumen. Mir drehte sich der Magen um. Ich hatte Angst um Emmory, dessen Vitalwerte noch schlechter waren, als ich befürchtet hatte. Ich hatte Angst um meine Leute, die ich irgendwie in Sicherheit bringen musste. Und ich war wütend, weil der einzige Weg, um von Red Cliff wegzukommen, ungefähr so sicher war, wie durch eine Schlangengrube zu marschieren. Doch etwas Besseres war mir nicht eingefallen.

Sich mit Po-Sin einzulassen glich einem Glücksspiel – ein riskantes Manöver, zu dem ich nur aufgrund unserer verzweifelten Lage bereit war.

Emmorys Zustand war im Moment stabil. Die Reparaturmodifikationen im Körper meines Jägers liefen auf Hochtouren, um das zu reparieren, was Fasé nicht mehr hatte heilen können, bevor sie zusammengeklappt war. Aber er würde professionelle medizinische Hilfe und Ruhe benötigen.

Und ich würde Verbündete brauchen, um uns von diesem Planeten wegzubringen.

Emmory auf Red Cliff in ein Krankenhaus zu bringen kam nicht infrage, also blieb uns nichts anderes übrig als die Flucht. Auf Red Cliff wimmelte es von saxonischen Einheiten, während meine eigenen Durga-verdammten Truppen sich alle auf Pashati befanden, wo sie sich vermutlich gerade mit einem weiteren Putschversuch herumschlagen mussten.

Eha Phanin.

Diese verfluchte Ratte. Mein Kiefer verkrampfte sich vor Wut so sehr, dass meine Zähne schmerzten. Der Plan des Premierministers, wie auch immer dieser genau aussah, war eine Glanzleistung, für die die Waffenschmugglerin in mir allergrößte Bewunderung hegte.

Die Kaiserin in mir wiederum war nicht besonders erfreut, und zu Phanins großem Unglück waren sich alle Teile meiner Persönlichkeit darüber einig, ihm für das, was er getan hatte, das Herz bei lebendigem Leib herauszureißen.

Seiner albernen kleinen Ansprache in den Nachrichten zufolge hatten saxonische Agenten in meiner Hauptstadt die indranische Regierung angegriffen und handlungsunfähig gemacht – zur selben Zeit, als wir auf Red Cliff bombardiert wurden, wobei ich angeblich getötet wurde. Die Matriarchinnen hatten sich in alle Winde zerstreut, und Alice wurde vermisst. Man nahm an, dass sie tot war, da von ihrem Haus nur noch ein Haufen rauchender Trümmer geblieben war.

Hoffentlich war das wie die Nachricht von meinem Tod eine Lüge.

Ich musste die Aufzeichnung ein zweites Mal abspielen, denn als ich beim ersten Durchlauf den Mann neben Phanin sah, sah ich rot vor Wut.

Wilson.

Der hochgewachsene Mann mit den blauen Augen stand mit gefalteten Händen da und trug während der gesamten Ansprache Phanins einen ernsten Gesichtsausdruck zur Schau. Dieser Bastard war für den Tod meiner gesamten Familie – meiner Schwestern, meiner Nichte, meiner Mutter und meines Vaters – verantwortlich.

Dieses Durga-verdammte Gespenst hatte die ganze Zeit mit Phanin zusammengearbeitet.

Und mit Trace.

Wie viele meiner Leute waren bereits seiner krankhaften Machtgier zum Opfer gefallen?

»Majestät«, sagte Cas. Dieses einzelne Wort, ausgesprochen in einem gleichzeitig beruhigend und tadelnden Tonfall, drang durch meinen Zorn zu mir durch. Cas hatte Emmorys Position während dessen Abwesenheit mit größerer Selbstverständlichkeit übernommen, als ich jemandem seines Alters zugetraut hatte. Ich war froh, dass ich mich auf ihn verlassen konnte.

»Alles in Ordnung.« Ich weiß nicht, warum ich mir die Mühe machte zu lügen. Vielleicht, weil Cas meine Worte einfach akzeptierte, wo Emmory mich ohne zu zögern getadelt hätte. Cas nickte einfach nur.

Nur wenige im gesamten Universum wussten, dass ich nicht tot war. Und ich war gerade auf dem Weg, mich mit einem Kumpel aus Waffenschmugglertagen zu treffen – in der Hoffnung, dass er uns helfen würde, von diesem Planeten wegzukommen, anstatt uns zu verraten und entweder an den Mann, der mir den Thron gestohlen hatte, oder an den wahnsinnig gewordenen saxonischen König auszuliefern.

Und für den Fall, dass wir es tatsächlich schaffen sollten, von diesem Planeten zu verschwinden, wurde mein Plan sogar noch verrückter: Er führte uns direkt in die Höhle des Löwen, wo ich einen der gefährlichsten Cheng-Anführer der gesamten Galaxis fragen würde, ob er sich mit mir zusammentat.

Auch wenn mich mit Hao eine gemeinsame Vergangenheit verband: Er war ein Waffenschmuggler, und im Moment war mein Kopf dank der Prämie, die Po-Sin persönlich auf mich ausgesetzt hatte, einiges wert. Davon wusste ich, weil Hao mich davon benachrichtigt hatte. Sollten wir Haos Schiff betreten, hatte er keine andere Wahl, als mich zu seinem Onkel zu bringen.

Oder würde Hao sich dazu entschließen, uns direkt an Phanin auszuliefern? Auch das traute ich meinem alten Mentor zu.

Ich stieg aus dem Wagen, Gita folgte mir. Cas kam von der Fahrerseite zu uns herüber, und wir kauerten uns neben der Landebahn im Dunkeln zusammen.

Als ich Hao sah, wie er die Laderampe eines Schiffes herabschritt, stieß ich Gita mit dem Ellbogen in die Seite und ruckte mit dem Kopf nach links. Sie nickte zum Zeichen, dass sie verstanden hatte, und auch Cas folgte uns in Richtung der Rollbahn.

Ich pfiff eine komplizierte Melodie. Hao erstarrte und griff nach der Waffe an seiner Seite, als er uns sah.

»Cheng Hao, lang nicht gesehen.«

»*Sha zhu*, was für ein Zufall.« Hao verbeugte sich überraschend elegant, ohne mich aus den Augen zu lassen.

Ich fasste Gita fest am Arm, als ich sah, wie sie zusammenzuckte. »Nur ein alter Spitzname«, flüsterte ich und verkniff mir einen Fluch.

Hao strich sich die metallisch grauen Strähnen aus dem Gesicht, seine bernsteinfarbenen Augen funkelten fröhlich. Ich schluckte einen zweiten Fluch herunter, als ich meinen Fehler bemerkte. Nun wusste er, dass Gita so gut Cheng sprach, dass sie auch Slang mühelos erkannte.

Ich verbeugte mich nur kurz. Meinem ehemaligen Mentor konnte ich nicht so angemessen Respekt zollen, wie ich es normalerweise getan hätte. »Ich bitte um die Erlaubnis, an Bord deines Schiffes zu kommen und mit dir zu sprechen.«

»Du kannst in den Laderaum kommen.« Er drehte mir den Rücken zu und ging die Rampe wieder hinauf. Wir folgten ihm, und Cas flüsterte Gita Instruktionen zu.

»Wie hast du mich gefunden?« Er lehnte sich gegen die Treppe. Eine völlig entspannte und desinteressierte Haltung für jeden, der ihn nicht kannte. Ich aber sah, wie sich seine Nackenmuskeln anspannten und seine linke Hand über seiner Waffe schwebte.

»Die *Benson Porter*?« Ich lachte ihn aus. »Du recycelst alte Schiffsnamen? Hao, ich brauche jemanden, der mich von diesem Planeten mitnimmt.«

»Macht der Gewohnheit. Ich dachte mir, dass sich jeder, der diesen Namen noch kennt, sowieso nicht mehr dafür interessiert. Da hätte ich mir wohl mehr Gedanken machen sollen. Was ist für mich drin, wenn ich dich mitnehme?« Hao zog eine kupferne Augenbraue hoch. Ein Lächeln umspielte seinen dünnen Mund. »Ich gehe mal davon aus, dass du bewaffnete Männer und Frauen auf mein Schiff bringen willst – und das gefällt mir überhaupt nicht.«

»Ich habe noch mehr Leute in einem Bauerhaus außerhalb der Stadt. Wir müssen weg von Red Cliff, und ich werde keinen von ihnen zurücklassen.«

»Und keiner von uns wird seine Waffen zurücklassen«, schaltete sich Cas ein. »Wir werden Euch für Eure Hilfe bezahlen, Waffenschmuggler, mehr nicht. Solange Eure Leute mir oder der Kaiserin nicht in die Quere kommen, wird niemandem etwas passieren.«

»Du nimmst den Mund ziemlich voll, Milchgesicht.« Hao zog eine Augenbraue hoch und wandte sich wieder mir zu. »Wo ist dein *Ekam*? Er wurde doch nicht etwa getötet?«

»Cas.« Ich hob meine Hand, bevor er etwas erwidern konnte. »Wir wollen uns doch alle vertragen. Hao, ich entschuldige mich für sein Benehmen. Wir befinden uns ...«

»... in einer unangenehmen Lage.« Hao verbeugte sich erneut. »Der Mangel an Etikette ist unter solchen Umständen verständlich und deswegen verzeihlich – diesmal. Du hast meine Frage nicht beantwortet.«

»Emmory wurde getroffen. Aber er lebt.«

Hao lächelte kaum merklich. »Ich hatte ganz vergessen, wie wortkarg du sein kannst, wenn du nicht in Stimmung bist. Was springt für mich dabei raus, wenn ich euch helfe, *sha zhu*?«

»Ich werde dich dafür bezahlen.«

»Ich brauche kein Geld. Tut mir leid, aber das Schicksal hat es in letzter Zeit ziemlich gut mit mir gemeint.« Er zuckte mit den Schultern. »Ich bin mir nicht einmal sicher, ob du mich mit einem Gefallen locken könntest, kleine Schwester. Angesichts der Tatsache, dass du gerade dein Imperium verloren hast …«

Ich riss meinen Arm hoch, und Hao schielte auf einmal, damit er den Lauf meiner Glock direkt vor seiner Nase besser sehen konnte.

»Nur vorübergehend«, fauchte ich und hörte gleichzeitig, wie um uns herum Waffen hochgefahren wurden. »Man hat mir mein Imperium *vorübergehend* genommen, Hao, aber du hast keine Vorstellung davon, was ich alles zu tun bereit bin, um es mir zurückzuholen.«

»Und damit kommt endlich meine gemeingefährliche kleine Schwester zum Vorschein. Ich dachte schon, sie wäre längst unter den vielen Lagen edler Spitze und Hofzeremoniell erstickt.«

»Ich wollte nur höflich sein, aber dann eben so: Also, Hao, was darf's sein? Gefallen? Geld? Oder erschieße ich dich jetzt einfach und nehme mir dein Schiff?«

»Immer mit der Ruhe.«

»Tut mir leid, aber ich hab's eilig. Jede Sekunde, die wir hier vertun, habe ich weniger, um meine Leute hier herauszubringen.«

»So, so«, murmelte Hao. »Sie werden in den kleineren Häfen wie diesem hier nach euch suchen. Und ich möchte dann nicht hier sein, denn sie hätten sicher eine Menge unangenehme Fragen.«

»Dann triff jetzt eine Entscheidung.« Ich hielt meine Waffe immer noch auf seinen Kopf gerichtet.

»Gefallen.« Er lächelte gedankenvoll, und Gita atmete scharf aus. »Und keinen, der deine Ehre oder dein Imperium in Gefahr bringt. Versprochen.«

»In Ordnung. Eins muss ich noch wissen. Hat hier jemand nach mir gefragt? Hast du mich verraten?«

Hao sah mich ehrlich gekränkt an. »Du gehörst zur Familie. Auch wenn ich deinen wahren Namen nicht kannte, kenne ich doch dein wahres Ich. Ich würde dich niemals verraten, Cressen, nicht für alles Geld im Universum.«

»Es tut mir leid, aber ich musste dich das fragen.« Ich senkte die Glock und nickte ihm zu. »Was glaubst du, wie viel Zeit haben wir?«

»Ich würde die anderen sofort holen. Dem Funkverkehr nach zu urteilen, arbeiten sie sich gerade durch die größeren Häfen. Es wird sicher nicht allzu lange dauern, bis sie auf die Idee kommen, hier nach euch zu suchen.«

»Cas, sag Zin, dass er alle herbringen soll. So schnell wie möglich.«

Er nickte kurz. Ich entfernte mich von Hao und kletterte auf eine Ladepalette. Hao bellte ein paar Befehle auf Cheng, und das Donnern von Stiefeln hallte durch den Laderaum, als seine Crew sich beeilte, das Schiff startbereit zu machen.

Hao blieb im Laderaum und schlenderte in meine Richtung, woraufhin ihm Gita in den Weg trat. Meine BodyGuard überragte den Waffenschmuggler, und sie war auch kräftiger gebaut als er. Dennoch sah er sie mit einem trägen Grinsen, das ich nur zu gut von ihm kannte, von oben bis unten an.

»Gita, lass ihn vorbei.«

»Er ist bewaffnet, Majestät.«

»Hao, gib ihr deine Waffe.«

Zu meiner Überraschung tat er, wie ich ihn geheißen hatte, und setzte sich dann zu mir auf die Palette.

»Ist sie noch zu haben?«

Ich konnte mir das Lachen nicht verkneifen. »Sie würde dich auseinandernehmen.«

»Das wäre es mir wert.« Hao fuhr sich mit der Zunge über die Zähne. »Du hast keine Vorstellung davon, was ich mir alles habe anhören müssen, weil ich dich an Bord genommen habe, Cressen. Eine indranische Prinzessin und ein verfluchter ISK-Agent direkt vor meiner Nase.« Er verdrehte die Augen. »Po-Sin mag dich, das ist der einzige Grund, dass er mich nicht getötet hat.«

»Ich würde mich ja entschuldigen. Wenn mir irgendetwas davon leidtäte.«

Hao grinste mich kurz böse an. Ich kannte dieses Grinsen gut genug, um zu wissen, dass ich die richtige Antwort gegeben hatte. »Da bin ich aber froh. Wenn es anders wäre, würde ich jegliche Achtung vor dir verlieren. Was hat dich damals von zu Hause weggetrieben, kleine Schwester?«

Ich lächelte. »Das ist eine lange Geschichte. Wenn es dich tröstet: Ich wusste nicht, dass Portis zu den ISK gehörte – oder vielmehr mein neuer BodyGuard war.«

»Und die Kurzversion?«

»Ich musste weg, und dein Schiff war eben gerade zur Stelle.«

»So ein Pech.«

Dann schwiegen wir. Das war eine Sache, die ich an Hao immer gemocht hatte. Er konnte stundenlang dasitzen, ohne ein Wort zu sagen.

»Majestät, sie sind auf dem Weg zu uns und haben die Verletzten dabei«, berichtete Cas schließlich.

»Danke.«

Er nickte und ging zur Kante der Laderampe, um Wache zu halten. Hao schnaubte, und ich stieß ihm den Ellbogen in die Seite.

»Milchgesichter als Lakaien einer ehemaligen Waffenschmugglerin – das Universum ist am Ende.«

»Mach dich nicht über ihn lustig, Hao.« Ich gab mir keine Mühe, die Schärfe in meiner Stimme zu mildern. »Er tut sein Bestes.«

Hao blinzelte. »Ich habe mich nicht über *ihn* lustig gemacht, *Eure kaiserliche Majestät*.«

Er verbeugte sich geckenhaft im Sitzen.

»Oh, halt die Klappe.«

»Anscheinend sind es große Fußstapfen, in die er da treten muss. Du weißt, dass du zwei deiner BodyGuards verlieren wirst, wenn Emmory stirbt.«

»Das ist mir bewusst, Hao.«

Er legte die Hände zusammen und schüttelte sie leicht. »Verzeih mir, ich wollte dich nicht aufregen.«

Was auch immer ich darauf geantwortet hätte, ich kam nicht mehr dazu, denn in diesem Moment kam ein junger Mann mit rosafarbenen Haaren die Treppe heruntergerannt und kam stolpernd vor Gita zum Stehen. Er verbeugte sich. »Captain, wir müssen sofort hier weg.«

Hao sprang von der Palette herunter, und ich folgte ihm.

»Wie lang haben wir noch Zeit, Dailun?«

Der Junge zuckte mit seinen schmalen Schultern. »Höchstens fünf Minuten.«

»Dann mach alles startbereit, aber warte auf mein Kommando.«

Dailun nickte Hao zu und rannte wieder hinauf zur Brücke, wobei er zwei Stufen auf einmal nahm.

»Cas, wann ist ihre geschätzte Ankunftszeit?«

»In zwei Minuten. Indula fährt, so schnell er kann.«

»Sag ihm, er soll auf die Tube drücken und direkt zum Schiff kommen. Und sie sollen sich bereit machen, schnell umzusteigen.« Ich drehte mich um und zeigte mit dem Finger auf Cas. »Und wenn mir jetzt irgendwer sagt, dass wir sie hierlassen sollen, dann werde ich ihm persönlich in den Arsch treten.«

»Ja, Majestät.«

»Was haben wir an Sprengstoff?«

Hao sah mich an und zog eine Augenbraue hoch. »Was willst du damit?«

»Uns etwas mehr Zeit verschaffen.«

»*Sha zhu*, wir waren einmal Freunde. Aber selbst da hätte ich nicht zugelassen, dass wir irgendetwas anderes tun, als in genau fünf Minuten von hier zu verschwinden. Da sind saxonische Sturmtruppen im Anmarsch.«

»Dann bleibe ich hier.«

Wir starrten uns gegenseitig in die Augen. Sekunde um Sekunde verstrich, in denen ich jeden meiner Herzschläge zählte. Ich würde Hao nicht anbetteln. Der Hao, den ich kannte, war ein Ehrenmann. Und er hatte bereits versprochen, mich von Red Cliff wegzubringen.

Trotzdem erschien es mir wie eine Ewigkeit, bis er endlich zustimmend nickte und gleichzeitig eine Serie seiner Lieblingsflüche murmelte. »Ich habe ein paar Raketenwerfer.« Er sah Gita an. »Und ich brauche meine Waffe zurück, meine Liebe.«

Gita sah ihn argwöhnisch an, reichte ihm aber seine Pistole.

»Perfekt.« Ich klopfte ihm auf die Schulter. »Ist doch wie früher, oder?«

»Fast«, schnaubte Hao. »Außer, dass die hier mich richtig rannimmt, wenn du dabei draufgehst – und zwar so, dass ich keinen Spaß dabei habe.«

»Das ist anzunehmen. Aber keine Sorge, ich habe nicht vor, heute zu sterben.«

Gebückt lief ich die Laderampe hinunter. Dann suchte ich die Landebahn nach einem passenden Ziel ab, und mein

Blick blieb an einem Transportbus hängen. Ich zielte gerade darauf, als ich die Scheinwerfer in einiger Entfernung auf uns zukommen sah. Hinter uns hörte ich gleichzeitig den Motor eines Trucks aufheulen und Reifen quietschen, als sie den Asphalt der Rollbahn unter uns berührten.

»Gita, hilf ihnen umladen.«

»Nein, Majestät.« Sie schüttelte den Kopf und schulterte den Raketenwerfer. »Cas hat gesagt, ich soll bei Euch bleiben, und genau das werde ich tun.«

»Wenn wir hier fertig sind, müssen wir uns mal darüber unterhalten, wer hier wem Befehle erteilt.«

»Er sagte, dass Ihr das sagen würdet, Majestät. Und technisch gesehen erteilt er mir die Befehle. Also bleibe ich.«

»Na gut. Siehst du den Kistenstapel am anderen Ende des Busses? Nimm den ins Visier.«

»Darf ich auf die saxonischen Schwebewagen schießen?«, fragte Hao. »Ich will aber nicht, dass du deswegen diplomatische Schwierigkeiten bekommst ... aua!« Er jaulte und rieb sich das Schienbein.

»Ich habe heute schon auf den saxonischen König geschossen, Hao. Denk dir bloß nicht, dass ich nicht auch auf dich schießen würde.«

»War nur eine Frage.«

»Halt die Klappe und schieß.«

Dann hallten Explosionen durch die Dunkelheit.

· 20 ·

WIR SCHAFFTEN ES ZURÜCK ZUM SCHIFF, BEVOR die umherfliegenden Teile des Schwebewagens und andere Trümmer auf der Landebahn aufschlugen.

Indula und Zin trugen Emmory die Laderampe hinauf, während Iza und Kisah Caterina aus dem Wagen in das Schiff brachten. Alba und Stasia folgten ihnen, wobei meine Zofe meine Kammerfrau mit einem Arm um die Taille stützte.

Tanish holte die bewusstlose Fasé vom Rücksitz des Wagens. Er schaffte gerade einmal zwei Schritte, bevor ihn ein Schuss aus der Dunkelheit in den Rücken traf.

»Verdammte Scheiße.« Ich warf Hao den Raketenwerfer zu und rannte zu den beiden hinüber. Gita folgte mir auf dem Fuße. »Hol ihn«, schrie ich ihr zu.

Ich hob Fasé hoch und ging hinter dem Wagen in Deckung, als erneut das Feuer auf uns eröffnet wurde. Die Farianerin war so leicht wie ein Kind.

»Er ist tot.« Gita schlug mit der Faust gegen den Wagen und fluchte derb.

Ich schloss einen Moment lang die Augen und flüsterte ein Gebet für Tanishs Familie.

»Hao!«

»Ja?«

Zum Glück besaß Hao auch nach zwanzig Jahren die unerklärliche Fähigkeit, vorherzusehen, was ich als Nächstes brauchte.

»Ich brauche mehr Munition!«, rief er und fing dann die Rakete auf, die ihm jemand aus dem Inneren des Schiffes zuwarf. In einer einzigen geschmeidigen Bewegung lud sie der Waffenschmuggler in den Werfer, stand auf und feuerte.

Ich hob Fasé auf meine Schultern und hoffte, dass Gita mir folgte. Dann rannte ich zum Schiff.

Ich kam bis zur Laderampe, dann traf mich ein Schuss ins Bein. Der stechende Schmerz zwang mich in die Knie. Fasé fiel auf die Rampe, und ihr Kopf schlug mit einem dumpfen Laut auf dem Metall auf. Hao packte sie und zog sie ins Schiff.

Ich rollte von der Rampe herunter und feuerte meine Glock in der Hoffnung, Gita genug Feuerschutz geben zu können, damit sie auf das Schiff gelangen konnte.

Ein Mann mit silbergrauem Haar kam durch die Flammen auf unser Schiff zu. Ich schoss auf ihn und traf ihn an der Schulter. Er wurde zurückgeschleudert, ließ sich davon aber nicht aufhalten.

»Ich hab keine Munition mehr!«

Gita packte mich am Kragen und zog mich wieder auf die Rampe, während Hao weiterfeuerte, bis der Saxonier gezwungen war, Deckung zu suchen.

»Dailun, los!«, schrie Hao über seine *smati*-Verbindung und bückte sich dann, um nach Gitas ausgestrecktem Arm zu greifen und uns beide in das Schiff zu ziehen, während sich die Laderampe bereits schloss.

Das Schiff hob mit einem Satz vom Boden ab und wurde dabei ziemlich durchgeschüttelt. Ich schlitterte halb in den Laderaum hinein, bevor Hao mich etwas besser um die Taille zu fassen bekam. »Festhalten!«, schrie er.

Es ist kein besonderes Hochgefühl für mich, wenn ich weiß, dass mein Leben gerade in der Hand eines anderen liegt. Es macht mir Angst, und ich fühle mich machtlos und verzweifelt.

Um mich abzulenken, überlegte ich mir, was ich als Nächstes tun musste, während Haos Pilot den automatischen Abwehrsystemen des Planeten auswich.

»Zuerst einmal müssen wir von diesem beschissenen Felsen runter«, flüsterte mir Hao ins Ohr. »Dann kannst du dir Gedanken über später machen.«

»Woher weißt du ...«

Er lachte über meine erstaunte Reaktion. »Ich kenne diesen Blick, Cressen.«

»Ich heiße nicht Cressen.«

»Auch das weiß ich. Aber ich weiß nicht, ob ich dich Hail nennen kann. Das kommt mir komisch vor.«

Und nur ein Wunder würde ihn dazu bringen, mich mit meinem Titel anzusprechen. Das hatte er bislang nur einmal getan – und das auch nur mit einem sarkastischen Unterton.

»Ich kann nicht versprechen, dass meine Wachen dir das durchgehen lassen.« Dann verdrehte ich die Augen. »Wem hast du dieses Schiff gestohlen?«

»Ich habe es gekauft, *sha zhu*. Wie gesagt, mir geht es gerade finanziell sehr gut.«

In meinem Kopf schrillte ein Alarmsignal und übertönte die des Schiffes, als Emmorys Vitalfunktionen sich plötzlich dramatisch verschlechterten.

»Ach du Scheiße. Nein.«

Weitere Alarmsignale ertönten. »Lass mich los.« Ich kniff Hao so lange, bis er aufheulte und ich mich aus seinem Griff winden konnte. Prompt verlor ich das Gleichgewicht und knallte gegen ein Schott, als das Schiff sich seitlich neigte. Ich zwang mich aufzustehen und stolperte durch den Laderaum zu Emmory. »Hao, ich brauche deinen Arzt.«

Emmorys Herzschlag wurde schwächer. Was auch immer Fasé für ihn getan hatte, es reichte nicht. Oder der Transport hatte seinen Zustand verschlechtert. Mein *smati* schrillte und zeigte an, dass Emmorys Lunge kollabierte. Ich sah, dass sich seine Brust nicht mehr so bewegte, wie sie es eigentlich sollte. Die Verbände, die Stasia und Caterina ihm in Leias Haus angelegt hatten, waren immer noch blütenweiß, was bedeutete, dass er innere Blutungen hatte.

»Nicht, Emmory, bitte nicht.« Mir war klar, dass er mich nicht hören konnte. Genauso war es gewesen, als mein Vater gestorben war.

Dann zeigte das lang gezogene Fiepen einer Nulllinie in meinem Kopf an, dass sein Herz aufgehört hatte zu schlagen.

»Nein!«

Zins Stimme gellte durch den Frachtraum und traf mich bis ins Mark. Seine ganze Qual schwang in ihr mit. So groß meine eigene Verzweiflung auch sein mochte, sie war nichts im Vergleich.

»Hail.« Zin drehte sich zu mir um, und die Hoffnungslosigkeit in seinen Augen war unerträglich. Ich schlug mit den Händen auf Emmorys Brust in dem Versuch, sein Herz wieder zum Schlagen zu bringen.

Dann sprang Fasé, die eben noch ruhig dagelegen hatte, auf und stieß mich beiseite. Die Farianerin war plötzlich wieder hellwach und bewegte sich schneller als alle anderen. Sie murmelte vor sich hin, während sie beide Hände auf Emmorys reglose Brust legte.

Der Nulllinienton verstummte, und ein steter, wenn auch sehr schwacher Herzschlag hallte nun durch meinen Kopf.

Fasés Gesicht wurde grau, dann brach sie über Emmorys Körper zusammen, was uns alle wieder zur Besinnung brachte.

Das Schiff hörte auf zu schlingern. Hao und Indula stürzten auf uns zu. Mein BodyGuard schob Fasé vorsichtig zur Seite.

»Sie ist noch am Leben, Majestät«, sagte er. »Aber ihr Puls ist sehr schwach. Ich nehme mal an, das hier ist selbst für einen Farianer kein gesunder Herzschlag.«

»Bring sie zu einem Arzt ...« Ich unterbrach mich. »Behalte sie im Auge, wir müssen zuerst Emmory stabilisieren.«

»Henna, wir haben einen medizinischen Notfall hier im Laderaum. Wir bringen ihn sofort zu dir.« Hao sah finster drein, schaffte es jedoch trotzdem, das Chaos um sich herum mühelos zu koordinieren.

Zin half mir gerade beim Aufstehen, als zwei weitere Besatzungsmitglieder mit einer Krankentrage herbeieilten und Emmory darauf legten. Ich griff nach Zins Hand, und wir stützten einander, als wir ihnen zur Krankenstation folgten.

Ich kannte Haos Mannschaft. Früher hätten sie mir zur Begrüßung Gemeinheiten und geschmacklose Witze zugerufen und mir auf den Rücken geklopft. Jetzt gab es nur zögerliches Nicken, begleitet von den Seitenblicken, die sie meinen BodyGuards zuwarfen. Es war alles so verkrampft, dass ich am liebsten laut geschrien hätte.

Ich verdrängte dieses unangenehme Gefühl und konzentrierte mich auf das, was Henna sagte.

»Schlecht, sehr schlecht, Cres ... Verzeiht, Eure Majestät.« Henna und ich waren einmal Freundinnen gewesen. Nun wagte die schlaksige Blondine, der ein Auge fehlte, nicht einmal mehr, mich anzusehen, während sie das Bild des Scanners, den sie über Emmorys Brust hielt, studierte. »Ich muss ihn operieren. Er ist am Leben, aber er blutet noch.«

»Nein.« Ob Zin damit ihre Diagnose oder die Behandlung meinte, wusste ich nicht genau.

»Zin, Henna weiß, was sie tut.«

»Die Farianerin kann ihn nicht retten.« Henna warf einen Blick über die Schulter zur bewusstlosen Fasé, die von Indula auf ein Krankenbett gelegt wurde. »Kein Saft mehr. Keine Zeit mehr. Raus.«

»Ich lasse ihn nicht allein«, sagte Zin, presste die Lippen zusammen und sank zu Boden. Ich ging neben ihm in die Knie.

»Tu das nicht. Wage es nicht«, sagte ich zu ihm und nahm sein Gesicht in meine Hände. »Er ist am Leben, Starzin. Du musst dich zusammenreißen. Für ihn. Und für mich. Bitte. Lass mich hier nicht allein.«

Henna zog eine Augenbraue hoch und richtete den Scanner auf Zin.

»Er stirbt ebenfalls. Symbiose. Interessant.«

Ich sah auf. »Sie sind Jäger, Henna. Sie sind ein Team.«

»Die Arterie ist in schlechtem Zustand. Er hat viel Blut in der Brust, ein Lungenflügel ist kollabiert. Der andere hält nicht mehr lange durch. Ich muss ihn retten, um beide zu retten.« Ob sie damit Emmorys Lungenflügel oder Zin meinte, blieb offen. Henna wandte ihre Aufmerksamkeit wieder Emmory zu. »Hat einer von euch eine medizinische Ausbildung?«

»Ich, ein wenig«, sagte Stasia hinter mir. »Ich habe ihn verbunden.«

»Gut. Du hilfst. Der Rest verschwindet. Hao, die im Laderaum werden überleben, aber der Arm der jungen Frau muss geschient werden.« Hennas graues Auge wirkte leer, und sie kaute auf ihrem Daumen herum. Ihr scharfer Verstand dagegen bewegte sich währenddessen schneller als ein Schiff im Warp.

Henna Brek war eine brillante Chirurgin bei der mobilen Sanitätsflotte gewesen. Aber ein Überfall und die darauffolgende dreijährige Geiselnahme kostete vielen ihrer Arbeitskollegen das Leben. Sie verlor ein Auge und einen großen Teil ihrer geistigen Gesundheit.

Unfähig, die psychologischen Anforderungen der großen Krankenhausgesellschaften zu erfüllen, trieb sie sich dann ziellos im All herum und landete schließlich bei Hao.

Wie so viele von uns. Die Außenseiter der Außenseiter. Und Hao war ihr König.

Ich presste meine Stirn gegen das Fenster, während ich vor der Krankenstation wartete.

»Ihr könnt nicht hierbleiben, Majestät. Wir müssen uns Euer Bein ansehen.« Cas legte einen Arm um meine Taille und versuchte, mich wegzuziehen.

»Ich kann sie nicht alleine lassen.«

»Doch, das kannst du. Sei nett zu deinem *Dve.*« Hao hakte mich von der anderen Seite her unter. »Caspian, die nächste Tür führt zum zweiten Behandlungsraum der Krankenstation. Ich werde ihr Bein verbinden, BodyGuard, also erschieß mich nicht gleich.« Hao setzte mich auf eine Liege und durchsuchte dann die Schränke nach Verbandsmaterial.

Ich nahm Cas' Hand. *»Mir geht es gut, Emmory ebenso. Henna ist eine der besten Ärztinnen überhaupt.«*

»Er war tot, Majestät.«

»Ich weiß.« Und Fasé hatte ihn zurückgeholt. Ich konnte nicht glauben, was ich gesehen hatte. Obwohl ich direkt neben ihr gestanden hatte, als es passierte.

»Majestät, das waren Sturmtruppen da unten auf dem Landeplatz.«

»Ich weiß.«

»Was ist da los?«

»Das weiß ich nicht. Und bis ich mit Caspel oder irgendwem auf Pashati spreche, wird das wohl auch so bleiben.«

»Seid ihr nun fertig mit dem Gerede über mich?«, fragte Hao.

Ich gab ihm einen Klaps. »Es dreht sich nicht immer alles um dich. Darf ich auf die Kommunikationseinheit deines Schiffes zugreifen?«

Er hatte mein Bein fertig verbunden. »Du solltest dich etwas ausruhen. Das ist nur ein Kratzer, aber du bist vermutlich ziemlich erschöpft, *sha zhu.*«

»Zuerst muss ich ein paar Nachrichten verschicken. Dann werde ich etwas schlafen. Das verspreche ich euch beiden.« Ich glitt von der Liege herunter und testete vorsichtig mein Bein, bevor ich es voll belastete. Es tat weh, gab aber nicht nach, und so humpelte ich Hao hinterher den Gang entlang.

»Dailun wird das Schiff gleich in den Warp gleiten lassen«, sagte er und warnte mich damit gerade noch rechtzeitig.

Das vertraute Gefühl der Orientierungslosigkeit überkam mich, und dann erfüllte die unheimliche Stille der Warpblase das Schiff.

»Dein neuer Pilot ist besser als Hoss.«

Und das wollte etwas heißen. Hoss war ein Überlebender der Terranischen Kriege gewesen und hatte für die Rettung einiger ziviler Schiffe des Solarkonglomerats während der mysteriösen Shen-Attacke auf Kolonie 17 eine Ehrenmedaille verliehen bekommen.

Dann hatten die Streitkräfte des Erdkonglomerats ihn entlassen, nachdem er einmal zu oft im Tiefflug über das Verteidigungsministerium gerauscht war.

Ich vermisste Hoss und hätte gerne gewusst, was aus ihm geworden war. Meine Erinnerungen an den Kampf auf der *Sophie* waren immer noch verschwommen und wiesen große Lücken auf, solange es nicht um Portis ging.

»Wir bringen dich im Ausweichquartier der Besatzung unter. Die Tür zum Gang hat ein Schloss, und hinten ist ein großer Schlafraum.« Hao lief weiter den Korridor entlang, während das Schiff in der Alcubierre/White-Blase ruhig dahinglitt. »Wenn du etwas brauchst, sag einfach Bescheid.«

»Danke, ich werde dich für alles bezahlen.«

»Geschenkt.« Er wedelte mit der Hand.

»Ich werde dich auf jeden Fall dafür bezahlen.«

»Geschenkt«, wiederholte er noch einmal. »Wir sind doch immer noch Freunde, oder nicht?«

Ich sah ihn einen Moment lang genau an, bevor ich antwortete. Einen großen Teil meines Lebens lang war Hao für mich Vater – »oder älterer Bruder«, würde er grinsend sagen, sollte ich es jemals laut aussprechen –, Freund, Mentor und Beschützer gewesen. Damals hätte ich ihm mein Leben anvertraut, genauso wie Portis.

Allerdings konnte ich die Tatsache nicht ignorieren, dass er genau in dem Moment hier aufgetaucht war, in dem ich ihn am meisten gebraucht hatte. Ob ich das der Vorsehung oder einem gefährlichen Zufall zu verdanken hatte, würde sich noch herausstellen.

»Wir sind Freunde«, antwortete ich schließlich mit einem Lächeln. »Und ich danke dir.«

»Dailun, überlass uns die Brücke für einen Moment.«

»Hai.« Der junge Mann senkte kurz den Kopf und ließ uns dann allein.

»Das Kommunikationsterminal, Hail«, sagte Hao mit einer übertriebenen Verbeugung und einem Gesichtsausdruck, der keinen Zweifel daran ließ, wie seltsam es sich für ihn anfühlen musste, mich so zu nennen. »Ich würde mich kurz fassen. Solange wir im Warp sind, sind wir sicher, aber sie werden nach uns suchen, und ich würde es ihnen gerne so schwer wie möglich machen, unsere Spur zu finden. Eine halsbrecherische Flucht pro Tag ist mein persönliches Limit.«

Ich nickte. »Es dauert nicht lange.«

Hao hielt kurz inne, verließ uns aber dann, ohne noch etwas zu sagen. Ich verband meinen *smati* mit dem Schiffscomputer und dann mit Caspels privatem Kommunikationskanal.

»Majestät? Ihr seid am Leben.«

»Bin ich, und noch dazu in verdammt besserer Verfassung als Ihr. Was ist passiert?«

Die Hälfte von Caspels Gesicht sowie sein linkes Auge waren unter einem weißen Verband verborgen. »Das ist eine lange Geschichte, Majestät. Und ich bezweifle, dass diese Verbindung sicher ist.«

Ich berichtete ihm alles so knapp wie möglich. »Ist Alice am Leben? Und wie viele von den Matriarchinnen?«

Der Bildausschnitt veränderte sich, und ich konnte im Dämmerlicht des Raumes Alice und Taz vor der gegenüberliegenden Wand stehen sehen. Er signalisierte ihnen, zu ihm zu kommen.

»Majestät«, sagte Alice erleichtert. »Wir sind sehr froh, dass Ihr am Leben seid.«

»Und ich bin froh, dass ihr alle lebt. Seid ihr unverletzt?«

Sie nickte. »Ich hatte gerade zusammen mit Captain Gill Tazerion im Krankenhaus besucht, als der Angriff erfolgte. Sie haben einen Suchtrupp losgeschickt, aber Dr. Flipsen hat uns etwas Zeit verschafft. So konnten wir entkommen.« Alice schluckte. »Sie haben sie getötet, Majestät. Sie haben sie direkt vor dem Krankenhaus erschossen, weil sie Verrätern am ›neuen Indrana‹ geholfen hat.«

Ich stieß einen derben Fluch aus.

Caspel richtete nun die Kamera wieder auf sich selbst. »Viel mehr kann ich Euch nicht sagen, Majestät. Es tut mir sehr leid. Die Verschwörung reichte viel weiter, als wir es uns vorstellen konnten. Ich habe nichts davon mitbekommen. Im Moment kontrollieren Phanins Truppen Pashati und das übrige System, ebenso achtundzwanzig weitere imperiale Planeten – soweit wir wissen. Sie haben mindestens die Hälfte der Matriarchinnen und deren Familien unter Arrest gestellt. Niemand weiß, was aus Matriarchin Desai geworden ist.«

»Caterina ist bei uns. Masami und Sabeen hatte ich zuerst zum Solarkonglomerat geschickt. Aber als uns klar wurde, was Trace und Phanin im Schilde führen, habe ich ihnen empfohlen zu fliehen. Ich weiß nicht, ob sie es geschafft haben.«

»Wo seid Ihr jetzt?«

»Auf einem Schiff.« Ich lächelte. »Mehr will ich nicht verraten. Ich melde mich wieder, sobald es etwas sicherer ist. Wenn Ihr von Admiralin Hassan hört, richtet ihr aus, dass sie sich mit ihrer Flotte bedeckt halten und auf meine Anweisungen warten soll. Zu gegebener Zeit werde ich ihr einen sicheren Treffpunkt mitteilen.«

»Ja, Majestät.«

»Caspel, sagt meinen Untertanen, dass ich am Leben bin. Und dass sie durchhalten sollen. Wir werden sie nicht im Stich lassen.«

Er nickte kurz und trennte dann die Verbindung.

Als Cas die Tür zur Brücke öffnete, standen dort Hao und Dailun und warteten auf uns. »Dann zeige ich dir mal dein Quartier.« Hao grinste mich gut gelaunt an. »Henna hatte gute Nachrichten. Dein *Ekam* hat die Operation überlebt. Aber sie musste seinen Partner k. o. schlagen. Sie glaubt, dass er die Operation *mitgefühlt* hat – das war wohl das Heftigste, was sie je erlebt hat. Dailun, hol uns in zehn Minuten aus dem Warp und bring uns auf Heimatkurs. Wenn wir Glück haben, kommen wir nach Hause, bevor die Sturmtruppen uns finden.«

»Glück?« Ich schnaubte verächtlich. »Ich muss dich doch wohl nicht daran erinnern, dass mir das Glück in letzter Zeit nicht besonders hold war.«

»Du bist am Leben – oder etwa nicht, *sha zhu*?« Hao lachte bellend und legte seine Hand auf meine Schultern, als wir durch das Schiff liefen, wobei er Cas' geknurrte Warnung ignorierte.

Bei dieser Berührung wurde mir warm ums Herz. Vielleicht war es dumm von mir, aber in Haos Gegenwart und in meiner gewohnten Umgebung fühlte ich mich so wohl wie lange nicht, seit dieser Albtraum begonnen hatte.

Das Gefühl verflog, als wir an der Krankenstation vorbeikamen und ich Zin neben Emmory liegen sah. Ich musste mich sehr beherrschen, um nicht loszuheulen.

»Das sind eure Quartiere.« Hao hielt vor einer Luke an und verbeugte sich. »Ich gebe euch mein Wort, dass ihr an Bord meines Schiffes sicher seid. Und damit sich dein *Dve* besser fühlt: Er hat volle Befehlsgewalt innerhalb eurer Quartiere. Sollte sich jemand ohne deine Erlaubnis Zugang zu diesen Räumlichkeiten verschaffen, hat er die Erlaubnis, sich darum zu kümmern.«

Ich rang mir ein Lächeln ab. »Damit wird er sich sicher besser fühlen, Hao. Danke.«

»Bedank dich, wenn du heil zu Hause bist. Dailun ist ein sehr guter Pilot ...«

»Was ist aus Gy geworden?«

»Die Houken-Krankheit.«

Ich schniefte. »Eine Erbkrankheit! Das wusste ich nicht.«

»Ich auch nicht. Sie brach viel später aus als üblich. Und er hat es lange vor uns verborgen. Henna hat getan, was sie konnte, um ihm das Ende zu erleichtern. Mehr konnten wir nicht für ihn tun.«

»Es tut mir leid, das zu hören.«

Hao trat einen Schritt zurück, bevor ich meine Hand auf seinen Arm legen konnte. »So ist das Leben. Wir verlieren, was wir lieben. Ruhe dich nun aus, *sha zhu*. Wir unterhalten uns später – sofern wir das hier überleben.«

»Das höre ich in letzter Zeit viel zu oft«, murmelte ich, als ich über die Schwelle schritt. Die anderen hatten sich bereits in den geräumigen Quartieren eingerichtet. Matriarchin Saito und Iza waren dabei, einen ganzen Haufen Kleidungsstücke und Ausrüstung durchzugehen. Indula saß neben ihnen auf dem Boden, neben ihm lagen Waffen verstreut.

Stasia befand sich immer noch auf der Krankenstation und half Henna dabei, Albas Arm zu schienen. Ich teilte ihr mit, dass sie über Nacht dort in Bereitschaft bleiben sollte.

Mittlerweile ließ das Adrenalin nach, und meine Verletzungen begannen zu schmerzen. Mit einem unartikulierten Grunzen ließ ich mich im Gemeinschaftsraum auf einen Stuhl fallen.

»Majestät?« Kisah ging neben mir in die Hocke, noch bevor ich Luft holen konnte.

»Mir geht es gut, ich bin nur müde. Wie geht es euch?« Ich sah mich im Raum um. Sieben BodyGuards – sollten Emmory und Zin die Nacht überleben –, dazu meine Zofe, meine Kammerfrau, eine Matriarchin und Fasé. Wir waren also zwölf, mich mitgezählt, gegen Phanins Armee und die Saxonier.

Ich konnte nur hoffen, dass die sieben Schiffe, die Admiralin Hassan nach Red Cliff begleitet hatten, loyal geblieben waren und mit ihr hatten entkommen können. Sonst würde ich mir aus dem Nichts eine neue Armee aufbauen müssen – und ich wusste aus Erfahrung, dass das verdammt schwierig war.

»Gut, Majestät.« Kisah lächelte, aber ich sah in ihren Augen, dass sie um Willimet trauerte, und nahm sie in den Arm.

»Dir geht es alles andere als gut«, stellte ich fest. »Im Moment sind wir in Sicherheit, also nutze die Zeit, um um sie zu trauern.« Die Schultern der jungen BodyGuard zuckten, als sie in meine Armen in Tränen ausbrach, und mir rannen ebenfalls die Tränen über das Gesicht, als ich an unsere gemeinsame Freundin dachte.

Ich ließ Kisah los, und wir bemühten uns beide zu lächeln, auch wenn wir uns nicht danach fühlten. »Ist noch jemand verletzt?«

»Wir kommen schon klar, Majestät.« Gita hatte nur noch ein Tanktop und ihre Hose an und war gerade dabei, Tanishs Blut aus ihrer Uniformjacke zu waschen. »Viele blaue Flecken und so weiter, aber nichts Ernstes.«

»Ich habe mit Caspel gesprochen. Zu Hause steht es nicht zum Besten.« Ich berichtete von dem wenigen, das ich bei dem Gespräch mit dem Direktor der ISK erfahren hatte. »Für alle, die es nicht mitbekommen haben: Vermutlich folgt uns ein Sturmtrupp. Noch haben wir einen Vorsprung, aber früher oder später werden wir uns ihm stellen müssen, oder unser Plan wird nicht aufgehen.«

»Was für ein Plan, Majestät?«, fragte Cas.

»Mir meinen Thron zurückzuholen.«

»Bei allem nötigen Respekt, Majestät«, sagte Indula, der immer noch am Boden saß. »Das ist ein Ziel, kein Plan.«

»Pah, Haarspaltereien«, antwortete ich, und er grinste. »Ich arbeite daran.«

Der erste Schritt bestand darin, Phanin Lügen zu strafen und dem Universum zu beweisen, dass ich noch lebte. Das würde meinen Leuten neue Hoffnung geben und Phanin erst einmal ablenken – und uns so etwas mehr Zeit verschaffen.

Aber bis auf das Vorhaben, mir meinen Thron zurückzuholen, hatte ich keinen Plan. Da hatte Indula schon recht.

»Ich hoffe, zu dem Plan gehört auch, uns neu zu bewaffnen. Mit dem, was wir haben, können wir kein Treibstoffdepot erobern«, erwiderte Indula.

»Tut es.« Seine Worte erinnerten mich an etwas, und ich fluchte leise, als mir klar wurde, was mich seit meinem Gespräch mit Caspel unbewusst beschäftigte.

Sein Agent und Gouverneurin Ashwari hatten auf Red Cliff zu uns stoßen sollen. Inzwischen brauchte ich die *Vajrayana*-Schiffe, die in Canafey vor Anker lagen, mehr denn je. Und ich musste in Erfahrung bringen, ob die drei *Vajrayanas* auf Pashati Phanin in die Hände gefallen waren. Ich machte mir eine Notiz, dass ich Caspel danach fragen musste, wenn ich das nächste Mal mit ihm sprach.

»Majestät?«

Ich schüttelte den Kopf. »Entschuldigung ... Mir ist gerade etwas eingefallen. Ruht euch alle aus, jetzt haben wir Zeit dazu.«

Anscheinend hatte mein *Dve* sich von Emmory abgeschaut, wie man meine Anweisungen am besten ignorierte. Anstatt sich hinzulegen, drehte er sich um und gab seinerseits den restlichen BodyGuards Befehle.

Ich stand auf und ging zu einem der Stockbetten hinüber.

»Majestät?« Cas räusperte sich.

»Was ist?«

Mit Nachdruck deutete er auf ein Bett auf der anderen Seite des Raumes, weit weg von dem nahe der Tür, das ich mir ausgesucht hatte. Ich hatte nicht die Energie, darüber mit ihm zu diskutieren, und änderte meine Richtung. Dann streckte ich mich auf dem Bett aus, das sich am weitesten von der Tür entfernt befand. »Zufrieden?«

»Nein, Majestät. Aber so ist es besser.«

· 21 ·

ALS ICH AUFWACHTE, WAR ES DUNKEL. BEI DER kleinsten Bewegung schmerzte jeder Muskel in meinem Körper höllisch. Jemand hatte eine Decke über mich ausgebreitet, die ich nun zur Seite schob. Ich hörte, wie die anderen im Schlaf ruhig atmeten, während ich mich vorsichtig zur Tür bewegte.

Diese glitt lautlos auf, und ich war Hao unendlich dankbar dafür, dass er sein Schiff in tadellosem Zustand hielt. Das fahle rote Licht im Gang löste eine Flut an Erinnerungen in mir aus. In einer Welt ohne Sonne hatte Hao nachts rotes Licht in den Gängen einschalten lassen, um der Schlaflosigkeit vorzubeugen, für die Menschen im Weltraum anfällig waren. Rot bedeutete Nacht. Diese Art der Beleuchtung hatte so gut funktioniert, dass ich sie auf meinem eigenen Schiff übernommen hatte.

Ich sah Zin, der neben Emmorys Bett saß und seine gefalteten Hände gegen die Stirn drückte, während er fieberhaft das immer gleiche Gebet zu wiederholen schien.

Ich legte ihm eine Hand auf die Schulter und sprach mit ihm die altvertraute Litanei. Als er dieses Mal an ihr Ende kam, verstummte er.

»Majestät, bitte vergebt mir.«

»Wofür?«

Zin drehte mir sein tränenüberströmtes Gesicht zu. »Ich

hätte bei Euch bleiben und nicht aus Sorge um Emmory meine Pflicht vernachlässigen sollen.«

»Halt die Klappe.« Ich sprach die Worte lauter aus, als es meine Absicht gewesen war, und bekam ein schlechtes Gewissen, als Emmory sich im Schlaf bewegte. »Starzin Hafin, wie kannst du nur denken, dass ich wegen so etwas böse auf dich sein könnte?« Ich gab ihm einen Klaps auf die Schulter. »Du warst genau am richtigen Ort. Schließlich hatten wir alles andere unter Kontrolle, und ich habe dir befohlen, bei ihm zu bleiben.«

»Emmory wäre ...«

»An deiner Seite gewesen, oder ich hätte ihm in den Arsch getreten, wie ich dir gleich in den Arsch trete.« Ich nahm sein Gesicht in meine Hände und zog es zu mir. »Hör mir mal gut zu. Wage es nicht, auch nur auf die Idee zu kommen, dass ich von einem von euch verlangen könnte, sich für *mich* zu entscheiden. Ich weiß, dass wir in so eine Lage kommen könnten, weil es im Moment nicht gut für uns aussieht. Aber ich würde so etwas nie von euch verlangen. Ich kann auf mich selbst aufpassen, Zin. Und du kümmerst dich jetzt um deinen Ehemann, das ist ein Befehl. Verstanden?«

Er nickte. Ich küsste ihn auf die Stirn und ließ ihn dann los.

»Majestät?« Emmorys Zunge war schwer von den Schmerzmitteln, die Henna ihm verabreicht hatte. Er bewegte sich und versuchte, die Augen zu öffnen.

Ich beugte mich vor, legte meine Hand um seine und drückte sie. »Im Moment sind wir in Sicherheit, Emmy. Schlaf weiter.«

»Wie denn bei dem Lärm?«, lallte er, drehte aber den Kopf, und bald hörte ich ihn wieder ruhig und regelmäßig atmen.

»Wo sind Fasé und die anderen?«

»Nebenan«, sagte Zin. »Henna wollte vermeiden, dass sie aufwacht und noch einmal versucht, Emmory zu heilen.«

»Gute Idee. Ich schaue mal nach ihnen. Du solltest dich ausruhen.«

»Ihr ebenfalls, Majestät. Geht wieder in Euer Quartier.«

Ich grinste ihn an und ging dann nach nebenan. Es war einfach, die Silhouetten der Schlafenden in ihren Betten zu identifizieren.

»Majestät?« Stasias Stimme klang schläfrig.

Ich drückte sie wieder zurück in das Bett, das sie sich mit Fasé teilte.

»Es ist alles in Ordnung, schlaf weiter.«

Meine Zofe nickte und schlang ihre Arme wieder um die Farianerin. Deren Atemrhythmus glich sich beinahe sofort an den von Stasia an, und ich beobachtete mit Erstaunen, wie Fasés Vitalwerte sich fast augenblicklich verbesserten.

Alba schlief tief und fest, was vermutlich an den Schmerzmitteln lag. Ihr Körper verfügte nicht über beschleunigte Heilkräfte, wie das bei meinen BodyGuards der Fall war, aber die Armschiene, die Henna ihr angelegt hatte, war Topqualität aus dem Solarkonglomerat.

Ich drehte mich um und musste einen erschreckten Aufschrei unterdrücken, als ich plötzlich Hao in der Tür stehen sah. Seine bernsteinfarbenen Augen glänzten in dem fahlen Licht, als er mit einer Kopfbewegung auf den Gang deutete und sich dann umdrehte.

»Wie wär's mit einem Drink, bevor dein *Dve* aufwacht und wir beide Ärger bekommen?«

Ich folgte ihm den Gang entlang, blieb aber an der Tür zu seinem Quartier stehen. Er verdrehte die Augen.

»Ich schwöre bei den Gräbern meiner Ahnen, dass ich ein Musterbeispiel an Anstand sein werde.« Dann hielt er mir eine Flasche entgegen, in der eine durchsichtige Flüssigkeit hin und her schwappte.

Ich zog meine Stiefel aus, trat ebenfalls ein und setzte mich auf eines der blauen Kissen, die um einen niedrigen Holztisch verteilt lagen.

Hao goss uns mit großer Geste ein und reichte mir eines der Gläser. Dann hob er seines. »Auf das Imperium Indrana und seine Kaiserin, möge sie lange herrschen.«

Bei jedem anderen hätte dies sarkastisch geklungen, aber Hao meinte jedes Wort, wie er es sagte, auch wenn er mich immer noch nicht mit meinem Titel ansprach. Ich prostete ihm zu, trank das Glas in einem Zug aus und schob es ihm für eine zweite Runde hin.

»Und auf Portis«, sagte Hao feierlich. »Wenn wir gehen müssen, gibt es keinen ehrenvolleren Abgang, als für die zu sterben, die wir lieben.«

Mit dem Drink in der Hand hielt ich inne. »Woher weißt du das?«

Hao lächelte und wirkte dabei überraschend sanft und sogar ein wenig traurig. »Er hat dich geliebt, Hail, von Anfang an. Ich weiß nicht genau, was passiert ist, aber ich weiß, dass er lieber gestorben wäre, als zuzulassen, dass dir etwas zustößt.«

Ich trank und ließ den Alkohol meine Tränen wegbrennen. Hao gab mir die Zeit, die ich brauchte, um mich zusammenzureißen, füllte unsere Gläser aber nicht wieder auf. Erstaunt schaute ich ihn an.

»Ich habe gelogen. Wir fliegen nicht nach Hause. Ich muss dich zu meinem Onkel bringen, kleine Schwester.« Er starrte den Tisch an. »Ich tue das nur ungern. Wenn es nur um mich ginge, wäre ich möglicherweise so verrückt, ihm nicht zu gehorchen, auch wenn das Tod und Verlust der Ehre bedeutet. Ich schulde dir mehr als Po-Sin.«

»Aber deine Crew«, sagte ich.

»Ja, meine Crew. Ich kann ihnen das nicht antun.«

Ich griff über den Tisch nach seiner Hand. »Ehrlich gesagt, habe ich damit gerechnet, dass du mich zu Po-Sin bringen würdest, *gege*. Schütte uns noch einen dritten Drink ein, bevor sich uns die bösen Geister an die Fersen heften.«

»Du hast ein freches Mundwerk, und ich hätte dich nie auf mein Schiff lassen sollen.« Hao sah mich finster an und goss uns ein. »Das hättest du mir auch früher sagen können.«

»Aber dann hättest du mir dein Herz nicht ausgeschüttet.« Ich hob mein Glas. »Auf die Rache.«

Hao erhob ebenfalls sein Glas. »Diesen Blick kenne ich von dir. Würden die, hinter denen du her bist, nicht verdienen, was immer du mit ihnen vorhast – sie würden mir richtig leidtun. Auf dass du deine Rache findest. Möge sie süß sein.«

Ich trank mein Glas in einem Zug aus. Hao goss uns noch einmal ein, aber es gab nichts mehr, auf das wir anstoßen wollten. Also hielt ich es einfach in der Hand, und wir fielen in unser vertrautes Schweigen, das nur ab und zu von einer Frage oder einer Geschichte unterbrochen wurde. So brachten wir uns über die Jahre, in denen wir uns nicht gesehen hatten, auf den neuesten Stand.

»Ich hatte eine ganze Ladung Teppiche für das Solarkonglomerat geladen.« Ich trank mit einem Zug aus. »Hätte mir ein Vermögen eingebracht.«

»Was ist schiefgegangen?«

»Emmory hat die *Sophie* in die Luft gejagt.«

Hao sah mich verständnisvoll an und goss mir noch einmal ein. »Soll ich mal von dem Job auf Primoria V vor einem Monat erzählen? Ich hatte gehört, dass ...«

Erschöpfung und Alkohol forderten ihren Tribut, und ich döste ein, bis Haos leises Lachen mich weckte. Er beugte sich vor und nahm mir das halb ausgetrunkene Glas aus der Hand. »Komm, kleine Schwester, dann wollen wir dich mal ins Bett bringen.«

»Majestät?«

Ich blinzelte und sah erst Cas, dann Hao, der mit erhobenen Händen einen Schritt zurückgetreten war, an. »Hey, Cas, wir haben nur über alte Zeiten geplaudert.« Ich stand ohne größere Probleme auf und tätschelte ihm die Wange.

»Ihr habt etwas getrunken, ohne dass es vorher getestet wurde?«

Ich warf ihm einen bösen Blick zu. Die Tatsache, dass ich mich dabei an den Türpfosten lehnen musste, schmälerte allerdings meine Autorität etwas. »Du klingst schon wie Emmory. Hao würde mir nichts tun.«

»Bring sie ins Bett, Caspian. Ihr fehlt nichts, darauf gebe ich dir mein Wort.«

Cas würdigte Hao mit keiner Antwort. Er griff einfach nach meinen Stiefeln und nickte dem Waffenschmuggler knapp zu. Ich winkte zum Abschied und ging dann mit Cas zurück zu meinem Quartier.

»Ihr könnt nicht einfach verschwinden, Majestät. Nicht in der derzeitigen Situation. Wenn Euch irgendetwas zustößt …«

»Ich bin hier so sicher, wie ich nur sein kann. Hao hat sein Wort gegeben. Und du hast dir gar nicht so viele Sorgen gemacht, sonst hättest du die anderen geweckt«, stellte ich fest und sank dann auf mein Bett.

»Geht schlafen, Majestät.«

»Zu Befehl.« Ich salutierte, rollte dann zur Seite und fiel in einen traumlosen Schlaf.

Ich erwachte von einer leisen Unterhaltung und Essensduft. Mein Magen erinnerte mich mit Nachdruck daran, wie lange ich schon nichts mehr gegessen hatte.

»Guten Morgen, Majestät.« Kisah reichte mir einen Teller, als ich mich aus dem Bett rollte.

»Die Götter mögen dich segnen.«

Sie lachte. »Dankt Captain Hao. Mir hätten auch S-Rationen gereicht.«

»Mir auch, aber zu unserem Glück mag er die überhaupt nicht.« Ich grinste sie an und trug meinen Teller zu einem Stuhl hinüber. »Wo sind die anderen?«

»Matriarchin Saito ist im Badezimmer. Wir haben saubere Kleidung für Euch, Majestät. Ihr könnt ins Bad, wenn sie fertig ist. Die anderen treffen sich gerade auf der Krankenstation.«

»Ist Emmory wach?«

»Ja, Majestät.« Ich war aufgesprungen, aber Kisah hielt mich mit einer ausgestreckten Hand zurück, und ich setzte mich wieder.

»Er hat mich gebeten, darauf zu achten, dass ihr zuerst etwas esst. Sie teilen ihm gerade mit, was in der Zwischenzeit alles passiert ist, mehr nicht.«

»Wie geht es ihm?«, fragte ich, während ich mir das Essen in den Mund schaufelte.

»Er ist wach.« Kisah grinste, als ich sie böse ansah. »Tut mir leid, Majestät, mehr weiß ich nicht. Ihr müsst mit Zin und Henna darüber sprechen, nachdem ihr Euch unter die Dusche gestellt habt und sie sich Euer Bein angesehen hat.«

»Meinem Bein geht es prima.« Ich wedelte mit dem Löffel in der Luft herum, um meinen Worten mehr Gewicht zu verleihen. Meine BodyGuard ließ sich aber davon nicht beeindrucken, also machte ich mich mit einem Seufzen wieder über das Essen her.

»Guten Morgen, Eure Majestät.« Caterina kam aus dem Bad. Sie trug eine dunkelbraune Hose und ein hellbraunes Hemd, das ihr eine Nummer zu groß war.

»Matriarchin Saito.« Ich nickte und schnaubte dann unzufrieden. »Caterina, können wir die Titel einen Moment lang beiseitelassen? In dieser ungewöhnlichen Situation sind sie einfach nur lästig.«

»Wenn Ihr darauf besteht, Majestät. Kisah, ich glaube, du hattest recht, wir sollten dieses Hemd an den Ärmeln etwas kürzen.«

Meine BodyGuard lachte. »Ja, selbstverständlich.«

Ich aß fertig und ging ins Bad, wobei ich im Vorbeigehen an der Türschwelle ein paar Kleidungsstücke mitnahm, auf die Kisah deutete.

Ich wickelte den blutgetränkten Verband von meinem Bein und sah mir die flache Wunde an meiner Wade genau an. Sie verheilte bereits, und ich glaubte nicht, dass Henna viel mehr für mich tun konnte, außer mich noch einmal neu zu verbinden. Für alles andere würden meine beschleunigten Heilkräfte sorgen.

Ich spritzte mir etwas Wasser ins Gesicht und trocknete es mit einem rauen Handtuch ab. Dann beugte ich meinen Kopf nach unten und kämmte meine Locken mit den Fingern grob durch. Sie abzuschneiden wäre wahrscheinlich am einfachsten gewesen, aber dazu konnte ich mich nicht durchringen. Stattdessen flocht ich sie zu einem lockeren Zopf.

Portis hatte mein Haar in all seiner lächerlichen Herrlichkeit geliebt.

Dann entledigte ich mich meiner blutverschmierten Klamotten und zog stattdessen die Kleidung an, die mir meine

BodyGuards ausgesucht hatten. Die Hosenbeine waren etwas zu kurz, also steckte ich sie einfach in die Stiefel. Das neue Hemd passte zum Glück. Es gehörte vermutlich Henna – das schloss ich aus den seltsamen farbenfrohen Figuren, die auf der Vorderseite herumturnten.

Kisah und Caterina waren schon weg, als ich aus dem Bad kam, aber Indula wartete an der Tür und begrüßte mich mit einer kurzen Verbeugung.

»Majestät.«

»Das Hemd steht dir«, sagte ich, als ich das grüne ärmellose Top sah, und er grinste.

»Matriarchin Saito hat dasselbe gesagt. Sie meinte, dass es meine Augen hervorhebt – was immer das heißen soll. Es ist sauber und nicht zu auffällig, mehr will ich gar nicht.«

»Wie geht es Emmory?«

»Besser, Majestät. Er ist wach und außer Gefahr.«

»Niemand von uns ist außer Gefahr.«

»Das ist wahr.« Er zuckte mit den Achseln und bedeutete mir dann, in die Krankenstation einzutreten.

Als ich hereinkam, verstummten die Unterhaltungen, und jeder begrüßte mich mit »Eure Majestät« und Verbeugungen.

Ich verdrehte die Augen. »Können wir uns den Quatsch für später aufheben?«

»Nein, Majestät«, schaltete Emmory sich ein. »Jetzt ist es wichtiger denn je, Euch Respekt zu erweisen. Ihr seid die rechtmäßige Kaiserin von Indrana.«

»Du siehst furchtbar aus.«

Emmory grinste, weil wir beide wussten, dass er recht hatte und ich das Thema nur wechselte, weil ich kein gutes Gegenargument vorbringen konnte.

Allerdings sah er wirklich furchtbar aus. Er hatte sich in seinem Bett aufgesetzt, und man sah die dicke Schicht von chirurgischem Klebeband um seine Brust. Die sonst dunkle Haut unter seinen Augen hatte eine bläuliche Färbung angenommen, und mir fiel auf, dass er den linken Arm nah am Körper hielt.

Dann erinnerte ich mich an Zins Verzweiflung im Laderaum, und ich ging zu Emmory hinüber und schloss meinen überraschten *Ekam* in die Arme.

»Tu uns das gefälligst nie wieder an, hörst du mich?«

· 22 ·

EMMORY KLOPFTE MIR UNBEHOLFEN MIT DER RECHten Hand auf den Rücken. »Ja, Majestät«, log er.

Ich riss mich von ihm los und wischte mir mit dem Handrücken die Tränen ab. »Hat Cas dir erzählt, was inzwischen alles passiert ist?«, fragte ich, sobald ich mir einigermaßen sicher war, dass meine Stimme nicht mehr zitterte.

»Ja, und er hat mir auch berichtet, wie kooperativ Ihr gewesen seid.«

»Ich glaube, er ist nur sauer, weil er nicht mit Hao und mir trinken durfte. Wir sind übrigens auf dem Weg nach Shanghai Port. Ich werde mich mit Po-Sin treffen.«

Falls irgendjemand der Anwesenden ein Problem damit hatte, so wartete er auf Emmorys Reaktion, bevor er etwas sagte. Mein *Ekam* sah mich lange an und überraschte mich dann mit einem zustimmenden Nicken.

»Darf ich fragen, warum, Majestät?«

»Hao muss uns zu ihm bringen, oder er ist dran«, antwortete ich mit einem Grinsen und zuckte mit den Schultern. »Po-Sin hat ein Kopfgeld auf mich ausgesetzt, als er hörte, wer ich wirklich bin. Aber ich wollte sowieso zu ihm. Wir brauchen Hilfe, und er schuldet mir noch einen Gefallen. Wenn du eine bessere Idee hast, dann raus damit – mir fällt im Moment nichts anderes ein.« Ich sah alle Anwesenden an. »Eigentlich wollte ich mich mit dem ISK-Agenten treffen, der die Gouverneurin von Canafey zu mir bringen sollte. Sie hat die Entsperrcodes für die *Vajrayana*-Schiffe. Wenn wir an die kommen, haben wir vielleicht eine Chance gegen Phanin und die Saxonier. Alice, Caspel und Taz organisieren zu Hause den Widerstand, aber sie werden Hilfe brauchen. Wir brauchen Po-Sins Verbindungen und die Erlaubnis, uns in seinem Gebiet frei zu bewegen. Und Haos Hilfe, aber die bekommen wir nur, wenn sein Boss zustimmt. Und am allermeisten brauchen wir im Moment Zeit.«

»Die wir nicht haben.« Emmory nickte, verzog dann das Gesicht vor Schmerz und sank aufs Kissen zurück.

»Lasst uns allein«, befahl ich, und alle gehorchten ohne Murren. »Wir bekommen das hin, Emmory.« Ich legte meine Hand auf seine.

Er öffnete die Augen und lächelte mich an. »Ich vertraue Euch, Majestät. Ihr seid hier in Eurem Element. Ich habe Cas gesagt, er soll möglichst nur eingreifen, wenn Ihr wirklich in Gefahr seid, und sich sonst zurückhalten.«

Lachend drückte ich seine Hand. »Sorg du dafür, dass es dir schnell besser geht. Ich will dich dabeihaben, wenn ich mir meinen Thron zurückhole.«

»Ja, Majestät.«

Ich wandte mich zum Gehen, aber Emmory hielt mich am Arm fest. »Majestät, man hat mir gesagt, dass Ihr auf den König geschossen habt.«

»Das ist richtig.«

»Hail.« Er nannte mich bei meinem Vornamen, was er nur selten tat, und er klang dabei verzweifelt.

»Er hat auf *dich* geschossen.« Ich wedelte mit der Hand. »Er hat Glück gehabt. Ich habe ihm ja nur ins Knie geschossen, und er kann dankbar dafür sein, dass ich nicht höher gezielt habe.«

Emmory lachte leise und verzog dann wieder das Gesicht vor Schmerz. Er ließ mich los und presste seine Hand gegen die Brust. »Seid vorsichtig bei Po-Sin, Majestät. Ihr könnt ihm nicht vertrauen.«

»Das habe ich noch nie.«

Es waren nur noch ein paar Stunden bis Shanghai Port. Wir verließen die Warpblase und befanden uns wieder im normalen Weltraum. Ich hatte die Zeit genutzt, um verschiedene Ideen durchzuspielen.

Die erste beinhaltete, Po-Sin in einem sogar für seinen Hafen zwielichtigen Restaurant in Sektion H zu treffen. Sollte sich Po-Sin nicht darauf einlassen, würde ich es mit Idee Nummer zwei versuchen.

Diese würde meinen BodyGuards überhaupt nicht gefallen, und den Gesetzeshütern in Shanghai vermutlich ebenso wenig, denn sie würde voraussichtlich einige Leben kosten.

Wir verließen die *Pentacost* – Dailun hatte die falsche Registrierung gelöscht, bevor wir den Hafen erreichten – mit Hao und Dailun an der Spitze. Cas ging an meiner Seite, Zin und Gita bildeten die Nachhut. Allen anderen hatte ich befohlen, an Bord zu bleiben. Alba war aufgestanden, aber Fasé befand sich immer noch in einem katatonischen Zustand, und Emmory brauchte seinen Schlaf.

Als wir das Restaurant namens Hotei's Cup betraten, fiel mir als Erstes Nez ins Auge. Der Schmuggler im Dienste Po-Sins saß ganz hinten und beobachtete alles mit seinen wachsamen schwarzen Augen.

Mit ein paar schnellen Schritten war ich bei ihm und hielt ihn am Arm fest, bevor er sich verdrücken konnte.

»Hiergeblieben.« Geschickt zog ich mir mit einem Fuß einen Stuhl heran und setzte mich. Dann riss ich ihn mit aller Gewalt zurück auf seinen eigenen Stuhl. Die Bewegung war so heftig, dass das leere Glas auf dem Tisch klirrte. »Meine Freunde mögen keine Überraschungen. An deiner Stelle würde ich also beide Hände auf den Tisch legen und nicht mal zucken.«

Cas räusperte sich. Ohne Nez loszulassen, sah ich mich in der Bar um.

»Kümmert euch um euren eigenen Kram«, fuhr ich die Anwesenden an, was sie auch prompt taten. Mir entging nicht, dass die Hand des Barkeepers unter die Theke glitt. »Zin, behalt die Tür im Auge. Wir werden bald Gesellschaft bekommen.«

Nez hatte sich mittlerweile von seinem Schreck erholt und grinste mich übertrieben fröhlich an. Sein schmales Gesicht verschwand hinter fettigen, schwarzen Haarsträhnen. »Cressen Stone, wie schön, dich zu sehen!«

Ich verstärkte den Griff um seinen Arm, bis er vor Schmerz aufheulte. »Lass den Quatsch, Nez. Das ganze verdammte Universum weiß mittlerweile, wer ich bin. Du bist ein Vollidiot, und du stinkst, aber so bescheuert bist du auch wieder nicht. Ich muss mit Po-Sin sprechen.«

Im Augenwinkel sah ich, wie Hao sich anspannte, und dann hallte eine Stimme durch die Bar.

»Ihr hättet einfach nur anrufen müssen, meine Liebe.« Po-Sins Silhouette erschien in der Tür – ein kleiner Mann, flankiert von seinen Leibwächterinnen, zwei amazonenhaften Frauen, die größer als Emmory waren. Ich ließ Nez los, und er beeilte sich, sich hinter seinem Boss in Sicherheit zu bringen.

Ich stand langsam auf, legte meine Hände zusammen und verbeugte mich, während ich den mächtigen Gangsterboss der Cheng keine Sekunde aus den Augen ließ. »Vergebt mir, Großvater, dass ich Euch nicht genug Zeit ließ, mir eine angemessene Willkommensfeier zu organisieren. Ihr seht gut aus.«

Po-Sin lachte überraschend herzhaft für einen so alten Mann. »Ihr seht sogar noch besser aus. Kaiserin zu sein tut Euch anscheinend gut.«

»Ich will ein Kopfgeld kassieren.«

Po-Sin zog eine Augenbraue hoch und schüttelte den Kopf. »Setzt Euch, Majestät. Und sagt Euren Wachhunden, dass sie sich entspannen sollen. Wir wollen uns nur ein bisschen unterhalten.«

»Dann tut dasselbe«, konterte ich, setzte mich aber wieder und warf Cas einen vielsagenden Blick zu.

Mein *Dve* nickte kaum merklich und postierte sich dann zu meiner Rechten. Zin und Gita verstanden den Wink und achteten darauf, ihre Hände von den Waffen zu lassen.

Po-Sin setzte sich auf Nez' Stuhl und nahm sich die Zeit, die Falten seines mit komplizierten Mustern bestickten Mantels zu ordnen. »Lily, Tee.«

Ich unterdrückte ein Lachen, als sich eine der riesenhaften Amazonen auf den Weg zur Bar machte. Po-Sin hatte die seltsame Angewohnheit, seinen Leibwächtern Blumennamen zu geben.

»Was ist aus Rose geworden?«

»Sie wurde von einem inkompetenten Attentäter getötet, den Fang auf mich gehetzt hatte.«

»Tut mir leid.«

Unter Po-Sins langem Bart flackerte kurz ein Lächeln auf. »Du hast ihr einmal die Nase gebrochen, weil sie dich etwas zu lange angesehen hat.«

»Stimmt.« Ich wedelte mit der Hand. »Aber Fang ist eine überflüssige Existenz, und niemand verdient es, von inkompetenter Hand zu sterben.«

»Lieber sie als ich«, antwortete Po-Sin und erinnerte mich so daran, dass er zwar wie ein harmloser, freundlicher Großvater aussah, aber ein eiskalter Killer war.

Und das bedeutete, dass ich ohne große Umschweife zur Sache kommen musste. Uns blieb nicht mehr viel Zeit.

»Ihr seid mir noch einen Gefallen schuldig.«

»Ich war einer Waffenschmugglerin namens Cressen Stone einen Gefallen schuldig. Ich mache keine Geschäfte mit Regierungsvertretern.«

Diese Antwort hatte ich erwartet, dennoch war ich enttäuscht. Das hier würde nicht einfach werden.

»Ach, scheiße.« Ich hatte meine Waffe gezogen, noch bevor mein Seufzer endete, und Cas brauchte nur einen Wimpernschlag länger. Emmory konnte stolz auf ihn sein.

Porzellan zerbrach klirrend am Boden, als Lily den Tee fallen ließ und hastig nach ihrer Waffe griff. Ihre Kollegin hatte ihre dagegen bereits in der Hand – genau wie auch weitere Anwesende.

Hao ließ stattdessen seinen Kopf in die Hände sinken.

Der Rest der Gäste hastete zum Ausgang, als ob der Raum mit der Hefistanischen Pest infiziert wäre.

»Nun liegt Euer Leben zum zweiten Mal in meinen Händen. Einmal habe ich es Euch schon gelassen. Gebt mir nun einen Grund, dies noch einmal zu tun«, sagte ich.

Po-Sin wäre nicht ein so gefürchteter Cheng-Gangster geworden, wenn er beim Anblick einer wütenden Frau mit einer Waffe in der Hand in Tränen ausbrechen würde. Er lächelte mich an. Dieses Lächeln, hinter dem tiefe, tödliche Bösartigkeit steckte, hätte mir gebührend Angst eingejagt – hätte ich noch etwas zu verlieren gehabt.

»Da ist sie ja«, sagte er. »Ich bitte untertänigst um Verzeihung, Cressen. Ich hatte dich nicht gleich erkannt. Selbstverständlich werde ich meine Schuld bei dir begleichen. Was brauchst du von mir?«

»Ich brauche die Erlaubnis, mich ungehindert in Eurem Gebiet zu bewegen. Erlaubt Hao, uns von Shanghai nach Guizhou zu bringen und dann noch weiter mit uns zu kommen, wenn er das wünscht. Dazu benötige ich Schutz vor saxonischen Sturmtruppen oder anderen Söldnern, die uns möglicherweise verfolgen, und kostenfreie medizinische Versorgung für meine Leute. Und schließlich noch, dass Ihr mir das hier nicht nachtragt.«

Po-Sin sah mich prüfend an. »Ihr verlangt sehr viel.«

Ich deutete im Sitzen eine Verbeugung an, wobei ich ihn nicht aus den Augen ließ und meine Waffe weiterhin auf ihn gerichtet hielt. »Euer Leben ist eine Menge wert, Großvater.«

Sein Mund zuckte, und ich wusste, dass ich ihn in der Tasche hatte. Po-Sin hätte es besser wissen müssen. Es war unklug von ihm gewesen, mit mir in aller Öffentlichkeit zu verhandeln, wo jeder uns hören konnte. Wenn er meine Bedingungen abgelehnt hätte, hätte er damit gleichzeitig seinen eigenen Wert geschmälert.

»Na gut, Euer Majestät. Ich werde Euch geben, was Ihr verlangt. Aber Ihr werdet mir jeden Schaden an meinen Schiffen oder Mannschaften ersetzen, und ich werde Euch nur für alle schon bestehenden Verwundungen kostenfreie Behandlung zur Verfügung stellen. Ich garantiere Euch Sicherheit in meinem Territorium. Ich werde Euch nichts nachtragen, und Hao bekommt das Kopfgeld, das ich auf Euch ausgesetzt habe. Ist meine Schuld Euch gegenüber damit getilgt?«

»Das ist sie.«

»Gut.« Po-Sins Augen waren zu zwei schwarzen Steinen in seinem wettergegerbten Gesicht geworden. »Meine Liebe, dann würde ich vorschlagen, dass du auch abdrückst, wenn du mir das nächste Mal mit einer verdammten Waffe vor der Nase herumwedelst.«

»Alles klar.« Ich steckte die Pistole weg und lächelte ihn an. »Lass uns etwas essen.«

Ich drehte mich nicht um, als ich hörte, wie Cas hinter mir knurrende Geräusche von sich gab. »Das wäre wunderbar. Vergib meinen BodyGuards, sie kennen die hiesigen Gepflogenheiten nicht. Mein *Dve* möchte dich nicht beleidigen, aber er wird darauf bestehen, mein Essen zu prüfen.«

»Vielleicht solltest du ihm einfach erklären, wie wir hier verfahren. Dann braucht er sich die Mühe nicht zu machen.« Po-Sin lächelte wieder sein Großvaterlächeln.

Das war keine Bitte. Ich wollte aber nicht, dass Po-Sin hörte, was ich mit meinem BodyGuard zu besprechen hatte. Deswegen nickte ich ihm zu, stand auf und zog Cas ein paar Schritte von dem Gangsterboss weg.

»Das ist unklug.«

»Es ist ein Test«, antwortete ich ebenso leise. »Er würde es nicht wagen, mich zu vergiften, nachdem er gerade öffentlich erklärt hat, dass wir quitt sind. Wenn ich nichts esse oder wenn du deine Hand auch nur in Richtung des Essens bewegst, wird er es als ein Zeichen dafür deuten, dass ich ihm nicht vertraue. Und damit würde der ganze Deal platzen. Verstehst du? Selbst die Zusicherung, sicher durch sein Gebiet zu reisen …«

»Das kann ich nicht zulassen. Emmory würde …«

»Emmory würde wollen, dass du mir vertraust. Hat er das nicht zu dir gesagt? Ich weiß, was ich tue. Viele Jahre habe ich mit diesen Leuten Geschäfte gemacht, und ich kenne die Spielregeln. Verdammt, Cas, Emmory vertraut mir, warum kannst du es nicht?«

Das war ein unnötiger Tiefschlag. Das wurde mir in dem Moment klar, in dem ich es aussprach, aber da war es schon zu spät. Cas' Gesicht wurde ausdrucklos.

»Gut, Majestät, was immer Ihr für das Beste haltet.«

Das waren die Worte, die ich hören wollte, aber der Tonfall, in dem er sie sagte, brach mir das Herz. Ich öffnete den Mund, um etwas zu erwidern, irgendetwas, das es wiedergutmachen würde, aber mir fiel nichts ein. Also schloss ich den Mund wieder, nickte und ging zurück zum Tisch.

Po-Sin beobachtete uns mit einem grüblerischen Glitzern in den Augen. Ich ignorierte ihn und griff nach den Essstäbchen, die mir ein Kellner reichte.

Es war unübersehbar, dass uns die Bestellung eines anderen serviert wurde, sonst hätte unser Essen nicht so schnell auf dem Tisch sein können.

Wir aßen schweigend. Das Essen war köstlich, und ich hatte schon vor langer Zeit gelernt, eine Mahlzeit zu genießen, wann immer sich die Gelegenheit dazu bot.

»Ich habe immer bedauert, dass mein Neffe dich abgeworben hat und du nie direkt für mich gearbeitet hast«, sagte Po-Sin, während er sich den Mund mit einer Serviette abwischte. »Jetzt denke ich, dass es vielleicht so am besten war, meine Liebe. Du bringst nur Ärger.«

Ich stand auf, als er aufstand, und straffte meine Schultern. Dann erwiderte ich sein Lächeln. »Du machst dir keine Vorstellung, Großvater.«

»Möge diese Übereinkunft für uns beide Vorteile bringen. Ihr habt einen harten Kampf vor Euch, Eure Majestät. Ich hoffe, dass Ihr ihn gewinnt.« Er lächelte mich an und verbeugte sich leicht. Ich konnte seine Verbeugung kaum erwidern, als er auch schon in Richtung Tür ging.

Dailun verneigte sich tief vor Po-Sin und sprach hastig mit ihm, worauf sich sowohl Po-Sin als auch Hao in meine Richtung drehten.

»Majestät, was habt Ihr getan?«, raunte mir Zin zu.

»Nichts.« Während der gesamten Zeit an Bord hatte ich kein einziges Wort mit dem hübschen Piloten mit den kalten Augen gewechselt.

Zu welchem Entschluss sie auch immer gelangten, er schien Dailun zu gefallen, Hao wirkte dagegen genervt und Po-Sin sogar besorgt. Der Gangsterboss sah noch einmal zu mir hinüber, nickte und verließ dann das Restaurant.

»Das lief ja besser als erwartet.«

Hao grunzte. »Geh zurück aufs Schiff, ich muss Vorräte besorgen. In einer Stunde machen wir uns auf den Weg.«

· 23 ·

GUIZHOU WAR NICHT WEIT WEG, DAHER LOHNTE ES sich nicht, auf die Warpblase Energie zu verschwenden, auch wenn es einen 95-stündigen Raumflug bedeutete. Das gab Emmory etwas mehr Zeit, sich auszuruhen, und nachts, während Zin schlief, half ich meinem *Ekam*, etwas auf dem Schiff herumzulaufen.

Dailun beobachtete eines Nachts von seinem Pilotensitz aus, wie Emmory sich die Stufen zur Brücke hochkämpfte. Haos Pilot hatte kurzes, leuchtend pink gefärbtes und zu einer Igelfrisur gestyltes Haar. Aus irgendeinem Grund sah es bei ihm nicht so furchtbar aus, wie man erwartet hätte. Und demonstrierte so ziemlich deutlich, was für ein harter Brocken er war. Andernfalls hätte er schon vor langer Zeit als Lustknabe eines Gangsters geendet.

»Darf ich ans Kommunikationsterminal?«, fragte ich ihn, nachdem ich Emmory in einen der Sitze geholfen hatte.

»Klar.« Seit dem seltsamen Vorfall in Shanghai hatte er keinen Ton zu mir gesagt.

»Du kannst ruhig dableiben.« Ich bedeutete ihm, sitzen zu bleiben. Dann nahm ich neben ihm Platz und stellte eine Verbindung zu Caspel her.

»Schön, Euch zu sehen, Majestät.«

»Ebenso. Die Augenklappe steht Euch. Ihr habt wohl einen Farianer aufgetrieben?«

Caspel lachte rau. »Bina Neem gehört zu den ISK. Mein Auge konnte nicht gerettet werden, aber sie hat den Rest sehr gut geheilt. Ich habe mit Admiralin Hassan gesprochen und werde Euch Ihre verschlüsselten Kontaktinformationen senden. Dann könnt Ihr selbst mit ihr sprechen.«

»Wie geht es Euch?«

Caspel lächelte kurz. »Wir halten durch, Majestät. Die Generäle haben die verbleibenden loyalen Truppen zusammengezogen. Sie sollten ausreichen, um die Hauptstadt zurückzuerobern, sobald wir Luftunterstützung bekommen.«

»Wir tun, was wir können.« Ich nickte. »Habt Ihr von Eurem Agenten gehört? Haben sie Red Cliff erreicht?«

»Nein, Majestät.« Er legte die Stirn in Falten. »Ich weiß nicht, wo sie sind.«

Das war nicht das, was ich hören wollte. »Caspel, wir müssen sie finden.«

»Ich weiß, Majestät. Wir sind dabei.« Er rieb sein stoppeliges Kinn. »Die zweite Flotte ist gestern eingetroffen, Majestät. Phanin ist irgendwie an die drei *Vajrayana*-Schiffe gekommen, und Admiralin Hassan hat der Heimatflotte befohlen, ihren Posten beim ersten Angriff zu verlassen und sich mit ihren Verbänden zu vereinen. Wir hielten es für besser, uns erst einmal zu sammeln und dann zurückzuschlagen.«

Ich nickte. Caspel und Admiralin Hassan hatten recht, so sehr ich es auch verabscheute, Pashati in den Händen von Phanin und Admiral Shul zu belassen. Jedes Schiff, das wir verloren, würde uns am Ende fehlen. Und mithilfe der überlegenen *Vajrayana*-Schiffe würde Phanin spielend mit allem fertig werden, was wir aufbieten konnten. Solange wir nicht an die anderen *Vajrayana*-Schiffe auf Canafey kamen.

»Majestät, wohin seid Ihr unterwegs?«, fragte Caspel.

»Wir werden uns in Kürze mit Admiralin Hassan treffen«, sagte ich, anstatt die Frage zu beantworten. »Wir sprechen uns bald wieder.«

»Ja, Majestät.«

Ich trennte die Verbindung und tauschte einen Blick mit Emmory, bevor ich mich an Dailun wandte. »So, und was war das da im Restaurant?«

Es war nicht ohne Risiko, ihm diese Frage zu stellen, wenn mir nur Emmory zur Seite stand. Aber Cas war in der Nähe, und Gita lenkte Hao ab, damit ich mich einen Moment lang ungestört mit Dailun unterhalten konnte.

Der junge Mann zögerte. »Etwas Persönliches.«

Ich verschränkte die Arme, lehnte mich in meinem Sitz zurück und wartete.

Dailun versuchte, es mir gleichzutun, aber ich hatte den längeren Atem – darin konnte mich nur Emmory schlagen. Der in Cheng gemurmelte Fluch des Piloten brachte mich zum Grinsen.

»Ihr seid sehr geduldig.«

»Wenn ich will, dann ja.«

»Eigentlich wollte ich noch nicht mit Euch darüber sprechen, aber ich kann Euch auch nicht anlügen. Ich habe meinen Urgroßvater und Hao um Erlaubnis gebeten, den Clan zu verlassen.«

Es fiel mir nicht leicht, mir mein Erstaunen nicht allzu sehr anmerken zu lassen. Po-Sin hatte einem seiner Urenkel in so jungem Alter erlaubt, an Bord von Haos Schiff zu gehen?

Emmory hatte sich nicht bewegt. Er saß immer noch ausgestreckt im Navigatorsitz an der gegenüberliegenden Wand. Ich wusste, dass er Dailun gehört hatte. Und ich wusste auch, dass er ihn verstanden hatte, denn sein Cheng war mindestens so gut wie meins.

Dailun drehte sich in seinem Sitz um und schob die Ärmel seines schwarzen Hemdes hoch. Dann streckte er mir seinen Arm mit einer grazilen, fast femininen Bewegung entgegen. Zwei Zeilen der schwarzen, kunstvoll geschwungenen Kalligrafie darauf leuchteten auf.

Ich erkannte darin die Zeichen von Po-Sins Clan, aber noch etwas anderes.

»Svatir.« Ich war sprachlos. Das erklärte, warum Po-Sin einem so jungen Mann erlaubt hatte, an Bord von Haos Schiff zu gehen. Dailun war zwar kaum älter als ein Teenager, trug aber die Erinnerungen vieler Leben und das gesamte Wissen seiner Spezies in sich.

Noch bevor ich ihn davon abhalten konnte, war Emmory aus seinem Sitz gesprungen. Ich fuhr ebenfalls hoch und konnte ihn gerade noch an seinem Arm festhalten, damit er nicht hinfiel.

»Zuerst einmal: Du bist nicht in der Verfassung für so etwas. Zweitens: Schau es dir einfach an.«

Das Leuchten der Kalligrafie wurde heller, Silber überlagerte das Schwarz der Schrift, bis Dailuns ganzer Arm glühte. Die Luft knisterte elektrisch, und ich konnte das Ozon in ihr riechen.

»Majestät ...« Emmorys Stimme klang gepresst.

»Ist schon in Ordnung.« Ich konnte die Ehrfurcht in meiner Stimme angesichts dessen, was wir nun sahen, nicht verbergen.

Das Silber kroch Dailuns Arme hinauf, verschwand einen Moment lang unter seinem Hemd und kam dann an seinem Hals wieder zum Vorschein. Dailun schloss die Augen und zitterte leicht. Als er sie wieder öffnete, waren seine schwarzen Pupillen mit Silber überzogen und funkelten wie Sterne am Nachthimmel.

Ich atmete hörbar aus und half Emmory zurück zu seinem Sitz, bevor ich etwas sagte. *»Ah hala-locvaria.«*

Es war ein Svatir-Segen, der grob übersetzt *Glückwünsche* bedeutete.

»Meine Mutter war eine Svatir.« Dailuns Stimme klang nun ein wenig anders, was mit der Veränderung zu erklären war, die er gerade durchgemacht hatte. »Schon früh hat sie mit dem Träumen begonnen, und mein Übergang wurde wegen der Trauerzeit auf mein achtzehntes Lebensjahr verschoben.« Er hob seine Arme, auf denen nun kein Hinweis auf seine Zugehörigkeit zu Po-Sins Familie mehr zu sehen war.

»Urgroßvater hat mir die Erlaubnis für die Reise gegeben. Ich möchte Euch bitten, mir zu gestatten, mit Euch zu kommen.« Er neigte den Kopf und wartete auf meine Antwort. Ich war froh um diese Geste, denn so konnte er meinen höchst erstaunten Gesichtsausdruck nicht sehen.

»Die Reise?« Emmory knurrte die Frage in der Alten Sprache – die Dailun sicher nicht verstand.

»Lu Xing«, antwortete ich mit einem kurzen Schulterzucken. »Ein Initiationsritus für alle, die sowohl von den Cheng als auch von den Svatir abstammen. Po-Sin hat ihm seinen Segen gegeben, sich von der Familie zu trennen. Er wird nun einem anderen Pfad folgen als dem, der traditionell für ihn vorgesehen wäre. Wenn er dabei etwas findet, was er lieber machen möchte, steht es ihm frei, sein Leben dieser Sache zu widmen. Und wenn er sich dafür entscheidet, nach Hause zurückzukehren, wird er dort mit offenen Armen empfangen.« Ich atmete tief durch und fuhr mir mit beiden Händen durch die Haare. »Das ist eine wichtige Sache.«

»Können wir ihm vertrauen?«

»Ja«, antwortete ich, ohne zu zögern. »Er würde nicht nur seine eigene Ehre aufs Spiel setzen, sondern auch die der gesamten Svatir-Familie und die des Cheng-Clans, wenn er die Reise mit Hintergedanken antreten würde. Würde er dabei versuchen, mich über den Tisch zu ziehen, würde Po-Sin ihn mit seiner Rache verfolgen.« Mir lief es kalt den Rücken herunter. »Und ich will mir nicht einmal vorstellen, was seine Familie mütterlicherseits dann mit ihm anstellt.«

»Bist du verpflichtet, ihn mitzunehmen?«

»Nein«, gab ich mit einem weiteren Schulterzucken zu. »Aber ich denke ...«

»... dass wir ihn mitnehmen sollten.« Ein Lächeln huschte über Emmorys Gesicht, als er meinen schockierten Gesichtsausdruck sah. »Ich vertraue Eurem Instinkt. Auch wenn ich Eure Methoden nicht immer gutheiße.«

Dailun stand immer noch mit gesenktem Kopf da und wartete auf meine Antwort.

Es würde einige Vorteile bedeuten, wenn wir den Jungen mitnahmen. Wenn ich ihm die Erlaubnis gab, mit uns zu reisen, würden wir einen heiligen Bund eingehen. Er würde einen Schwur auf mich leisten, der ihn zu derselben Treue verpflichtete, die Emmory mir gegenüber an den Tag legte. Und er wäre mit seiner Ehre daran gebunden, mir mitzuteilen, wenn sich seine Reisepläne ändern sollten.

Wir würden einen Piloten gut brauchen können, sobald wir in Guizhou ankamen. Ich konnte mein Schiff zwar fliegen, aber es würde einfacher sein, wenn sich jemand anderes darum kümmerte. Und der Junge war ein verdammt guter Pilot, so viel hatte ich bereits mitbekommen.

Es konnte außerdem nicht schaden, eine weitere vertrauenswürdige Person auf meiner Seite zu haben. Auch wenn das bedeutete, dass Hao sich dafür rächen würde, dass ich ihm seinen Piloten stahl.

Ich legte Dailun die Hand auf den Hinterkopf. Sein Haar war weicher, als ich es erwartet hatte, und ich vergrub meine Finger darin, bis sie seinen Schädel berührten. Das Pink ließ meine Haut dunkler erscheinen. Ich spannte meine Hand etwas an und betete im Stillen, dass ich dies hier nicht versaute.

Ich hatte nur einmal eine *Lu-Xing*-Zeremonie erlebt, doch mir waren die einfachen, aber wunderbaren Worte im Gedächtnis geblieben. Dailun schien darauf zu vertrauen, dass ich das Ritual kannte, also holte ich tief Luft.

»Es ist eine schwere Last, allein zwischen den Sternen zu wandern. Komm, Suchender, komm und nimm meine Hand. Ich werde mit dir gehen.«

Dailun war wie erstarrt, aber ich spürte, wie seine Anspannung von einem Herzschlag zum nächsten nachließ.

»Danke, Schwester, dass du diese Reise mit mir auf dich nehmen willst. Ich hätte sie ohne Zögern alleine begonnen, aber nun bin ich froh, denn ich weiß, dass es mir gestattet ist, in deiner Herrlichkeit zu wandeln.«

Ich konnte mich nicht beherrschen und prustete los vor Lachen. »Ich weiß nichts von Herrlichkeit, aber es wird vermutlich ein ziemlich irrer Trip werden.«

In Dailuns Augen funkelte überraschenderweise ein schelmischer Blick, als er seinen Kopf wieder hob. »Es wird gewiss ein ehrenvolles Unterfangen werden.«

Ich schluckte mein Lachen herunter und schubste ihn auf seinen Platz zurück. »Bring uns einfach nach Guizhou, ja? Ich muss mich jetzt erst einmal bei Hao dafür entschuldigen, dass ich ihm seinen Piloten geklaut habe.«

»*Hai, Jiejie.* Mein Cousin wird dir vergeben, da bin ich mir sicher.«

Als er zu seinem Platz zurückkehrte und mir die Ausmaße dessen, was ich gerade getan hatte, bewusst wurden, verging mir das Lachen ein wenig. Ich hatte gerade einen achtzehnjährigen Svatir-Cheng unter meinen Schutz gestellt. Einen Urenkel des meistgefürchteten Cheng-Gangsterbosses. Einen Jungen, der in seinem kurzen Leben vermutlich bereits mehr Menschen getötet hatte als Emmory in seiner gesamten Laufbahn.

»Bereut Ihr, was Ihr getan habt?«

»Ja«, antwortete ich, ohne Emmory anzusehen. »Aber nicht das gerade.«

Und das war die Wahrheit.

Wir erreichten Guizhou ohne Zwischenfälle. Hao kommentierte die Neuigkeiten Dailun betreffend mit einem Schulterzucken und einer Geste, die auf mindestens sechzig verschiedenen Welten als unhöflich aufgefasst worden wäre. Abgesehen davon war er überraschend heiter angesichts dieser Enthüllung, was mich beunruhigte.

Obwohl seine nun bloßen Arme für jeden sichtbar zeigten, dass er sich von seinen Familien losgesagt hatte, schien Dailun auf dieser abgelegenen Station recht beliebt zu sein. Wir heuerten eine Shuttlepilotin an, der wir seiner Aussage nach vertrauen konnten. Sie hieß Shi, war stumm und kommunizierte über Zeichensprache. Und dann waren wir – keine Stunde nach unserer Landung auf Guizhou – schon wieder auf dem Weg.

Guizhou war ein unwirtlicher Planet, beherrscht von verheerenden Gewittern und Stürmen, unerwartet heftigen Regenfällen und langen Trockenperioden, in deren Verlauf der heulende Wind so stark wurde, dass er einem förmlich das Fleisch von den Knochen riss. Die Landschaft war von großen Plateaus und Canyons durchzogen, die aussahen wie die Gänge eines Kaninchenbaus. Sie waren von während der Regenzeit reißenden Flüssen in den Boden gegraben worden, die in der Trockenperiode aber nur noch ein paar Wasserpfützen aufwiesen. Oberhalb der Canyons gab es dagegen nur wenig Wasser und noch weniger Vegetation.

Abgesehen von den Menschen, die sich um die Station herum angesiedelt hatten, und seltsamen einheimischen Kreaturen, die von einem ebenfalls seltsamen Menschen als Harveys bezeichnet worden waren, gab es kaum Leben auf diesem Planeten.

Die Harveys sahen aus wie eine entsetzlich misslungene Kreuzung aus Kaninchen von der Erde und den Spinnen von Jupiter IV.

Wenigstens war das Schicksal einmal gnädig gewesen und hatte aus diesen monströsen Lebewesen keine Fleischfresser gemacht wie die Jupiterspinnen. Die Harveys waren scheu und mieden die Menschen, wenn diese sich von der Station entfernten.

Trotzdem gingen die Menschen lieber auf Nummer sicher und vermieden es, sich zu weit von der Zivilisation wegzubewegen. Das war einer der Gründe dafür, warum man die fertig eingerichtete Höhle, die ich beim Glücksspiel gewonnen hatte, ausgerechnet hier gegraben hatte. Portis und ich waren der Ansicht gewesen, dass es das perfekte Versteck für unsere Notreserven war.

Erinnerungen prasselten auf mich ein, als wir mit dem Shuttle so schnell über die Felsen unter uns flogen, dass diese zu einer einzigen braunen Masse verschwammen. Ich krallte die Hände in meinen Sitz und kämpfte gegen die Vergangenheit an.

Ich wollte Portis' lachendes Gesicht nicht sehen. Ich wollte mich nicht daran erinnern, wie wir uns heimlich mitten in der Nacht hierhergeschlichen hatten. Wollte mich nicht daran erinnern, wie wir uns im Licht dreier Vollmonde geliebt hatten.

All das gab es nicht mehr und würde es nie mehr geben.

Ich war angespannt und schlecht gelaunt, als wir bei den Koordinaten landeten, die ich Dailun gegeben hatte. Die Sonne stand schon hoch am dunstig violetten Himmel, und als wir ausstiegen, musste ich schützend die Hand über die Augen legen.

Alle außer Cas, Zin und Dailun waren – trotz Gitas Protest und Emmorys missbilligendem Blick – an Bord von Haos Schiff geblieben. Emmory war nicht in der Verfassung für diesen Ausflug, und Gita konnte nicht klettern. Außerdem wollte ich möglichst wenig Leute mit zu meinem Geheimversteck nehmen. Es war schlimm genug, dass Hao jetzt wusste, auf welchem Planeten es sich befand.

Cas klebte an mir wie ein Schatten und gab kein Wort von sich. In den letzten paar Stunden hatte er nicht viel gesprochen, aber mittlerweile fühlte sich das Schweigen, das seit meinem Fauxpas im Restaurant zwischen uns herrschte, nicht mehr ganz so unangenehm an.

Die Berichte über Red Cliff waren widersprüchlich, auch darüber, wer noch am Leben war oder auf wessen Konto der Anschlag ging.

Im Imperium war die Lage noch schlimmer. Phanin war während seiner Heimreise ständig auf Sendung gewesen – und hatte außerdem ein paar Geschwindigkeitsrekorde gebrochen, um so schnell wie möglich zurückzukehren. Alle imperialen Sender waren geschlossen worden, aber Taz sorgte dafür, dass alle verfügbaren *Upjas*-Stationen ohne Unterlass und in aller Deutlichkeit Phanins Behauptungen dementierten.

»*Jiejie*, soll ich Shi zurück zum Hafen schicken?« Dailun war deutlich darauf bedacht, etwas Abstand zu mir zu halten, als er die Frage stellte. Augenscheinlich hatte Emmory ihm einen Vortrag zum Thema Vertrauen und dazu, wie nah er mir kommen durfte, gehalten.

»Einen Moment«, murmelte ich. Ich schloss meine Augen, um sie vor der Sonne zu schützen, und stellte mit meinem *smati* Kontakt mit dem Computer her.

»Passwort?« Die Computerstimme war so trocken wie die Landschaft um uns herum. Ich antwortete mit dem zweihundertachtzehn Ziffern langen Code.

»Bestätigt. Euer smati *wurde verändert.«*

Ich nickte reflexartig als Antwort. Natürlich erwartete der Computer keine Antwort, und sehen konnte er mich auch nicht. Ich versuchte, meine Schultern etwas zu lockern, denn der Rucksack war schwer, und drehte der Sonne den Rücken zu, bevor ich meine Augen wieder öffnete. »Es geht los, Dailun. Richte deiner Freundin meinen Dank aus und schick sie wieder zurück.«

Er senkte kurz den Kopf, dann wurde die Rampe des Shuttles eingezogen. Ein paar Minuten später standen wir vier allein an der windgepeitschten Canyonkante.

»Wir müssen hier runter«, sagte ich und machte mich daran, auf dem steilen Pfad in den Canyon hinabzusteigen. Als Cas wütend protestierte, war ich längst außerhalb seiner Reichweite. Und das war auch gut so, denn wenn er meinen Halt gefährdete, hätte das schlimmstenfalls zur Folge gehabt, dass ich etwa hundert Meter hinunter in den Canyon rutschte und dort auf dem harten Boden aufschlug.

»Los! Und achtet darauf, wo ihr hintretet«, fauchte er die anderen an. Ich war erleichtert, dass er besonnen reagierte und nicht hinter mir herrannte. Dann fühlte ich die Erschütterung, die seine Schritte auf dem Boden verursachten, und konnte mir ein Grinsen nicht verkneifen.

Der Rotton der Erde unter meinen Händen wurde immer intensiver, je weiter ich mich nach unten vorarbeitete, und bedeckte schließlich auch meine Haut mit einem glanzlosen Film.

Während ich kletterte, konnte ich mich immer weniger gegen die immer stärker auf mich hereinstürmenden Erinnerungen wehren, und Stück für Stück brach sich nun das Chaos meiner Gefühle Bahn. Zum Glück waren die anderen so weit hinter mir, dass sie nicht mitbekamen, wie ich wütend schnaubte. Dann schob ich all diese Gedanken beiseite.

Zin holte mich ein, als ich das erste Plateau erreichte. Im spärlichen Schatten eines Felsvorsprungs holte ich meine Wasserflasche aus dem Rucksack.

»Eine kleine Vorwarnung wäre nett gewesen«, sagte Zin, als er sich neben mich setzte. »Cas steht so unter Druck, dass er demnächst explodiert. Wie weit ist es noch?«

»Nur noch ein paar Schritte.« Ich zuckte mit den Schultern und machte mit der Flasche in der Hand eine vage Geste.

»Wo ist der Weg?«

»Da unten.« Ich grinste und wies in die Dunkelheit unterhalb des Plateaus. »Und jetzt müssen wir weiter. Ich will nicht in der Dunkelheit hier rumklettern, das ist zu gefährlich.«

Der Abstieg zu dem Plateau hatte bereits mehr als drei Stunden gedauert, und die Sonne berührte schon die obere Kante des Canyons. In drei Stunden nach unserer Standardzeit würde es stockfinster sein.

»Majestät, lasst mich …«

»Ich kenne den Weg«, erwiderte ich und glitt über die Kante, bevor Cas mich zu fassen bekam.

Ich sprang zwei Meter nach unten und kam behände auf den Zehenspitzen auf, dann blinzelte ich in die plötzliche Dunkelheit, bis sich meine Augen daran gewöhnt hatten.

»Lass euch einfach runterfallen«, rief ich den anderen zu und ging zur Seite, damit sie dabei nicht auf mir landeten.

»Majestät, wollt Ihr bitte …«

»Ich mache es dir nicht absichtlich schwer, Cas, wirklich. Den Weg zu beschreiben ist unmöglich. Wenn ich ihn selbst gehe, finde ich ihn aber im Schlaf – es ist also besser, wenn ich vorangehe.«

Ich griff nach dem Felsen zu meiner Rechten und schwang mich auf ihn hinauf. Wie immer wurde mir etwas flau, als ich einen Moment lang frei in der Luft hing. Dann fanden meine Füße Halt, und ich kletterte weiter nach unten. Dabei vertraute ich darauf, dass die anderen mir ohne weitere Instruktionen folgen konnten.

Hier im Schatten präsentierte sich die Natur von einer ganz anderen Seite. Der Staub, der uns oberhalb des Canyons zu schaffen gemacht hatte, wurde von der Luftfeuchtigkeit gebunden. Hier waren sogar Bäume – armselige buschartige Gebilde von ein paar Metern Höhe.

Wir kletterten schweigend und in einem langsamen, aber gleichmäßigen Tempo eine weitere Stunde lang den steinigen Pfad weiter nach unten. Nicht selten mussten wir uns dabei frei in der Luft hängend an Felsen entlanghangeln.

Hier unten herrschte Stille, die nur von den unheimlichen Rufen der Harveys unterbrochen wurde, die die Canyonwände entlang hallten. Dazu kam das leise Plätschern der wenigen verbliebenen unterirdischen Flüsse, das sich über das Geräusch meines eigenen Atems legte. All das würde sich ändern, sobald wir den Hauptarm des Canyons erreichten, wo das Getöse des Guizhou-Flusses alle anderen Geräusche übertönte.

»Wir haben die Regenfälle wohl gerade so verpasst.« Ich sprach leise, aber in der Stille um uns klang meine Stimme trotzdem unnatürlich laut. »Ich weiß nicht, ob der tiefer gelegene Weg im Moment begehbar ist.« Ich schwang meine Beine über die Felskante und sprang auf einen Felsvorsprung darunter. Während des Kletterns in dieser stillen Umgebung hatte meine Anspannung nachgelassen, und nun war ich in geradezu übermütiger Stimmung – fast fühlte ich mich wieder wie ich selbst.

»Majestät, ich habe ein Seil, damit ist es vielleicht leichter ...«

»Zin, mit einem Seil ist es nur komplizierter, das hat keinen Sinn. Ich weiß, was ich tue.« Ich sah zu ihm hoch und grinste ihn an. Dann krachte der Felsvorsprung unter meinen Füßen weg.

· 24 ·

»HAIL!«

Mir verging das Grinsen. Stattdessen machte sich Panik in mir breit. Ich griff nach der Felsoberfläche und versuchte verzweifelt, irgendwo Halt zu finden. Ein scharfer Schmerz durchfuhr mich, als ich mir an der linken Hand einen Fingernagel ausriss, und mein wildes Fluchen vermischte sich mit Zins.

Ich fand einen unsicheren Halt, für den ich aber weit ausgreifen musste. Damit blieb mir kein Spielraum für eine weitere Bewegung mehr. Wenn ich die dreißig Meter unter mir hinunterstürzte, würde kaum noch etwas zum Beerdigen übrig bleiben.

Verdammte Scheiße. Der Schmerz würde kurz sein, aber das Ganze wäre eine Riesensauerei. Nach allem, was ich durchgemacht hatte, würde ich nun auf diesem götterverlassenen Cheng-Felsen sterben – und das hatte ich nur meiner Überheblichkeit zu verdanken.

»Hail, halt durch.«

Ich wusste wirklich nicht, was ich sonst hätte tun sollen. Und auch nicht, wie lange ich mich hier würde festhalten können. An meinem verletzten Finger floss Blut herunter, wodurch meine Hand immer glitschiger wurde.

Ich fuhr zusammen, als Dailuns Arm sich um meine Taille legte, und ich musste mir ein erleichtertes Aufschluchzen verkneifen.

»Ich habe Euch, Schwester«, flüsterte er in mein Ohr. »Alles in Ordnung.«

Ich atmete schwer und schaffte es irgendwie, meine Hände davon zu überzeugen, den Felsen loszulassen und mich stattdessen an Zin zu klammern, während Dailun mich mit überraschender Kraft hielt.

Zin ließ uns am von Cas gehaltenen Seil das restliche Stück hinuntergleiten, indem er uns vorsichtig an schroffem Gestein und den Ästen einiger kleiner Bäume, die sich zwischen den Fels gekrallt hatten und nach uns zu greifen schienen, vorbeimanövrierte.

Schließlich ließen wir uns auf den Boden des Canyons fallen, und ich konnte mir gerade noch verkneifen, mein Gesicht in den Dreck zu stecken und den Boden zu küssen. Hier war der Boden nicht staubig-rot wie an der Planetenoberfläche, sondern grün, und geschützt vor der brennenden Sonne und dem Wind gedieh das Leben und sog die Feuchtigkeit der Regenfälle gierig auf. Mehrere Harveys hoppelten davon und flohen in ihre Löcher, als sie uns bemerkten.

Ich ließ Zin los und steckte mir meinen pochenden Zeigefinger in den Mund. Der Schlamm schmeckte fast noch stärker nach Eisen als mein Blut. Ich drehte den Kopf zur Seite und spuckte aus.

»Wollt Ihr Euch umbringen?« Zin griff nach mir, bevor ich ihm ausweichen konnte, und ich schnappte hörbar nach Luft, als er mich gegen den Fels knallte.

»Was?« Ich versuchte, ihn wegzuschubsen, aber er bewegte sich keinen Millimeter.

Er hatte sein Gesicht so dicht an meinem, dass ich deutlich sah, wie wütend er war. Wirklich wütend. Ich hatte das Gefühl, mein Herz würde vor Schreck einen Schlag aussetzen. Normalerweise war mein BodyGuard ein Musterbeispiel an Selbstkontrolle, aber die schien ihm gerade abhandenzukommen.

»Wollt Ihr sterben?«

Ich überlegte, ob ich ihn schlagen sollte, entschied mich aber dagegen und atmete zitternd aus. »Zin, ich …«

»Beantwortet die Frage, Hail. Ich werde nämlich nicht von allen hier verlangen, in den Tod zu gehen, nur weil Ihr lebensmüde seid. Wenn dem so ist, dann können wir Euch sowieso nicht davon abhalten, und ich will so etwas wie das hier nicht noch einmal durchmachen müssen.«

Zuerst war ich schockiert, dass er mich in drei Minuten dreimal ganz zwanglos bei meinem Vornamen genannt hatte. Dann kam auch der Rest dessen, was er gesagt hatte, bei mir an.

»Du glaubst, ich will sterben?« Ich brachte kaum mehr als ein ersticktes Flüstern heraus, und die Tränen, die darauf folgten, waren teils vor Trauer und teils von hysterischem Lachen begleitet. »Mein halbes Imperium hat es auf mich abgesehen. Ich habe mir in meinem Reich mehr Feinde gemacht, als ich bekämpfen kann – und du kannst darauf wetten, dass sich das Phanin zunutze machen wird. Lass mich los, verdammt noch mal.« Ich versuchte noch einmal, ihn abzuschütteln, aber so leicht wollte er mich nicht davonkommen lassen.

»Ihr könnt so nicht weitermachen«, fuhr er mich an. »Es stehen Menschenleben auf dem Spiel. Eures. Emm…«

»Ich habe nie darum gebeten! Shiva, Zin! Hast du noch nicht gemerkt, dass ich keine verhätschelte Prinzessin bin? Ich kann schon auf mich aufpassen.«

»Das weiß ich. Die Frage ist nur: Tut Ihr das auch?« Er packte mich an der Schulter und zerrte mich auf die Beine. »Ich weiß, dass Ihr Euch so ein Leben nicht gewünscht habt.

Ich war dabei, als wir Euch zurückgebracht haben, wisst Ihr noch? Aber Ihr seid geblieben, und Ihr habt ein Versprechen gegeben. Steht Ihr noch zu Eurem Wort? Seit Red Cliff habt Ihr nichts anderes getan, als Euch selbst in Gefahr zu bringen, gerade so, als ob Ihr Euch für unbesiegbar haltet. Dieser Wahnsinn muss ein Ende haben. Ihr spaziert unaufhörlich in immer neue Gefahren, ohne auf uns zu warten, und Ihr werdet Euch so noch umbringen. Ihr seid keine Waffenschmugglerin mehr, Hail. Ihr seid die Kaiserin von Indrana.«

»Ich weiß sehr gut, wer ich bin: Ich bin die Letzte, die noch übrig ist.« Meine Stimme zitterte, aber ich stellte mich gerade hin und hielt seinem Blick stand. »Es gibt niemanden mehr außer mir. Wenn ich nicht zurückkehre, habt ihr und Alice keine Chance. Dann werdet ihr alle sterben. Hältst du mich wirklich für so dumm oder rücksichtslos, dass mir das egal ist?«

Ich stieß meine Finger gegen seine Brust, und er war gezwungen, etwas zurückzuweichen. »Ich bin alles, was noch übrig ist, Zin. Ich kann mir den Luxus nicht erlauben, mich einfach dem Tod hinzugeben – nur weil ich alles verloren habe, was mir am Herzen lag.« Er winselte angesichts meiner harten Worte, aber ich war nicht bereit, mich deswegen schlecht zu fühlen. »Ich hatte das Glück zu überleben. Und ich werde weitermachen, aber auf meine Art. Ob euch das passt oder nicht.«

»Hail …«

»Du warst es, der zu mir gesagt hat, dass ich beides sein kann – Kaiserin und Waffenschmugglerin. Emmory vertraut mir, aber die anderen …« Ich breitete meine Arme aus und sah über Zins Schulter hinweg Cas an. »Ihr behandelt mich, als ob ich plötzlich unfähig wäre. Nur wegen der verdammten Krone auf meinem Kopf. Die ist zwar schwer, aber mein Hirn funktioniert trotzdem noch prächtig, vielen Dank auch.«

Ich war immer noch wütend, fand aber keine Worte, um meinen Gefühlen Ausdruck zu verleihen. Um auszudrücken, was es für mich bedeutete, dass Emmory mir vertraute, während alle anderen mich für rücksichtslos und unbesonnen hielten.

Zin wollte noch etwas erwidern, entschied sich dann aber dagegen. Er ließ die Schultern hängen und nickte. »*Uie Maa.* Ihr habt recht. Es tut mir leid. Ich bin ... Wir alle sind nur besorgt um Euch.« Sein Ärger war wie weggeblasen. Stattdessen gewann nun die Besorgnis in seiner Stimme die Oberhand. Als ich das hörte, verrauchte meine Wut ebenfalls.

Cas sah mich verletzt an. »Majestät, ich ...«

»Nicht.« Ich drängte mich an Zin vorbei, griff mir meinen Rucksack und lief los. Dann blieb ich abrupt stehen und seufzte. »Es tut mir auch leid.« Ich war froh, dass die einzigen weiteren Zeugen ein paar Harveys waren, die ihre Köpfe durch die Büsche streckten.

»Was tut Euch leid?«

»Das hier.« Ich wies auf die Felsen über uns. »Ich schwöre euch, dass ich nicht versucht habe, mich umzubringen. Ich wollte nur ... Es ist einfach leichter für mich, wenn ich vorangehe. Ich habe mir da keine großen Gedanken gemacht. Hier bin ich in einer Umgebung, in der ich mich wohlfühle, und es tut mir leid, wenn ich es so schwieriger für euch mache. Das ist wirklich nicht meine Absicht.«

Zin sah beschämt aus, und Cas trat unbehaglich von einem Fuß auf den anderen. Dailun beobachtete die ganze Szene mit einem erfrischenden Desinteresse.

»Majestät.« Cas kniete nieder, und Zin tat es ihm gleich. »Ihr seid der leuchtende Stern in der Schwärze des Weltalls.

Die Hoffnung der Verlorenen und Vergessenen. Ein Funke, der nicht verlöschen darf. Wir sind Euch immer treu ergeben.«

Ich tauschte einen resignierten Blick mit Dailun aus. Der junge Pilot zog eine Augenbraue hoch, sagte aber nichts. Ich ließ meinen Rucksack fallen und umarmte meine beiden BodyGuards, legte meine Wange erst an Zins und dann an Cas' Wange. »Ihr seid die einzige Familie, die mir bleibt, und ich schwöre euch, dass ich das niemals einfach so wegwerfen würde.«

Ich fühlte, wie sich ihre Arme fest um mich schlossen, und wir saßen ein paar Sekunden lang so da. Schließlich räusperte sich Dailun.

»Schwester, wir sollten uns auf den Weg machen.«

Ich ließ meine BodyGuards los und wischte mir mit dem Handrücken die Tränen aus dem Gesicht. »Vertragen wir uns wieder?«, fragte ich und stand auf.

»Ja, Majestät«, antworteten beide.

Ich hob meinen Rucksack auf und lief das feuchte Bachbett am Boden des Canyons entlang, der uns zum Hauptarm brachte.

Als wir am Eingang zum Hauptcanyon ankamen, krochen bereits dunkle Schatten die Felswände hinab. Das Licht ließ nach, und die feuchten Wände färbten sich bedrohlich blutrot.

Das Rauschen des Flusses übertönte alles, auch meinen eigenen Herzschlag, und erst recht Cas' laut gerufene Frage.

Ich hielt eine Hand hoch und formte mit dem Mund die Worte »eine Minute«, dann studierte ich die roten Fluten, die weniger als fünf Meter unter uns dahinrauschten.

Wir hätten zu kaum einem schlechteren Zeitpunkt herkommen können. Es waren die letzten Tage der Regenzeit, und der Guizhou führte viel Wasser. Das bedeutete, dass der einfachere Weg zur Höhle noch für mindestens eine Woche unter Wasser liegen würde.

Wir hatten aber keine Woche.

Ich murmelte einen Fluch, sah zu Cas auf und wies mit dem Kopf in die Richtung, aus der wir gekommen waren. Er folgte mir, ohne Fragen zu stellen, die ich bei dem Lärm sowieso nicht verstanden hätte.

Wir gingen um die Biegung zurück in den Seitenarm, wo ein hervorstehender Fels und ein paar Bäume vor dem Lärm abschirmten.

»Der untere Weg ist wegen des Regens wie befürchtet versperrt. Ich hatte gehofft, dass wir Glück haben und der Fluss nicht so hoch steht.« Ich fuhr mir mit der Hand durch die Haare und jaulte auf, da mein verletzter Finger schmerzte. Dann beugte ich mich vor und wusch meine Hand in dem klaren Wasser, das die Felsen heruntertropfte. Blut vermischte sich damit, und ich musste mich beherrschen, um nicht loszuheulen.

»Setzt Euch«, sagte Zin und nahm seinen Rucksack ab. »Ich habe einen Verbandskasten dabei.«

Ich nahm meinen eigenen Rucksack ab und setzte mich darauf. »Es gibt noch einen anderen Weg zu der Höhle, aber der ist schon bei Tageslicht ziemlich gefährlich.«

»Also übernachten wir hier«, sagte Cas.

Zin kauerte sich neben mich, nahm meine Hand und sprühte Wunddesinfektionsmittel auf meinen Finger, was einen stechenden Schmerz verursachte.

»Ach, scheiße, tut das weh.«

Er grinste mich nur an und klebte dann ein steriles wundversiegelndes Pflaster auf den Finger. »Das hält den Dreck fern. Der Nagel wird nachwachsen.«

»Ja, wir werden hier heute Nacht unser Lager aufschlagen. Das ist sicherer, und Eile ist sowieso zwecklos. Der Weg wird vom Regen rutschig sein, und wir werden vermutlich fast den ganzen Tag dafür brauchen.«

Zin hatte mittlerweile meine Hand fertig verarztet und holte nun ein Zelt aus seinem Rucksack. »Seid Ihr sicher, dass die Höhle nicht auch unter Wasser steht?«

»Der Computer ist immer noch aktiv, das ist ein gutes Zeichen. Es kann natürlich sein, dass in den letzten zwei Jahren Wasser eingebrochen ist und die Kammer überflutet wurde, aber der Eingang ist auf jeden Fall über dem Wasserspiegel.«

»Dailun, hilf mir mit dem Essen«, sagte Cas.

Ich zog eine Faltlampe aus meinem Rucksack, öffnete sie und tippte zweimal dagegen, woraufhin sie einen Lichtzirkel um uns zog und die Dunkelheit so ein Stück zurückdrängte.

Wir bauten unser Lager auf und aßen. Meinem Magen war es egal, dass das Essen nach nichts schmeckte. Ich schaufelte alles in mich hinein. Dann rollte ich mich in meine Isodecke, legte meinen Kopf auf meinen Rucksack und schlief fast sofort ein.

Ich erwachte verwirrt aus einem Traum, lag eine Minute lang einfach nur da und starrte in die Finsternis, bevor ich mich erinnerte, wo ich war.

Bevor wieder alles auf mich einstürzte.

»Majestät?«

»Alles in Ordnung«, flüsterte ich angestrengt. »Es war nur ein Traum.« Ich befreite mich aus meiner Decke und legte meine Hand auf Zins Schulter, bevor er sich aufrichten konnte. »Mir geht's gut. Ich muss mal, und dazu nehme ich dich ganz bestimmt nicht mit.«

»Majestät.«

Ich wollte protestieren, seufzte dann aber nur, während sich in meinem Kopf der ganze Streit, den wir gerade gehabt hatten, noch einmal abspulte. »Bei den Feuern von Naraka, dann kommst du eben mit.«

Ich bildete mir ein, ein unterdrücktes Kichern zu hören, als ich über ihn stieg und hinaus in die Nacht trat.

Außerhalb des Zeltes war es kühl. Der erste der Guizhou-Monde stand hoch am Himmel, und ich konnte den zweiten bereits über dem Canyon aufgehen sehen. Die geisterhaften Umrisse des Nachbarplaneten Bai Gu, eines Gasriesen, glühten am dunklen Himmel.

Ich hatte nicht damit gerechnet, so schnell einschlafen zu können, aber die Klettertour in Kombination mit allem, was in den letzten Tagen passiert war, hatte mich sechs Stunden lang tief und fest schlafen lassen. Ich fand eine Nische, und Zin war so umsichtig, in der Nähe des Zeltes zu bleiben und mir den Rücken zuzudrehen, bis ich fertig war.

Ich zog meine Ärmel über die Hände und legte die Arme um den Körper. Dann ging ich den Weg zurück zum Hauptcanyon, indem ich meinem Gedächtnis und dem wenigen, was ich im Mondlicht sehen konnte, folgte. Dort ließ ich mich auf einen Felsen nahe der Kante sinken und beobachtete das schwache Leuchten des reißenden Guizhou-Flusses unter uns. Zin setzte sich neben mich.

»Woher kommt das Licht?«, fragte er.

»Von einer Pflanze, die am Ufer wächst. Sie nimmt tagsüber das Sonnenlicht auf und gibt nachts diesen fahlen blauen Schimmer ab«, erklärte ich. »Der Regen reißt die Blätter von den Bäumen, und sie landen im Fluss.«

Ich musste ein Lachen unterdrücken, als mir eine Unterhaltung mit Portis einfiel. »Portis hat einmal etwas ganz Ähnliches gesagt. Er sagte, wir seien alle wie Blätter, die in einem Fluss treiben. Und gegen die Strömung anzukämpfen, sei nicht nur sinnlos, sondern auch unmöglich.«

»Das klingt sehr nach Portis.«

»Der Idiot. Er hatte so viel Fantasie.« Ich brach in Tränen aus. Zin legte mir den Arm um die Schultern, und ich drückte meinen Kopf gegen seine Brust. Meine heftige Reaktion erschreckte mich. Ich wusste, dass man mich beim Rauschen des Wassers nicht hören konnte, aber Zin spürte, wie die Schluchzer meinen Körper schüttelten, und nahm mich noch fester in den Arm.

Plötzlich stand mir der Traum, der mich geweckt hatte, wieder klar vor Augen. Der letzte gemeinsame Ausflug mit Portis hierher war wie immer verlaufen. Wir hatten die Mannschaft im Hafen gelassen und waren mit dem Shuttle zu demselben Landeplatz geflogen, an dem wir auch heute ausgestiegen waren. Es hatte gerade Trockenzeit geherrscht, und der Abstieg zur Höhle war relativ leicht gewesen.

Wir hatten uns damit Zeit gelassen, froh, nach acht Monaten im Weltall, in denen nur kurze Zwischenstopps die Langeweile unterbrochen hatten, wieder Land zu betreten.

»Ich liebe dich.«

Lachend befreite ich mich aus Portis' Umarmung und streckte mich mit einem Seufzer. »Ist mir aufgefallen.« Die Sonne wärmte meine nackte Haut.

Er stützte sich auf einem Ellbogen auf und strich mir mit der Hand durchs Haar. »Ich meine es ernst, Süße.«

Ich runzelte die Stirn und blickte in seine grünen Augen. In ihren Tiefen entdeckte ich neben der Verletzlichkeit, die Portis nur in meiner Gegenwart zeigte, Besorgnis. »Alles klar?«

»Ich möchte nur, dass du nie zweifelst. An uns zweifelst. Egal was auch passiert, versprich mir das, okay? Versprich mir, dass du dich immer daran erinnerst, dass ich dich liebe.«

»Du machst mir Angst.« Ich wollte mich wegdrehen, aber Portis hielt mich fest.

»Cressen, bitte.«

»Okay.« Ich packte seinen Kopf und zog ihn zu mir herunter, um ihn zu küssen. »Also gut, ich verspreche es«, flüsterte ich, meinen Mund direkt an seinem. »Zufrieden?«

Er küsste meine Wange und dann meinen Hals. »Nichts könnte mich glücklicher machen.«

Erdrückende Trauer überkam mich. Ich hatte bislang überhaupt keine Zeit gehabt, Portis' Tod zu verarbeiten.

»Oh, Shiva. Vergib mir.« Ich war mir nicht sicher, wen ich da um Vergebung bat – die Götter oder Portis. Wir saßen im Mondlicht da, und die Tränen rannen meine Wangen hinunter, als ich versuchte, mit dem Loch, das sein Verlust in mein Herz gerissen hatte, fertigzuwerden.

»Es gibt nichts zu vergeben, Hail.« Zins Stimme drang durch den Lärm des tobenden Wassers. »Trauert um ihn. Jetzt ist Zeit dafür.«

»Das kann ich nicht. Es würde mich zerstören.« Egal was ich verloren hatte: Ich hatte ein Imperium, um das ich mich kümmern musste. Und deswegen musste meine Trauer warten. Vielleicht würde ich nie die Zeit dafür finden. Vielleicht würde ich bald selbst draufgehen und …

Ich wollte nicht darüber nachdenken oder mich allzu sehr mit allem, was sein könnte, beschäftigen. Oder damit, dass am Ende vielleicht nicht die Gerechtigkeit siegen würde.

»Ich weiß, wie Ihr Euch fühlt.« In seiner Stimme lagen Schmerz und Mitgefühl. »Ihr habt mir Zeit gegeben, als wir keine hatten. Und Ihr bekommt alle Zeit, die Ihr braucht.«

»Ich wünschte, er wäre hier«, flüsterte ich und sah zu den Sternen auf. »Kannst du dir vorstellen, was dann hier los wäre?« Ich wischte mir die Tränen mit dem Handrücken aus dem Gesicht und atmete tief durch. Endlich hatte ich –

zum ersten Mal, seit ich auf dem Boden des Laderaumes der *Sophie* aufgewacht war – wieder das Gefühl, mit allem fertigwerden zu können, was mir das Universum auch entgegenwarf.

»Schon der Gedanke daran ist beängstigend, Majestät.« Zin half mir aufzustehen, und wir gingen zurück zum Zelt. Cas und Dailun taten so, als ob sie schliefen, als wir uns wieder in unsere Decken wickelten.

»Es wäre sinnlos, früh loszugehen«, sagte ich und ignorierte dabei ihre Bemühungen. »Wir müssen sowieso warten, bis die Sonne den Weg etwas getrocknet hat.«

»Dann schlaft noch eine Weile, Majestät«, erwiderte Cas. »Wer weiß, wann wir in nächster Zeit wieder die Gelegenheit dazu haben werden.«

Er hatte recht. Ich griff nach Zins Hand und hielt sie fest, als ich meine Augen schloss und wieder im dunklen Abgrund des Schlafs versank.

· 25 ·

ALS ICH AUFWACHTE, WAR ICH ALLEINE. TAGESlicht fiel durch den Zeltstoff. Ich setzte mich auf, streckte mich und gähnte. Ich fühlte mich besser, viel besser als seit Wochen.

Meine Isodecke nahm ich mit nach draußen, schüttelte sie aus und faltete sie fein säuberlich zusammen, damit sie sich wieder gut im Rucksack verstauen ließ.

»Guten Morgen.« Mein Morgengruß blieb mir im Halse stecken, als ich Zin sah. »Was ist passiert?«

»Majestät.« Die Wut in seinen Augen und die Trauer, die er gleichzeitig ausstrahlte, ließen meine Knie weich werden.

»Was ist los?«

»Emmory hat mir gerade eine Nachricht geschickt. Phanin hat alle Matriarchinnen in seiner Gewalt exekutieren lassen.«

Das traf mich wie ein Schlag in die Magengrube. Ich hielt mir eine Hand vor den Mund, während ich mit der anderen Halt an der nahen Wand des Canyons suchte. »Bei der Dunklen Mutter. Und ihre Töchter?«

Zin schüttelte den Kopf. »Noch leben sie.«

»Kennen wir die Opfer?«

»Zellin, Acharya, Waybly, Surakesh, Naidu und Maxwell.«

Meine Tante, Leenas Mutter, Matriarchin Maxwell. Oh, Shiva. Ich kannte diese Frauen seit meiner Kindheit. In gewisser Weise waren sie für mich ebenso Mütter, wie meine wirkliche Mutter es gewesen war. Und seit meiner Rückkehr hatte ich mit den meisten von ihnen wieder enge Bande geknüpft.

»Was ist mit Leena? Und Taran?«

»Von ihnen habe ich nichts gehört. Wollen wir hoffen, dass es ihnen gut geht.«

»Und Zaran? Und die Matriarchinnen Hassan und Prajapati?«

»Auch über sie habe ich nichts erfahren, Majestät. Ich weiß auch nicht, ob Clara Desai ebenfalls hingerichtet wurde. Aber ich glaube, das wäre sicher eine Nachricht wert gewesen.«

Aufsteigende Wut verdrängte die Trauer, und meine nächsten Worte schnitten scharf durch die Luft. »Packt zusammen, wir müssen weiter. Ich werde nicht zulassen, dass diese Ungeheuer nur eine Sekunde länger auf meinem Thron sitzen, als es unvermeidlich ist.«

»Ja, Majestät.«

Schweigend brachen wir das Lager ab und schulterten unsere Rucksäcke. Dann machten wir uns auf den Weg zum Hauptarm des Canyons.

Der Pfad war leichter zu bewältigen als gedacht. In meiner Wut war ich konzentrierter denn je, und ich rutschte auf dem Weg über die bröckligen Felsen nach unten kein einziges Mal aus. Schließlich erreichten wir einen anderen Seitenarm des Canyons, der näher an dem reißenden Fluss lag.

Ich verlangsamte das Tempo und lächelte erleichtert, als ich die von der untergehenden Sonne rot gefärbte Felswand erblickte. Über meinen *smati* stellte ich die Verbindung zum Computer her.

»Computer, Tarnung aufheben.«

»Heilige Sch...« Cas konnte seine Überraschung kaum verbergen, als die Felswand vor uns flackerte und dann verschwand. Dahinter kamen zwei mächtige eiserne Türflügel zum Vorschein, die bis zur Oberkante des Canyons reichten. »Das habt nicht Ihr gebaut.«

»Nein«, erwiderte ich und ging mit einem Grinsen voran. »Ich habe es gewonnen.«

»Wie bitte?« Zin fuhr herum und starrte mich an. »Wie das denn?«

»Das ist eine lange Geschichte.« Ich wedelte mit der Hand und legte sie dann auf das Scannerfeld rechts neben der Tür.

»Willkommen«, begrüßte mich der Computer, und dann öffnete sich eine Seitentür zu meiner Rechten. Ich war etwas überrascht, dass die Gegenwart meiner BodyGuards den Computer nicht zu interessieren schien.

Lichter flackerten auf, als wir in die Höhle traten. Die Luft war modrig-feucht, aber ein schneller Scan verriet mir, dass alles unversehrt und trocken geblieben war. Ich hob die Arme, drehte mich einmal im Kreis und sah die drei Männer mit einem Lächeln an. »Willkommen in meinem Versteck.«

Meine Worte erzeugten ein Echo, als sie von den Höhlenwänden zurückgeworfen wurden. Ich bildete mir ein, ein amüsiertes Lächeln über Zins Gesicht huschen zu sehen, doch er sagte nichts.

»Die Waffen sind dort drüben. Ein paar sind schon auf dem Schiff, aber wir sollten so viele mitnehmen wie möglich.«

»Majestät.« Cas nickte kurz und tippte dann Dailun auf die Schulter. Der junge Pilot löste seinen Blick von dem Schiff und folgte ihm.

Ich bedeutete Zin, mit mir zu kommen, und ging zu dem Raum auf der anderen Seite der Höhle, der eigentlich nur aus drei transparenten Aluminiumwänden bestand, die eine aus der Wand gebrochene kleinere Höhle verkleideten. Portis hatte sie aufgestellt, weil ich mich nicht überwinden konnte, den fensterlosen kleinen Raum zu betreten, in dem der Computer und anderes Zubehör aufbewahrt wurden. Die nackten Felswände waren so nah und so drückend, dass sie mir einen schlimmen Schub meiner Klaustrophobie beschert hatten, als ich ihn das erste Mal betreten hatte. Die Panik hatte einen ganzen Tag lang angehalten.

Ich legte meine Handfläche auf das Bedienfeld neben der Tür, und sie glitt leise auf. Die Luft in dem Raum war trocken und geruchlos. Um den Raum luftdicht zu verschließen und die Hardware zu schützen, war die Decke mit demselben lichtdurchlässigen Aluminium überzogen worden wie die Wände.

Der Hologrammtisch flackerte auf, als der Computer aus dem Ruhemodus erwachte. Ich wischte mit der Hand durch die Luft, während ich mich durch die Nachrichten scrollte, die sich in der Zwischenzeit angesammelt hatten.

Die meisten bezogen sich auf Jobangebote, und ich klickte ohne nachzudenken auf eines und hörte dann, wie Zin sich hinter mir räusperte.

Ich sah ihn über die Schulter hinweg an und lachte verlegen. »Macht der Gewohnheit.«

»Woher habt Ihr all das?«

»Es hat sich eben so angesammelt. Das Schiff gehörte zu dem Versteck, und ich habe beides beim Poker von einem Spieler aus Xim gewonnen. Sein Drei-Hand-Pokerface war am Ende doch nicht so gut, wie er geglaubt hatte.« Ich lachte.

»Mein Blatt war genauso schlecht. Was für ein Idiot. Portis und ich haben dann mit dem hübschen kleinen saxonischen Vogel eine kleine Spritztour gemacht und das Schiff komplett überholen lassen – keine acht Standardmonate, bevor die Hölle losbrach. Jetzt zahlt sich's aus.«

»Wie hieß der Pokerspieler?«, fragte Zin.

»Tob oder Bob. Ich erinnere mich nicht mehr, um ehrlich zu sein.« Ich sah, wie er die Stirn runzelte, und zog eine Augenbraue hoch. »Warum ist das so wichtig?«

»Wir möchten so etwas einfach gerne wissen. Er könnte uns Ärger machen, im schlimmsten Fall sogar ein ernst zu nehmender Feind sein.«

Ich hielt inne und grinste ihn an. »Führst du etwa eine Liste?« Er erwiderte mein Grinsen nicht wie erwartet mit einem Lächeln, was mich überraschte. »*Autsch!* Im Ernst?«

»Das ist unsere Aufgabe, Majestät.«

»Ich wette mit dir um fünf Credits, dass diese Ratte längst irgendwo tot in einem Graben liegt. Aber wenn euch sein Name wirklich so interessiert: Er ist als vorheriger Besitzer in den offiziellen Dokumenten des Schiffs eingetragen.«

Ein leises Piepen ließ mich wieder zum Bildschirm sehen. Ich hielt mit einer Handbewegung das Scrollen der Mails an. Eine neue Nachricht mit dem Hinweis »Dringend« war gerade eingegangen.

»Das kann ja wohl nicht wahr sein!« Ich zögerte, bevor ich die Nachricht mit einem Fingertippen öffnete. Sie war von Bakara Rai und bestand aus nur einer Zeile.

ICH HABE EIN GESCHENK FÜR EUCH, EURE MAJESTÄT.

»Von wem ist die Nachricht, Majestät?«

»Ich ...« Plötzlich meldete sich Hao über die *smati*-Verbindung.

»Kleine Schwester, wir bekommen Ärger. Saxonische Schiffe haben um eine Landeerlaubnis für den Hafen gebeten.«

»Ach du Scheiße. Wir bekommen Gesellschaft.« Noch bevor Hao den Satz beendet hatte, war ich schon in Bewegung. Ich wischte mit der Hand über den Bildschirm und lud mir alle Nachrichten vom Computer auf meinen *smati*. »Zin, wir müssen los.«

»Emmory hat es mir gerade gesagt.«

»Hao«, ich sprach nun laut, um nicht alles noch einmal wiederholen zu müssen. »Planänderung. Wir werden nicht nach Shanghai zurückkehren. Hau ab und triff uns in Santa Pirata.«

»Sha zhu, *das ist keine gute Idee.«*

»Ich habe jetzt keine Zeit für Diskussionen. Los! Wir treffen uns vor dem Asteroidengürtel, dann erkläre ich dir alles.« Ich gab Zin einen Schubs. »Geh und hilf ihnen, das Schiff zu beladen. Wir müssen los.« Meine Finger flogen über den Bildschirm. Ich transferierte Geld von verschiedenen Konten auf eines, auf das ich von unterwegs aus leichter Zugriff haben würde. Das gefiel mir nicht, aber ich wollte erst recht nicht, dass die Saxonier der Spur des Geldes hierher folgten und mein Versteck fanden.

Zin legte mir die Hand auf den Arm. »Los.«

In den letzten Stunden hatte ich gelernt, dass man Zin keine Widerworte gab, wenn er in diesem Tonfall mit einem sprach. Ich griff mir noch ein paar Sachen, während er mich durch den Raum zum Raumschiff zog.

Ich ließ meine Hand über die Schrift an der Seite des Schiffes gleiten und musste unwillkürlich grinsen, als ich sah, wie die Reaktivfarbe sich veränderte und nun den falschen Schiffsnamen anzeigte, unter dem wir es registriert hatten. Mit Portis hatte ich mich über den Namen gestritten, war aber nun froh, dass ich mich schließlich von ihm hatte überreden lassen.

Nachdem wir ein kleines Vermögen an Bestechungsgeldern ausgegeben hatten, war unser schickes und gut bewaffnetes Schiff als unauffälliger Transporter der im Solarkonglomerat ansässigen Firma InJex verzeichnet worden. Registriert war es unter dem Namen *Sakura*, der etwas zahmer klang als sein wirklicher Name: *War Bastard*.

Cas und Dailun waren bereits fertig damit, verschiedene Kisten zu verladen, und mein neuer Pilot machte große Augen, als er in seinem Sitz Platz nahm.

»Gib dir ein bisschen Mühe, nicht dass wir gleich beim ersten Flug in die Luft gehen«, sagte ich und tippte den Code für das Hangartor ein. »Computer, bereit zum Start. Höhle verschließen und Code aktivieren auf meinen Befehl.«

»Soll das *IBIA*-Protokoll ausgeführt werden?«

»Ja, bitte. Und die automatische Selbstzerstörung für den Fall, dass sich irgendjemand an dir oder den Eingangstüren zu schaffen macht.«

»Das *IBIA*-Protokoll?«, fragte Zin. Er wirkte dabei völlig ruhig – wenn man von der Tatsache absah, dass er die Schalttafel so fest umklammerte, dass die Knöchel seiner Finger weiß hervortraten. »Möchte ich es denn wissen, Majestät?«

Ich grinste ihn an und verband meinen *smati* mit dem Bordcomputer. »Dailun, hat Hao dich über alles informiert?«

»Hai, Jiejie.«

»Drei saxonische Schiffe befinden sich im Anflug auf den Hafen. Hao wartet vermutlich, bis sie gelandet sind, bevor er startet.« Ich schnallte mich an und stellte erfreut fest, dass die anderen es mir ohne weitere Instruktionen gleichtaten.

»Ich bin im Arsch.«

»Verzeihung?« Zin sah mich verwirrt an.

»Das *IBIA*-Protokoll«, erklärte ich. »*I-B-I-A* steht für *Ich bin im Arsch.*«

»*WSAIA* klingt da längst nicht so gut«, murmelte Cas. »*Wir sind alle im Arsch.*«

Ich konnte mich nicht beherrschen und brach in lautes Gelächter aus. »Ganz genau. Gut, dass du hier bist, Cas. Ich weiß nicht, was ich ohne dich täte.«

»Ich wünschte, ich könnte dasselbe sagen.«

»Spielverderber.« Dann konzentrierte ich mich auf den Bildschirm vor mir und hielt dabei vor allem nach den Alarmsignalen Ausschau, die anzeigten, wenn die saxonischen Schiffe im Hafen den Bereich scannten, in dem wir uns gerade befanden. Bislang war alles friedlich, und ich war mir nicht sicher, ob mich das beruhigen oder erst recht in Alarmbereitschaft versetzen sollte.

»Da ist Hao. Er verlässt den Hafen, und es scheint ihm niemand zu folgen.«

»Wir haben die Registrierung des Schiffes in Shanghai geändert«, berichtete Dailun, während er unser Schiff vorsichtig aus der Höhle manövrierte und dann zusah, wie sich die Tore hinter uns schlossen.

Zu meiner Rechten schrillte ein Warnhinweis, und ich fluchte. »Sie haben uns im Visier. Los.« Ich tarnte das Schiff mit einer weiteren falschen Registrierung, während der saxonische Radar uns abtastete. Ziemlich durchsichtig, aber wenn sie nur einen kurzen Blick auf uns warfen, würde es funktionieren.

Dailun besaß die geradezu unheimliche Fähigkeit, einen Planeten schneller zu verlassen als irgendein anderer Pilot, den ich je erlebt hatte. Wir waren im Warp, bevor die Saxonier uns noch einmal ins Visier nehmen konnten.

Ich fütterte den Computer mit den Koordinaten des Asteroidengürtels am Rande des XgCD-Systems.

»Schwester«, entfuhr es Dailun leise, als er sah, wohin es gehen sollte. »Lieber nicht.« Er protestierte zwar nicht, aber es reichte, um Zin in Alarmbereitschaft zu versetzen. Ich musste mir verkneifen, meinem neuen Schutzbefohlenen eine Kopfnuss zu verpassen.

»Wir fliegen nach Santa Pirata, Dailun.«

»Was gibt es in Santa Pirata?«, wollte Zin wissen.

»Da wohnt ein alter Freund von mir«, antwortete ich mit einem Achselzucken.

»Bakara Rai ist niemandes Freund.«

Dieses Mal bekam Dailun die Kopfnuss.

Mit einem stoischen Gesichtsausdruck rieb er sich den Hinterkopf. »Es ist die Wahrheit, *Jiejie*. Ich weiß nicht, was Ihr Euch von so jemandem erhofft.«

»Wir brauchen Informationen. Und er hat sie.«

»Wer ist Bakara Rai?«, fragte Cas leise.

Ich spielte mit dem Gedanken, einfach nicht zu antworten, aber Dailun würde vermutlich sowieso alles ausplaudern. Also hielt ich es für besser, es ihm mit meinen eigenen Worten beizubringen. »Ein alter Bekannter, der mit Informationen Geschäfte macht. Und mit anderen Sachen.«

Zin sah Dailun mit einem tadelnden Blick an, den er so perfekt von Emmory kopiert hatte, dass ich schlucken musste. Der junge Pilot gab sich schneller geschlagen als ein betrunkener Parisianer mit einem schlechten Blatt auf der Hand.

»Er ist ein Gangster der schlimmsten Sorte, verehrter BodyGuard, und er arbeitet auf eigene Rechnung. Er handelt mit Drogen, Schmuggelware, Menschen, Informationen – was immer Profit bringt.«

»Verräter«, murmelte ich.

»Er schlägt fester zu als Ihr, *Jiejie*«, erwiderte Dailun, ohne sich zu entschuldigen.

»Nein, das tut er nicht; ich weiß, das ist nicht die beste Lösung«, sagte ich, bevor mich einer meiner BodyGuards unterbrechen konnte. »Trotzdem habe ich zwei sehr gute Gründe für diesen Besuch. Erstens hat Rai mit Sicherheit Informationen, die uns weiterhelfen. Das wird uns einiges kosten, aber ich kann mich darauf verlassen, dass sie brauchbar sind.«

»Und zweitens?«

»Er hat gesagt, dass er ein Geschenk für mich hat.«

· 26 ·

BIS ZUM ÄUSSERSTEN RAND DER GALAXIS WAREN es fast vierundzwanzig Stunden im Warp. Nachdem ich die Aufzeichnung von der Exekution der Matriarchinnen angesehen hatte, verbrachte ich die restliche Zeit mit dem Versuch, Schlaf zu finden.

Die Nachrichten waren voll mit der Sensationsgeschichte, und ich brauchte nicht lange, um auf einem dubiosen indranischen Kanal Bilder von dem Ereignis zu finden.

Phanin hatte einen öffentlichen Schauprozess veranstalten lassen, in dem er die Matriarchinnen beschuldigt hatte, sich mit den Saxoniern verschworen zu haben und in meine Ermordung verwickelt zu sein. Er war aalglatt, das musste ich ihm lassen. Und er verquickte die Lügen geschickt mit der Wahrheit. So war es für jeden, der nicht dabei gewesen war, nahezu unmöglich, die Zusammenhänge zu durchschauen.

Die Saxonier stritten selbstverständlich alles ab. Vermutlich hatte Phanin ursprünglich ihre Hilfe in Anspruch genommen, sie dann aber ebenfalls betrogen. Auf dieses raffinierte Doppelspiel wäre sogar eine Hinterhofratte aus Süd-Amsterdam stolz gewesen.

Das Schicksal der Matriarchinnen war damit jedoch besiegelt gewesen. Man hatte sie, eine nach der anderen, im Thronsaal nach vorne geführt, wo Wilson sie ohne großes Aufhebens mit einem Kopfschuss tötete.

Einigen standen Tränen in den Augen, andere waren mit versteinerter Miene in den Tod gegangen. Matriarchin Maxwell hatte »Lang lebe das Imperium. Lang lebe Indrana!« gerufen, bevor man sie zum Schweigen gebracht hatte.

Ich übergab mich zweimal, als ich die Bilder zum ersten Mal sah, aber ich zwang mich, alles noch ein zweites Mal abzuspielen. Dann betrank ich mich, bis ich einschlief. Meine Träume waren chaotisch, die Gesichter der von Phanin getöteten Matriarchinnen verfolgten mich.

Nach Luft ringend wachte ich auf, als Cas die Tür zu meinem Zimmer öffnete.

»Majestät?«

»Alles okay«, krächzte ich, rollte mich dann aus meinem Bett und schleppte mich zu dem Waschbecken in der Ecke des Raums. Cas half mir aufzustehen und hielt mich fest, als ich mich erneut übergab. Er griff nach dem Wasserhahn.

»Wir haben kein Wasser.«

»Doch, Majestät, wir haben es vor dem Abflug aufgefüllt.«

»Gesegnet seist du.« Ich spülte mir den Mund aus und hielt mich am Waschbecken fest, bis ich mir sicher war, dass meine Beine mich tragen würden.

»Manchmal mache ich wohl auch etwas richtig.«

»Was soll das heißen?« Ich wirbelte zu ihm herum und musste meine Augen schließen, weil sich alles drehte. »Du machst doch alles sehr gut.«

Er half mir, mich auf eine niedrige Bank am anderen Ende des Zimmers zu setzen. »Das ist sehr freundlich von Euch, Majestät. Aber wir wissen doch beide, dass ich nur ein schlechter Ersatz für Emmory bin.«

Ich griff nach seinem Arm und zog ihn mit einem Ruck zu mir auf die Bank. »Jetzt hör mir mal gut zu. Du gibst dein

Bestes. Ich bin noch am Leben, und das will schon mal einiges heißen. Die Tatsache, dass ich streitlustig und unkooperativ bin, hat nichts damit zu tun, dass du ein guter Body-Guard bist.«

»Ja, Majestät.«

»Im Ernst.« Ich nahm ihn bei der Schulter und sah ihm fest in die Augen. »Du bist nicht Emmory, Caspian. Und das erwarte ich auch nicht von dir. Ich erwarte von dir, dass du du selbst bist.«

Er schluckte und nickte dann. »Ja, Majestät.«

»Gut so.« Mit einem Lächeln ließ ich ihn los.

»Dailun hat Frühstück gemacht, Majestät. Es ist in der Küche.«

»Später vielleicht.«

»Ihr müsst etwas essen.« Er zog mich hoch und lotste mich zur Tür.

Ich seufzte laut. »Und schon bereue ich, dass ich dich gerade so gelobt habe.«

»Ich weiß, Majestät. Trotzdem danke dafür.«

Der Computer der *War Bastard* informierte uns darüber, dass wir den Warp bereits vor einer Stunde verlassen hatten. Ich musste lachen, denn genauso hätte ich es auch gemacht. Dailun hatte uns fast genau oberhalb des Asteroidengürtels aus dem Warp geholt. Die meisten Piloten glitten bereits ungefähr fünf Stunden vor Midway aus dem Warp, wir aber waren nur noch eine Stunde von der Durchgangsstation auf dem Weg zu Bakara Rai entfernt.

Sein Stützpunkt bestand aus drei Planeten, die um einen Roten Riesen kreisten. Er lag nah genug an den Außenrändern des Orionarms und war gleichzeitig weit genug von der Erde entfernt, dass die Behörden des Solarkonglomerats ihm nicht in die Quere kamen.

Zumindest, solange er es mit der Piraterie nicht übertrieb.

Rai war durchaus kooperativ, wenn es ihm in den Kram passte. Wenn nicht, dann hatte er Hunderte, wenn nicht sogar Tausende Freibeuter in seinen Diensten, die mit Freuden ein Handelsschiff des Solarkonglomerats für einen angemessenen Anteil an der Beute aufspürten.

Nur einer der drei Planeten, die um den Stern XgCD kreisten, war bewohnbar. Man hatte ihn passenderweise Isla de la Vida, also Lebensinsel, genannt und betrieb Landwirtschaft darauf. Hier wurden die Lebensmittel produziert, die die Kolonie nicht kaufen konnte.

Isla de la Muerta hieß der dem Stern am nächsten gelegene Planet. Innerhalb der nächsten paar Millionen Jahre würde er von dem sich ausdehnenden Riesenstern verschluckt werden. Er war, wie der Name bereits vermuten ließ, unbewohnbar, denn seine Oberfläche bestand aus flüssigem Gestein.

Santa Pirata befand sich zwischen diesen beiden Planeten – zu nah an XgCD, als dass man auf der Oberfläche hätte leben können, aber weit genug entfernt, dass die Sonnenstrahlung nicht in die Tiefe drang. Dort, in einem Netzwerk aus unterirdischen Städten, lebte der Schmugglerkönig Bakara Rai.

Um zu ihm zu gelangen, musste man erst einmal durch den Asteroidengürtel manövrieren, der das System umgab. Die Reise hindurch dauerte zwei Tage auf den schwer gesicherten Durchflugrouten – wenn man eine Einladung von Rai hatte.

Konnte man dagegen keine Einladung vorweisen, musste man auf eigene Faust durch die Asteroiden navigieren. Was länger dauerte, falls man überhaupt ankam und nicht vorher von einem zerschmettert wurde. Hao und ich hatten diese gefährliche Reise bereits hinter uns. Es war eine Art Initiationsritus für alle, die mit Bakara Rai Geschäfte machen wollten.

Ich frühstückte und machte mich so gut es ging zurecht. Wir landeten auf Midway und gingen in dem geschäftigen Hafen von Bord.

Dailun hielt mich am Arm fest. »Hier entlang.«

Ich hielt den Kopf gesenkt und bedeckte meine Haare mit einer Kapuze, als wir uns durch die Menge drängten. Zin und Cas liefen hinter mir, was mich sehr beruhigte. Die Menschen traten zur Seite und ließen uns durch. Ich wusste nicht, ob das an unserem Piloten mit dem unverkennbaren Haar oder an den beiden grimmig blickenden Männern hinter mir lag.

Woran auch immer das lag – wir erreichten die *Pentacost* am anderen Ende der Station ohne Zwischenfall. Hao war im Laderaum und unterhielt sich gerade mit Emmory.

»Wir werden dein Schiff hierlassen«, sagte Hao anstelle eines Grußes.

»Warum?«

Er lachte. »Wenn wir deines nehmen, ist die Chance, dass Rai uns einfach abschießt, wesentlich größer. Und wenn ich schon sterben muss, dann möchte ich das lieber auf meinem eigenen Schiff tun.«

»Außerdem verfügt Euer Schiff über weniger Plätze, Majestät«, warf Emmory ein.

»Du kommst sowieso nicht mit. So gut geht's dir noch nicht.«

»Ich werde mich schon erholen, während wir unterwegs sind; mit Hennas Hilfe und meinen eigenen Heilkräften sind die schlimmsten Schäden, die Fasé nicht heilen konnte, mittlerweile behoben«, erwiderte Emmory. »Wenn wir ankommen, bin ich wiederhergestellt. Ich lasse Euch nicht alleine dorthin, Majestät.«

»Die *War Bastard* ist kleiner. Mit ihr kommt man viel leichter durch den Asteroidengürtel. Hao …«

»Ich werde nicht mit ihm diskutieren, *sha zhu*. Das ist dein Job.« Hao schüttelte den Kopf und machte sich kaum die Mühe, sein Lachen zu verbergen. Ich hätte ihm eine reinhauen können.

Hilfe suchend sah ich Henna an. Die Ärztin zuckte mit den Schultern und wedelte mit einer Hand. »Er ist außer Lebensgefahr. Er wird heilen.«

»Du bist mir keine Hilfe.«

»Ich komme mit Euch, Majestät – ob es Euch gefällt oder nicht«, sagte Emmory.

»Es gefällt mir nicht«, fauchte ich und stiefelte die Treppe hinauf.

»Majestät.« Stasia reichte mir meine gewaschene und geflickte Hose und dazu eine hellblaue Bluse. Mit einem Lächeln ließ sie mich in meinem Quartier allein. Ich hatte mich gerade umgezogen und war dabei, meine schmutzige Wäsche zusammenzulegen, als Emmory hereinkam.

Er sagte nichts, sondern lehnte sich nur mit verschränkten Armen gegen die Wand.

Ich tat es ihm gleich und schob dazu noch mein Kinn vor – und wünschte mir gleichzeitig, mich nicht so zu fühlen, als ob er mein Vater und ich ein trotziges Kind wäre.

»Majestät«, sagte Emmory. »Mein Platz ist an Eurer Seite. Bis zum bitteren Ende. Und noch weiter, wenn ich eine Möglichkeit wüsste.«

»Ich bin es leid, dass die Leute für mich sterben.« Meine sture Fassade bekam Risse, und die Erinnerungen an die vielen Verluste prasselten auf mich ein. Ich sah Emmorys mitleidvollen Blick.

»Ich weiß. Es tut mir leid.«

»Er hat sie alle getötet, Emmy.« Ich schlug die Hände vors Gesicht und sank auf mein Bett. »Wie konnte ich mich so sehr in ihm täuschen? Er hat teilnahmslos zugesehen, als sie starben. Wilson ...«

»Majestät.« Emmory fasste mich bei den Handgelenken und zog meine Hände vom Gesicht weg. Anders als sonst trug er keine Handschuhe. »Das ist nicht Eure Schuld.«

»Zin hat mir vorgeworfen, ich wäre lebensmüde. Das ist nicht wahr, das schwöre ich. Ich versuche, nicht zusammenzubrechen, Emmory, aber ich weiß nicht, ob ich das schaffe. Alle um mich herum sterben. Ich kann euch nicht alle beschützen. Aber ich will wenigstens dich heil da durchbringen. Ich habe versucht, das Richtige zu tun. Sie haben mir keine andere Wahl gelassen, als den Planeten zu verlassen. Und Trace? Ich bin noch nie, wirklich *nie*, so naiv in eine Falle getappt. Ich wurde ja quasi mit der Nase darauf gestoßen – und ich habe nichts kapiert.« Ich war wütend, aber nicht auf meinen *Ekam*. »Ich habe sie alleingelassen, und jetzt mussten sie deswegen sterben.«

Du bist fast gestorben und hast mich hier alleingelassen.

Ich konnte die Worte nicht laut aussprechen, aber Emmory wusste auch so, was ich sagen wollte. Die Sorge ließ sein Gesicht weicher erscheinen, als er sich vor mich kniete und mich in seine Arme zog. »Ich bin ja immer noch hier«, sagte er leise in mein Ohr, während er die Arme um mich schlang.

»Warum ich? Warum hängt immer alles an mir? Welcher verdrehte Scherz des Universums hat mich, ausgerechnet mich, in diese Position gebracht?«

Er zog mich fester in die Arme, genau wie Zin in der Nacht im Canyon. »Das weiß ich nicht, Hail, aber ich bin dankbar, dass es so ist.«

»Du bist verrückt, ist dir das klar?« Mit einem Lachen stieß ich mich von ihm weg und fuhr mir mit beiden Händen durchs Haar.

»Ich bin Euer *Ekam*, Majestät. Damit stehe ich auf der Seite der Vernunft.« Er hielt mir seine Hand entgegen, als er aufstand.

»Ach, sei bloß still.«

»Erzählt mir von Bakara Rai.«

»Er ist gefährlich. Sehr charmant und unberechenbar. Und er ist es gewohnt, seinen Willen zu bekommen – was aber auch nicht überraschend ist, denn er befehligt eine der größten Schmugglerorganisationen in diesem Sektor der Galaxie. Er ist klug genug, sich nicht mit Po-Sin anzulegen, und gleichzeitig so mächtig, dass ihn dieser nicht einfach so überwältigen kann.«

»Wie oft habt Ihr mit ihm zu tun gehabt? Zin sagte, Ihr bezeichnet ihn als Freund.«

Ich schaute zur Decke, während ich nach der richtigen Antwort suchte. »*Freund* wäre sicher übertrieben. Über die Jahre haben wir verschiedene Aufträge für ihn erledigt und auch längere Zeit in Santa Pirata verbracht. Ich kenne Rai nicht besonders gut. Das tut niemand, außer vielleicht Johar.«

Emmory zog eine Augenbraue hoch und schüttelte den Kopf.

»Mehr werde ich dir nicht verraten, Emmy. Tut mir leid.«

»Und warum müssen wir zu ihm?«

»Er sagte, er hat ein Geschenk für mich.« Ich hob meine Hände. »Und Rai ist kein Mensch, den man verärgern möchte, indem man seine Geschenke verschmäht.«

Der Flug durch den Asteroidengürtel war wie erwartet kein Spaziergang. Es brauchte Haos und Dailuns ganzes Können, um das Schiff – und uns – heil durch diesen mehrtägigen Trip zu bringen. Sie wechselten sich als Piloten ab, einer schlief, während der andere flog. Ich sprang zweimal ein, aber selbst für mich war es in diesen kurzen Abschnitten nicht einfach, den umherfliegenden Felsbrocken auszuweichen. Und das auch noch mit einem Schiff, das ich nicht kannte.

»Seid gegrüßt, Raumschiff *Pentacost*. Ihr seid weit weg von zu Hause.« Die junge Frau von der Hafenmeisterei mit den großen grauen Augen und dem gewinnenden Lächeln war freundlich, aber hinter der Freundlichkeit war ihre Anspannung spürbar. Sie vibrierte wie ein gestrafftes Seil.

»In der Tat«, antwortete Dailun. Er beeilte sich, ebenfalls zu lächeln, wirkte aber genauso angespannt. »Mein verehrter Boss, Cheng Hao, würde gerne mit Eurem Boss Rai sprechen.«

»Ihr werdet bei Landebucht G76 erwartet. Geht nicht von Bord, bevor die Security bei Euch ist.« Die Verbindung wurde getrennt, noch bevor Dailun antworten konnte.

»Wir werden uns beeilen müssen«, sagte ich und trank meinen Tee so hastig aus, dass ich mir die Zunge verbrannte. »Dai, du gehst mit Cas und Hao zu Rai.«

Dailun nickte. *»Hai, Jiejie.«*

Ich verkniff mir ein Lächeln. Dailuns Großvater war einer der gefürchtetsten Kriminellen des Universums. Und trotzdem war die Abfälligkeit, mit der er über Rai sprach, unüberhörbar.

»Hail, was soll ich ihm sagen?«, fragte Hao.

»Denk dir was aus. Emmory und Zin, ihr kommt mit mir. Wir müssen runter von dem Schiff, bevor Rais Security auftaucht.«

»Majestät.«

Emmory sah mich tadelnd an. Ich blinzelte. »Was ist? Hast du auch einen Plan?«

»Ja, den habe ich tatsächlich.«

Ich nahm ihn beim Arm. »Meiner ist besser. Los jetzt.«

· 27 ·

DAS SCHIFF ZU VERLASSEN, BEVOR RAIS SECURITY unsere Landebucht erreichte, erwies sich als besorgniserregend einfach. Emmory, Zin und ich glitten in die Schatten am anderen Ende, als vier Männer in braunen Uniformen durch die Tür traten. Hao wartete am Fuße der Rampe mit einem unschuldigen Lächeln auf sie.

Von unserem Versteck aus konnte ich nicht hören, was geredet wurde, doch die unterwürfigen Verbeugungen, die mein neuer Bruder und Cas vollführten, sprachen Bände.

Anscheinend war unsere List noch nicht aufgeflogen.

Ich tippte Emmory auf die Schulter und deutete mit dem Kopf nach links. Er runzelte die Stirn, dann nickte er. Ich führte sie noch tiefer in die Schatten.

»Hier riecht es nach Schwefel und unlauteren Machenschaften«, flüsterte Zin, und ich musste ein Lachen unterdrücken, als wir den leeren Flur hinunterliefen.

Emmory knuffte ihn. Meinem *Ekam* schien es wirklich besser zu gehen, obwohl er immer noch nicht voll auf der Höhe war.

Die Sicherheitsmaßnahmen in Rais unterirdischer Stadt waren noch strenger als in meinem Palast. Dennoch hielt das ein paar geschäftstüchtige Leute nicht davon ab, die Pläne der Stadt an den Meistbietenden zu verkaufen.

Wahrscheinlich mit Rais Billigung, da die Pläne oft hoffnungslos veraltet waren. Niemand veranlasste ohne gute Gründe derart umfassende Umbaumaßnahmen.

Ich verfügte nur von zwei Bereichen über einigermaßen vollständige Pläne: Von den äußeren Lüftungsschächten – an denen man bestimmt keine Änderungen vorgenommen hatte, da sie kein Sicherheitsrisiko für den Komplex an sich darstellten – und von Rais Büros und Privatgemächern.

Diese Grundrisse hatte ich nicht käuflich erworben. Niemand war verrückt genug, Rai auf diese Weise zu hintergehen.

Ich hatte sie aus dem Gedächtnis gezeichnet. Ein Besuch in seinem Büro, gefolgt von einem einwöchigen Aufenthalt auf Santa Pirata, der mit der Erkundung jedes einzelnen Flurs, Schachts und Korridors verbunden gewesen war, hatte mir genügend Informationen verschafft, um die Karte zu vervollständigen.

Wir mussten nur dem kürzesten Weg über die äußeren Lüftungsschächte in die inneren und von da aus in Rais Gemächer nehmen. Ein Kinderspiel.

Und uns dabei durch Polystahlröhren quetschen, die kaum breit genug für Emmorys Schultern waren. Ein Kinderspiel.

»Majestät, wir könnten auch …«

»Schon gut«, murmelte ich, starrte in den finsteren Lüftungsschacht und versuchte krampfhaft, mich nicht zu übergeben. »Außerdem haben wir ja keine andere Wahl, oder?« Ich zwang mich zu einem Lächeln. »Dann wollen wir mal …«

»Ich gehe zuerst«, fiel mir Emmory ins Wort. »Ihr folgt mir, Majestät.« Er schaltete eine Lampe an und befestigte sie an meinem Kragen. »Konzentriert Euch darauf, den richtigen Weg zu finden.«

Dass Emmory stillschweigend von der Annahme ausging, ich könne meine Furcht aus eigener Kraft besiegen, wirkte besser gegen meine Klaustrophobie als alle besänftigenden Worte, die mir Portis hätte zuflüstern können. Mit einem entschlossenen Nicken holte ich tief Luft und kroch in den Schacht. Zin folgte mir und schloss die Einstiegsluke hinter uns.

Ich schaffte es, uns durch die Schächte zu lotsen, wobei wir nur einmal falsch abbogen und ich nur einmal knapp an einem Nervenzusammenbruch vorbeischrammte. Im schwachen Licht, das von den Wänden reflektiert wurde, hatte ich mich an Emmorys Knöchel geklammert, bis ich die Panik, die mich zu erfassen drohte, erfolgreich niedergerungen hatte.

»Schön weiteratmen, Majestät.« Emmorys Stimme hatte mich wie Rauch eingehüllt und die Panik gemildert. »Euch kann nichts passieren. Immer weiteratmen.«

Ich holte tief Luft. Emmorys Worte dämpften das Gefühl, die Polystahlwände würden sich auf mich zu bewegen. Als ich ausatmete, strömte erneut Furcht in das Vakuum, der ich sofort mit einem weiteren Atemzug begegnete.

»Sehr gut, Majestät.« Emmorys Lob vertrieb die letzten Spuren der Angst, und ein krächzendes Lachen löste sich aus meiner Kehle. »Wohin jetzt?«

»Einen Augenblick.« Wir befanden uns an der Kreuzung, an der sich meine beiden Karten überlappten. Emmory hatte mein Rätselraten bezüglich des richtigen Weges bisher überraschend geduldig hingenommen. Ich rief die beiden Karten auf meinem *smati* auf, legte sie übereinander und erwog die beste Route.

Der linke Weg führte nirgendwohin – er beschrieb einen Kreis um die Wohnquartiere. Der rechte Weg war ebenso nutzlos. Er endete im Restaurantbereich in einer Sackgasse.

Wenn mich nicht alles täuschte, führten von den verbliebenen drei Wegen zwei ungefähr in die Richtung von Rais Büro, der dritte dagegen … ich legte den Kopf schief und runzelte die Stirn.

»Emmory, sieh dir das mal an«, sagte ich und überspielte das ganze Kuddelmuddel auf sein *smati*. »Warum hört der Schacht direkt vor dir etwa drei Meter vor Rais Quartier einfach auf?«

»Genau danach suchen wir – na los«, sagte er, sobald die Daten bei ihm eingetroffen waren. »Vertraut mir, Majestät«, erwiderte er auf meinen Protest hin. »Hin und wieder weiß ich, was ich tue.«

Ich beschloss, dass ein böser Blick und ein unterdrückter Fluch als Erwiderung auf diese Bemerkung völlig ausreichend waren. Als ich Emmory gerade hinterherkriechen wollte, räusperte sich Zin hinter mir.

»Ruhe«, meldete Emmory über die *smati*-Verbindung und hielt so plötzlich inne, dass ich beinahe mit ihm zusammenstieß.

»Was ist denn?«, fragten Zin und ich gleichzeitig.

»Ein Wachraum«, sagte Emmory. *»Zwei Wachposten. Majestät, wir haben zwar genug Platz, um uns umzudrehen, aber der Schacht ist zu eng, als dass sich Zin an Euch vorbeiquetschen könnte; wir müssen schnell handeln.«*

Ich hatte sowieso nicht vor, mich hinter ihnen zu verstecken, aber das sagte ich ihm natürlich nicht. *»Wie ist die Lage?«*

»Einer steht an der Tür, der andere direkt unter dem Lüftungsschacht. Ihr springt sofort nach mir aus dem Schacht und macht Platz für Zin. Zin, ich übernehme den an der Tür. Wenn der andere noch nicht außer Gefecht ist, kümmerst du dich um ihn.«

»Okay.«

Der Schacht hatte sich etwas verbreitert, sodass wir uns umdrehen konnten. Ich folgte Emmorys Beispiel, bis ich ebenfalls mit den Füßen voraus im Schacht lag. Emmory wartete, bis Zin bereit war, dann nickte er uns zu und trat gegen die Einstiegsluke des Lüftungsschachts.

Dabei ließ er sich gleichzeitig fallen, sodass er auf der Luke zu Boden glitt wie ein Plasmasurfer aus Ontario. Der unglückliche Wachposten unter ihm übernahm die Rolle der Welle. Als ich den Schacht verließ, lag der Mann bereits bewusstlos am Boden.

Emmory stürzte sich auf den zweiten Wachmann, der gerade einen Notruf absetzen wollte, als ich den Fehler in Emmorys Plan entdeckte.

Im Raum befand sich noch ein dritter Mann. Ich durfte nicht abwarten, bis Zin aus dem Schacht kam. Wie in Zeitlupe griff der junge Mann nach der Waffe an seiner Hüfte. Ich sprang über den Tisch zwischen uns und ließ einen wirbelnden Hakenkick gegen seinen Kopf krachen.

Der Wachmann verdrehte die hübschen blauen Augen und ging zu Boden. Leichtfüßig kam ich neben ihm auf und drehte mich zu Emmory um, der mich wie immer tadelnd ansah.

»Was denn?«, zischte ich. »Er wollte dir in den Rücken schießen.«

»Zin ...«

»Verzeihung. Sie hat ihn vor mir erreicht.« Sobald Emmory wegguckte, zwinkerte mir Zin zu. *Gute Arbeit,* formte er stumm mit den Lippen.

Ich unterdrückte ein Kichern, was mir ein Knurren von Emmory einbrachte, und ging zu einer Bildschirmreihe auf der gegenüberliegenden Seite des Raums. So wie es aussah, hatten wir die Wachen ausgeschaltet, bevor sie Alarm auslösen konnten.

»Sie leben noch«, sagte Zin. »Ich suche etwas, womit wir sie fesseln können.«

»Da«, sagte ich zu Emmory und deutete auf einen der Bildschirme.

Ein Mann mit dunkelbraunen Dreadlocks lag auf einem niedrigen blutroten Sofa und hatte die muskulösen Arme ausgestreckt. Doch die entspannte Haltung täuschte; selbst von hier aus war deutlich das neugierige Funkeln in Bakara Rais bernsteinfarbenen Augen zu erkennen, als Hao und die anderen in den Raum geführt wurden.

»Was ist mit der Audioübertragung?«

Ich wischte mit der Hand über den Tisch, um das Kontrollfeld zu aktivieren, und warf mit einigen wenigen Befehlen die Übertragung aus Rais Privatgemächern auf die gesamte Bildschirmwand. Die Unterhaltung war so deutlich zu hören, als wären wir im selben Raum.

»Ich fühle mich geehrt, dass einer von Po-Sins wichtigsten Generälen den weiten Weg bis hierher auf sich genommen hat.« Rai hatte eine raue Stimme, einen tiefen Bariton, der in einem Augenblick verführerisch süß und im nächsten schneidend tödlich klingen konnte. »Obwohl es mir schleierhaft ist, weshalb er so einen bedeutenden Mann als Boten schickt. Oder was so geheim sein soll, dass du nicht um sichere Passage durch den Asteroidengürtel von Midway aus gebeten hast. Und dass dich auch noch der *Dve* der angeblich vor Kurzem verstorbenen Kaiserin von Indrana begleitet, macht die Sache umso merkwürdiger.«

»Er weiß, wer Cas ist«, zischte ich und griff nach der Waffe an meiner Hüfte.

»Immer mit der Ruhe, Majestät. Sehen wir doch erst mal, was Hao vorhat.«

Ich blickte Emmory schockiert an, doch der starrte wie gebannt auf die Bildschirme.

Hao faltete die Hände und verbeugte sich tief. Als er sich wieder aufrichtete, streckte er die Arme aus und schob die Ärmel hoch. Auf seiner Haut war keine einzige Tätowierung zu erkennen. »Ehrenwerter Rai, wie du siehst, stehe ich gegenwärtig nicht in den Diensten meines Onkels. Er hat mich wegen einer persönlichen Angelegenheit freigestellt und Dailun, damit er seine Reise antreten kann.«

»Clever«, murmelte Emmory.

»Hast du wirklich gedacht, dass er uns verrät?«, zischte ich.

»Misstrauisch zu sein gehört zu meinen Aufgaben, Majestät. Und wenn Ihr dadurch am Leben bleibt, bin ich gerne misstrauisch.«

»Irgendwann wird dir das eine Menge Ärger einbringen. Hao wäre tödlich beleidigt, wenn er wüsste, was du da gerade abgezogen hast.«

»Ich habe gar nichts *abgezogen*, Majestät. Ich habe lediglich die Situation zum Anlass genommen, seine Loyalität nochmals zu überprüfen. Und wir tun ihnen sowieso keinen Gefallen, wenn wir da jetzt einfach reinstürmen, oder?« Er zuckte mit den Schultern und wandte sich wieder dem Bildschirm zu.

Rai trug ein Tanktop und eine weite Hose. Die Stickereien auf dem grauen Seidenstoff waren im selben Hellrot wie das Oberteil gehalten. Ganz offensichtlich war er nicht bewaffnet, doch das war auch nicht nötig. Bei der Nennung von Po-Sins Namen war der Söldner hinter Dailun unbehaglich von einem Fuß auf den anderen getreten.

»Ach ja, die Reise.« Rai sah Dailun belustigt an. »Deshalb hast du ihn hierhergebracht? Ich nehme keine Pflegekinder auf. Außerdem wäre es nicht gerade standesgemäß für einen Cheng, in meine Dienste zu treten – von einem Ururenkel Po-Sins ganz zu schweigen.«

»Er weiß, dass da was im Busch ist«, sagte ich. »Er macht sich lustig über uns. Wir können uns genauso gut zeigen.«

Darüber schien Emmory nicht gerade glücklich, aber wenigstens fing er keine Diskussion mit mir an. »Also gut. Ihr bleibt hinter uns, Majestät. Sobald jemand anfängt zu schießen, geht Ihr zunächst in diesem Raum in Deckung und kehrt anschließend zum Schiff zurück, verstanden?«

Ich nickte. Ihm zu erklären, dass Rai wohl nicht auf uns schießen würde, war Zeitverschwendung. Wenn er uns töten wollte, musste er einfach nur die Ausgänge versperren und Gas in den Raum leiten.

Ich hatte schon einmal erlebt, wie er mit einem Idioten, der sich mit ihm hatte anlegen wollen, genau das gemacht hatte.

Portis und ich hatten auf unsere Audienz bei Rai gewartet und das Schauspiel durch einen großen venezianischen Spiegel hindurch beobachtet – eine reine Machtdemonstration.

Rai hatte das blaue Gas inhaliert wie den Rauch einer feinen Zigarette, während der andere Mann würgend und zuckend auf dem Boden zusammengebrochen war. Später verriet er uns, dass er sich eine Körpermodifikation zugelegt hatte, die alle bekannten Gifte des Universums neutralisierte.

Womöglich war das Ganze nur eine Inszenierung gewesen, um den tausend Gerüchten, die bereits über ihn in

Umlauf waren, ein weiteres hinzuzufügen. Auch das war ihm zuzutrauen.

Jedenfalls hielt ich mich bei meinen nächsten Besuchen stets in der Nähe des Ausgangs auf.

Die Tür zum Wachraum glitt auf, und ich folgte Emmory und Zin hindurch.

»Meine *Jiejie* möchte Euch sprechen«, sagte Dailun.

Rais Sofa stand der Tür, aus der wir kamen, genau gegenüber. Durch die lange Fensterreihe hinter ihm war das rege Treiben in der Spielhalle zu erkennen. Die mehrere Meter entfernte Tür zum Flur wurde von zwei Männern mit steinernen Mienen bewacht. Drei weitere Wachen standen hinter Hao und den anderen.

Der Satinholzboden unter meinen Füßen glänzte im Schein der Lampen. Einige weitere Sofas waren im Raum verteilt. Ein polierter Stahltisch neben mir bog sich förmlich unter einem Berg verschiedenster Köstlichkeiten.

»Deine *Jiejie?*« Rai stand in einer fließenden Bewegung auf. »Ich muss schon sagen, das ist allerdings *sehr* standesgemäß.« Ein listiges Lächeln breitete sich auf seinem Gesicht aus, und als er sich verbeugte, ließ er mich dabei nicht aus den Augen. »Kaiserin Hailimi Mercedes Jaya Bristol, es freut mich, Euch wohlauf zu sehen. Das schreckliche Gerücht von Eurem Tod hat mich zu Tränen gerührt.«

»Zweifellos.«

Emmory stellte sich Rai in den Weg. Selbst ohne Schuhe war Rai noch zwanzig Zentimeter größer als Emmory – was meinen *Ekam* jedoch nicht im Mindesten zu beeindrucken schien.

Mich auch nicht. Ich blieb an Ort und Stelle stehen, sodass Rai an ihm vorbeigehen musste.

»Mein Beileid übrigens, dass es Euren Lover ebenfalls erwischt hat, obwohl ich offen gestanden erleichtert bin, einen

Konkurrenten weniger zu haben. Wenn Euer *Ekam* die Unverfrorenheit erlaubt, werde ich Euch jetzt anständig begrüßen.« Er beugte sich vor, um mich zu küssen.

Meine Glock lud sich mit dem unverkennbaren Wimmern auf, und bevor mich seine Lippen erreichen konnten, presste ich den Lauf der Waffe gegen die Unterseite seines Kinns.

»Die erlaubt er ganz sicher nicht. Und ich auch nicht.« Ich drückte immer fester zu, bis er schließlich einen halben Schritt zurückwich. »Also hüte deine Zunge, Bakara Rai.«

Er legte den Kopf schief und lächelte leicht. »Weil sie mir dein BodyGuard sonst rausreißt?«

»Entweder er oder *ich*.« Rais Leibwächter zuckten bei meinem schneidenden Tonfall zusammen. Meine zuckten nicht mal mit der Wimper.

»Was für eine erstaunliche Verwandlung«, sagte Rai zu Hao. »Bisher hatte ich ja keine hohe Meinung von dem ganzen blaublütigen Pack, aber sie hat mich eines Besseren belehrt. In Sekundenschnelle von der Waffenschmugglerin zur Prinzessin und wieder zurück. Ich weiß beim besten Willen nicht, wer mir lieber ist.«

»Aber du willst dich mit keiner von beiden anlegen«, sagte Hao. Rai grinste.

»Portis war ein Held, und so werden wir ihn auch in Erinnerung behalten.« Ich steckte die Glock wieder in meinen Hosenbund.

»Selbstverständlich. Ich wollte sein Andenken nicht in den Schmutz ziehen.« Rai schnippte mit den Fingern. Eine junge Frau in einem hauchdünnen, pfirsichfarbenen Kleid schritt anmutig auf ihn zu und überreichte ihm zwei mit einer blauen, schäumenden Flüssigkeit gefüllte Kelche. Er hielt mir einen hin. »Bitte setzt Euch, Majestät. Trinken wir auf die Verstorbenen. Ich versichere Euch, dass der Drink nicht vergiftet ist, aber ich bin nicht gekränkt, wenn Euer *Ekam* darauf besteht, ihn vorzukosten.«

Ich gab den Kelch an Emmory weiter und setzte mich auf einen Polstersessel neben dem Sofa, auf dem Rai nun Platz nahm. Von hier aus hatte ich sowohl die Tür als auch die Wachen im Blick.

Rai hob den Kelch in meine Richtung. »Auf Portis. Ehrenhaft bis zum Ende.«

Emmory gab mir den Kelch zurück. Ich stieß mit Rai an und nahm dann einen Schluck. Der Zitronengeschmack explodierte förmlich in meinem Mund, und ich lehnte mich grinsend zurück. »Gar nicht schlecht.«

»Freut mich, dass es Euch schmeckt.« Wieder legte er den freien Arm auf die Sofalehne. Dann streckte er seufzend die Beine aus. »Wie gesagt – auf Euch wartet ein Geschenk, aber damit nicht genug.« Rai grinste. »Eine Überraschung habe ich auch noch – Johar ist hier. Wollt Ihr sie sehen?«

»Ich dachte, du hättest sie auf Lebenszeit aus Santa Pirata verbannt?«, fragte ich vorsichtig. Dabei benutzte ich dasselbe Pronomen wie Rai, obwohl Johar – als ich sie zum letzten Mal gesehen hatte – männlich gewesen war.

Rai zuckte mit den Achseln. »Ich hab's mir anders überlegt. Es war ein Missverständnis.«

»Sie hat auf dich geschossen.«

Rai nickte beipflichtend. »Sag ich doch, ein Missverständnis. Na los, Hail. Sonst verpassen wir noch die Vorstellung.« Er stand auf und hielt mir die Hand hin.

»Auf ein Wort, Majestät?«

Ich sah über meine Schulter zu Emmory hinüber und wieder zu Rai zurück, dessen bernsteinfarbene Augen belustigt funkelten.

»Ich warte draußen auf Euch«, sagte Rai und ging zur Tür. Ich blieb mit meinen drei BodyGuards, Hao und Dailun zurück.

»Ist das auch sicher?«

Ich riss die Augen auf und lachte. »Wir sind in einer Schmugglerhöhle, Emmory. ›Sicher‹ ist hier relativ.«

»Ich meine Euren Besuch in der Arena, Majestät. Wir können die Menge unmöglich ständig im Auge behalten. Wenn wir die anderen …«

»Nein, die bleiben vorerst auf dem Schiff. Wir sollten unsere wahre Stärke Rai gegenüber nicht preisgeben.« Ich zuckte mit den Schultern. »Wir sind in Rais Loge, nicht bei den Besoffenen auf der Tribüne. Das ist sicher genug.«

»Man wird Euch erkennen«, sagte Zin. »Ihr seid nicht gerade unauffällig.«

»Damit kann ich leben«, entgegnete ich. »Ich will jede Gelegenheit nutzen, Phanin als Lügner darzustellen.«

»Es ist gefährlich, *Jiejie.*«

Bei Dailuns Einwand verdrehte ich die Augen. »Nicht gefährlicher als alles andere, und das weißt du genau. Rai ist ein potenzieller Verbündeter«, entgegnete ich ruhig. »Ich darf weder ihn noch Johar verärgern. Vielleicht brauchen wir sie noch. Außerdem hat er mir noch nicht verraten, was er mir schenken will. Spielen wir einfach mit.« Selbst wenn das Geschenk nichts Planetenbewegendes war, brauchte ich Rais Hilfe. Er konnte mir Waffen besorgen – und Söldner, wenn es hart auf hart kam.

Bei der Dunklen Mutter, ich hoffte wirklich, dass das nicht nötig sein würde.

Schließlich lenkte Emmory ein. »Also gut, Majestät. Wenn Ihr der Meinung seid, dass dies zum besten Ergebnis führt.«

Dieser Meinung war ich nicht unbedingt, aber in unserer augenblicklichen Situation blieb uns keine andere Wahl.

· 28 ·

JE WEITER WIR UNS VON RAIS QUARTIER ENTFERNten und den öffentlichen Bereichen der unterirdischen Stadt näher kamen, desto weniger glänzender Polystahl und lebloser grauer Beton waren zu sehen – dafür umso mehr von dem glatten schwarzen Gestein, aus dem Santa Pirata eigentlich bestand.

Rais beiläufige Bemerkung über das Geschenk hatte mich neugierig gemacht, doch ich wollte ihm nicht die Genugtuung verschaffen und nachfragen. Er hätte mich nur noch länger hingehalten; so war er eben.

Emmory ging vor uns her. Das wortlose Duell mit Rais Sicherheitschef hatte er für sich entschieden. Kein Wunder, so angespannt wie mein *Ekam* war. Dennoch war Camon ganz und gar kein Leichtgewicht, und ihm war deutlich anzusehen, dass er nicht glücklich damit war, nicht die Führung übernehmen zu dürfen.

Die Wände glänzten so sehr, dass uns unsere Spiegelbilder wie ruhelose Geister folgten. Wie passend – immerhin spürte ich eine gewaltige Last auf meinen Schultern, und mir war, als bohrte sich eine eiskalte Klinge in meinen Körper. Jeder dieser Geister hätte das Recht gehabt, sie in mein Herz zu stoßen. Seit meiner Flucht von Red Cliff suchten mich die Toten heim wie noch nie zuvor in meinem Leben.

Vor Jahrmillionen war Santa Pirata mit Vulkanen übersät gewesen, die die Atmosphäre verbrannt und alle Lebewesen unter einer dicken Ascheschicht begraben hatten.

Die Lava war schnell zu einem dem irdischen Obsidian nicht unähnlichen Gestein abgekühlt. Die Aschemassen hatten es anschließend zu einer Substanz zusammengepresst, die – pulverisiert und geraucht – eine der stärksten der Menschheit bekannten Drogen darstellte.

Was daran so toll sein sollte, war mir ein Rätsel. Das Gefühl, aus der Haut fahren zu können, kam mir nicht wie ein besonders toller Rausch vor.

Rai kontrollierte den Vertrieb dieser Substanz mit derselben Unnachgiebigkeit, mit der er alle seine Geschäfte führte. Er wusste genau, dass der Vorrat an Pirate Rock, wie die Droge genannt wurde, irgendwann zu Ende gehen würde. Bis dahin wollte er so viel Profit wie möglich herausschlagen.

Doch ob er so weit gehen würde, aus Geldgier sein unterirdisches Imperium in Stücke zu hacken? Wohl erst, wenn er herausgefunden hatte, wie man sich einen neuen Planeten baute.

Auf den Abbau des Gesteins stand die sofortige Todesstrafe – nicht nur für denjenigen, der schürfte, sondern auch für den, der dabei zusah und die Strafe nicht auf der Stelle vollstreckte.

Persönlich fand ich ja, dass es ein brillanter Schachzug von Rai war, seine Gesetze von seinen Untertanen selbst vollstrecken zu lassen. Sie hatten die Substanz direkt vor der Nase – wie hätten sie der ständigen Versuchung sonst widerstehen können?

Außerdem war Pirate Rock geradezu irrsinnig teuer und somit für die meisten Bewohner von Santa Pirata unerschwinglich. Das war kein AVI. Das war die Droge der Reichen und Mächtigen.

Je tiefer wir in den öffentlichen Bereich vordrangen, desto lauter wurde es. Emmorys Schultern verspannten sich, als die Leute auf uns deuteten und miteinander tuschelten. »Hier seid ihr sicher. Ihr habt mein Wort darauf«, raunte Rai mir zu, als wir uns durch den belebten Bazar drängten.

Früher war ich gerne über diesen Markt gegangen. Seltsamerweise vergaß ich inmitten der dichten Menschenmenge, dass ich mich unter der Erde befand, und konnte mich tatsächlich entspannen. Bei unseren ersten beiden Besuchen hier war Portis allein zu Rai gegangen, sodass ich die Zeit in einem kleinen Café bei einer Tasse Chai und dem Beobachten der vorbeieilenden Passanten totgeschlagen hatte.

Einen derart bunt zusammengewürfelten Haufen traf man außerhalb des Solarkonglomerats nur selten. Hier waren ausschließlich die schillerndsten Elemente der Gesellschaft vertreten. Ich kicherte, als ich drei Jugendliche dabei beobachtete, wie sie einen Mann im blauen Anzug gekonnt um seinen Geldbeutel erleichterten.

Der älteste Jugendliche salutierte, was Rai mit einem Nicken quittierte. Die Diebe würden ihm fünf Prozent von ihrer Beute abgeben. Dieser bescheidene Beitrag garantierte ihre Sicherheit, solange sie sich von den Taschen der Einheimischen fernhielten und sich nicht erwischen ließen.

»Wenn man Emmory fragt, bin ich nirgendwo sicher«, sagte ich und musste grinsen, als mich der Blick des Jungen streifte und er mir dreist zuzwinkerte. Er war nicht einmal halb so alt wie ich.

»Dann kennt er Euch aber nicht besonders gut.«

Ich unterdrückte ein Lachen, um Emmory, der unser Gespräch selbstverständlich mithörte, nicht in Verlegenheit zu bringen. »Ich glaube, dass er sich über meine Fähigkeiten vollkommen im Klaren ist. Deshalb ist er ja auch so nervös.«

»Der Arme tut mir leid. Ich kann mir keinen anstrengenderen und undankbareren Posten vorstellen.«

»Das kommt darauf an, was man unter Dankbarkeit versteht, nicht wahr?«, sagte Emmory, ohne sich zu uns umzudrehen.

»Ich schätze, du kennst meine Antwort darauf, *Ekam.*« Rai breitete die Arme aus und grinste Emmory verschmitzt an. »Die Götter waren so gnädig, mir dieses Leben zu schenken. Es wäre ein Frevel, ihre Gaben auszuschlagen.«

Emmory ignorierte die Bemerkung. Wir verließen den Bazar und betraten einen etwas ruhigeren Tunnel aus demselben spiegelnden schwarzen Fels. Die Stille hielt nicht lange an, dann traf mich der Lärm wie ein Schlag ins Gesicht.

Es war das Toben der Menge in der Arena, ein Geräusch, das einen Lebensfunken in meiner trauerschweren Brust entzündete. Portis hatte mich nie kämpfen lassen wollen. Jetzt wusste ich natürlich, weshalb, doch damals hatte ich es so sehr gewollt, dass wir uns deshalb wieder und wieder heftig gestritten hatten.

Dabei konnte ich mir dieses Bedürfnis beim besten Willen nicht erklären. Vielleicht war es derselbe Drang, aus dem heraus ich zum Militär hatte gehen wollen. Es lag mir im Blut, war Teil meiner Seele.

Im Pulk zu meiner Linken entstand eine Lücke, und ich erkannte das Profil eines bekannten Gesichts. Ich fluchte und drehte mich um.

»Majestät.« Emmory packte meinen Arm, bevor ich auch nur zwei Schritte machen konnte. Dann verschwand das kantige, goldbraune Gesicht mit den ungewöhnlich blauen

Augen wieder in der Menge. Es gehörte Bialriarn Malik, dem ehemaligen *Ekam* meiner Mutter.

»Hast du ihn gesehen?«

»Wen denn?«

»Bial«, zischte ich. »Emmory, er war gerade noch ...«

»Majestät«, flüsterte Emmory, und ich hörte die Besorgnis in seiner Stimme. »Selbst wenn, momentan können wir nichts unternehmen.«

»Selbst wenn?« Ohne Rais neugierigen Blick hätte ich Emmory auf der Stelle einen Stoß versetzt. So musste ich mich damit begnügen, die entsprechende Stelle der Aufzeichnung meines *smatis* herauszusuchen und sie Emmory zu schicken.

Auch er fluchte leise und sah Zin an, der daraufhin nickte und in der Menge verschwand.

»Dailun, du folgst ihm«, sagte ich, und mein neuer Pilot gehorchte, ohne zu zögern.

»Kann ich Euch irgendwie behilflich sein?«, fragte Rai.

»Nein«, entgegneten Emmory und ich wie aus einem Munde.

Rai beobachtete uns mit wissendem Blick, dann deutete er vor uns. »Johars Kampf wird gleich beginnen. Wir sollten nicht zu spät kommen. Für gewöhnlich macht sie kurzen Prozess mit ihren Gegnern.«

Die Arena zu betreten war wie immer ein atemberaubendes Gefühl. Aber so war es ja auch gedacht. Wie Rai einmal gesagt hatte: Die Arena war ein Denkmal, das wir der dunklen Seite unserer Natur errichtet hatten, der Gewalt, dem Blutdurst und der Herrlichkeit der Menschheit. Ich hatte das für anmaßend gehalten und ihm das auch so ins Gesicht gesagt.

Er hatte nur höhnisch gegrinst und mich ohne ein weiteres Wort in die Arena geführt. Besser hätte er meinen herablassenden Einwand nicht kontern können.

Die Arena von Santa Pirata, in der für Geld, für Rache und für Ruhm gekämpft wurde, war im ganzen Universum wohlbekannt.

Mein *smati* hätte mir genaue Daten über ihre Ausmaße liefern können. Doch ihre Größe in Metern oder die Anzahl ihrer Sitzplätze sagte nur wenig darüber aus, wie gewaltig und unermesslich sie einem vorkam, wenn man sie zum ersten Mal betrat. Über uns schienen sich die in den schwarzen Felsen gehauenen Tribünen kilometerweit hinzuziehen. Ohne die Bildschirme, die an den Wänden befestigt waren oder in der Luft schwebten, hätten die Zuschauer dort oben unmöglich erkennen können, was sich unten abspielte.

Unsere geräumige, mit Tischen und bequemen Stühlen ausgestattete Loge befand sich so nahe am unteren Rand, dass wir das Blut spritzen sehen und den Schweiß der Kämpfer riechen konnten.

Man wies mir einen Sessel zu. Hao nahm neben Emmory direkt hinter mir Platz. Cas bezog neben der Tür Position. Sobald sich Rai links von mir niedergelassen hatte, flüsterte er einer jungen Frau etwas zu. Sie nickte geflissentlich und verschwand so still und heimlich, wie sie gekommen war.

»Ihr habt sicher Hunger«, sagte Rai. »Johar hat einen Anfall bekommen, als sie gehört hat, dass ich mich verspäte.« Er verdrehte die Augen. »Also dauert es wohl noch ein paar Minuten. Sobald sie sich wieder beruhigt hat, geht es los. Ich könnte inzwischen ...« Er verstummte und ließ den Arm so schnell vorschnellen, dass ich zusammenzuckte.

Zu Rais Glück hatte sich Emmory besser unter Kontrolle.

Rai warf mir einen entschuldigenden Blick zu und zeigte mir die Kamera, die gerade in die Loge geflogen war. »Ich nehme an, dass es Euch unter den gegenwärtigen Umständen lieber wäre, wenn Eure Anwesenheit möglichst unbemerkt bleibt. Ich habe alle Nachrichtenkameras vor unserer Ankunft aus dem Bazar entfernen lassen. Ihr Verbot in der Arena zu erklären wird nicht ganz so einfach werden, aber irgendwie …«

»Nein, schon gut.« Ich lächelte.

»Dann weiß alle Welt, wo wir sind«, gab Emmory zu bedenken.

»Ganz genau.« Ich sah Rai an.

»Hier seid Ihr sicher. Ihr habt mein Wort darauf.«

»Ich will meinen Feinden eine Botschaft zukommen lassen, und das kann ich genauso gut hier und jetzt tun, es sei denn, dass du dich nicht in meinen Krieg einmischen willst. In diesem Fall gehen wir besser …« Ich wollte aufstehen, doch Rai legte eine Hand auf meinen Unterarm und hielt mich zurück.

Emmory knurrte beinahe unhörbar, doch Rai sah sich trotzdem nach ihm um, ohne die Hand von meinem Arm zu nehmen. Damit der Blutdruck meines Ekams nicht in lebensgefährliche Höhen stieg, entzog ich mich Rai.

»Rai, ich will dir keinen Ärger machen.«

»Damit werde ich schon fertig.« Er grinste mich an. »Euer Wunsch ist mir Befehl, wie immer dieser auch aussehen mag.«

»Also gut«, sagte ich. »Dann sollen die Kameras weiterfilmen.« Ich beugte mich vor und lächelte Rai strahlend an. »Und wenn du mich noch einmal berührst, werden sie filmen, wie Emmory mit dir den Boden aufwischt, verstanden?«

Er blinzelte verwirrt, und dann lachte er ein dröhnendes und ehrliches Lachen. »Klar und deutlich, Euer Majestät«, sagte er, stand auf und vollführte eine schwunghafte Verbeugung, die auch in meinem Palast nicht fehl am Platze gewesen wäre.

»Meine Damen und Herren, vor dem Kampf wird ein ganz besonderer Ehrengast ein paar Worte sprechen.« Rais Stimme dröhnte aus den Lautsprechern der Arena. »Darf ich vorstellen – Ihre Kaiserliche Hoheit Hailimi Mercedes Jaya Bristol.«

In der darauffolgenden Stille hätte man eine Patronenhülse zu Boden fallen hören können. Ich warf Emmory einen Blick zu, dann stand ich auf und stellte mich neben Rai.

»Besten Dank«, sagte ich. »Bürger Indranas, trotz Premierminister Phanins gegenteiliger Behauptungen bin ich noch am Leben. Wie so viele vor ihm musste er erfahren, dass ich nicht so einfach aus dem Weg zu räumen bin.« Ich lächelte freudlos.

»Bald wird er den Preis für diese Fehleinschätzung bezahlen. In einer Zeit, in der wir mehr denn je vereint handeln müssen, haben er und seine Mitverschwörer uns gespalten. Dies beweist ganz ohne Zweifel, dass ihnen Euer Wohl und das Wohl Indranas nicht das Geringste bedeuten. Die Saxonische Allianz mag vielleicht nicht für die Katastrophe von Red Cliff verantwortlich sein, aber sehr wohl für die Probleme der letzten Zeit. Das hat der saxonische König höchstpersönlich in meinem Beisein zugegeben. Bleibt standhaft, meine Untertanen. Wehrt euch gegen jene, die Indrana in die Knechtschaft zwingen wollen. Bald werde ich nach Hause zurückkehren, und der Gerechtigkeit wird Genüge getan.«

Ich nickte. Die Fenster um die Loge herum verdunkelten sich, sodass wir zwar hinaus, die Kameras aber nicht mehr hinein sehen konnten. Die Menge erwachte aus ihrer Schockstarre und brach in Jubel aus.

»Dramatisch, entschlossen und etwas beängstigend«, sagte Rai grinsend. »Gut gemacht, Majestät.«

Ich setzte mich wieder und schlug die Beine übereinander. »Rai, ich bin stinksauer«, sagte ich. »Ich habe gute Leute verloren, weil diese Idioten meinen, das Imperium an sich reißen zu müssen.«

Der Ansager verkündete den Einmarsch der Gegner, die sich im heutigen Hauptkampf gegenüberstehen würden. Ich beugte mich vor und erblickte Johar zum ersten Mal.

Oder besser gesagt: Johar in ihrer gegenwärtigen Form.

Rai hatte mir bereits verraten, dass sie das Geschlecht gewechselt hatte. Für jemanden wie Johar waren solche Dinge nicht von großer Bedeutung. Ich wusste noch nicht einmal, mit welchem Geschlecht sie auf die Welt gekommen war, und es war mir auch egal. Sie war eine treue Freundin – wenn es ihr in den Kram passte –, eine exzellente Kämpferin, die man nicht gegen sich haben wollte, und eine blitzgescheite Taktikerin.

Sobald der Ansager ihren Namen brüllte, marschierte sie hinaus auf den schwarzen Sand der Arena. Sie war so groß wie Rai. Breite, schwarze Tattoos schlängelten sich auf ihren sehnigen Armen. Ihr Haar war ebenfalls pechschwarz, ihre Haut schneeweiß.

Die Menge tobte. Ich warf einen Blick auf den Bildschirm, auf dem gerade eine Nahaufnahme ihres Gesichts zu sehen war. Ihre Augen waren wie immer eisblau – und ich hätte geschworen, dass sie direkt auf mich gerichtet waren.

Dann erhellte ein breites Grinsen ihr ernstes Gesicht, und sie wandte ihre Aufmerksamkeit ihrem Gegner zu.

Dieser war größer und stärker als sie, doch das hatte nichts zu bedeuten. Johar war schneller und fest entschlossen, ihren massigen Gegner windelweich zu prügeln.

Die beiden Kontrahenten verbeugten sich vor Rais Loge und dann voreinander. Der Gong ertönte und brachte die Luft und meine Knochen zum Vibrieren.

Bevor die Menge Zeit hatte, Atem zu holen, war Johar vorgestürzt und hatte den Ellenbogen mit solcher Wucht gegen das Kinn des Mannes gerammt, dass es selbst in der Loge zu hören war. Der Kopf des Kämpfers wurde nach hinten geschleudert. Seine Kehle war entblößt.

»Na, das wird nicht lange dauern«, schnaubte Rai.

Er sollte recht behalten. Johars zweiter Schlag war so schnell ausgeführt, dass ich ihn nicht einmal richtig mitbekam. Ich sah nur, wie der Mann mit gebrochenen Knochen zu Boden ging.

Die Menge geriet völlig aus dem Häuschen. Johar nahm ihren Sieg mit einem schwachen Winken zur Kenntnis, als wäre sie von der Begeisterung des Publikums leicht gelangweilt.

»Sie ist noch besser als früher«, flüsterte ich Rai zu.

»Ihr alter Körper war ihr zu langsam«, teilte er mir mit. »Mir persönlich fehlt er ein wenig, aber ich kann sie verstehen.« Stolz schwang in seiner Stimme mit – solche Einblicke in seine Psyche gewährte er nur selten.

Rai schüttelte den Kopf und schnippte zwei Mal mit den Fingern. Die Geräusche der Arena wurden ausgeblendet, und erwartungsvolle Stille herrschte in der Loge.

»Lasst mich Euch zuerst Euer Geschenk überreichen. Dann könnt Ihr Euch vor dem Essen noch etwas ausruhen.«

»Ich finde, dir macht das Ganze ein bisschen zu viel Spaß.« Ich hob die Augenbrauen.

»Aber bitte, ich bekomme nicht jeden Tag die Gelegenheit, alte Freunde wiederzuvereinen. Besonders, wenn man bedenkt, welche irren Zufälle diese Freunde hierhergeführt haben.«

Die Türen hinter uns glitten auf. Mein Mund klappte auf, als Rais Leibwächter einen großen Mann mit kastanienbraunem Haar hereinführten. Er war mit Wunden und Schrammen übersät, seine Arme waren hinter dem Rücken gefesselt.

»Vasha?«, keuchte ich verblüfft, als ich den Waffenschmuggler erblickte, mit dem ich viele Abenteuer erlebt hatte und immer gut ausgekommen war – sehr gut sogar.

Vashas graue Augen funkelten vor Wut, und selbst gefesselt versuchte er noch, das kleine Mädchen an seiner Seite zu beschützen. »Rai, du räudige Missgeburt«, zischte er. »Sobald ich wieder frei bin, werde ich dir das Rückgrat Wirbel für Wirbel aus dem Leib reißen. Du hast ja keine Ahnung, womit du es hier zu tun hast.«

»Rai, was zum Kroni geht hier vor?« Wenn Rai mir Vasha zum Geschenk machte, konnte es dafür nur eine Erklärung geben: Er war an dem Putsch beteiligt. Während ich aufsprang und mich von Rai entfernte, fuhr meine Hand zur Waffe. Emmory machte sich ebenfalls kampfbereit, und eine unbehagliche Spannung erfüllte den Raum, als sich auch Cas und Hao wortlos neben mich stellten.

Vasha riss die Augen auf, und er stieß einen kleinen Seufzer der Erleichterung aus. »Shiva und allen Göttern sei Dank«, keuchte er. »Ihr lebt, Euer Majestät.«

Rai kicherte hämisch. Ich wandte die Aufmerksamkeit von meinem alten Waffenschmuggelpartner ab und ihm zu. »Immer mit der Ruhe, Majestät. Es ist nicht so, wie es aussieht, und da ich die Loge gerade habe renovieren lassen, wäre es mir lieber, wenn hier nicht geschossen wird. Zunächst einmal: Ich habe ihn nicht so zugerichtet.« Er wedelte mit der Hand in Vashas Richtung. »Sondern ein saxonischer Soldat, der jetzt hoffentlich noch schlimmer aussieht. Und ich habe ihn nur deshalb in Handschellen legen lassen, weil er sich nicht beruhigen und mir zuhören wollte. Das war nur um seiner Sicherheit willen.

Immerhin wollte ich nicht riskieren, dass er Euch umbringt, solange Ihr unter meinem Schutz steht.«

»Eure kaiserliche Hoheit.« Das Kind an Vashas Seite trat vor, und jetzt sah ich, dass es kein Kind, sondern eine sehr kleine Frau war. Trotz der blutverschmierten Hose und der dreckigen Bluse machte sie einen eleganten Knicks. »Ich bin überaus erleichtert, Euch wohlauf zu sehen.«

»Wer seid Ihr?«, fragte ich, und Rai zischte einen Fluch.

»Na toll, Jia. Jetzt habt Ihr mir den ganzen Spaß verdorben.« Rai stand mit einer feierlichen Geste auf. »Eure Majestät, wenn ich Euch Eure treue Untertanin vorstellen darf: Jia Li Ashwari, die Gouverneurin von Canafey Minor.«

· 29 ·

HATTE ICH MICH DA GERADE VERHÖRT? HATTE ICH nicht, wie mir mein *smati* bestätigte.

»Ach du Scheiße. Gouverneurin, ich hätte nicht gedacht, dass wir uns so schnell über den Weg laufen würden. Wir hätten uns doch auf Red Cliff treffen sollen.«

»Wir waren auf dem Weg dorthin, als wir angegriffen wurden, und mussten eine Zuflucht suchen.« Ein Lächeln zeichnete sich auf Jias lädiertem Gesicht ab. »Ich hätte nicht erwartet, hier zu landen. Ein glücklicher Zufall.«

Ich funkelte Rai böse an. »Wenn er keine Gefahr darstellt, warum ist er dann noch gefesselt?«

Rai schnippte mit den Fingern, woraufhin die Wachen Vasha die Handschellen abnahmen. »Schön brav sein«, warnte er Vasha. »Und sei mir nicht böse, aber ich wollte auf jeden Fall verhindern, dass du versuchst, die Kaiserin zu töten. So etwas ist ganz schlechte Publicity. Außerdem würde ich dir raten, die Finger von meiner Wirbelsäule zu lassen. Sonst wird Johar sauer.«

Vasha sah Rai voller Verachtung an, dann richtete er die kalten grauen Augen auf mich. »Eure kaiserliche Hoheit.« Er kniete vor mir nieder.

Ich stöhnte. »Oh, bitte, Vasha.« Ohne Emmorys Protest Beachtung zu schenken, trat ich vor, half ihm auf und umarmte ihn. Dabei verzog er das Gesicht, was nur zum Teil an seinen Verletzungen lag, und trat schnell zurück. Ich verdrehte die Augen. »Wir waren doch mal Freunde, oder?«

Eigentlich sogar mehr als Freunde, doch ich hielt es für das Beste, uns beiden diese Peinlichkeit zu ersparen und darüber zu schweigen.

»Und Ihr wart eine Waffenschmugglerin, Majestät.« Ein Lächeln huschte über sein Gesicht, dann warf er Rai über meine Schulter hinweg einen Blick zu. »Wir müssen unter vier Augen sprechen.«

»Ich habe ein Quartier für euch vorbereiten lassen«, sagte Rai. »Camon wird Euch dorthin führen. Vielleicht wollt Ihr mit uns zu Abend essen, Eure Majestät? Johar wäre sehr erfreut, Euch wiederzusehen.«

»Sehr gerne, vielen Dank.« Ich quittierte sein Angebot mit einem formellen Nicken, was sich sehr kaiserlich anfühlte. »Wie wäre es mit einem Arzt für Vasha?«

»Ist schon unterwegs. Er wird in Eurem Quartier warten. Aus offensichtlichen Gründen gibt es leider keine Farianer bei uns.« Er verbeugte sich wieder elegant. »Euer Majestät.«

Wir hatten zwar eine Farianerin, doch die war immer noch bewusstlos, was mir mit jedem Tag größere Sorgen machte.

»Dann sehen wir uns beim Abendessen«, sagte ich, obwohl ich Rai am liebsten Feuer unter dem Hintern gemacht hätte. »Hao, du gehst zurück aufs Schiff und holst die anderen. Stasia, Gita und Indula sollen bei Fasé bleiben.«

Hao nickte gehorsam und ging. Niemand sagte ein Wort, als uns Camon aus der Arena und zu den luxuriösen Räumlichkeiten führte, die Rai uns zur Verfügung gestellt hatte. Ich wartete im Flur, bis Emmory und Cas das Quartier gesichert hatten.

Der edle Holzboden glänzte im sanften, indirekten Licht. Im Empfangsraum standen mehrere Sofas in verschiedenen

Grautönen. Auf dem Tisch neben dem großen Kamin war eine betörende Auswahl an Delikatessen angerichtet. Doch das alles verblasste im Vergleich zu der idyllischen Strandszene auf den Bildschirmen, die vom Boden bis zur Decke der gegenüberliegenden Wand reichten.

Sobald sich die Tür hinter uns schloss, wirbelte ich zu Vasha herum.

»Was im Namen der Dunklen Mutter geht hier vor? Ohne dir zu nahe treten zu wollen, aber du hast deine Bürgerpflichten noch nie besonders ernst genommen. Was bei den Feuern von Naraka hast du mit meiner Gouverneurin zu schaffen? Caspel hat doch einen Agenten geschickt, um sie rauszuholen.«

»Eure Majestät ...«, begann Jia, doch Emmory hob die Hand.

»Einen Augenblick noch, bevor wir dieses Gespräch fortsetzen.« Er und Cas durchsuchten in einer geübten Choreografie den Raum nach Abhörgeräten.

»Vasha, setz dich hin, bevor du mir noch umkippst.«

»Geht schon, Majestät.« Er schüttelte den Kopf, was ihn beinahe aus dem Gleichgewicht brachte. Jia war nicht annähernd kräftig genug, um den großen Mann zu stützen.

Emmory reagierte vor mir. Er warf mir einen so finsteren Blick zu, dass ich einen Schritt zurücktrat, griff Vasha unter die Arme und zerrte ihn zum nächsten Sofa hinüber.

»Macht Euch keine Sorgen, *Ekam*. Ich bin ein treuer Untertan der Kaiserin.« Vor Schmerz konnte er kaum sprechen. Sobald er auf dem Sofa lag, kippte sein Kopf nach hinten. »In meiner Verfassung bin ich sowieso keine Gefahr für sie. Ich weiß, wie gut sie kämpfen kann. Ich muss mich nur ein paar Sekunden ausruhen. Dieser saxonische Mistkerl hat ein paar saubere Treffer gelandet. Ich bin völlig fertig.«

»Er ist Euch treu, Majestät«, flüsterte mir Jia zu. »Wahrscheinlich treuer als ich. Er hat mir gegenüber noch nicht einmal erwähnt, dass er Euch persönlich kennt.« Sie setzte sich neben Vasha und legte eine Hand auf sein Knie.

Ohne die Augen zu öffnen, bedeckte Vasha ihre Hand mit seiner eigenen. Mit einem Lächeln wandte ich mich ab. Es sah beinahe so aus, als hätte mein alter Waffenschmuggelpartner endlich sein Glück gefunden.

Hoffentlich hielt es auch an.

»Majestät.«

Ich sah zu Emmory hinüber. »Alles sauber?«

Er zuckte mit den Schultern. »Wir haben keine Geräte zur Audio- oder Videoübertragung gefunden, aber das will nicht viel heißen. Immerhin stehen uns nur begrenzte technische Mittel zur Verfügung.«

»Und die beiden?« Ich deutete auf das Sofa.

»Sie ist Gouverneurin Ashwari.« Emmory nickte. »Das kann ich bestätigen. Und der Waffenschmuggler ist auch der, der er behauptet zu sein. Vasha Ystrel, ehemaliger Bürger des Imperiums, gesucht wegen insgesamt sieben Kapitalverbrechen und so vielen Bagatelldelikten, dass ich den ganzen Tag bräuchte, um sie aufzuzählen.«

»Emmy, vergiss nicht, dass ich an einigen dieser Verbrechen beteiligt war.« Ich grinste ihn an. »In Anbetracht dessen, was er für die Gouverneurin getan hat, sollten wir Milde walten lassen.«

»Die Vergangenheit interessiert mich nicht, Majestät. Meine Scans bestätigen lediglich ihre Identität, sie sagen nichts über ihre Loyalität aus.«

»Dann hören wir uns mal an, was er zu sagen hat.« Ich ging um Emmory herum. Erst jetzt fiel mir auf, wie sehr mein BodyGuard litt. Ebenso wie ich zweifelte er schwer an seiner Urteilsfähigkeit. Wir beide hatten Phanin als unbedeutenden Politiker abgetan. Jetzt bezahlten wir den Preis dafür.

Doch darüber konnte ich mir später Gedanken machen. Ich setzte mich Vasha und Jia gegenüber auf das dunkelgraue Sofa, stützte die Ellenbogen auf die Knie und beobachtete die beiden.

Jia erwiderte meinen Blick nur kurz, dann senkte sie so übertrieben ehrfürchtig den Kopf, dass ich beinahe wütend wurde. Vasha öffnete ein Auge und grinste mich schief an.

»Ich kann die Zahnräder in deinem ... verzeiht, Eurem Kopf beinahe hören, Eure Majestät.« Er sah zu Emmory hinüber. »Vergebt mir, *Ekam*, ich verhalte mich nicht mit Absicht so ungebührlich. Cres ... die Kaiserin und ich waren befreundet, lange bevor ich herausfand, wer sie tatsächlich ist.«

»Tut mir leid, dass ich dich angelogen habe.«

»Ich fürchte, ich war auch nicht ganz ehrlich zu Euch, Majestät«, fuhr Vasha fort. »Mein echter Name lautet Nakula Orleon. Ich bin von der Imperialen Sicherheitsbehörde.«

Noch während er sie aussprach, wurden mir seine Worte bestätigt. Er hatte meinem *smati* und denen meiner BodyGuards Zugriff auf seine Identität gewährt.

Diese neue Erkenntnis trug jedoch nicht zu Emmorys Entspannung bei. Im Gegenteil – er zog die Waffe und richtete sie auf Vasha. Cas folgte seinem Beispiel und trat gleichzeitig näher an mich heran. Jia erstarrte vor Schreck.

»Nur die Ruhe«, murmelte ich und hob die Hand.

»Ich bin Direktor Ganejs Agent. Ich war gerade in geheimer Mission auf Canafey, als er mir befahl, Jia aus der Gewalt der Saxonier zu befreien. Was mir, wie Ihr sehen könnt, auch gelungen ist. Ich wollte sie vom Planeten und nach

Pashati schaffen, doch ein saxonischer Sturmtrupp war uns auf den Fersen. Sie hätten sie beinahe erneut gefangen genommen.«

»Da hat er mich ein zweites Mal gerettet«, sagte Jia.

Färbte sich die Haut auf Nakulas hohen Wangenknochen etwa rot? Er rutschte bis zum Rand des Sofas. »Wollte ich zumindest, aber Jia brauchte eigentlich keine Hilfe. Wir konnten entkommen und erhielten die Anweisung des Direktors, Red Cliff anzusteuern. Als es dort plötzlich drunter und drüber ging, richtete sie eine Waffe auf mich und fragte mich, wem meine Loyalität gehörte. Ich habe ihr dasselbe geantwortet, was ich dir antworte, Cres…«

Er unterbrach sich, bevor er meinen alten Namen aussprechen konnte, und ging vor mir auf die Knie. »Euer Majestät, ich bin und war stets ein treuer Diener des indranischen Throns. Und mehr noch, Majestät. Ich kenne Euch, und ich weiß, wozu Ihr fähig seid. Es gibt niemanden in dieser Galaxis, dem ich bereitwilliger in die Schlacht folgen würde. Wenn Ihr es mir gestattet, will ich Euch dabei helfen, den Thron zurückzuerobern.«

Die Tränen, die ich auf diese Erklärung hin vergoss, überraschten nicht zuletzt mich. Ich streckte die Hand aus und vergrub meine Finger in seinem dichten Haar. »Deine Hilfe ist mehr als willkommen«, flüsterte ich. »Und ich hoffe, dass ich deinem Vertrauen in mich auch gerecht werden kann.«

Nakula hob den Kopf, als ich die Hand zurückzog, und lächelte. »Dessen bin ich mir gewiss«, sagte er.

Ein Klingeln an der Tür kündigte Zins Rückkehr an und ersparte mir die Peinlichkeit, nach einer angemessenen Antwort suchen zu müssen. »Hast du ihn gefunden?«, fragte ich ihn, als er eintrat.

Zin schüttelte den Kopf. »Er war wie vom Erdboden verschluckt. Dailun wollte sich noch etwas länger umsehen und ist auf eigene Faust losgezogen. Wenn Bial Santa Pirata noch nicht verlassen hat, könnten wir Rai bitten, ihn …« Er verstummte, als Emmory und ich gleichzeitig den Kopf schüttelten.

»Ich will Rai keinen Gefallen schuldig sein. Was glaubst du, was Bial hier vorhatte?«

»Seine Anwesenheit war kein Zufall«, sagte Emmory. »Sobald ich wieder eine sichere Verbindung habe, werde ich Winston kontaktieren und nachfragen, wo er und Peche stecken.«

Die beiden Jäger, die man auf Bial angesetzt hatte, hatten ihn kurz vor unserer Abreise nach Red Cliff aus den Augen verloren. Wenn sie seine Spur wiedergefunden hatten, mussten sie ja irgendwo in der Nähe sein.

»Sag ihnen auch, dass wir auf dem Weg zu Admiralin Hassan sind«, sagte ich. »Ich werde mit Hao reden. Seine Informanten sollen nach Bial Ausschau halten. Die sind um einiges unauffälliger als ein Jägerteam.«

Wieder klingelte es an der Tür. Zin öffnete, bat den Arzt herein und führte ihn zu Nakula.

Hao, der im gleichen Moment mit den anderen eintraf, quittierte die Nachricht, dass Vasha in Wahrheit Nakula hieß, mit einem verächtlichen Schnauben. »Verflucht, gibt es denn heutzutage überhaupt keine richtigen Kriminellen mehr? Wenn ich nach dieser Angelegenheit unter Paranoia leide, ist das allein deine Schuld, *sha zhu*.«

Ich streckte ihm die Zunge heraus und ging zur Bildschirmwand hinüber. Das türkisblaue Wasser und die Palmen waren so realistisch, dass ich glaubte, beim Einatmen das Salzwasser in der Luft zu schmecken.

»Majestät«, sagte Alba lächelnd. Ich beugte mich vor, um sie zu umarmen. »Welche Erleichterung, Euch unversehrt zu sehen.«

»Was macht der Arm?«

»So gut wie neu.« Sie bewegte die Finger. »Jedenfalls bin ich einsatzfähig, wenn Ihr mich braucht.«

»Wir werden sicher eine Aufgabe für dich finden.«

»Euer Majestät«, rief Jia über die Brandung hinweg. »Ich kann bestätigen, dass die Schiffe in den Werften auf Canafey Major vor einer Woche noch unbeschädigt waren.«

»Die Saxonier haben sie nicht zerstört?« Ich wirbelte zu ihr herum und starrte sie an. Sie stand in einer Entfernung, in der sie keine Gefahr für mich darstellte, mit vor dem Körper gefalteten Händen neben Cas.

Die *Vajrayana*-Schiffe verfügten über bessere Waffensysteme, einen besseren Alcubierre/White-Antrieb und generell über fortschrittlichere Technologie als der Rest unserer Flotte. Doch im Verriegelungsmodus waren sie völlig nutzlos. Die Saxonier hätten sie mühelos vernichten können.

Jia lächelte. »Sie spekulieren wohl immer noch darauf, die Zugangscodes von mir zu erhalten. Dabei würde ich es bei Weitem vorziehen, sie Euch zu geben.«

Ich streckte die Arme aus. Jia drückte ihre Handflächen gegen meine, damit die Codes von einem *smati* zum anderen übertragen werden konnten. Erleichterung zeichnete sich auf Jias hübschem Gesicht ab, während in meinem Kopf allmählich ein Plan Gestalt annahm.

»Was könnt Ihr mir noch sagen?«

»Da die Saxonier die Schiffe nicht aktivieren können, versuchen sie, wenigstens an die Technologie zu gelangen«, sagte Jia. »Wahrscheinlich, um sie in ihrer eigenen Flotte einzusetzen.« Sie rang die Hände und sah sich nach Nakula und dem Arzt um. »Majestät, der saxonische Sturmtrupp, der hinter uns her ist, wird von einem gewissen Captain Hume angeführt. Er hatte uns bei Midway eingeholt. Wir konnten nur entkommen, weil wir uns den dortigen Behörden gestellt haben.«

Mir entfuhr ein helles Lachen. »Und als die herausgefunden hatten, wer ihr seid, haben sie euch zu Rai gebracht. Clever.«

»Hume ist gefährlich.«

»Wir haben selbst einen Sturmtrupp an der Backe.« Ich machte eine wegwerfende Handbewegung. »Mit denen werden wir schon fertig. Cas, ich muss mit Emmory sprechen.«

»Majestät …«

»Bitte, Cas. Ich werde schon mit ihr fertig, und nach dem, was die beiden alles durchgemacht haben, um mir die Codes zu bringen, dürfen wir wohl annehmen, dass sie auf unserer Seite sind.« Jia biss sich auf die Lippe, um ihr Grinsen zu verbergen. »Zin und Iza sind in der Nähe. Im Notfall sind sie in zehn Sekunden hier.« Ich gab ihm einen sanften Schubs. »Na los.«

»Majestät, wie geht es jetzt weiter?«, fragte Jia.

Ich gab Kisah ein Zeichen. »Kisah und Alba werden dir dein Quartier zeigen. Rai hat bestimmt schon Kleidung für dich bereitlegen lassen. Mach dich frisch, und nach dem Abendessen und einer ordentlichen Nachtruhe sehen wir weiter.«

»Vielen Dank, Majestät. Darf ich erst nach Nakula sehen?«

Sein wirklicher Name kam ihr ohne zu zögern über die Lippen, und ich konnte mir ein Lächeln nur mit Mühe verkneifen. »Später, Jia. Und danke für alles.«

Selbst unter diesen Umständen vollführte sie – vollkommene Politikerin, die sie war – einen Knicks und ließ sich dann von Kisah in ihr Quartier führen.

Jia und Caterina, Hao, Emmory und alle bis auf zwei BodyGuards begleiteten mich zum Abendessen. Wie sich herausstellte, hatte Rai nicht nur für Kleidung für meine Gouverneurin gesorgt, sondern uns alle neu ausstaffiert.

Johar plapperte etwas Unverständliches und warf sich in meine Arme, bevor Emmory sie aufhalten konnte. Ich umarmte sie ebenfalls und scheuchte dann meinen *Ekam* davon, bevor er sie verärgern konnte – etwa, indem er sie ohne Erlaubnis berührte.

»Du hast mich angelogen«, sagte sie, löste sich von mir und schüttelte den Kopf. »Ich bin wirklich enttäuscht von dir.«

»Es war leider unvermeidlich. Vergibst du mir?«

Johar lächelte, und ihre roten Tätowierungen färbten sich erst beruhigend blau und dann wieder schwarz. »Klar. War sowieso nur ein Scherz. Lügen ist gut für die Seele. Bakara hat selbst gekocht. Er ist sehr aufgeregt.«

»Psst, Johar.« Rai grinste, dann zog er den Stuhl am Kopfende des Tisches für mich zurück. »Eure Majestät.«

»Wenn du ihn nicht neben mich setzt, wird er die ganze Zeit über hinter mir stehen«, flüsterte ich, als ich Platz nahm.

Rai sah mich verärgert an, dann deutete er auf den Stuhl neben mir. *»Ekam?«* Er wies den anderen ihre Plätze zu und blickte ein weiteres Mal finster drein, als sich Johar ungefragt und mit einem breiten Lächeln den anderen freien Stuhl neben mir sicherte.

Als alle saßen, klatschte Rai in die Hände, woraufhin Diener mit üppig beladenen Tabletts in den Raum marschierten. Die Bediensteten waren gut ausgebildet und zeigten zuerst Emmory das Essen, damit er es überprüfen konnte, bevor sie es mir servierten.

»Auf die Kaiserin von Indrana.« Rai hob sein Glas, und die anderen folgten seinem Beispiel.

Dann wurde gegessen.

»Caterina, erzählt mir von Indrana«, bat Johar die Matriarchin.

»Gerne, was wollt Ihr denn wissen?«

»Alles.«

Das Mahl wurde von einem ständigen Strom aus neugierigen Fragen und erschöpfenden Antworten begleitet. Als die Dessertteller abgeräumt waren, lehnte ich mich zurück und drehte eine filigrane Teetasse in den Händen hin und her. »Rai, wie viel würde mich deine Hilfe kosten?«

Er hob eine Augenbraue. Die Gespräche verstummten. »Das kommt darauf an, welche Art von Hilfe Ihr benötigt, Majestät.«

»Das weiß ich noch nicht so genau. Was würde es mich kosten, damit du mir deine Hilfe garantierst?«

Rai dachte eine Weile darüber nach, zuckte dann mit den Schultern und nannte eine Summe, bei der jeder Anwesende außer mir das Gesicht verzog. Selbst Johar verdrehte die Augen und gab Rai einen Klaps auf den Hinterkopf.

»Unverschämtheit.«

»Hier geht's ums Geschäft, meine Liebe.«

»Sie ist eine Freundin.«

»Cressen Stone war eine Freundin, Jo. Jetzt rede ich mit der Kaiserin von Indrana.«

»So langsam kann ich's nicht mehr hören.« Missmutig starrte ich ihn an. »Ich bin dieselbe verdammte Person wie früher, Rai, und das weißt du genau. Könntest du also bitte die beschissenen Ausflüchte bleiben lassen? Wenn du mir nicht helfen willst, dann sag es einfach.«

Einen Augenblick lang dachte ich tatsächlich, dass ich zu weit gegangen war und ihn beleidigt hatte. Doch dann faltete er die Hände und schüttelte sie entschuldigend. »Ihr habt recht, Majestät. Bitte vergebt meine Anmaßung. Selbstverständlich werde ich mich Eurer Bitte nicht verschließen, aber ich darf auch mein Geschäft nicht vernachlässigen. Ich setze Euch ganz oben auf meine Liste. Einverstanden?«

»Also gut.« Ich nippte an meinem Chai. »Als Erstes brauche ich Informationen über einen gewissen Wilson.«

Rai hielt mir stumm die Hand hin. Ich nahm sie und übertrug ihm damit die wenigen Informationen, die ich über den Gesuchten besaß.

»Mal sehen, was sich machen lässt, Majestät.«

»Danke.«

Ich schob den Stuhl zurück und stand auf. »Ein köstliches Mahl. Es ist doch nicht unhöflich, wenn wir uns jetzt zurückziehen?«

»Selbstverständlich nicht, Ihr seid sicherlich erschöpft.« Rai lächelte. »Gute Nacht, Majestät. Wir sprechen morgen Vormittag weiter.«

»Cressen, dein Imperium scheint ja sehr faszinierend zu sein. Ich muss dich mal besuchen kommen.« Johar sah Caterina, die ihr gegenübersaß, freundlich an. »Das wird bestimmt lustig.«

»Du bist jederzeit willkommen«, sagte ich und musste unwillkürlich breit grinsen. Mein Imperium konnte sich bei meiner Rückkehr auf mehrere Überraschungen gefasst machen.

»Majestät?«, ertönte Emmorys Stimme über die *smati*-Verbindung. *»Fasé ist aufgewacht.«*

»Iza, wärst du so nett und bringst Caterina in unser Quartier? Hao, du begleitest sie.«

»Wo wollt Ihr hin?«, fragte er und zog die Augenbrauen hoch.

Ohne zu antworten, folgte ich Emmory den Flur hinunter. Die anderen BodyGuards eilten mir hinterher.

»Majestät.«

»Fasé.« Ich setzte mich auf die Bettkante und ergriff die Hand der Farianerin. Die Haut ihrer Finger war so bleich, dass ich die blauen Adern darunter erkennen konnte. »Wir sind sehr froh, dass du wieder aufgewacht bist.«

Ein trauriges Lächeln huschte über ihr Gesicht. »Ich wünschte, ich könnte dasselbe sagen.«

»Ich weiß, Fasé. Es tut mir leid. Ich kann mir nicht einmal ansatzweise vorstellen ...«

»Nicht doch.« Sie verzog das Gesicht. »Dankt mir nicht, Hoheit.«

Ich warf Emmory über ihren Kopf hinweg einen besorgten Blick zu, tätschelte unbeholfen ihre Hand und richtete mich auf. »Ruh dich etwas aus, Sergeant.«

Emmory und Zin blieben an ihrer Seite. Stasia, Gita und Henna folgten mir, als ich mich von ihr entfernte. »Wie geht es ihr?«, fragte ich, sobald wir außer Hörweite waren.

Henna zuckte mit den Schultern. »Rein körperlich ist sie völlig gesund, Cressen. Aber ich bin keine Expertin für Farianer.«

»Irgendetwas macht ihr zu schaffen, Majestät«, sagte Stasia mit einem Blick über ihre Schulter hinweg. »Sie befürchtet anscheinend, ein Verbrechen begangen zu haben, indem sie Emmory gerettet hat.«

»Hat sie damit gegen ein Gebot verstoßen?« Mit den vielen religiösen Dogmen, die die Farianer zu befolgen hatten, kannte ich mich nicht besonders gut aus. Wenn sie ihre

Kraft einsetzten, um jemanden umzubringen, bedeutete das gleichzeitig auch das Todesurteil für sie selbst. Doch dass ihnen diese Strafe auch drohte, wenn sie Leben retteten, konnte ich mir kaum vorstellen.

»Das weiß ich nicht, Majestät.« Meine Zofe schüttelte den Kopf. »Jedenfalls ist sie nicht ganz bei sich. Wir sollten sie im Auge behalten.«

»Einverstanden. Du bleibst mit Kisah bei ihr. Ruf uns, sobald es Probleme gibt – egal, welche. Gita, du begleitest mich.«

»Ja, Majestät.«

Ich zwang mich zu einem Lächeln und strich über Stasias Wange. »Kopf hoch. Alles wird gut.«

»Ja, Majestät.«

Emmory drückte Fasé einen Kuss auf die Stirn und stand auf. Zin folgte ihm in den Flur hinaus. Wortlos verließen wir die Landebucht und betraten erneut die gewundenen Gänge von Santa Pirata.

Dailun wartete vor der Tür zu unserem Quartier. Er lehnte sich gegen die Wand und ließ einen Creditchip geschickt über die Fingerknöchel wandern. Als wir uns näherten, schob er die Kapuze zurück und verbeugte sich tief. »Der Mann ist gut, *Jiejie*. Wie ein *Gui*.« Er sah mir in die Augen. »Ich habe sein Foto mehreren Mitgliedern der Diebeskooperative gegeben. Wenn sie ihn sehen, werden sie mir sofort Bescheid geben. Ihr wollt ihn lebend, nehme ich an?«

»Ja«, sagte ich. »Sie sollen ihn nicht töten, noch nicht mal angreifen. Er ist gefährlich. Ich will nicht, dass den Kleinen etwas zustößt.«

Dailun grinste übers ganze Gesicht. »Ihr seid weit milder als Euer Ruf, Schwester.«

»Verlass dich da nicht zu sehr darauf. Ich will ihn nur deshalb lebend, damit ich ihn verhören kann.« Ich klopfte ihm auf die Schulter. »Ruh dich aus, Dai. Wir sehen uns morgen.«

Er nickte, zog die Kapuze über den Kopf und ging den Flur hinunter.

Emmory und die anderen waren mit der Durchsuchung der Räumlichkeiten fertig. Hao stand auf, als ich eintrat.

»Was habe ich verpasst?«, fragte er.

»Erst mal brauche ich einen Drink«, sagte ich. »Dann werde ich dir alles erzählen – und dich wohl um einen Gefallen bitten müssen.«

Hao verdrehte die Augen. »Du hast Glück, dass ich dich so gut leiden kann, kleine Schwester.«

»Und du hast Glück, dass Emmory dich leiden kann«, erwiderte ich und ging zu den Spirituosen hinüber.

»Jeder kann mich leiden.« Hao nahm mir das Glas aus der Hand und trank, bevor ich es mir zurückholen konnte.

»Kalah nicht.«

»Sie konnte niemanden leiden. Das zählt nicht. Schenk dir auch ein Glas ein und hör auf, um den heißen Brei herumzureden. Was ist das für ein Gefallen?« Er ließ sich in einen Stuhl fallen und legte die Füße auf einen mit dem Boden verschraubten Tisch. »Ich nehme an, dass es mit dem *Ekam* deiner Mutter zu tun hat?«

Wenn Hao damit angeben wollte, wie viel er wusste, dann beeindruckte mich das nicht besonders. Ich nahm einen Schluck und behielt den brennenden Whiskey einen Augenblick lang auf der Zunge, bevor ich ihn hinunterschluckte. »Gut möglich. Ich will wissen, wo er steckt, Hao. Ich bin bereit, gut dafür zu bezahlen und …«

Hao unterbrach mich mit einer wegwerfenden Handbewegung. »Ich werde mich mal umhören. Hat Dailun bereits die Diebe auf dem Planeten verständigt?«

»Ja. Aber so wie ich Bial kenne, ist er ihnen sicher einen Schritt voraus. Oder er hat das System längst verlassen.«

»Wäre besser für ihn, wenn er nicht will, dass Rai ihn in Streifen schneidet.« Hao legte den Kopf schief und musterte mich eingehend. »Du hast ihm nichts davon erzählt?«

»Er muss das nicht wissen.« Ich schüttelte den Kopf. »Das ist allein meine Angelegenheit. Außerdem ist mir nicht wohl dabei, ihm einen Gefallen schuldig zu sein.«

»Aber mir einen zu schulden, das ist okay?« Haos Grinsen war beinahe als boshaft zu bezeichnen.

»Einer mehr oder weniger macht auch keinen Unterschied.« Ich versuchte gar nicht erst, mein Grinsen zu verbergen.

· 30 ·

AUSGERECHNET IM STÜTZPUNKT EINES SCHMUGGLERS fand ich erholsamen und ungestörten Schlaf. Keine Träume. Kein plötzliches panisches Erwachen.

Beim Frühstück mit Alba, Jia und Caterina wurde kaum gesprochen. Gita stand mit verschränkten Armen neben der Tür. Meine Kammerfrau verwaltete meine Termine, als wären wir noch im Palast. Dass sie dies trotz ihres verletzten Arms erledigte, ja, dass sie überhaupt noch an meiner Seite war, erfüllte mich mit großer Dankbarkeit.

»Die Vorräte für die nächste Etappe unserer Reise sind besorgt, Majestät«, berichtete Alba und setzte einen Haken neben einen weiteren Posten auf der Liste, auf die wir per *smati* gemeinsam Zugriff hatten. »Hao hat sich darum gekümmert, doch ich habe mir erlaubt, Euren Lieblingschai bei einem Händler auf dem Markt zu beschaffen.«

»Erinnere mich daran, dass ich dir eine Gehaltserhöhung gebe, sobald wir wieder zu Hause sind.« Ich grinste. »Was gibt es Neues von Matriarchin Tobin?«

»Nach dem Abendessen konnte Nakula Verbindung mit einer seiner Kontaktpersonen aufnehmen«, sagte Jia. »Anscheinend konnten die Matriarchinnen unversehrt von Red Cliff entkommen und zwei Tage später mit Admiralin Hassan zusammentreffen. Wie genau sie das geschafft haben, ist noch unklar, doch wir können die Admiralin später am Vormittag ja selbst fragen.«

Erleichtert atmete ich aus und schlug sanft mit der Faust auf die Tischplatte. Seit unserer Flucht von Red Cliff hatte ich mir große Sorgen um das Wohlergehen der beiden anderen Matriarchinnen gemacht. »Ein Problem weniger.«

»In der Tat, Majestät«, pflichtete Caterina mir bei. »Caspel meldet, dass Matriarchin Hassan und ihre Kinder am frühen Morgen einen *Upja*-Unterschlupf erreicht haben. Mit Ausnahme von Matriarchin Desai sind somit alle in Sicherheit – oder in den Tempel heimgegangen.«

Ich fuhr mit der Hand über Herz, Lippen und Stirn. Die drei Frauen wiederholten die Geste, dann saßen wir lange schweigend da.

Ich räusperte mich. »Alba, was berichten die Medien?«

»Sobald die erste Aufregung über den Angriff auf Red Cliff abgeflaut war, brachten die intergalaktischen Medien kaum noch etwas über die Lage auf Indrana. Nur vereinzelte Reportagen und Kommentare über die Auswirkungen auf die politische Stabilität in der Region, sonst nichts. Entweder hat Phanin die offiziellen Nachrichtenkanäle mundtot gemacht, oder niemand will darüber reden.«

Mindestens einer der kaiserlichen Nachrichtensender war aufgrund »katastrophaler technischer Schwierigkeiten« ausgefallen – was bedeutete, dass Phanin das Gebäude des Senders hatte sprengen lassen, nachdem dieser weiterhin Botschaften zu meiner Unterstützung gesendet hatte.

»Das Solarkonglomerat verhält sich auffallend ruhig. Anscheinend ist es an der Angelegenheit nicht interessiert«, sagte Caterina.

»Oh, es ist sogar sehr daran interessiert, das könnt Ihr mir glauben.« Ich deutete mit dem Finger auf sie. »Ihr werdet drei Pressemitteilungen für mich verfassen. Einmal werden wir unsere Empörung über die brutale Gewalt zum Ausdruck bringen, mit der die Saxonische Allianz gegen uns und einen neutralen Planeten des Solarkonglomerats vorgegangen ist. Zweitens verurteilen wir Eha Phanins unrechtmäßige Übernahme der indranischen Regierung und die bestialische Ermordung der Mitglieder des Matriarchinnenrats.«

Caterina nickte und gab alles in ihren *smati* ein. »Und drittens?«

»Diesbezüglich solltet Ihr Euch am besten mit Johar in Verbindung setzen. Sie kennt sich mit so etwas aus. Ich will, dass ein Kopfgeld von fünfundvierzig Millionen auf Phanin ausgesetzt wird. Lebendig oder tot, mir ganz egal. Nur sein Kopf ist Bedingung.«

Caterina erbleichte. »Majestät, das Imperium darf keinesfalls ...«

»Das ist nicht Sache des Imperiums. Ich bezahle das Kopfgeld aus meiner eigenen Tasche.« Ich lächelte süffisant. »Gebt Cressen Stone als Auftraggeberin an, wenn Ihr Euch dann besser fühlt. Endlich können wir meine zweite Identität mal zu unserem Vorteil nutzen.«

»Ja, Majestät.«

»Sehr gut.« Ich klopfte mit den Knöcheln auf die Tischplatte. »Dann wären wir hier fertig. Ihr dürft gehen. Ich muss mich kurz mit Emmory beraten, und danach werden Nakula und ich Caspel kontaktieren. Jia, könntest du ihm bitte Bescheid geben?«

»Aber natürlich, Majestät«, sagte sie lächelnd.

Die drei Frauen ließen mich mit meinem *Ekam* allein. Ich stand auf, tigerte durch den Raum und überlegte, wie ich ihm das heikle Thema mit den Schiffen auf Canafey am besten beibringen sollte.

Doch die Mühe hätte ich mir sparen können. Wieder einmal bewies mein *Ekam*, dass er mich besser kannte als jeder andere.

»Majestät, ich nehme an, dass Ihr als Nächstes die *Vajrayana*-Schiffe zurückerlangen wollt?« Erstaunt starrte ich Emmory an. Er seufzte. »Das wäre gegenwärtig die beste Vorgehensweise. Phanin kontrolliert bereits drei der Schiffe. Ich kenne ihre technischen Daten. Wenn auch nur die Hälfte gefechtsbereit ist, können wir die zweite Flotte damit vernichten. Dann werden es sich die Saxonier zweimal überlegen, bevor sie uns den Krieg erklären.«

Ich lachte. »Ich muss mich wohl bei dir entschuldigen, Emmy?«

»Dafür, dass Ihr mich für einen hirnlosen Schönling haltet?« Er grinste, wurde aber schnell wieder ernst. »Das wird nicht ohne Blutvergießen abgehen, Majestät. Die Saxonier werden Canafey nicht kampflos aufgeben.«

»Schon gut. Ich bin sowieso gerade auf Krawall gebürstet.«

Es klingelte an der Tür. Emmory ließ Nakula ein, während ich die Verbindung zu Caspel herstellte. Nakula murmelte einen Gruß und nahm neben mir Platz.

»Eure Majestät.« Caspel richtete sein verbliebenes Auge auf Nakula zu meiner Rechten. »Guten Morgen.«

»Guten Morgen, Caspel. Ich weiß bereits, wer er ist«, sagte ich und nickte in Nakulas Richtung. »Wir haben die Entriegelungscodes, und Gouverneurin Ashwari ist in Sicherheit. Er hat ausgezeichnete Arbeit geleistet, Direktor.«

»Das freut mich zu hören.«

»Wenn wir das hier überleben, denke ich mir ihm zu Ehren etwas richtig Peinliches aus – ich werde ihn zum Ritter schlagen oder so.«

Nakula schaute entsetzt drein. Caspel lachte. »Das wäre nur angemessen, Majestät. Ich versuche schon seit Jahren, ihn zu befördern und nach Pashati zurückzuholen. Wie dem auch sei – wie lautet der weitere Plan, jetzt, wo Ihr die Codes habt?«

»Daran arbeite ich noch.« Auch wenn die Verbindung abhörsicher war, ich traute ihr nicht genug, um konkreter zu werden. »Was ist mit Clara?«

»Leider haben wir noch nichts von ihr gehört, Majestät. Ich bedaure.«

»Findet sie, Caspel. Bitte.« Ich rieb mir die Stirn. »Und Leena und Taran?«

»Vor etwa einer Stunde sind sie mit mehreren Leibwächtern ihrer Mutter hier eingetroffen. Ihre Schwester hat sie vor Phanins Männern versteckt, und sie konnten entkommen. Wir werden sie an einen sicheren Ort bringen.«

»Sehr gut. Vielen Dank. Sagt ihnen, dass ...« Ich verstummte und schluckte, suchte nach den richtigen Worten.

»Das werde ich, Majestät«, sagte Caspel.

Anschließend unterhielten wir uns noch ein paar Minuten über die Lage auf dem Heimatplaneten. Dann entschuldigte sich Nakula, und ich wandte mich erneut Caspel zu.

»Ist Bina in der Nähe? Ich will sie sprechen.«

»Einen Augenblick, Majestät. Ich verbinde.«

Das Bild wurde einen Augenblick lang schwarz.

»Ja, Majestät?« Lieutenant Bina Neem besaß dieselben elfenhaften Gesichtszüge und dasselbe rote Haar wie Fasé, doch sie war älter, und ihre Haare reichten nur bis zum spitzen Kinn. »Wie kann ich Euch zu Diensten sein?«

»Lieutenant, eine von deinen ...« Ich verstummte ratlos. Als was sollte ich Fasé bezeichnen? Von ihrem *Volk* war unhöflich, eine *Landsmännin* klang auch bescheuert. Ich räusperte mich. »Kennst du Sergeant Fasé Terass?«

»Ja, Hoheit. Wir stehen in Verbindung, auch wenn diese sehr schwach ist.« Bina runzelte die Stirn. »Ihr seid ganz offensichtlich besorgt, Majestät. Was bedrückt Euch?«

»Nach dem Vorfall auf Red Cliff war sie eine ganze Weile lang bewusstlos. Gestern Nacht ist sie aufgewacht, doch ihr Verhalten gibt Anlass zur Sorge. Wir wissen nicht, wie wir ihr helfen können.«

»Was ist passiert?«

»Emmory wurde angeschossen. Sie konnte ihn so weit heilen, dass wir ihn bewegen konnten, doch dann mussten wir ihn noch einmal an einen anderen Ort transportieren, und dabei ist er … gestorben.«

»Ihr meint, sie hat ihn vor dem Tod bewahrt?«

Ich erinnerte mich an die Nulllinie auf meinem *smati* und an Zins Aufschrei. Ich schüttelte den Kopf. »Nein. Er war tot. So richtig. Ich wollte ihn gerade wiederbeleben, doch sie hat mich zur Seite geschubst und …«

Bina riss die goldenen Augen auf und warf Emmory hinter mir einen erstaunten Blick zu. »Sie hat ihn zurückgeholt«, flüsterte sie.

Eigentlich hätte es einem Farianer unmöglich sein sollen, noch blasser zu werden, doch genau das geschah. Bei dieser Nachricht wich auch noch der letzte Rest Farbe aus Binas Gesicht.

»Wir verfügen hier über eine behelfsmäßige Krankenstation. Körperlich scheint ihr nichts zu fehlen. Allerdings freute sie sich nicht gerade darüber, wieder zu Bewusstsein zu kommen. Bald treffen wir mit Admiralin Hassan zusammen. Auf der *Vajra* befinden sich auch Farianer, ich könnte …«

»Sie hätte gar nicht in der Lage sein dürfen, ihn zurückzuholen«, fiel mir Bina ins Wort. Die Farianerin sah sich um, schluckte und ließ den Kopf sinken. »Vergebt mir, Majestät, doch das ist sehr außergewöhnlich. Ich werde die Farianer auf Admiralin Hassans Schiff verständigen. Redet unter keinen Umständen mit Fasé darüber, das macht alles nur schlimmer. Wartet, bis die Admiralin eintrifft und sich meine Leute darum kümmern. Ihr könnt ihr nicht helfen.«

»Das verstehe ich nicht, Bina. Sie hat ein Leben gerettet.«

»Das ist uns verboten.« Bina sprach noch leiser. »Wir töten nicht, aber wir spenden auch kein Leben. Wir heilen – ausschließlich. Was tot ist, darf nicht zurückgebracht werden. Selbst wenn es uns erlaubt wäre, könnten die wenigsten von uns so etwas vollbringen. Fasé steckt in einer Glaubenskrise. Sie muss nicht nur mit ihrem Gewissen kämpfen, sondern sich auch für diese Tat verantworten. Ich weiß nicht, was das für Konsequenzen haben wird. Vielleicht bringen sie sie nach Hause, vielleicht löschen sie sie aus.«

»Was?«

»So will es das Gesetz, Majestät. Hier handelt es sich zwar um außergewöhnliche Umstände, und Fasé ist sehr beliebt. Dennoch weiß ich nicht, was mit ihr geschehen wird.« Binas Augen füllten sich mit Tränen. »Richtet ihr aus, dass ich sie liebe.«

Ich nickte mit klopfendem Herzen. »Sag dem Direktor, dass wir später unser Gespräch fortsetzen. Vielen Dank für alles, Bina.«

»Gebt auf sie acht, Majestät. Ich weiß, weshalb sie es getan hat, doch ich wünschte, sie hätte es nicht getan. Selbst ohne die Todesstrafe wandelt sie auf einem gefährlichen Pfad. Eine solche Macht zu kosten führt für gewöhnlich in den Wahnsinn. Sagt meiner *ahblensha*, dass ich dafür bete, sie möge stark genug sein, dem Wahnsinn zu trotzen.« Bina formte die rechte Hand zu einer Mudra und führte den Ringfinger an die Stirn.

Ich warf Emmory einen Blick zu und fuhr mir dann mit der Hand über die Augen. »Als hätten wir nicht schon genug Probleme«, murmelte ich.

»Wir kümmern uns um sie, Majestät«, sagte Emmory. »Kommt Ihr eine Weile ohne uns zurecht?«

»Natürlich. Ich muss mit Admiralin Hassan sprechen, außerdem wollte Rai vor der Abreise noch mit mir zu Mittag essen. Los.« Ich deutete auf die Tür, dann wandte ich mich wieder dem Kommunikationsterminal zu, gab Admiralin Hassans Code ein, den ich von Caspel erhalten hatte, lehnte mich zurück und wartete darauf, dass die Verbindung hergestellt wurde.

»Tief durchatmen, Majestät«, sagte Gita, die Emmorys Platz eingenommen hatte.

»Euer Majestät.« Admiralin Hassans Gesicht erschien auf dem Bildschirm.

»Ihr seht müde aus.«

»Genau wie Ihr, Hoheit.«

Ich lachte. »Wie schlagt Ihr Euch, Inana?«

»Ganz gut. Unsere Vorräte gehen zur Neige, doch die Moral hat nicht gelitten. Allerdings werden wir innerhalb der nächsten Woche einen sicheren Ort aufsuchen müssen, um Wasser und Proviant aufzunehmen.«

»Da weiß ich etwas Besseres. Ich führe Euch direkt zu einem Vorratslager. Schickt mir Eure verschlüsselten Koordinaten. Wir brechen in wenigen Stunden auf.«

»Ja, Hoheit. Admiral Shul hat den Großteil der zweiten Flotte nach Pashati beordert. Ich habe den Rest der Heimatflotte angewiesen, bei seinem Eintreffen den Rückzug anzutreten.« Sie schüttelte den Kopf. »Verzeiht, Majestät, aber das schien mir die beste Lösung. Sobald wir das System verließen, befahl er, die *Vajrayana*-Schiffe abzuriegeln.«

»Das hat mir Caspel bereits mitgeteilt. Ihr habt richtig gehandelt. Die Heimatflotte hätte sich verteidigen können, aber sie war in der Unterzahl. Die Schiffe haben Vorrang, Admiralin. Den Planeten erobern wir später zurück.«

»Admiralin Fon hat das Kommando. Sie ist auf dem Weg zu uns, doch sie musste bei ihrer Flucht einige Verluste hinnehmen.«

»Wir werden uns darum kümmern, sobald wir uns gesammelt haben. Ich habe die Entriegelungscodes für die *Vajrayana*-Schiffe. Stellt schon einmal Mannschaften zusammen.«

Hassans Augen blitzten. »Sofort, Majestät.«

»Inana, Eure Mutter und Eure Schwestern sind in Sicherheit, falls Euch Caspel das nicht schon gesagt hat.«

Tränen stiegen in Admiral Hassans Augen, und sie presste zwei zitternde Finger an die Lippen. »Welche Erleichterung, das zu hören, Majestät.«

»Außerdem werde ich eine Botschaft an die Farianer an Bord Eures Schiffes übermitteln. Lieutenant Bina Neem wird sich demnächst mit ihnen in Verbindung setzen, doch sie sollen es zuerst von mir erfahren.«

»Ja, Majestät.« Inanas Neugier war nicht zu überhören, doch ich schüttelte den Kopf.

»Alles Weitere, wenn wir uns wiedersehen.« Ich unterbrach die Verbindung und stand auf.

Während ich die Falten aus meiner blauen Bluse strich, nickte ich Cas zu. »Gehen wir. Vor dem Essen will ich noch mit Rai sprechen. Indula und Iza, ihr packt alles zusammen.

Sagt Emmory, dass ihr aufs Schiff zurückkehrt. Hao, Nakula und Jia werden mich begleiten.«

Wir verließen unser Quartier. Die Idee, die ich bei Jias Auftauchen gehabt hatte, verwandelte sich mit jeder Sekunde weiter in einen brauchbaren Plan, dessen Details ich ausarbeiten konnte, sobald ich wusste, wie stark die Flotte der Admiralin war. Es bestand tatsächlich die Hoffnung, die *Vajrayana*-Schiffe in unsere Gewalt zu bringen.

Bevor Cas den Speisesaal sichern konnte, glitt die Tür auf, und ich wäre beinahe mit dem Mann zusammengestoßen, der dahinter zum Vorschein kam.

»Verzeih...« Meine Entschuldigung erstarb auf meinen Lippen, als ich in die Augen des Saxoniers mit dem silbergrauen Haar blickte, auf den ich auf Red Cliff geschossen hatte.

Er packte meine Haare, schubste mich zur Seite und in Cas hinein, sodass mein *Dve* gegen Nakula prallte. Metall blitzte, und ich konnte gerade noch den rechten Arm hochreißen, als sich die Garrotte um meinen Hals schloss.

Gita ging auf ihn los und lief direkt in seinen Tritt, der ihr wohl alle Rippen brach. Mit einem grässlichen Geräusch stürzte sie zu Boden, während mich mein Angreifer in den Speisesaal zerrte und die Tür hinter uns schloss.

»Auf ein Wort unter vier Augen, Majestät.« Seine Stimme war ein durch die Luft zischender Glassplitter. Er zog die Waffe und zerschoss das Bedienfeld der Tür.

Ich streckte die freie Hand aus und drückte den Daumen in die Stelle auf seiner Schulter, an der sich die Schusswunde befinden musste. Sein Heulen verriet mir, dass ich richtig gezielt hatte. Ich nutzte den Augenblick, um uns beide mit Wucht gegen die Wand zu werfen, sodass er die Waffe fallen ließ. Die Winchester 77 fiel klappernd auf den

Boden. Ich drehte mich herum und versetzte ihm zwei schnelle Schläge in die Nieren, woraufhin er den Griff um die Garrotte etwas lockerte. Dann rammte er seinen Ellbogen in meinen Solarplexus, sodass mir die Luft aus der Lunge wich.

Er packte die Garrotte und riss daran. Ich würgte, als mein Handballen in meine Kehle gedrückt wurde, doch so schnitt der scharfe Draht lediglich in meine Hand. Der brennende Schmerz sorgte für einen erneuten Adrenalinstoß.

Ich trat zu und hörte zu meiner Zufriedenheit ein Keuchen, als mein Stiefel auf etwas Weiches traf. Mit einem weiteren Tritt konnte ich mich von dem Draht befreien, der um meinen Hals geschlungen war. Auch er fiel neben die Pistole auf den Boden.

Na los, Baby, hallte Portis' Stimme in meinem Kopf. *Mach ihn fertig.*

Ich hechtete los. Mein Gegner war noch vornübergebeugt, sodass ich seinen Kopf packen und gleichzeitig mit aller Kraft mein Knie dagegenrammen konnte. Seine Beine gaben nach, und er ging zu Boden. Ich beugte mich vor und versetzte ihm einen Hieb gegen die Schläfe.

»Hail!« Mehrere Hände ergriffen mich und zerrten mich von dem bewusstlosen Saxonier herunter. »Er ist außer Gefecht.« Jemand grunzte, als ich ihm den Ellbogen in den Magen rammte, und packte umso fester zu. »Beruhigt Euch. Er stellt keine Gefahr mehr dar.«

»Ist ihr etwas passiert?« Ohne Haos Antwort richtig wahrzunehmen, ging Rai schnurstracks auf den Saxonier los. »Was für eine Schande. In meinen eigenen vier Wänden!« Er versetzte dem Mann zwei Tritte und zog dann ein gefährlich aussehendes Messer aus dem Gürtel.

»Du darfst ihn nicht töten!«

Rai quittierte diesen Befehl mit einem wütenden Blick. »Meine Liebe, du hast fünfzehn Sekunden, um mich davon abzubringen.«

»Ich brauche mehr Zeit. Er gehört zu den Sturmtruppen. Ich muss in Erfahrung bringen, was er weiß.« Ich hob eine blutige Hand. »Das bist du mir schuldig.«

»Also schön.« Rai trat den Mann ein weiteres Mal und marschierte davon. »Johar, du findest heraus, welcher erbärmliche Pissfleck diesen Mann auf seinem Schiff durch den Asteroidengürtel gebracht hat. Und warum er nicht sofort festgenommen wurde, als er seinen Fuß auf Santa Pirata gesetzt hat.«

Ich brach in Haos und Nakulas Armen zusammen. Behutsam legten sie mich auf den Boden, als Emmory und Zin durch die aufgebrochene Tür stürmten.

»Keine Sorge«, sagte Hao, als sich mein *Ekam* neben mich kniete.

»Wasser«, hustete ich.

Zin nahm ein Glas von Alba entgegen und gab es an Emmory weiter, der es scannte und mir dann reichte. Ich trank es aus, hustete noch einmal und setzte mich mit Haos Hilfe auf.

»Ich bin okay«, krächzte ich. Meine Kehle schmerzte. »Helft mir hoch.«

Auf Emmory gestützt, gingen wir zu Rai hinüber, der den Saxonier gründlich durchsuchte.

»Ist das alles, was er bei sich hatte?«

Rai nickte knapp. Ich betrachtete die wenigen Habseligkeiten meines Angreifers und dachte über das weitere Vorgehen nach.

Die Marines der saxonischen Sturmtruppen waren gut ausgebildete, disziplinierte Krieger. Wir mussten ihn in den nächsten Minuten verhören, bevor er sich wieder sammeln konnte. Andernfalls wäre es wohl einfacher, ihn zu erschießen und seinen *smati* auszulesen.

Dann entdeckte ich ein kleines, goldenes Medaillon zwischen den Waffen des Saxoniers. Ich beugte mich vor, zog es heraus und öffnete es. Die Digitalminiatur eines kleinen Mädchens mit rabenschwarzem Haar kam zum Vorschein.

Ich sah mich um. »Wir haben nur eine Chance – alle tun, was ich sage. Wenn jemand nicht die Nerven dafür hat, sollte er jetzt lieber verschwinden.«

Alle murmelten ihre Zustimmung.

Ich ging in die Hocke und ohrfeigte den Mann, bis er wieder zu Bewusstsein kam. Seine hübschen tiefblauen Augen schossen hin und her. Es dauerte eine Weile, bis er seine Umgebung richtig wahrnahm.

»Aufwachen«, befahl ich und schlug ihn noch einmal.

Er wollte davonkriechen, doch die Wand war ihm im Weg. Dann ertönte das Wimmern, mit der seine eigene Winchester aufgeladen wurde. Rai richtete sie über meine Schulter hinweg auf ihn.

»Es gibt kein Entkommen.« Ich schüttelte den Kopf. »Du hättest deine ganze Einheit mitbringen sollen.«

»Ich dachte, ich kriege es allein hin.« Ohne mich aus den Augen zu lassen, wischte er sich mit dem Saum seines grauen Hemds das Blut vom Gesicht. »Ich hielt die Gerüchte über Euch für maßlos übertrieben.«

Ich zuckte mit den Achseln. »Im Gegenteil. Sie entsprechen alle der Wahrheit. Wie heißt du?«

»Captain Earnest.«

»Soll ich dich im Ernst so nennen? Oder hast du auch einen Vornamen?«

Lange sah er mich mit verwirrtem Blick an. »Preston, Majestät.«

Er respektierte mich. Sehr gut. Der Mann war jünger als ich, wahrscheinlich so alt wie Cas. Das Mädchen auf dem Medaillon war höchstens drei oder vier. Es konnte seine jüngere Schwester oder seine Tochter sein.

»Na gut, Preston. Prima. Wie viele Sturmtruppenteams wurden ausgeschickt, um mich zu töten?«

Er schluckte, sah erst mich, dann Rai, dann Emmory und wieder mich an, bevor er den Kopf schüttelte.

Ich schnalzte mit der Zunge. »Preston, ich glaube, du hast ein paar Probleme. Das größte und drängendste ist wohl, dass du dich mit einem ganzen Haufen von Leuten in einem Raum befindest, die nicht viel von dem nutzlosen Scheißhaufen halten, den du als König bezeichnest. Wusstest du, dass er gemeinsame Sache mit ein paar Kriminellen gemacht hat, die viele meiner Leute getötet haben? Darunter auch Kinder. Und meine Familie. Meine kleine Schwester ist an der Ebolenza gestorben. Hast du schon mal einen Ebolenza-Kranken gesehen? Man kriegt Fieber und Schüttelfrost und bekommt nichts mehr runter, dafür kotzt man so lange, bis man nichts mehr kotzen kann. Aber der Körper versucht es trotzdem. Und dann verflüssigen sich deine Organe. Normalerweise stirbt man, weil man sich die Lunge aus dem Leib hustet. Ganz wortwörtlich.« Ich vollführte eine entsprechende Geste. »Hast du Kinder, Preston?«

Er wurde kreidebleich, antwortete aber nicht.

»So ist meine eine Schwester gestorben. Die andere starb bei einer Explosion. Genau wie meine Nichte. Und meine Mutter wurde vergiftet. Du kannst dir also vorstellen, wie stocksauer ich gerade bin.

Und Rai? Der ist noch wütender, weil er mir versprochen hat, dass ich hier in Sicherheit bin, und dann kommst du und willst mich umbringen. Wenn Rai wütend wird, gibt das normalerweise eine ziemliche Sauerei.« Ich ließ das Medaillon von meiner Handfläche gleiten, sodass es vor seinem Gesicht hin und her pendelte. So sehr er es auch versuchte, er konnte sein Entsetzen nicht verbergen.

»Rai hat Verbindungen in der ganzen Galaxie. Also stell dir folgende Frage: Wenn die Kriminellen, die dein König unterstützt hat, eine indranische Prinzessin vor den Augen ihrer BodyGuards mit Ebolenza infizieren konnten, wie leicht muss es dann für einen so mächtigen Mann wie Rai sein, dasselbe mit der Tochter eines einfachen saxonischen Soldaten anzustellen?«

Wortlos gab ich das Medaillon an Rai weiter. Prestons Blick folgte dem Schmuckstück.

»Kommen wir zu deinem nächsten Problem: Ich bin eine viel beschäftigte Frau und habe nicht viel Zeit, mit dir das beschissene Ich-schweige-wie-ein-Grab-Spiel zu spielen. Daher hätte ich gute Lust, dich hier bei Rai zu lassen, anstatt dich selbst zu verhören. Was ich auch tun werde, wenn du weiterhin so unkooperativ bist.«

»Das dürft Ihr nicht tun. Das ist gegen das interstellare Recht. Egal welche Gerüchte über Euch auch kursieren – Ihr würdet niemals ein Kind töten lassen.«

»Preston, unsere Imperien befinden sich nicht im Krieg«, erinnerte ich ihn mit einem nachsichtigen Lächeln. »Du bist ein Krimineller, der versucht hat, mich zu töten. Umzingelt von Kriminellen, die ihre Arbeit weit besser verstehen als du. Außerdem bin ich stinksauer, falls ich das noch nicht erwähnt haben sollte.«

Ich näherte mich seinem Gesicht, bis ich seine Angst riechen konnte. »Wie viele Teams, Preston?«

Der Saxonier sah kurz die Wand an. Als er sich wieder mir zuwandte, wusste ich, dass ich ihn geknackt hatte. »Noch zwei auf Midway und der Rest meines Teams.«

»Wer ist ihr Befehlshaber?«

»Das war ich. Jetzt ist es Colonel Hume.«

Nakula hinter mir verspannte sich, sagte zum Glück aber nichts.

»Ach, Colonel Hume. War der nicht auf der Suche nach meiner Gouverneurin?« Ich grinste breit, woraufhin Preston abermals schluckte. »Nun, ich habe sie vor ihm gefunden.«

· 31 ·

WIR LIESSEN ZIN ZURÜCK, UM PRESTON ZU BEWAchen, und gingen ins Nebenzimmer, um das Ganze in Ruhe zu besprechen.

»Also darf ich ihn nicht in Streifen schneiden?«, fragte Rai.

Ich schnaubte und verdrehte die Augen. »Solange er keinen Blödsinn versucht, nicht.«

»Den hat er bereits versucht. Er wollte Euch töten, Majestät.«

»Emmory, soll ich Rai erlauben, ihn in Streifen zu schneiden? Ist das dein Vorschlag?«

Er sah mich tadelnd an.

»Nur zu deiner Information: Die Drohung, seine Tochter mit dieser grauenhaften Krankheit zu infizieren, war ein Bluff«, sagte ich. »Selbst nach allem, was hier passiert ist, habe ich nur einen weiteren Namen auf die Liste derjenigen gesetzt, die von mir aus gerne daran verrecken können.« Ich hätte tatsächlich gerne zugesehen, wie Phanin sich die Lunge aushustete. Wilson dagegen würde ich mit eigenen Händen töten. »Lebend ist er mehr wert als tot. Besonders dann, wenn ich ihn davon überzeugen kann, dass er für die falsche Seite arbeitet.«

»Was habt Ihr vor?«, fragte Nakula.

Ich sah zu Hao und Rai hinüber. »Ich glaube, wir sollten zusehen, dass wir die Schiffe der saxonischen Sturmtruppen unbeschädigt in unsere Gewalt bringen.«

Nakula lachte auf und verstummte sofort wieder, als er den Ausdruck auf meinem Gesicht sah. »Ihr meint das ernst.«

»Aber weshalb, Majestät?«, fragte Emmory eher neugierig als ablehnend.

»Ich habe einen Plan, und dabei können mir die Schiffe nützlich sein. Wir brauchen nicht alle drei, schon eines reicht.«

Hao grinste mich an. »Was soll das werden, kleine Schwester?«

»Weißt du noch, was wir auf Tolen VIII durchgezogen haben? So etwas in der Richtung.«

»Mit Verlaub, Majestät, aber Ihr werdet gar nichts *durchziehen.*« Emmorys Kiefermuskeln waren verkrampft. Ein sicheres Zeichen dafür, dass dies sein letztes Wort war.

Doch damit hatte ich gerechnet, und selbstverständlich konnten auch Iza oder Kisah meinen Part bei dem Täuschungsmanöver, das ich mir ausgedacht hatte, übernehmen. Außerdem war mir Emmory einen Gefallen schuldig, wenn ich ihm jetzt seinen Willen ließ.

»Emmory, das war doch nur allgemein gesprochen.« Ich nickte. »Natürlich werde ich da nicht persönlich mitmischen.«

Misstrauisch sah er mich an. Ich lächelte zurück und kontrollierte meinen Herzschlag, damit er die Lüge nicht bemerkte. So richtig gelogen war es sowieso nicht: Ich wollte nicht dabei sein, wenn wir die saxonischen, sondern wenn wir die *Vajrayana*-Schiffe in unsere Gewalt brachten. Doch dieses Eingeständnis hätte eine weitaus heftigere Diskussion mit meinem *Ekam* zur Folge gehabt.

Ohne die Anspannung im Raum zu beachten, spitzte Rai die Lippen. »Hail, Hao und ich brauchen eine halbe Stunde, um das Ganze zu planen. Ich habe noch ein paar Asse im Ärmel, und immerhin ist das mein Raumhafen. Da wäre es mir ganz recht, wenn ihr nichts in die Luft sprengt.«

»Selbstverständlich.« Ich hielt Emmory und Nakula zurück, während die anderen sich entfernten. »Du wirst dich ebenfalls nicht beteiligen, *Ekam*. Ich brauche dich hier.«

Wo du in Sicherheit bist.

»Und du bist noch lange nicht gesund«, teilte ich Nakula mit, als dieser Widerspruch einlegte. »Setz dich mit Jia zusammen. Wenn Admiralin Hassan mit ihrer Flotte eintrifft, will ich einen detaillierten Bericht über die Stärke der feindlichen Streitkräfte im Canafey-System.«

Nakula warf mir über die Schulter hinweg einen finsteren Blick zu. »Genau deshalb bin ich Spion geworden«, murmelte er.

»Was sollen wir mit Captain Earnest machen?«, fragte Emmory.

Seufzend ließ ich mich auf einen Stuhl fallen. »Eine Exekution kommt nicht infrage. Alternativen?«

»Als Doppelagent könnte er sehr nützlich für uns sein, da habt Ihr ganz recht. Aber wie sollen wir seine Flucht erklären? Insbesondere dann, wenn wir gezwungen sind, alle anderen zu eliminieren?«

»Sie werden sich nicht ergeben, wenn du darauf anspielst.« Ich lächelte kühl. »Und Nakula wird sich wohl kaum davon abhalten lassen, Colonel Hume nach Walhalla zu schicken.«

»Soll ihn Zin erst mal eine Weile bearbeiten?«, sagte Emmory und lächelte, als er meinen neugierigen Blick bemerkte. »Ihr habt doch nicht geglaubt, dass Zin einfach nur rumsitzt und den Captain im Auge behält? Wahrscheinlich kennt er inzwischen sogar seine Kontonummer.«

Darüber musste ich lachen, bis ich eine bisher unentdeckte Prellung aus dem Kampf spürte. Ich legte die Hand auf meine Seite und schüttelte den Kopf. »Das klingt ja richtig gefährlich. Wie geht es Fasé?«

Emmory setzte sich mir gegenüber. »Sie zeigt so gut wie keine Reaktion, Majestät. Stasia sagt, dass sie in den letzten zehn Stunden etwas aktiver wurde, aber immer noch kaum ansprechbar ist. Sobald wir unterwegs sind, werde ich mich um sie kümmern.«

»Bina hat uns geraten, nicht mit ihr darüber zu reden.«

»Ich weiß, Majestät. Aber sie hat gegen ihre religiösen Gebote verstoßen, um mich ins Leben zurückzuholen. Das ist das Mindeste, was ich für sie tun kann.«

»Na gut, aber vorher sagst du allen, die dabei waren, dass sie das Thema nicht zur Sprache bringen dürfen. Sobald wir an Bord sind, kontaktiere ich die Farianer.«

»Sie darf keinesfalls für mich sterben«, sagte Emmory leise.

Diese ungewohnte Verletzlichkeit traf mich bis ins Mark. Ich streckte die Hand aus und verschränkte die Finger mit denen meines *Ekams*. »Irgendjemand hat mal gesagt, dass nicht wir entscheiden, welche Opfer andere für uns bringen. Ich will ja auch nicht, dass sie stirbt, und wir werden alles tun, damit das nicht geschieht. Aber ich kann das Abkommen, das wir mit den Farianern getroffen haben, nicht brechen. Wir müssen es ihnen sagen, auch wenn ...« Ich verstummte, unfähig, den Satz zu beenden.

Emmory drückte meine Hand und ließ sie dann los. »Ich weiß, Hoheit.«

Wir kehrten auf Haos Schiff nach Midway zurück. Ein schlankes, kleines Shuttle aus Rais Flotte, das dem neuesten Jägerprototyp des Solarkonglomerats verdächtig ähnlich sah, begleitete uns. Zwei Tage und sechs Stunden später fand die reibungslose Übernahme der saxonischen Schiffe statt.

Ich hörte mir alles über die *smati*-Verbindung an. Auf Rais Befehl hin hatte man alle drei Schiffe auf Midway festgehalten. Um eine Flucht unmöglich zu machen, hatte er zusätzlich noch Mechanikerteams losgeschickt, die die Schiffe in einer nächtlichen Sabotageaktion lahmlegten.

Um Captain Earnest zur Mitarbeit zu bewegen, wurden die Lebenserhaltungssysteme des Schiffes, auf dem sich sein Team befand, so lange ausgeschaltet, bis die Männer außer Gefecht waren. Diese Methode funktionierte bei den anderen beiden Schiffen leider nicht. Irgendwie hatte Colonel Hume Wind von unserem Plan bekommen, sodass die Entermannschaften auf Widerstand stießen.

Nakula stand die ganze Zeit über kochend vor Wut neben mir. Ich hatte seine Bitte, Hao zu begleiten, wiederholt abgelehnt. In seinem Zustand stellte er im Kampf nur eine Belastung dar. Wir lauschten gemeinsam, wie Hao über Humes Forderung, sich zum Kampf Mann gegen Mann zu stellen, erst herzlich lachte und den Saxonier dann mit einem wohlgezielten Schuss ins Jenseits beförderte.

»Willkommen in meinem Leben«, sagte ich und tätschelte lachend Nakulas Arm, als er mich böse anfunkelte.

»Ich bin aber nicht die Kaiserin.«

Ich grinste. »Nein, aber du bist trotzdem wichtig. Und immer noch verletzt. Ich kann Jia gut leiden, und ich will nicht, dass sie trauern muss, nur weil du Vollidiot dich auf deinem Rachefeldzug hast umlegen lassen.«

»So eine Frau habe ich noch nie getroffen«, flüsterte Nakula und sah zu der Tür hinüber, hinter der Jia damit beschäftigt war, die Stärke der saxonischen Streitmacht auf Canafey Minor zu dokumentieren. »Majestät, Ihr hättet sehen sollen, wie sie ...«

»Würdest du mich bitte Hail nennen? Um Shivas willen, aus deinem Mund hört sich das wirklich merkwürdig an.

Wenigstens unter vier Augen, ja?«, sagte ich, bevor er protestieren konnte.

»Also gut, Hail.« Er streckte mir die Zunge heraus. »Als ich sie zum ersten Mal gerettet habe, hatten sie sie schon stundenlang verhört. Windelweich geprügelt. Ich sollte ihr den Kopf abschneiden und ihn vernichten – das war das Erste, worum sie mich gebeten hat. Und dabei war ihre Stimme so ruhig, als hätte sie eine Tasse Tee verlangt.« Er schloss die Augen, als könne er es noch immer nicht glauben. »Ich habe sie durch die Hölle geschleift, und sie hat sich nicht einmal beschwert. Und jedes Mal, wenn ich der Meinung war, dass es zu viel für sie sein könnte, hat sie mir ordentlich den Kopf gewaschen.«

»Tja, wir Blaublütigen sind nicht alle verwöhnt und nutzlos.«

Nakula lachte und fuhr sich mit beiden Händen durchs kastanienbraune Haar. Dann sah er mit entwaffnendem Blick zu mir auf. »Sie ist mein Leben, Hail. Meine Welt. Wie soll ich nur mit ihr mithalten, wenn wir erst mal zu Hause sind? Sie ist Gouverneurin. Ich bin ein Nichts. Ich habe noch nicht mal meine Mutter kennengelernt.«

»Das ist kein Wettbewerb, du Blödmann.« Spielerisch boxte ich gegen seine Brust. »Glaubst du, sie interessiert sich für deine Mutter? Stell sie nicht auf ein beschissenes Podest, Nakula, sondern behandle sie wie jeden anderen auch. Dich muss nur interessieren, was sie über dich denkt. Die indranische Gesellschaft kann dir scheißegal sein.« Ich grinste. »Wie man hört, hat eine neue Kaiserin das Kommando, und die wird so einiges ändern.«

»Eure Majestät«, meldete sich Indula über die *smati*-Verbindung, *»die Schiffe sind gesichert. Rai sagt, dass sie in etwa einer Stunde startbereit sind.«*

»Freut mich zu hören. Wir landen demnächst.«

»Ja, Majestät. Iza fragt, was wir mit den Gefangenen anfangen sollen.«

»Teilt sie auf die Schiffe auf, und sperrt sie in die Brig.«

»Verstanden.« Indula brach die Verbindung ab.

»Dailun, auf die Brücke, bitte.«

Wenige Minuten später erschien mein jüngster Rekrut. *»Hai, Jiejie?«*

»Mach die *War Bastard* startbereit. Nakula und Kisah werden dich begleiten. Sobald wir gestartet sind, schicke ich dir die Koordinaten.«

Dailun salutierte. Nakula stand auf und folgte dem Jungen lächelnd zur Tür. »Ihr seid eine Wahnsinnskaiserin, Hail. Daran gibt es gar keinen Zweifel.«

Ich grunzte vor Lachen und scheuchte ihn aus der Tür. Bei seinen Worten war mir richtig warm ums Herz geworden. Anscheinend bekam ich allmählich den Bogen raus.

Mit dem Schiff legte ich in der Landebucht an. Nach wenigen Minuten hatte ich es heruntergefahren, stand zufrieden auf und sprang die Treppe zur Krankenstation zwei Stufen auf einmal hinunter. Ich musste nach Gita sehen, der Earnest mit seinem Tritt mehrere Rippen gebrochen hatte.

»Du siehst beschissen aus«, teilte ich Hao mit, der gerade aus dem Laderaum kam.

»Mir egal, was dein *Ekam* sagt: Nächstes Mal kommst du mit«, entgegnete er spöttisch. »Mir geht's prima. Das ist nicht mein Blut.« Er warf mir einen blutverschmierten Gegenstand zu.

Entsetzt betrachtete ich den klebrigen Apparat. »Ach du Scheiße. Hao, was ist das?«

»Humes *zhù*. Ich dachte, er könnte uns nützlich sein. Jetzt muss ich erst mal unter die Dusche, solange wir noch an der Wasserversorgung von Midway hängen.«

Ich schluckte die Galle hinunter, die in meiner Kehle aufstieg, und untersuchte die *smati*-Hardware in meiner Hand. »Lass dir Zeit. Rai sagt, dass es noch mindestens eine Stunde dauert, bis er die Mannschaften für die Schiffe aufgestellt hat.«

Hao nickte. »Und dann treffen wir die Admiralin. Hast du schon einen Plan, wie wir an deine Wunderschiffe kommen sollen?«

»Ich arbeite noch daran. Wieso?«

»Nun ja, ich habe mir selbst schon so meine Gedanken gemacht, aber mir fehlen die nötigen Informationen. Wenn du dein Wissen mit mir teilen willst, können wir gemeinsam daran arbeiten.«

»Na klar.« Ich zwängte mich an ihm vorbei. »Und jetzt wasch dich. Du stinkst wie ein Schlachthaus.«

Sein Lachen folgte mir den Flur hinunter. Lächelnd betrat ich die Krankenstation.

»Majestät.« Henna machte einen nervösen Knicks. »Eure Untergebenen müssen sehr hart im Nehmen sein.«

»Das ist leider Berufsrisiko.« Ich gab ihr das Gerät. »Bitte mach das so gut wie möglich sauber, ja? Aber vorsichtig. Mal sehen, was darauf zu finden ist.«

»Selbstverständlich, Majestät.«

Ich ging zum Waschbecken und wusch mir gründlich die Hände. »Wie geht es dir, Gita?«

»Gut, Majestät.« Sie keuchte förmlich vor Schmerzen. Ich verdrehte die Augen.

Henna war da etwas direkter: »Nicht gut. Ein Tritt von einem Hanover-Elefanten wäre weniger schlimm gewesen. Ein Wunder, dass die Rippen ihre Lunge nicht durchlöchert haben.«

»Gita, du musst nicht die Heldin spielen.« Es war keine strenge Zurechtweisung, dennoch errötete sie und starrte auf das Bettlaken.

»Verzeiht, dass ich versagt habe.«

Ich hockte mich auf die Bettkante und setzte zu einer schmerzhaften Erklärung an. »Weißt du, Jet hat etwas ganz Ähnliches gesagt, nachdem er mir das Leben gerettet hatte. Und das nur, weil ich dabei angeschossen wurde. Der Saxonier hat mir aufgelauert, und du warst genau da, wo du sein solltest – zwischen mir und ihm. Mach dir keine Vorwürfe, weil er schneller war als du. Sorg lieber dafür, dass dir das nicht noch einmal passiert.«

»Ja, Majestät.«

»Und jetzt ruh dich aus. Du bist vom Dienst befreit, bis wir mit Admiralin Hassan zusammentreffen und dich einer der Farianer heilen kann.« Ich sah Emmory hinter der Glasscheibe an Fasés Bett sitzen.

»Sie ist immer noch nicht ansprechbar«, sagte Henna, die meine Frage vorwegnahm. »Aber es geht ihr besser. Ihre Werte stabilisieren sich. Das Leben kehrt in sie zurück. Hier ist Euer Hirnchip.« Sie gab mir eine kleine Tüte mit der *smati*-Hardware darin.

»Majestät, Emmory hat mir von Eurer Unterredung mit der Farianerin erzählt«, sagte Gita. »Ist es wirklich so schlimm?«

»Schon möglich«, sagte ich.

»Was werdet Ihr tun, Majestät?«

»Keine Ahnung. Da bin ich machtlos.« Das war die Wahrheit, so ungern ich es auch zugab. Selbstverständlich konnte ich gegen ein Todesurteil Widerspruch einlegen und für Fasé Partei ergreifen, doch die Farianer waren unsere Verbündeten. Wegen einer einzigen Frau durfte ich keinen diplomatischen Zwischenfall riskieren. Nachdem ich Gita und Henna kurz zugenickt hatte, ging ich in den Nebenraum. Als ich eintrat, stand Alba, die neben Emmory gesessen hatte, auf.

»Alba, dich brauche ich gleich noch. Aber erst will ich nach Fasé sehen.« Ich legte eine Hand auf Emmorys Schulter. Er hielt ihre zarten, blassen Finger umklammert. Ich legte meine Hände auf ihre, als könnte ich Fasé durch Willenskraft wieder gesund machen.

»Wie ist es gelaufen?«

»Du hast nicht mitgehört?«, fragte ich überrascht.

Emmory schüttelte den Kopf. »Ich wollte mich ganz auf sie konzentrieren. Ich hätte sowieso nichts tun können.«

»Die Schiffe gehören uns. Colonel Hume und die beiden Sturmtruppenteams sind gefallen. Captain Earnests Team konnte ohne Gegenwehr gefangen genommen werden. Und Hao hat uns das hier besorgt.« Ich hielt ihm die Tüte hin. Er riss die Augen auf.

»Ist das ...«

»Ja. Ich will gar nicht erst wissen, wie er da rangekommen ist.«

»Gib es Zin. Hoffentlich kann er die Daten darauf auslesen.«

»Er soll sich mit Dailun koordinieren. Ich habe ihn mit Nakula und Kisah losgeschickt, um die *War Bastard* flottzumachen.«

Emmory nickte. »Geh am besten sofort zu Zin. Ich komme später nach. Je schneller er sich an die Arbeit macht, desto größer ist unsere Chance, bei diesem irrwitzigen Unternehmen nicht draufzugehen.«

· 32 ·

DIE ABREISE WURDE AUFGESCHOBEN, DAMIT DAI-lun die *War Bastard* verlassen und mit Zin am *smati* des Colonels arbeiten konnte. Ich tigerte derweil hin und her, bis sich mir Hao in den Weg stellte.

»Setz dich.« Er hob eine kupferfarbene Augenbraue. »Du bist so ungeduldig wie eh und je, *sha zhu*.«

»Und du so rechthaberisch.« Trotzdem ließ ich mich auf einen Stuhl fallen, verschränkte die Arme über der Brust und widerstand der Versuchung, mit dem Fuß auf den Boden zu tippen.

»Siehst du jetzt, was du dir eingebrockt hast?«, fragte Hao Dailun auf Cheng.

»Es wird schon werden, verehrter Bruder«, antwortete Dailun mit einem Lachen.

»Ich kann euch verstehen.«

»Das will ich auch hoffen. Es wäre ja ein Jammer, wenn dein Cheng schon nach ein paar untätigen Monaten eingerostet wäre.«

»Klappe, Hao. Untätig nennst du das? Man hat versucht, mich umzubringen.«

»So ist das Leben.« Hao setzte sich neben mich. »Raus mit deinem Plan, kleine Schwester. Mal sehen, ob er was taugt.«

»Momentan sind die *Vajrayana*-Schiffe unbrauchbar. Sie wurden vollständig abgeriegelt: Die Navigationssysteme, der

Antrieb, die Lebenserhaltung, die Schwerkraftgeneratoren, einfach alles.«

»Weshalb haben sie die Saxonier nicht einfach gesprengt?«

Unschlüssig trommelte ich mit den Fingern auf der Steuerkonsole. »Jia sagt, dass sie sie verhört haben, um an die Entriegelungscodes zu gelangen. Ich schätze, dass sie die Schiffe jetzt gründlich untersuchen. Wenn sie sie schon nicht aktivieren können, werden sie so viel Technologie wie möglich daraus stehlen oder kopieren wollen.«

»Sie haben sicher auch indranische Ingenieure gefangen genommen«, sagte Hao. Ich nickte.

»Hoffentlich sind die noch in der Werft und nicht auf dem Planeten. Wenn sie unsere Technologie klauen wollen, geht das nicht ohne Techniker. Und im Notfall werden sie sie zur Zusammenarbeit zwingen.« Ich lehnte mich zurück. »Wahrscheinlich sind wir ebenfalls auf die Ingenieure angewiesen. Unsere oberste Priorität muss also ihre Befreiung sein.«

»Also lautet Euer Plan, zunächst die Raumwerft einzunehmen, die Techniker zu befreien, die Schiffe zu aktivieren und mit ihnen das System zurückzuerobern?«

»Mehr oder weniger, obwohl es natürlich etwas komplizierter ist.«

»Dürfte ich eine Alternative zum gewaltsamen Vorgehen vorschlagen? Immerhin wäre der Versuch, eine von Saxoniern gehaltene Schiffswerft zu stürmen, unser sicheres Todesurteil.«

»Du bist wieder mal erschreckend direkt.«

»Das liegt wahrscheinlich daran, dass ich heute schon in einem fremden Gehirn nach einem Computerchip suchen musste.«

»*Yatta!*« Dailun schlug mit der Faust auf die Konsole und grinste Zin an. »Damit sollte es klappen.«

Der Bildschirm füllte sich mit Programmcodes. »Sieht ganz so aus. Gute Arbeit«, sagte Zin anerkennend.

Dailun nickte erst Zin und dann mir zu, sprang auf und eilte von der Brücke.

»Rai«, sagte ich über die *smati*-Verbindung, *»es kann losgehen.«*

»Haiya. *Habt Ihr schon Koordinaten für mich?«*

»Die kriegst du, sobald wir uns weit genug von Midway und allen unerwünschten Zuhörern entfernt haben.«

Damit war Rai nicht einverstanden, doch ich ließ mich nicht erweichen. Es war nicht garantiert, dass uns Captain Earnest die Wahrheit gesagt hatte, und auch Rai war nicht hundertprozentig zu trauen. Die Position von Admiralin Hassans Flotte würde ich nicht unüberlegt preisgeben.

»Auho!« Zin winkte.

»Ich muss los, Rai. Sobald wir am Treffpunkt sind, schicke ich dir die Koordinaten.« Ich sprang auf und lief zu Zin hinüber. Hao übernahm den Pilotensitz und ging die Checkliste mit den Startvorbereitungen durch.

»Colonel Hume war auf Canafey Minor mit dem Verhör von Gouverneurin Ashwari betraut. Es ist alles hier gespeichert, Majestät. Die Aufmarschpläne, die Truppenstärke am Boden, wie viele Schiffe losgeschickt wurden, um das System zu erobern.« Sobald Zin die Informationen entschlüsselt hatte, schickte er sie mir unverzüglich per *smati*-Verbindung. »Das bestätigt, was Nakula und die Gouverneurin beobachtet haben. Die Informationen sind sogar noch detaillierter.«

»Sie haben mehr Truppentransporter als Zerstörer geschickt.« Ich zischte einen Fluch. »Weil sie wussten, dass wir die vierundvierzigste Flotte abgezogen haben. Das hat ihnen bestimmt Phanin erzählt.«

»Das sind dennoch gute Nachrichten, Majestät. Wenn sie nur über eine Handvoll Schlachtschiffe verfügen, können wir das System umso leichter zurückerobern.«

»Das ganze System?«

Zin runzelte die Stirn. »Das hat Hao vorhin gesagt. Ihr habt ihm nicht widersprochen. Festhalten.« Er ergriff meinen Arm, um mich zu stützen, als sich die *Pentacost* von der Landebucht löste.

Ich sah Hao an. Der grinste nur. »Warum nur ein paar Schiffe stehlen, wenn man ein ganzes System haben kann, kleine Schwester? Dann habt Ihr die Flotte Eurer Admiralin und ein paar schöne neue Schiffe. Und Ihr müsst Euch keine Gedanken um saxonische Truppen auf Eurem Territorium mehr machen.«

»Also gut. Wie lautet dein genialer Plan?«

»Na ja, wenn wir die Kaiserin von Indrana als Gefangene dabeihaben, werden sie uns sicher mit offenen Armen empfangen.«

Zin und ich sahen ihn schockiert an.

»Immer mit der Ruhe«, sagte Hao verblüfft.

»Entschuldige, das war ein Reflex, weil mich in letzter Zeit so viele Leute umbringen wollten.«

Er schüttelte den Kopf. »Ich bin tief gekränkt. Du gehörst zur Familie.«

Diese Bemerkung quittierte ich mit einer eindeutigen Geste. »Ich sagte doch, es tut mir leid. Also weiter. Wie lautet dein Plan?«

»Auf den saxonischen Schiffen sind sicher noch Reserveuniformen. Die ziehen wir an und führen dich zum Gefängnisbereich der Schiffswerft. Dort können wir die Techniker befreien, ohne dass es jemand mitbekommt.«

Ich atmete tief aus und rieb mir die Stirn. »Die Techniker brauchen Zugriff auf die Schiffe in der Werft. Es wäre einfacher für sie, wenn sie sich von der Kommandozentrale der Raumstation einhacken könnten als von einem der Schiffe selbst.«

»Wieso das?«

»Weil es dort Heizung, Luft und Schwerkraft gibt.«

Hao fluchte leise. »Und was genau sollen sie da tun?«

»Die *Vajrayana* sind technisch auf dem neuesten Stand, autark und mit einem autonomen Navigationssystem ausgestattet. Deshalb brauchen sie weniger Besatzung als herkömmliche Schiffe. Theoretisch können wir sie sogar alle gleichzeitig fernsteuern und aus dem System warpen.«

»Das Wörtchen ›theoretisch‹ stört mich etwas.«

»Mich auch, aber einen besseren Plan haben wir nicht. Die Schiffe sind noch nicht vollständig getestet. Aber wie dem auch sei, von der Kommandozentrale aus lässt sich das leichter bewerkstelligen als von der Brücke eines der Schiffe.«

»Wir müssen eben improvisieren. Aber das System willst du doch nach wie vor zurück, oder?«

Haos Anwesenheit machte mir mehr und mehr klar, dass ich nicht länger wie eine Waffenschmugglerin, sondern wie eine Kaiserin dachte. Und das machte mich sauer.

Früher oder später mussten wir das Canafey-System zurückerobern, also konnten wir genauso gut gleich damit anfangen. Außerdem brauchte ich eine Operationsbasis, und dafür war Canafey perfekt geeignet.

»Dann fliegen wir die Schiffe mit Warpantrieb aus dem System, bemannen sie und greifen wieder an. Mit Unterstützung von Admiralin Hassans Flotte werden wir jeden Widerstand der Saxonier im System brechen.«

Das größte Problem war, vom Gefängnistrakt zur Kommandozentrale der Raumstation zu gelangen. »Ich könnte verlangen, den Befehlshabenden zu sprechen, sobald ihr mich ins Gefängnis geführt habt. Dieser Bitte werden sie doch sicher nachkommen.«

Zin dachte darüber nach. »Gute Idee, Majestät. Einer Kaiserin können sie so etwas nicht abschlagen.«

»Die Alternative wäre eine Schießerei, aber ich möchte die Kommandozentrale ohne Blutvergießen in unsere Gewalt bringen.« Ich verzog das Gesicht. »Zin, was ist mit Captain Earnest?«

»Was soll mit ihm sein, Majestät?«

»Das alles wäre bedeutend einfacher, wenn wir ihn auf unserer Seite hätten. Können wir ihn dazu überreden, uns Zugang zur Werft zu verschaffen, ohne die Wachen zu alarmieren?«

Zin schüttelte den Kopf. »Das bezweifle ich, Majestät. Er ist nicht unbedingt Trace als seinem König treu ergeben, doch er glaubt an die Werte der Allianz. Seine Frau ist keine Saxonierin, sondern stammt von einer der Allianz-Welten.«

»Und wenn wir seine Familie bedrohen?«

»Seine Eltern sind tot. Außer seiner Frau und seiner Tochter hat er niemanden mehr. Dass wir sein Team verschont haben, dürfte uns ein paar Sympathiepunkte bei ihm eingebracht haben. Aber nicht genug, damit er sein Königreich verrät.«

»Bei seiner Rückkehr wird man ihn als Verräter an die Wand stellen. Etwas anderes hat er realistischerweise nicht zu erwarten.«

Zin schüttelte den Kopf. »Bisher hat er noch nichts Wichtiges preisgegeben. Und als letzter überlebender Offizier wird man auf jeden Fall seinem Bericht glauben, egal was er erzählt. Außerdem ist er formal gesehen ein Kriegsgefangener, Majestät. Seit dem Augenblick, in dem Trace auf Emmory geschossen hat und Euch töten wollte, befinden wir uns im Krieg. Offizielle Kriegserklärung hin oder her.«

Ich rieb mir das Gesicht. »Lass mich mit ihm sprechen.«

»Selbstverständlich.«

»Majestät, Fasé verlangt nach Euch«, meldete Emmory über die *smati*-Verbindung.

»Ich muss zu Fasé«, sagte ich. »Du bleibst hier. Sieh zu, dass du so viel wie möglich aus Humes *smati* herausholst. Bevor ich mit dem Captain spreche, gebe ich dir Bescheid.«

»Hail, wir haben den Treffpunkt bald erreicht«, sagte Hao.

Ich übertrug ihm die Koordinaten von Admiralin Hassans Flotte, dann ging ich zur Treppe. Gleichzeitig leitete ich alles, was ich von Zin und Hao erhalten hatte, an Alba weiter. Irgendjemand musste die vielen Einzelheiten, die wir gerade besprochen hatten, für die Admiralin in eine lesbare Form bringen.

Emmory würde den Plan, mich als Köder einzusetzen, sowieso nicht gutheißen. Dabei war meine Anwesenheit auf der Werft so oder so unerlässlich.

»Majestät.« Fasé hob den Kopf, als ich die Krankenstation betrat. Emmory half ihr, sich aufzusetzen. Blauviolette Blutergüsse zeichneten sich auf der zarten Haut unter den goldenen Augen ab. Sie hatte die Finger ineinander verschränkt.

»Fasé, du siehst viel besser aus.«

»Ich muss Euch sprechen, Majestät. Emmory sagte, dass Ihr Kontakt mit Bina aufgenommen und den anderen Bescheid gegeben habt.«

Ich setzte mich aufs Bett. »Wie können wir dir helfen?«

Sie lächelte traurig. »Gar nicht, Majestät. Ich habe die Gesetze meines Volkes gebrochen. Euer Imperium war sehr gastfreundlich, doch Ihr dürft nicht versuchen, mir zu helfen. Versprecht mir das.«

»Aber du …«

»Auch wenn es in bester Absicht geschieht, ist es falsch, Totes ins Leben zurückzuholen. Nur die Götter haben diese Macht. Nur die Unsterblichen *sollten* diese Macht haben. Wir sind zu schwach dafür. Wenn ich nur an das Gefühl denke, als ich Emmory zurückbrachte, dann …« Sie verstummte und schauderte.

»Fasé.« Emmorys sanfte Stimme schien sie zu beruhigen. »Genug. Wir sprechen später darüber. Du musst dich ausruhen.«

Sie sank in die Kissen zurück und schloss die Augen. Fast unmittelbar darauf atmete sie ruhig und gleichmäßig.

»Majestät, gehen wir nach draußen.«

Ich folgte Emmory in den Flur. »Jetzt verstehe ich, weshalb Bina nicht wollte, dass wir mit ihr darüber reden. Was sollen wir jetzt machen?«

Er schüttelte den Kopf. »Eine Glaubenskrise lässt sich nicht so einfach lösen, Majestät. Fasé glaubt, etwas Unverzeihliches getan zu haben. Dabei ist es völlig egal, wie wir darüber denken.« Er sah zur Decke auf. »Ich rede mit ihr, aber ich fürchte, dass wir ohne die Farianer nicht viel ausrichten können.«

»Ach, scheiße. Versuch mal, ob du über Caspel Captain Gill erreichen kannst. Vielleicht kann sie ja etwas tun.«

»Ich bezweifle, dass das etwas bringt, aber versuchen kann ich es ja.« Emmory lächelte, doch er schüttelte dabei den Kopf. »Wir können sie zu nichts zwingen. Eure Befehlsgewalt erstreckt sich nicht auf ihre religiösen Überzeugungen.«

»Das habe ich befürchtet.« Ich tippte gegen seinen Arm. »Zin hat Colonel Humes *smati* geknackt. Wir wissen jetzt, wie viele Saxonier in Canafey stationiert sind. Und wir haben einen Plan, um das System zurückzuerobern.«

»Das System?« Emmory hob eine Augenbraue. »Ich dachte, wir wollten nur die Schiffe?«

»Planänderung«, sagte ich grinsend. »Komm mit. Alba soll es dir erklären.«

Emmory reagierte auf die Ankündigung, dass ich ebenfalls nach Canafey wollte, wie vorausgesehen: »Das kommt überhaupt nicht infrage. Ihr bleibt auf Admiralin Hassans Schiff, bis alles vorüber ist.«

»Wir haben keinen besseren Plan, Emmory. Die Truppen dort werden denken, dass wir besiegt sind. Wir werden schon dafür sorgen, dass niemand bemerkt, dass die Saxonier, die mich bewachen, gar keine sind. Auch ohne Captain Earnests Hilfe.«

»Und wenn Ihr dabei getötet werdet, was dann?«

»Alice verfügt über alle notwendigen Fähigkeiten, ein Imperium zu regieren. Mehr noch als ich wahrscheinlich.« Ich warf die Hände in die Höhe. »Ich habe dir gestattet, die Schiffe auf Midway zu kapern. Das war ein unnötiges Risiko. Das hier ist *notwendig*.«

»Das werde ich nicht zulassen, Majestät.«

»Du kannst mich nicht aufhalten.« Trotzig funkelte ich ihn an. »Ich habe die Entriegelungscodes.«

Man hätte eine Stecknadel fallen hören können. Meine BodyGuards sahen sich ratlos an, was unter anderen Umständen ein komischer Anblick gewesen wäre. Jia warf mir vom Bildschirm einen entsetzten Blick zu. Nur die Waffenschmuggler – sowohl die Anwesenden als auch die auf den Monitoren – schienen von dieser Ankündigung wenig überrascht.

Emmory rang sichtlich um Fassung. Dann sah er an mir vorbei und Jia auf dem Bildschirm an. »Gouverneurin, Ihr habt doch sicher eine Kopie der Codes gemacht?«

»Ich bedaure, *Ekam* Tresk. Die Codes sind kopiergeschützt. Man kann die Datei nur verschieben.«

Emmory warf mir einen vernichtenden Blick zu, den ich mit einem Lächeln konterte. »Du brauchst mich. Es gibt keinen besseren Plan, das weißt du genau.«

»Okay«, sagte Zin, der sich zwischen uns stellte und so unserem wortlosen Duell ein Ende setzte. »Ihr habt gewonnen, Majestät. Wollt Ihr uns auch den Rest des Plans verraten?«

Durch halb geschlossene Augen beobachtete ich, wie Zin Captain Earnest in die Messe der *Pentacost* führte. Der junge Saxonier ließ den Blick über mich, Hao und Emmory wandern, bevor er sich an den Tisch setzte.

»Aha, jetzt entscheidet sich mein Schicksal.«

Ich fuhr mit dem Finger über den Rand meiner Teetasse. »Ganz so dramatisch ist es nicht. Ich will mich nur unterhalten. Kann ich dir etwas zu trinken anbieten?«

»Nein.« Wie erwartet mauerte er. Die blauen Augen, die meinem Blick trotzten, gehörten keinem verängstigten jungen Mann, sondern einem Soldaten der Sturmtruppen. »Worum Ihr mich auch bittet oder zwingen wollt, die Antwort lautet nein.«

»Du kennst ja die Frage noch gar nicht.«

»Die interessiert mich auch nicht. Ich werde Euch nicht noch einmal helfen, da könnt Ihr mich so lange foltern, wie Ihr wollt.«

»Ehre und Loyalität sind gut und schön, aber diesen Machomist kannst du dir sparen. Glaub mir, früher oder später reden sie alle.« Ich verdrehte die Augen. »Für so einen Unsinn habe ich keine Zeit, Captain. Ich will Leben retten.«

»Indranische Leben.«

»Saxonische Leben«, erwiderte ich kühl. Er verengte die Augen zu Schlitzen. »Willst du wirklich, dass die Saxonische Allianz Indrana den Krieg erklärt? Deine Familie wohnt direkt an der Grenze, Captain. Es besteht durchaus die Möglichkeit, dass deine Frau und deine Tochter als Kollateralschäden enden, meinst du nicht auch? Das ist keine Drohung«, fügte ich hinzu und hob die Hand, bevor er protestieren konnte. »Du solltest dich einfach nur mal fragen, was passiert, wenn diese beiden Giganten aufeinander losgehen. Glaubst du, dass sich jemand für die Ameisen interessiert, die dabei zertrampelt werden?«

»Ich habe bereits meine Truppe verraten. Soll ich jetzt auch noch meine Nation verraten?« Er schüttelte den Kopf und starrte auf seine Hände. »Das kann ich nicht.«

»Du sollst einen Krieg verhindern. Wie kann das Verrat sein?« Die letzten Worte brachte ich nur mit Mühe heraus, so groß war jetzt mein Zorn.

»Immer mit der Ruhe, Hail«, meldete sich Hao über die *smati*-Verbindung. *»Mit Wut kommt man nicht weiter.«*

»Ich komme auch so nicht weiter. Warum mache ich das hier überhaupt?«

»Weil du stur bist?«

Ich grunzte vor Lachen. Preston sah mich überrascht an. Ich stieß mich vom Tisch ab. »Du hast recht«, sagte ich laut, meinte aber Hao. »Zin, bring ihn in seine Zelle zurück. Wir machen es auf die harte Tour.«

· 33 ·

»EUER MAJESTÄT.« ADMIRALIN HASSAN KNIETE vor mir, ihr Kommandostab und die anderen Besatzungsmitglieder auf dem weitläufigen Flugdeck der *Vajra* folgten ihrem Beispiel.

»Inana. Es freut mich, Euch wohlauf zu sehen.« Ich zog sie auf die Beine und umarmte sie. »Ihr müsst ein paar Gefangene übernehmen, und ich habe mehrere Verwundete, die die Hilfe Eurer Farianer gebrauchen könnten.«

»Natürlich, Majestät. Chefadjutantin Yash, nimm die Gefangenen in Gewahrsam.« Admiralin Hassan schnippte mit den Fingern. Eine stämmige, muskulöse Frau erschien an ihrer Seite.

»Majestät.« Sie verbeugte sich tief.

»Alles Weitere erfährst du von Zin«, teilte ich ihr lächelnd mit.

»Das hier ist Lieutenant Hasai Moren«, sagte Inana.

»Majestät.« Der schlanke junge Farianer mit den goldenen Augen streckte die Hand aus. Ich ergriff sie, und eine Woge der Erleichterung brach über mich herein. »Möge es Euch wohl ergehen.«

»Danke.« Ich schluckte meine Angst hinunter. Trotz Binas Warnung musste ich ihn auf Fasé ansprechen. Ich konnte nicht anders. »Hasai, wir müssen uns über Fasé unterhalten.

Ich habe euch bereits eine Nachricht geschickt. Bist du der älteste Farianer an Bord?«

»Nein, aber die anderen sind bereits unterwegs. Ich soll meine Schwester in unser Quartier bringen. In Zeiten der Not ist freundschaftlicher Trost am wichtigsten.«

»Sie ist deine Schwester?«

Er zuckte mit den Schultern. »Gewissermaßen. Unser Verhältnis ist zu komplex, um es in Eurer Sprache auszudrücken.«

»Wir bringen sie zunächst in unser Quartier. Bitte kommt so schnell wie möglich dorthin. Bevor ihr sie seht, müssen wir uns in Ruhe unterhalten.«

»Ich sage den anderen Bescheid. Major Morri lässt Euch ausrichten, dass die Situation vielleicht verzweifelter erscheint, als sie tatsächlich ist. Wo sind Eure Verwundeten?«

»Fang mit ihm hier an.« Ich packte Emmory am Kragen und zerrte ihn zu mir, bevor er protestieren konnte. Hasai vollführte sein Ritual, woraufhin sich mein *Ekam* wieder zu voller Größe aufrichtete und nicht länger vor Schmerzen das Gesicht verzerrte.

Fasé humpelte, schwer auf Stasia gestützt, an Hasai vorbei. Dieser warf ihr ein kurzes, aber warmes Lächeln zu, bevor er sich um Albas Arm kümmerte.

»Masami, Sabeen.« Voll Freude umarmte ich die Matriarchinnen Tobin und Vandi. »Ich bin so erleichtert, dass Ihr in Sicherheit seid.«

»Das haben wir nur ihrem Charme zu verdanken«, sagte die alte Matriarchin und deutete auf Sabeen. »Sie hat einen indranischen Frachterkapitän überredet, uns vor den Saxoniern zu verstecken und vom Planeten wegzubringen.«

»Ich habe ihm einen lukrativen Regierungsauftrag versprochen, Hoheit«, sagte Sabeen und blickte errötend zu

Boden. »Aber wahrscheinlich hätte er uns auch so geholfen.«

Aus meinem überraschten Kichern wurde ein Lachen, woraufhin die junge Matriarchin noch röter wurde. Ich klopfte ihr auf den Rücken. »Gute Arbeit. Gib Alba die Kontaktdaten des Mannes. Sobald sich alles etwas beruhigt hat, werden wir ihm einen Auftrag verschaffen.«

»Ja, Hoheit.«

»Admiralin, darf ich dir Cheng Hao, Johar und Bakara Rai vorstellen?«

Nach langer Diskussion hatten wir entschieden, den Großteil von Haos und Rais Besatzungen auf ihren Schiffen zu belassen. Die beiden Anführer dagegen mussten zugegen sein, um das weitere Vorgehen zu besprechen, und auf Johar wollte ich auf keinen Fall verzichten.

Alle wurden einander offiziell vorgestellt. Johar hielt Inanas Hand einen Augenblick zu lange fest, sodass Rai ihr den Ellenbogen in die Seite rammte. Sie verdrehte die Augen, ließ meine Admiralin aber wieder los.

»Wenn Ihr mir folgen wollt? Ich habe Quartiere für euch alle herrichten lassen.« Inana räusperte sich und schritt über das Landedeck. »Alle sind angewiesen, Euren Body-Guards oder Euren anderen Begleitern nicht in die Quere zu kommen. Sie haben die Erlaubnis, Waffen zu tragen, obwohl ich es im Interesse meines Schiffes vorziehen würde, wenn sie es nicht tun.«

Ich lachte. »Selbstverständlich. In letzter Zeit gab es wahrlich genug Aufregung, und das wird sich so schnell auch nicht ändern. Da können wir auf eine schlagartige Dekompression gut verzichten.«

»Allerdings.«

»Wer war der Verräter?«

Admiralin Hassan setzte eine Miene des Bedauerns auf. »Cole. Kommandantin Hamprasade«, fügte sie erläuternd hinzu. »Meine Adjutantin.«

Ich fluchte leise. »Das tut mir leid.« Ich war der Adjutantin der Admiralin mehrmals begegnet, und Alba hatte eng mit ihr zusammengearbeitet. Meiner entsetzten Kammerfrau warf ich einen mitleidigen Blick zu.

»Mir auch. Ich habe ihr vertraut. Verdammt, ich wollte sie sogar zu meiner Nachfolgerin machen. Phanin hat einen seiner Männer als Ingenieur getarnt an Bord gebracht. Er hat Coles Herz gebrochen und sie dazu gebracht, das Imperium zu verraten. Diese verfluchte Närrin. Lantle hat sie erschossen. Den Ingenieur habe ich in die Brig werfen lassen.«

»Wo sind meine BodyGuards?«

»In Eurem Quartier, Majestät. Sie haben darauf bestanden, abwechselnd Wache zu halten. Das geht nun schon seit Tagen so.«

»Dann werden sie sich über die Ablösung sicher freuen.«

»Majestät, ich würde Euch ja etwas zu Essen anbieten, aber ...«

»Keine Sorge, wo wir hinfliegen, gibt es genug Vorräte. Hier, die Koordinaten für Eure Flotte.«

Eines von Po-Sins Vorratslagern war nur einen kurzen Warpsprung von diesen Koordinaten entfernt. Eine Stunde lang hatte ich über meine *smati*-Verbindung mit ihm über die Nutzungskosten gefeilscht. Dennoch war Matriarchin Saito danach angesichts der Summe etwas blass um die Nasenspitze geworden.

»Danke, Hoheit.«

Wir bogen um eine Ecke und sahen Lantle vor der Tür stehen. Der alte Mann lächelte und berührte Herz, Lippen und Stirn. »Eure Hoheit. Wie schön, Euch wiederzusehen.«

Ich legte meine Hand in seinen Nacken und zog ihn zu mir, bis sich unsere Stirnen berührten. »Gleichfalls. Wie geht es den anderen beiden?«

Da Elizah und Ikeki neu im Team waren, hatten sie uns nicht mit auf den Planeten begleitet, sondern waren auf dem Schiff geblieben.

»Die schlafen, Majestät.«

»In Ordnung. Du solltest dich auch ausruhen.« Über meine Schulter hinweg warf ich Emmory einen Blick zu. Er nickte.

»Gleich, Majestät.«

Emmory erteilte eine Reihe Befehle, woraufhin Kisah und Indula mit geübter Präzision meine Räumlichkeiten durchsuchten. Ohne Haos amüsiertes Grinsen zu beachten, betrat ich mein neues Quartier.

»Richtet Euch erst mal ein, Majestät«, sagte Admiralin Hassan. »Gebt einfach Bescheid, wenn Ihr so weit seid.«

»Danke.«

»Wachablösung«, teilte Emmory Lan mit. »Gute Arbeit.« Er hielt ihm die Hand hin. Der Wachposten schüttelte sie lächelnd.

»Zin, unser Quartier ist eine Tür weiter den Gang hinunter«, sagte Lan. »Ich zeige es dir.«

»Majestät, mit Eurer Erlaubnis soll sich Fasé eine Weile in den Gemächern der BodyGuards ausruhen«, sagte Stasia. Ich nickte.

»Der Lieutenant hat gesagt, dass es besser für sie ist, wenn sie bei uns bleibt. Kisah soll dich begleiten.« Ich wusste nicht, wann Hasai die anderen Farianer zu mir bringen würde, doch ich hoffte, vorher noch mit Fasé reden und sie beruhigen zu können.

»Gibt's hier nichts zu trinken?« Johar ließ sich auf das Sofa fallen und streckte die langen Beine aus. »Diese verdammten Saxonier hatten keinen Alkohol auf ihren Schiffen. Ist das zu glauben? Was ist das denn für ein Leben?«

»Mein Schatz, nicht alle haben eine künstliche Leber«, sagte Rai und setzte sich neben sie.

»Künstliche Leber?«

»Ein kleiner Unfall«, sagte sie grinsend und tätschelte ihren Bauch. »Die hier ist sowieso viel besser. Wie wär's mit einem Drink, o kaiserliche Hoheit?«

Hao lachte. »Behaltet sie stets in Eurer Nähe. Sie sorgt dafür, dass Ihr die Bodenhaftung nicht verliert.«

»Rai würde sie nie gehen lassen.«

»Rai ist nicht mein Chef«, wandte Johar ein.

»Ich glaube, solange dieser Putsch nicht beendet ist, ist Indrana noch nicht reif für dich.« Ich warf ihr einen Luftkuss zu und durchstöberte dann die Schränke an der gegenüberliegenden Wand. Nach drei vergeblichen Versuchen entdeckte ich ein paar Gläser und eine Flasche teuren Wodka von der Erde.

Johar nahm sie mir ab und schenkte ein. »Das Universum ist ein grässlicher Ort, aber manchmal behandelt es meine Freunde ganz gut. Auf die Kaiserin von Indrana.«

Lachend kippte ich den Schnaps herunter. »Stellt keinen Blödsinn an«, sagte ich, ließ mir von Hao nachschenken und machte mich auf den Weg in mein Schlafzimmer. »Alba, ich werde mich etwas ausruhen. Sag mir Bescheid, wenn die Farianer eintreffen. Ich ...«

Die Tür glitt auf, und Cas stürzte herein. »Majestät! Fasé ist ...«

»Ach du Scheiße.« Ich stellte das Glas so heftig ab, dass der Wodka darin auf den Tisch schwappte, und eilte aus der Tür. Emmory folgte mir auf dem Fuße. »Wo ist sie?«

»Auf dem Landedeck. Ich weiß nicht, wie sie sich an mir vorbeischleichen konnte. Sie hat Kisah an der Tür außer Gefecht gesetzt.«

»Sie hat sie doch nicht ...«

Cas schüttelte den Kopf. »Nein, nur bewusstlos geschlagen. Stasia ist ihr gefolgt.«

»Was ist los, Majestät?« Admiralin Hassan und Zin trafen im Korridor auf uns.

»Admiralin, die Farianer sollen sofort zum Landedeck kommen. Emmory, erzähl ihr, was passiert ist.«

Emmory setzte Hassan mit knappen Worten ins Bild. Ich blendete seine Stimme aus und kämpfte gegen meine wachsende Panik an, während wir durch das Schiff liefen.

»Alle raus hier«, befahl ich und zwängte mich durch die Menge, die sich versammelt hatte. Sobald mich die Besatzungsmitglieder erkannten, machten sie bereitwillig Platz.

Fasé stand mit einer Waffe in der Hand am gegenüberliegenden Ende der Landebucht. Meine Zofe war nur wenige Meter von ihr entfernt. Sie hatte die Hände erhoben, und obwohl sie außer Hörweite war, konnte ich deutlich erkennen, dass sie Fasé zur Vernunft bringen wollte.

Tränen liefen über Fasés Gesicht. Ihre goldenen Augen huschten wild hin und her und erfassten mich, als ich vor ihr zum Stehen kam. »Fasé, bitte nimm die Waffe runter. Wir werden eine Lösung finden.«

»Es ist aus, Majestät, ich bin unrein. Ich habe gegen meinen Glauben und alles verstoßen, was in meinem Leben zählt – ich bin am Ende.«

»Fasé, du hast zwei Leben gerettet«, sagte Zin neben mir. »Bitte, das kann doch nicht umsonst gewesen sein. Sind deine Götter wirklich so unbarmherzig, dass sie die gute Absicht hinter deinen Taten nicht erkennen?«

»Ja, das spüre ich.« Fasé schlug sich mit der Faust gegen die Brust. »Das versteht ihr Menschen nicht.«

»Lass mich los.« Ich wand mich aus Zins Griff. »Zurücktreten, und zwar alle. Das war ein Befehl, Zin«, sagte ich mit Nachdruck, als er sich nicht rührte. Der scharfe Klang meiner Stimme riss ihn aus seiner Schockstarre.

»Fasé.« Ich hob die Hände und ging auf sie zu. Dabei spürte ich, wie mich Emmory zu meiner Rechten besorgt ansah, doch er bewegte sich nicht. Dafür war keine Zeit. Wir hatten uns keinen Plan zurechtlegen können, und jetzt musste ich darauf hoffen, dass mein *Ekam* meine Absichten zumindest so weit erriet, dass er mir Unterstützung geben konnte.

»Na schön, du hast recht. Ich kann mir nicht mal ansatzweise vorstellen, was du gerade empfindest.«

»Dann haltet mich bitte nicht auf, Hoheit.« Tränen quollen aus ihren Augen und flossen über ihr Gesicht. »Bitte lasst mich diesem grässlichen Albtraum ein Ende setzen.«

»Aber das kann ich nicht zulassen, verstehst du das nicht?«, flüsterte ich, trat einen Schritt näher und streckte die Hand aus. »Du gehörst zu mir, Fasé. Ich werde dich nicht in dem Augenblick im Stich lassen, in dem du mich am dringendsten brauchst. Ich kann deinen Schmerz nicht begreifen und werde dich nicht dadurch beleidigen, indem ich Verständnis heuchele. Aber ich kann dir raten, tief durchzuatmen und deine Entscheidung noch einmal zu überdenken. Überlass mir die Verantwortung.«

Fasé hob die freie Hand, sodass ihre Fingerspitzen meine berührten. »Majestät, ich ...«

»Euer Majestät, bitte tretet zurück. Ihr bringt Euch in Gefahr.«

Bei diesen Worten richtete Fasé die Waffe an ihr Kinn.

»Bitte nicht, Fasé«, wimmerte Stasia.

Ich schluckte einen Fluch hinunter und warf einen Blick über meine Schulter. Drei Farianer schritten durch die Landebucht. Mit der älteren der beiden Frauen hatte ich gesprochen. Sie war rothaarig und hatte graue Schläfen. Lieutenant Moren folgte ihnen.

»Nimm die Waffe herunter, mein Kind«, sagte die Frau. »Es gibt eine andere Lösung.«

»Ich habe ihn ins Leben zurückgeholt. Das war falsch, aber Zin …« Sie sah in seine Richtung. »Ich spürte, wie sein Herz brach, und da konnte ich nicht …«

»Mein Kind, du hast gesündigt. Das ist nicht …«

»Diese Macht.« Fasé schüttelte den Kopf. »Der Rausch, Gott zu spielen. Dem Tod das Leben aus den Händen zu reißen. Ich habe alles erreicht und dabei eine Grenze überschritten, der man sich nicht einmal nähern sollte. Dies ist meine Pflicht.«

Ihr Finger krümmte sich um den Abzug.

»Nein.« Ich packte ihre Hand. Erschrocken riss sie die Augen auf. Die Farianer hinter mir hielten die Luft an.

»Nicht, Majestät. Lasst mich los.«

»Weshalb?«

Fasé schüttelte den Kopf. »Wenn Ihr mich berührt, wenn ich … bitte, Majestät. Ihr könntet ebenfalls sterben.«

Ich verstärkte meinen Griff um ihre Hand. »Dann ist das eben so, Fasé. Du hast geschworen, mir nichts zuleide zu tun, erinnerst du dich?« Ich trat näher und drückte meine Stirn gegen ihre. »Du schenkst den Tod und zum Tod sollst du werden. Fasé, du hast keinen Tod geschenkt, sondern Leben. Viele Leben. Emmorys Leben. Zins Leben. Captain Gills. Und wer weiß, wie viele es im Laufe der Jahre noch waren. Du hast Leben gerettet. Wie kann das falsch sein? Und jetzt liegt mein Leben in deinen Händen, und wenn du die Reise in die Finsternis antreten willst, dann werde ich mit dir kommen. Das schwöre ich.«

Niemand wagte zu atmen. Emmory war nahe bei mir, aber nicht nahe genug, um mich zu retten, falls Fasé abdrückte. Unverwandt sah ich ihr in die Augen, sah den Schmerz in den goldenen Tiefen, sah ihre Entscheidung, noch bevor ihr bewusst wurde, dass sie sie getroffen hatte.

»Ich bin den Göttern und Euch gegenüber treu, Hoheit. Ich werde Euch nichts zuleide tun.«

Ich fing sie auf, als sie vor mir zusammensackte, und ging mit Fasé in den Armen auf dem Landedeck in die Knie. Dabei nahm ich ihr die Waffe ab und schob sie Emmory zu, bevor ich die schluchzende Farianerin fest an mich drückte. »Schon gut. Alles wird gut. Wir werden das schaffen, ich verspreche es dir«, flüsterte ich.

Fasé erschlaffte in meinen Armen. Ich sah zu der wütenden älteren Farianerin auf. Emmory stand mit ausdrucksloser Miene hinter ihr. Er konnte seinen Zorn besser verbergen.

»Euer Majestät, sie hätte Euch töten können«, sagte die Frau, die mein *smati* als Majorin Dio Morri identifizierte.

»Es war wahrscheinlicher, dass sie mich beschützen würde.« Ich ließ zu, dass die anderen beiden Farianer Fasé aus meinen Armen zogen. »Sie war fest entschlossen, sich umzubringen – bis ich sie berührt habe und sie damit auch mir geschadet hätte.« Ich richtete mich auf und starrte sie trotzig an. »Die Frage ist nun: Habe ich sie gerettet, damit sie ein noch schlimmeres Schicksal ereilt?«

Diese Bemerkung schien die Frau zu schockieren. Sie sah mich einen Augenblick lang an, bevor sie ihre Fassung zurückgewann und sich verbeugte. »Bitte vergebt mir, Majestät. Diese Situation ist für uns alle sehr fordernd. Entschuldigt, dass ich nicht früher hier war. Ich habe den Ernst der

Lage unterschätzt, sonst hätte ich Hasai befohlen, Fasé sofort zu mir zu bringen. Ich wusste nicht, dass sie sich das Ganze so sehr zu Herzen nimmt. Hasai hatte uns gerade erst von Eurer Anwesenheit unterrichtet, als wir hierher gerufen wurden. Habt Dank für Euer beherztes Eingreifen. Was als Nächstes geschieht, weiß ich nicht. Diese Entscheidung muss sie selbst mithilfe des Pedalions treffen. Doch immerhin habt Ihr ihr diese Möglichkeit eröffnet, und dafür bin ich Euch sehr dankbar.«

»Majorin, ich hätte für jeden meiner Untergebenen dasselbe getan.«

»Natürlich.« Dio verbeugte sich abermals. »Ich nehme an, dass Euer *Ekam* unter vier Augen mit Euch sprechen möchte. Ich werde Euch über Fasés Zustand auf dem Laufenden halten, Majestät.«

»Vielen Dank. Stasia wird euch begleiten, wenn du erlaubst.«

Dio warf einen Blick auf meine Zofe, die sich noch schwach auf Zin stützte, und nickte. »Selbstverständlich. Warum nicht?« Sie winkte Stasia zu sich und verließ mit ihr die Landebucht.

Ich ging zur Tür. Emmory und Zin schritten wortlos hinter mir her, was mich an unsere erste Begegnung erinnerte, als sie mich in mein Quartier abgeführt hatten. Erst als wir meine Räumlichkeiten betreten hatten, brach Hao das Schweigen. »Ist Fasé …?« Er erhob sich.

»Sie lebt«, sagte ich und steuerte auf den Whiskey zu.

»Soll ich gehen?« Hao sah erst mich und dann Emmory mit erhobenen Augenbrauen an.

»Nein, bleib. Das wird dir gefallen.« Ich schenkte mir ein und ließ mich aufs Sofa fallen. »Emmory wird mich gleich zur Sau machen.«

Haos Brauen wanderten noch höher.

»Sie hat eine lebensmüde Farianerin berührt und sie förmlich dazu herausgefordert, sie beide umzubringen.«

»Du hast was?«

»Ach, scheiße.« Ich verdrehte die Augen und kippte meinen Drink hinunter. Im Laufe der Jahre hatte ich Hao schon mehrere Male so entrüstet erlebt.

»Machst du Witze? Was hast du dir dabei gedacht?«

»Dass Fasé überleben soll«, entgegnete ich.

»Man regiert kein Volk, indem man sich fahrlässig in Gefahr begibt«, sagte Emmory.

»Ganz recht«, pflichtete Hao ihm bei. »Das habe ich dir nicht beigebracht, *sha zhu*.«

»Ach, haltet doch beide die Klappe.« Ich stand auf, um mir nachzuschenken, als ich Zin mit verschränkten Armen vor der Tür stehen sah. Während die anderen beiden auf mich einredeten, war er seltsam ruhig geblieben.

»Ganz besonders du, Hao. Du tust immer so kriminell, aber von wem habe ich wohl gelernt, seine Leute niemals im Stich zu lassen?« Mit dem Glas deutete ich in seine Richtung. »Ich habe kein einziges Mal erlebt, dass du deine Haut gerettet hast, solange deine Mannschaft noch in Gefahr war. Und du …«

»Ich habe Euch gar nichts gelehrt, Majestät.«

»Kuhscheiße! Du willst Fasés Leben ebenso sehr retten wie ich. Emmorlien Tresk, du kümmerst dich immer um die anderen, selbst wenn du es gar nicht musst.«

Mein *Ekam* wandte sich ab. War ihm das etwa peinlich? »Willst du nicht auch mal etwas sagen?«, blaffte er Zin an.

Der zuckte mit einer Schulter. »Das war gute Arbeit.« Er schüttelte den Kopf und starrte seinen Partner durchdringend an. »Hör auf, mich anzuschreien, Emmory. Du wolltest ebenso wenig wie ich oder wie sie, dass Fasé stirbt. Hail hat das einzig Richtige getan, um zu verhindern, dass sich eine vor Trauer wahnsinnige Farianerin das Shiva-verfluchte Hirn aus dem Schädel bläst. Wir sind weder dem Thron noch Indrana gegenüber so loyal, wie wir es immer behaupten. Keiner von uns. Aber wir sind ihr gegenüber loyal.« Zin deutete auf mich. »Weil sie es wert ist. Weil wir wissen, dass sie sich ohne zu zögern für uns opfern würde, wenn es sein muss. Genau wie wir uns für sie. Selbst er«, er richtete den Finger auf Hao, »ist wegen ihr hier. Ein Mitglied von Po-Sins Familie hat wahrlich keinen Grund, uns zu helfen.«

Emmory schloss die Augen. »Sie hätte sterben können, Zin«, sagte er mit heiserer Stimme.

»*Hridayam*«, murmelte Zin zärtlich, stieß sich von der Wand ab, ging zu Emmory hinüber und legte in einer überraschenden Geste der Zuneigung eine Hand auf den Nacken seines Partners. »Wie wir alle. Aber Fasé lebt noch, und unsere Kaiserin auch. Und damit bin ich persönlich mehr als zufrieden.«

· 34 ·

ZINS WORTE GINGEN MIR NOCH LANGE DURCH DEN Kopf, auch nachdem die anderen sich entfernt hatten und ich ins Bett gegangen war. Dass ich Fasé gepackt hatte, war kein cleverer Schachzug, sondern eine Verzweiflungstat gewesen. Ich hatte nicht darüber nachgedacht, dass uns nur ihre Loyalität das Leben retten würde.

Mehr noch – dass Zin so felsenfest überzeugt davon war, er, Emmory und Hao seien nur wegen ihrer Loyalität mir gegenüber und nicht aufgrund eines höheren Ziels hier, verwirrte mich.

Darüber grübelte ich die Nacht hindurch, die wir mit einem sonst ereignislosen Flug zum Vorratslager verbrachten. Das war wenigstens besser als die Albträume, auch wenn ich mich am nächsten Morgen noch erschöpfter und antriebsloser fühlte. Die Betankung und Beladung des Schiffes gingen reibungslos vonstatten. Am Abend fand ein Essen mit Admiralin Hassan, den Matriarchinnen und mehreren Besatzungsmitgliedern statt.

Alle acht Schiffe, mit denen wir zu den Verhandlungen auf Red Cliff gekommen waren, hatten unbeschadet entkommen können. Acht weitere hatten sich von der 2. Flotte abgesetzt, als Admiral Shul eingetroffen war, und hatten sich auf unsere Seite geschlagen. Und schließlich hatte noch ein Dutzend Schiffe der Heimatflotte den Treffpunkt kurz vor uns erreicht.

Nach dem Essen zogen wir uns in Admiralin Hassans Büro zurück, um mit den Matriarchinnen, Alba, Emmory, Nakula, Hao, Rai und dem Stab der Admiralin die Strategie für den Angriff auf Canafey zu besprechen.

»Dank der Informationen, die die Kaiserin beschaffen konnte, haben wir eine ziemlich genaue Vorstellung von der Größe und Zusammensetzung der saxonischen Flotte bei Canafey.« Die Admiralin drückte mehrere Tasten auf einem Bedienfeld und rief eine Darstellung des Canafey-Systems auf. Sie zoomte auf Major und die Werft mit meinen *Vajrayana*-Schiffen heran.

»Um Minor befinden sich kaum Schiffe. Die Kampfhandlungen haben hauptsächlich auf dem Boden stattgefunden. Selbst wenn sich Schiffe im Umkreis aufhalten sollten, bräuchten sie fast einen ganzen Tag, um das System zu durchqueren.« Hassan drückte eine weitere Taste, und ein einzelnes Schiff erschien. »Die *Vajrayana*-Schiffe besitzen eine Schwarmintelligenz-Funktion, die es uns erlaubt, sie aus dem Canafey-System zu warpen, ohne sie vorher bemannen zu müssen.«

»Leider ist das nur von der Brücke eines der Schiffe oder der Kommandozentrale der Werft aus möglich«, gab ich zu bedenken und drehte meine Chaitasse in den Händen. »Wir setzen darauf, dass die Saxonier die Techniker der Werft in den Gefängnistrakt der Station gesperrt haben, um sie jederzeit verhören zu können. Wenn sie sie bereits auf den Planeten gebracht haben, stehen wir vor einem gewaltigen Problem.«

»Sie sind noch auf der Werft, Majestät. Da wette ich«, sagte Nakula. »Colonel Hume hat mehrmals angedeutet, die Schiffe in Betrieb setzen zu wollen, sobald er die Entsperrcodes von Gouverneurin Ashwari hat.«

»Stimmt.« Ich nickte. »Und Jia hat gesagt, dass sie versucht haben, unsere Technologie zu stehlen. Das alles lässt vermuten, dass uns dort ein Haufen Techniker und keine saxonischen Sturmtruppen erwarten.« Ich stand auf, ging zum Schreibtisch der Admiralin und rief erneut das Canafey-System auf. »Wir fliegen die Werft mit zwei saxonischen Schiffen direkt an. Niemand wird Verdacht schöpfen. Dann befreien wir die Techniker aus dem Gefängnistrakt, bringen sie in die Kommandozentrale, übernehmen die *Vajrayana*-Schiffe und warpen uns allesamt aus dem System, bevor irgendjemand irgendetwas spitzkriegt.«

»Aber wie sollen wir an den Wachposten auf dem Landedeck vorbeikommen, Majestät? Sobald sie uns bemerken, werden sie Alarm schlagen«, warf Admiralin Zellin ein, die von der *Helena Bristol* herübergekommen war. Die schlanke Offizierin ließ sich die Trauer über den Tod ihrer Schwester nicht anmerken. Ich hatte ihr unter vier Augen mein Beileid ausgesprochen. Wir hatten nie beweisen können, dass Matriarchin Zellin an der Verschwörung beteiligt gewesen war. Falls doch, so hatte sie ihre Strafe bereits erhalten.

»Tja, wir hatten darauf gehofft, Captain Earnest auf unsere Seite ziehen zu können, doch daraus wird leider nichts. Hao?« Ich deutete auf ihn, woraufhin er sich von der Wand abstieß.

»Ich verfüge über hervorragende Software zur zuverlässigen Identitätsverschleierung«, sagte er. »Die hält zwar einem gründlichen Scan nicht stand, ist aber auf jeden Fall ausreichend, um uns in die Werft zu bringen und die Wachen im Gefängnistrakt zu täuschen.«

»Sehr gut.« Ich nickte. »Sobald wir in der Kommandozentrale sind, sollen sich die Techniker an die Arbeit machen. Die Schiffe warpen aus dem System, und wir können im entstehenden Chaos ungeschoren entkommen. Niemand wird sich um drei saxonische Schiffe kümmern, wenn sich zur selben Zeit die *Vajrayanas* aus dem Staub machen.«

»Ein exzellenter Plan, Eure Majestät.« Admiralin Hassan verschränkte die Arme. »Aber wie kommt Ihr auf die Idee, dass ich eine Beteiligung Eurerseits zulassen werde?«

»Nun, zunächst einmal, weil man einem saxonischen Sturmtrupp, der die Kaiserin von Indrana als Gefangene mit sich führt, Tür und Tor öffnen wird.« Ich grinste. »Außerdem habe ich die Entriegelungscodes. Ohne mich läuft gar nichts.«

Admiralin Hassan richtete den Blick erst zur Decke und dann auf Emmory, der machtlos die Hände hob.

»Ich wollte es ihr ausreden. Leider gibt es keine Möglichkeit, an die Codes zu kommen. Es sei denn, wir entfernen ihren *smati* mit Gewalt.«

»Es überrascht mich, dass Ihr nichts von unserem Streit gehört habt, Admiralin«, sagte ich. »Emmory war sehr aufgebracht.«

»Majestät ...«

»Wir werden nicht noch einmal darüber diskutieren, Admiralin. Wenn Emmory mich nicht davon abbringen konnte, wird es Euch unter Garantie auch nicht gelingen. Auf diese Weise können wir unser Ziel mit möglichst wenig Blutvergießen erreichen. Ein anderer Plan könnte meine Leute gefährden, und das werde ich nicht zulassen. Habe ich mich klar ausgedrückt?«

Inana sah mich lange an. Mein Herzschlag dröhnte in meinen Ohren. Schließlich nickte sie. »Glasklar, Majestät.«

»Sobald wir die Schiffe zurückgebracht haben, müssen wir sie so schnell wie möglich bemannen. Ihr werdet einen Plan für den eigentlichen Angriff auf Canafey ausarbeiten, Admiralin. Wenn die Hälfte der saxonischen Schiffe unterwegs ist, um die Vajrayana-Schiffe zu suchen, wird das ein Kinderspiel.«

»Admiralin?« Eine Frau räusperte sich und sah sich nervös um. Offenbar war sie eben erst zum Commander befördert worden.

»Ja, Commander Zhen?«

»Wenn wir die Schiffe fernsteuern können, warum lassen wir sie dann nicht das Feuer auf die saxonische Flotte eröffnen?«

Admiralin Hassan schüttelte den Kopf. »Sie sind nicht völlig autonom, Petra. Sie könnten zwar ein, zwei Salven abfeuern, doch in einer Raumschlacht müssen in Sekundenbruchteilen Entscheidungen getroffen und Situationen analysiert werden. Die Schwarmintelligenz-Funktion wurde entwickelt, um die Schiffe koordinierte Warpsprünge in und aus Kampfzonen oder synchrone Manöver vollführen zu lassen. Im Kampf dagegen hilft sie uns nicht weiter.« Sie lächelte. »Dennoch eine gute Frage. Weiter so.«

»Wenn wir mit den saxonischen Schiffen ins Canafey-System einfliegen«, sagte ich, »werden Emmory, Hao und ich als Gefangene auf einem Schiff mit Cas, Indula und drei von Eurer Besatzung sein.« Da nur wenige meiner Leute als Saxonier durchgingen, hatte Emmory die fehlenden Plätze aus der Mannschaft der Admiralin aufgefüllt. »Zin, Gita, Rai und Johar sowie Kisah und Iza nehmen mit drei weiteren Crewmitgliedern das zweite Schiff.«

»Euer *Ekam* kann meine Leute gerne auf Herz und Nieren prüfen, doch in unserer gegenwärtigen Situation können wir wohl davon ausgehen, dass alle hier loyal zum Thron sind.« Mehrere der Anwesenden kicherten.

»Keine Sorge. Sobald wir drin sind, werden uns Cas und die anderen zum Gefängnistrakt bringen. Dort werde ich darauf bestehen, sofort mit dem Befehlshaber der Station zu sprechen. Cas und sein Team werden uns zu ihm eskortieren, die anderen befreien unterdessen die Gefangenen. Sobald sie das Gefängnis unter Kontrolle haben, treten wir in der Kommandozentrale in Aktion.«

»Mit allem nötigen Respekt, Majestät«, sagte Admiralin Zellin, »aber bei diesem Plan kann eine ganze Menge schiefgehen.«

Ich grinste so teuflisch, dass mehrere Stabsmitglieder unbehaglich von einem Fuß auf den anderen traten. »Was du nicht sagst. Hao und ich haben Achtundneunzig eine ganz ähnliche Nummer durchgezogen. Mit Erfolg. Wir kümmern uns dann um die Probleme, wenn sie auftauchen, mehr können wir nicht tun. Oder hat jemand einen besseren Plan?«

Alle schwiegen.

Die Reise vom Vorratslager bis zum Rand des Canafey-Systems knapp außer Reichweite der saxonischen Scanner dauerte sechs Tage. Po-Sins zehn Schiffe waren eine große Überraschung. Ich hatte bei unserem Gespräch nicht darum gebeten. Auf Nachfrage stellte sich heraus, dass Hao und nicht Po-Sin diese bunt zusammengewürfelte Flotte organisiert hatte.

»Da waren mir ein paar Leute noch einen Gefallen schuldig«, sagte er und machte eine wegwerfende Geste. »Für unser kleines Abenteuer können wir gar nicht genug Schiffe haben. Außerdem kannst du dir Po-Sins Unterstützung für eine richtige Notlage aufheben.«

»Welcher Gefallen des Universums kann denn so groß sein, dass man in einen Krieg zieht, mit dem man gar nichts zu tun hat?« Ich deutete auf das Fenster, hinter dem ein gewaltiges, wenn auch veraltetes Schlachtschiff des Solarkonglomerats vor der Schwärze des Weltraums zu sehen war.

»Das willst du nicht wissen, glaub mir. Obwohl – was Mel angeht, könnte ich mir vorstellen, dass sie das Ganze als Vorwand nimmt, um ihre Kanonen auszuprobieren. Sonst hat ja niemand den Mumm, sich mit ihr anzulegen.«

»Verständlich. Sieh dir nur dieses Schiff an.«

»Es gibt noch andere Neuigkeiten«, sagte Hao. »Irgendwie konnte deine Zielperson Santa Pirata unbemerkt verlassen, aber ein Raumhafenarbeiter auf Midway hat ihn ein Schiff nach Undile besteigen sehen. Meine Kontaktpersonen dort habe ich bereits angewiesen, nach ihm Ausschau zu halten.« Er deutete mit dem Kopf auf Emmory. »Er weiß Bescheid.«

»Ich kontaktiere Winston, Hoheit«, sagte Emmory. »Wenn sie vor ihm dort sind, können sie ihn bei seiner Ankunft festnehmen.«

»Werden deine Verbindungsleute mit den Jägern zusammenarbeiten?«, fragte ich Hao.

»Schon möglich. Die Jäger arbeiten normalerweise ja eher verdeckt und werden sie schon nicht verschrecken. Aber ich kann sie nicht zur Zusammenarbeit zwingen.«

»Wir dürfen uns nicht darauf verlassen, aber es würde sich für sie lohnen. Finanziell gesehen«, sagte ich.

Hao grinste. »Das ist natürlich was anderes, Hail.«

»Wir schicken Dailun. Er soll eines der saxonischen Schiffe nehmen.«

Hao hob eine Augenbraue, sagte aber nichts, sondern gab die Befehle über die *smati*-Verbindung an Dailun weiter. Danach wandte er sich von den Schiffen ab, die durch das Fenster des Beobachtungsdecks der *Vajra* zu sehen waren, und starrte mich lange schweigend an.

»Was?«, fragte ich.

»Wie geht es dir?«

»Prima. Morgen früh schlagen wir zu.«

»Du siehst aus, als hättest du seit Längerem nicht geschlafen.«

Der bevorstehende Kampf um Canafey hatte dafür gesorgt, dass die Albträume schlimmer denn je zurückgekehrt waren. Doch das würde ich Hao selbstverständlich nicht verraten. Weder ihm noch sonst jemandem. Emmory und die anderen Bodyguards wussten selbstverständlich von den Albträumen. Sie überwachten ständig meine Vitalwerte, da ließ sich so etwas nur schlecht geheim halten.

»Mir geht's gut.«

»Du hast Albträume, sagt Gita.«

»Gita hat ein loses Mundwerk.«

Haos Mundwinkel zitterten. Er konnte sich ein Grinsen nicht verkneifen. »Dein *Ekam* hätte es mir sicher ebenfalls verraten. Er vertraut mir.«

»Kuhscheiße.«

»Ich kenne dich, Hail.« Hao wurde unversehens ernst. »Ich habe mir die Aufzeichnungen der Überwachungskameras auf dem Landedeck angesehen. Zin hat recht. Du hast ihr das Leben gerettet. Aber das wird dir nicht immer gelingen. Ich weiß, wie es ist, für alle um sich herum verantwortlich zu sein und wie weh es tut, wenn doch jemand zu Schaden kommt.«

Ich schloss die Augen und kämpfte gegen die Tränen an.

»*Sha zhu*, hinter dir liegen ein paar sehr harte Monate. Du hast viele Menschen verloren, die dir wichtig waren. Dein *Ekam* spricht offener als die meisten Männer deines Heimatplaneten, doch selbst er würde es nicht wagen, deine Kompetenz infrage zu stellen.

Ich schon. Ich muss wissen, ob du wirklich das Zeug dazu hast, das durchzuziehen. Ansonsten sei ehrlich zu dir selbst und gib uns die Entriegelungscodes. Dann können wir jetzt einen neuen Plan austüfteln und nicht erst dann, wenn wir auf der Werft von Saxoniern umzingelt sind.«

»Ich sollte dir die Nase brechen.«

»Aber du tust es nicht.« Er lächelte. »Das ist ein gutes Zeichen. Noch hast du dein Temperament unter Kontrolle.«

»*In meiner Brust herrscht eine Leere, in der die Geister der Toten schreien*«, rezitierte ich in Cheng.

»*Ai*, kleine Schwester.« Hao umarmte mich. »Wie es doch in den Ohren schmerzt, wenn du ein Gedicht vorträgst.«

Ich schluckte ein Schluchzen herunter und drückte mich fest an ihn. Einst waren wir Mentor und Schüler gewesen. Seitdem hatte sich viel verändert, doch der Mann, der mir wieder und wieder gezeigt hatte, wie die Welt wirklich war, war noch da. »Ich habe so viele gute Leute verloren.«

»Jedes lebenswerte Leben wird von Geistern begleitet«, sagte Hao. »Die einzige Gewissheit ist, dass wir uns irgendwann zu ihnen gesellen.«

»Weißt du noch, was du mir vor meiner Abreise gesagt hast?«

»So etwas Ähnliches wie: Das Leben vieler Menschen liegt in deinen Händen, also verkack's nicht?«

»Das ist viel schwieriger, als Kapitänin meines eigenen Schiffes zu sein«, flüsterte ich. »So viele Leben stehen auf dem Spiel. Und ich schaffe es ja kaum, meine Nächsten zu beschützen, Hao.«

»Wir können niemanden beschützen«, sagte er, löste sich von mir und ergriff meine Oberarme. »Du kannst die Leute anführen, kannst ihnen die Möglichkeit geben, etwas aus sich zu machen, aber du musst sie ihr Leben leben lassen.

Fasé hatte sich für den Tod entschieden, aber du hast sie davor bewahrt. Zumindest vorerst. Aber man ehrt die Toten nicht, indem man versucht, eigenen Entscheidungen aus dem Weg zu gehen.«

»Ich weiß.« Erschöpft lehnte ich meine Stirn gegen seine. »Ich bin müde.«

»Dann geh schlafen. Na los.« Er drehte mich um und schubste mich sanft in Richtung Treppe. »Wir unterhalten uns später weiter. Die Tarnprogramme für die vier Teams sind fertig. Wenn du und Emmory mal einen Blick darauf werfen wollt …?«

Als wir die Treppe hinunter und durch den stillen Flur eilten, warf ich Emmory einen amüsierten Blick zu. »Wieso komme ich mir bei ihm immer wie ein Kind vor, das von seinem Vater eine Standpauke kriegt?«

»Weil er gewissermaßen ein Ersatzvater für Euch ist, Majestät«, sagte er. »Für eine junge Frau, die ihren richtigen Vater zu betrauern hatte.«

»Er war der beste, den man sich wünschen kann. Obwohl er da wahrscheinlich anderer Meinung wäre.« Ich fuhr mir mit der Hand durchs Haar. »Ich weiß noch, dass mein Vater nach einer Schlacht meiner Mutter einen ganz ähnlichen Spruch über Verlust gesagt hat.«

Hao hatte recht, so ungern ich es auch zugab. Ich verschob Angst und Trauer auf später. Jetzt musste ich mich voll und ganz auf die Rückeroberung der Raumwerft konzentrieren.

Ich ging zu Bett und wurde von keinem einzigen Albtraum geplagt. Ich schlief wie ein Stein und hatte deshalb am nächsten Morgen ein schlechtes Gewissen.

· 35 ·

»BITTE SETZT EUCH, MAJESTÄT.«

Mitten auf der Brücke des saxonischen Sturmtruppenschiffs *Falki* blieb ich stehen und funkelte Emmory an. »Ich kann besser denken, wenn ich hin und her gehe.«

»Und uns macht es nervös.«

Ich trat gegen die Lehne von Haos Stuhl. »Dich hat keiner gefragt. Cas, sobald wir Canafey erreichen, kannst du ihn dann bitte in die kleinste Zelle sperren, die es dort gibt?«

»Selbstverständlich, Euer Majestät.«

»Sieh sie dir an, die machthungrige Kriegstreiberin.« Hao grinste mich an.

Die Frotzeleien beruhigten mich. So hatten Hao und ich Portis immer kurz vor einem Einsatz abgelenkt. Seine Seelenruhe selbst in hektischen Zeiten war nicht auszuhalten gewesen. Erst als wir nicht mehr mit Hao zusammengearbeitet hatten, fiel mir auf, wie sehr mich mein Mentor stets geerdet hatte.

»Wir verlassen in zehn Sekunden den Warp«, sagte Cas.

Ich setzte mich zwischen Emmory und Nakula und zwang mich zur Ruhe, während Cas herunterzählte.

Sobald wir uns nach dem Warpaustritt wieder einigermaßen orientieren konnten, fluchten wir los.

»Heiliger Shiva!«

Vor der Schwärze des Alls waren die dunkelgrauen saxonischen Schiffe kaum zu erkennen. Ich sah vom Beobachtungsfenster zum Bildschirm vor mir, und mir rutschte das Herz in die Hose – es wurden immer mehr.

»Verdammt, das sind viel mehr Schiffe als erwartet, Hail.«

Nakula war sofort aufgesprungen, hatte sich neben Cas gestellt und überflog nun die Anzeigen auf dem Bildschirm. »Majestät, jetzt stecken wir richtig in der Klemme. Da draußen ist die gesamte siebzehnte saxonische Flotte. Fünfundsiebzig Schiffe!«

»Cas, kehr um und bring uns so schnell wie möglich hier raus«, befahl Emmory. »Und sag Zin Bescheid. Sie sollen ebenfalls verschwinden.«

»*Hai Ram.*« Ich rieb mir mit der Hand übers Gesicht und stand auf. »Jetzt beruhigen sich alle mal wieder.« Ich beugte mich über Hao und studierte den Bildschirm.

»Ich bin ruhig, Majestät«, entgegnete Emmory. »Aber mit einer ganzen Flotte können wir es unmöglich aufnehmen.«

»Wir wollen es ja nicht mit ihr *aufnehmen*. Wir wollen nur zur Werft gelangen.« Ich deutete auf die Raumstation, die im dunklen Hintergrund funkelte. »Sobald wir die *Vajrayana*-Schiffe in unserer Gewalt haben, sind wir ihnen in puncto Feuerkraft überlegen. Eine zweite Chance werden wir nicht bekommen.«

Emmorys Kiefermuskeln zuckten. »Hail, das ist viel zu gefährlich.«

»Wir brauchen diese Schiffe. Sonst übersteht unsere kleine Flotte keine einzige Raumschlacht.«

»Emmory, sie nehmen Kontakt auf. Wir haben fünfzehn Sekunden, um eine Entscheidung zu treffen«, sagte Cas mit merkwürdig ruhiger Stimme. »Ich bin für den Vorschlag der Kaiserin. Ziehen wir's durch.«

»*Dhatt*«, murmelte Emmory. »Cas, du antwortest ihnen. Hao, sag Zin per Schmalbandübertragung, dass er sofort Admiralin Hassan über die veränderte Lage informieren soll. Dann ist sie zumindest vorgewarnt. In zwanzig Minuten geht's los.« Er packte meinen Arm und zerrte mich förmlich die Treppe hinunter.

Indula wartete bereits auf dem Landedeck. Er trug eine der saxonischen Reserveuniformen, die wir in den Mannschaftsquartieren gefunden hatten. Die drei ebenfalls als Sturmtruppen verkleideten Besatzungsmitglieder, die neben ihm standen, gehörten zu Admiralin Hassans Leuten. Ich rief per *smati* ihre Namen auf.

Die große, schwarzhaarige Lieutenant Bing überragte ihre kleineren, stämmigeren Kameraden – die Corporals Scholler und Roche –, deren saxonische Herkunft an ihrer hellen Haut und den kantigen Gesichtern deutlich zu erkennen war.

»Lieutenant, du übernimmst oben für Cas«, befahl Emmory. »Ihr bleibt beim Schiff. Lasst niemanden an Bord außer uns.«

»Jawohl, *Ekam*.« Sie salutierte und entfernte sich.

Emmory sah mich an. »Bereit?«

Ich nickte.

Obwohl er nicht fest zuschlug, sah ich Sterne hinter meinem rechten Auge und taumelte heftig fluchend zurück. Sobald die Glocken in meinem Kopf aufhörten zu klingeln, zahlte ich es ihm mit gleicher Münze heim.

Emmorys Kopf wurde nach hinten geschleudert. Er wischte sich das Blut aus seiner geplatzten Lippe mit einem Ärmel seines weißen Hemds ab und beschmierte großflächig den Stoff, sodass es schlimmer aussah, als es tatsächlich war.

Als Hao die Landebucht betrat, trug er bereits einen langen Schnitt im Oberarm zur Schau. Während er näher kam, zog er das Hemd aus.

Von all seinen Tätowierungen hatte ich eine immer ganz besonders bemerkenswert gefunden: Eine einzelne weiße Rose direkt über seinem Herzen, deren Blüten auf seine Brust regneten. Was sie zu bedeuten hatte, wusste wohl nur er allein. Jedenfalls hatte ich ihn mehrmals danach gefragt, aber er hatte es mir nie verraten.

Indula verband die Wunde an Haos Arm. Danach zog Hao sein Hemd mit einem dankbaren Nicken wieder an, packte Nakula am Kinn und brachte ihm einen Schnitt auf der Wange bei.

»Dafür wird dich Jia umbringen«, sagte Nakula, legte eine Hand auf die Wunde und verteilte das Blut auf seiner Hemdbrust.

»Alle Frauen stehen auf Narben.«

Cas kam mit einem Bluterguss auf der rechten Schläfe die Treppe herunter. Er trug dieselbe Uniform wie Indula. »Wir docken in zehn Minuten an«, sagte er.

»Dann wollen wir uns mal tarnen«, sagte Hao. Er berührte die Hände der beiden blonden Indraner, woraufhin sie mein *smati* nicht länger als Soldaten der königlichen Armee identifizierte.

»Corporals, ihr haltet euch im Hintergrund und macht nur den Mund auf, wenn man euch anspricht.« Cas hatte sich in Captain Thomas Hebring von der Saxonischen Allianz verwandelt. Sein indranischer Akzent war völlig verschwunden, und zu meiner Verblüffung sprach er perfekt Saxonisch.

Ich legte die Hände hinter den Rücken. Mein Herz machte einen Satz, als Emmory die Handschellen schloss.

»Ein Codetest bitte, Majestät.«

Ich sendete den Code, woraufhin sich die Handschellen öffneten. Emmory fing sie im Fallen auf, legte sie mir wieder an und drückte sanft meinen Unterarm.

Die restlichen Minuten vergingen wie im Flug. Die *Falki* bebte, als sie an der Darshan-Raumstation anlegte, dem zentralen Knotenpunkt, der alle Werften auf Canafey miteinander verband. Cas packte meinen Oberarm. Die Waffen wurden wimmernd aufgeladen. Sobald sich die Laderampe gesenkt hatte, erblickten wir mehrere saxonische Soldaten.

Cas und die anderen salutierten zackig.

»Captain Hebring, ich bin Colonel Probst.« Der Anführer des kleinen Trupps erwiderte den Gruß. »Willkommen auf der Darshan-Station. Darf ich Ihnen als Erster zu Ihrem Fang gratulieren?«

»Vielen Dank, Colonel.«

»Wir übernehmen die Gefangenen, damit Sie und Ihre Männer sich etwas ausruhen können. Es war sicher eine anstrengende Reise.«

»Mit allem Respekt, Colonel, aber es sind unsere Gefangenen, und das wird auch so bleiben.« In Cas' Stimme lag eine Schärfe, die ich so noch nie gehört hatte.

Der Colonel errötete, wagte jedoch nicht, einem Mitglied der Sturmtruppen zu widersprechen. Obwohl er streng genommen einen höheren Rang als Cas bekleidete, bildeten die Sturmtruppen eine geschlossene Einheit innerhalb des saxonischen Militärs. Cas hätte wohl nur von einem höheren Sturmtruppler Befehle entgegengenommen.

»Dann erlauben Sie uns, Sie wenigstens bis zum Gefängnistrakt zu begleiten«, sagte Colonel Probst in dem Versuch, seine Autorität zurückzugewinnen. »Verzweifelte Menschen treffen dumme Entscheidungen, nicht wahr?« Er packte mein

Kinn, hob meinen Kopf und betrachtete den Bluterguss auf meinem Gesicht.

Ich trat ihm in den Schritt, sodass er zu Boden sank wie ein nasser Sack auf einem 10 g-Planeten. Dann traf mich ein Gewehrkolben zwischen die Schulterblätter, und ich fiel keuchend neben dem Colonel auf das Deck.

Ich spürte den kühlen Metallboden unter meiner Wange, während Emmory über mir fluchte und dann vor Schmerz grunzte, als er zum Schweigen gebracht wurde.

»Colonel, wenn Sie weiterhin die Gefangenen unnötig aufstacheln, sind Sie mir keine große Hilfe«, meinte Cas seufzend. »Sie hatte sich gerade erst wieder beruhigt, und jetzt geht die Scheiße von vorne los. Fassen Sie sie bloß nicht an.« Er riss mich auf die Beine und zerrte mich über den Colonel hinweg, der sich immer noch auf dem Boden wand.

Dann trafen wir mit Iza und Kisah zusammen, die ebenfalls als saxonische Sturmtruppen verkleidet waren. Ich warf Zin einen Blick zu. Er hatte ein beeindruckendes Veilchen um das Auge.

Man hatte den armen, schwitzenden Sergeant, der gerade im Gefängnistrakt Dienst hatte, schon von unserer Ankunft unterrichtet.

»Captain.« Er salutierte und schluckte schwer. »Wir verlegen bereits die Gefangenen, um Platz für Sie zu machen.«

»Ich will mit dem Idioten sprechen, der hier das Sagen hat«, verlangte ich.

Cas verpasste mir einen Schlag mit dem Handrücken, ohne mich dabei überhaupt anzusehen. Ich spuckte ihm Blut ins Gesicht und starrte ihn trotzig an, bis er seine Waffe gegen mein Kinn drückte. Die saxonische BrowningX wurde wimmernd aufgeladen.

»Du wirst nicht auf mich schießen«, sagte ich höhnisch. »Das wissen wir beide ganz genau, also spar dir die Machokuhscheiße, Captain. Wenn ich nicht in den nächsten fünf Minuten mit dem Verantwortlichen spreche, werde ich das intergalaktische Kriegsverbrechertribunal auf dich hetzen, das schwöre ich bei Shiva!«

Cas zischte verächtlich, steckte die Waffe weg und wandte sich wieder dem Sergeanten zu. »Wo geht's zur Kommandozentrale?«

»Sollten wir sie nicht erst in ihre Zellen bringen?«

»Das wird sie nicht davon abhalten, weiter herumzumeckern. Sergeant, nach einer Woche kann ich ihre Stimme wirklich und wahrhaftig nicht mehr hören. Die anderen Gefangenen kannst du von mir aus einsperren, ich bringe Ihre Majestät zum kommandierenden Offizier, vielleicht kann er ihr das Maul stopfen.« Er sah den Sergeanten kritisch an. »Das schaffst du doch, oder?«

»Selbstverständlich, Sir! Einfach den Flur hinunter und dann den ersten Gang links bis zu den Aufzügen. Fahren Sie bis ganz nach oben. Ich werde Sie ankündigen.«

»Ausgezeichnet. Lieutenant Toss und ihr beiden, mit mir. Die anderen bleiben bei den Gefangenen.«

Cas führte mich aus der Tür. Indula, Kisah und Iza folgten uns. Wir drängten uns in den Lift, und sobald sich die Türen schlossen, atmete ich erleichtert aus.

»Der arme Kerl kann sich auf eine Abreibung gefasst machen«, murmelte ich. Cas biss sich auf die Lippen, um nicht loszulachen.

»Noch haben wir es nicht geschafft, Majestät«, teilte er mir über die *smati*-Verbindung mit.

»Ich habe vollstes Vertrauen in dich. Das war gerade eine beängstigend gute Vorstellung.«

Der Aufzug kam zum Stehen, und die Türen glitten auf. »Vorwärts«, kommandierte Cas und gab mir einen Schubs. Wir marschierten den Flur hinunter und betraten die Kommandozentrale.

Alle drehten sich zu uns um, und mit einem Mal herrschte Totenstille. Ein älterer Mann mit verkniffenem Gesicht erhob sich.

»Captain Hebring, Sir.« Cas salutierte. »Die Gefangene hat verlangt, mit Ihnen zu sprechen.«

»Euer kaiserliche Majestät.« Die Verbeugung des Mannes war elegant und gleichzeitig sarkastisch. »Wenn ich mich vorstellen darf: Commander Gils Nilsen. Willkommen auf meiner Station.«

»Es ist meine Station, Commander«, sagte ich. »Und ich möchte mich in aller Form über die Behandlung, die mir und meinen Leuten zuteil wird, beschweren. Laut der Erweiterten Genfer Konvention von 2767 haben alle Kriegsgefangenen das Recht ...«

»Ja doch, meine Liebe. Die Konvention ist uns wohlvertraut.« Commander Nilsen wedelte mit der schlanken Hand und lächelte mich listig an. »Es wird sich sicher alles zum Guten wenden.«

»Cas, sag Emmory, er kann loslegen.«

»Da bin ich mir ganz sicher«, sagte ich, öffnete meine Handschellen und schnappte die BrowningX, die Cas mir zuwarf. Meine vier BodyGuards traten ebenfalls in Aktion. Sie hoben die Waffen und richteten sie in den Raum.

»Wer Lust hat, auf der Stelle zu sterben, bleibt einfach stehen«, sagte ich und drückte den Lauf der Waffe gegen Commander Nilsens Stirn. »Alle anderen legen sich sofort auf den Boden.«

Alle Saxonier bis auf ihren Kommandanten gehorchten. Nilsen sah mich panisch an, bis ihm Indula mit dem Gewehrkolben einen Schlag gegen den Hinterkopf verpasste. Ich trat beiseite, und er brach auf dem Boden zusammen.

»Neue Freunde gefunden, Majestät?«, fragte Emmory, als er aus dem Aufzug trat.

»Aber sicher. Was ist mit dir? Wo ist der Sergeant?«

»Bei den anderen Wachen in einer Zelle.« Er lächelte und winkte drei Frauen zu sich. »Hassans Leute bewachen den Zellentrakt und den Rückweg zum Schiff. Diese drei hier haben sich freiwillig gemeldet, um mit den Computern der *Vajrayana*-Schiffe zu helfen.«

»Euer Majestät.« Eine dunkelhaarige Frau verbeugte sich tief. »Ich bin Cheftechnikerin Ragini Triskan, und das sind meine Kolleginnen Yama Hunkaar und Hasa Julsen.«

»Freut mich, euch kennenzulernen. Hat man euch gut behandelt?«

»Einigermaßen, Hoheit. Die meisten Offiziere hat man auf Major gebracht. Uns hat man zur Zusammenarbeit gezwungen. Wir haben sabotiert, wo wir nur konnten«, meinte sie grinsend.

»Du lächelst weitaus öfter als dein Vater, Ragini«, sagte ich.

»Mein Vater?«

»Generalleutnant Aganey Triskan, oder nicht? Das jüngste Mitglied meines Militärrats.«

»Ja, Majestät.« Sie lächelte wieder. »Was für eine Ehre. Darauf hat er bereits hingearbeitet, als ich noch ein Kind war.«

»Er hat sich große Sorgen um dich und deine Schwester gemacht.« Ich sah Emmory an. Der winkte mir zu.

»Wir sind schon fünfzehn Minuten hier, Majestät«, sagte er. »Setzen wir uns in Bewegung, bevor noch jemand Verdacht schöpft.«

»In letzter Zeit hatten wir mehrere Kurzschlüsse, also können wir uns die Mühe sparen, die Signale zu blockieren. Niemand wird sich wundern, wenn eine gewisse Zeit lang Funkstille herrscht, solange die Unterbrechung nicht zu lange dauert.«

Während meine BodyGuards die Saxonier aus der Kontrollzentrale und in den Gefängnistrakt führten, setzte ich mich neben Ragini.

»Du musst alle Schiffe miteinander vernetzen und zu diesen Koordinaten warpen, sobald sie online sind. Die Triebwerke müssen sofort nach dem Warpsprung zum Stillstand kommen. Wenn die Schiffe aktiviert werden, bleiben uns etwa zehn Minuten, bevor es jemandem auffällt«, sagte ich. »Also sollten wir gut vorbereitet sein, bevor wir den Warpantrieb starten.«

»Ja, Majestät«, sagte Ragini. »Ich bin drin. Einen Augenblick, ich will mich erst vergewissern, dass das Netz sicher ist. Jetzt, Hoheit. Bitte.«

Ich verband mein *smati* mit dem Netzwerk und lud die Entriegelungscodes hoch.

»Yama, Hasa, an die Computer«, befahl Ragini. »Lasst die Diagnoseprogramme laufen, und fahrt so unauffällig wie möglich die Schilde hoch.«

Die beiden Frauen setzten sich und machten sich an die Arbeit. Gemeinsam drangen sie immer tiefer in die Systeme der *Vajrayana*-Schiffe vor.

»Na schön, Majestät.« Emmory tauchte neben mir auf. »Ihr habt Euren Teil erfüllt, kehren wir zum Schiff zurück.«

»Jetzt mach mal halblang, Emmory. Wir lassen niemanden zurück. Außerdem will ich die Verteidigungssysteme der Station umprogrammieren, damit sie uns im Gefecht unterstützen.«

»Braucht Ihr dabei Hilfe?«, fragte er.

»Ruf Hao. Sobald ich drin bin, werdet ihr euch gemeinsam um das Feuerleitsystem kümmern.«

Emmory sah mich tadelnd an, pfiff dann aber Hao herbei, der neugierig zu uns herüberkam.

»Das Verteidigungssystem«, sagte ich. »Mach dich nützlich.« Er grinste.

»Majestät?« Es war Ragini. »Fünfundvierzig Schiffe sind in warpfähigem Zustand. Zwei wurden von den Saxoniern zerlegt.« Sie tippte auf den Bildschirm.

»Fünfundvierzig? Das ist mehr als genug.«

»Die Lebenserhaltungssysteme sind online. Atembare Atmosphäre wird hergestellt«, meldete Yama.

»Die Warpantriebe sind in fünf Minuten betriebsbereit«, sagte Hasa.

»So viel Zeit haben wir wohl nicht mehr«, entgegnete Emmory.

· 36 ·

»VERFLIXT NOCH MAL. WAS?«

»Corporal Roche hat soeben gemeldet, dass ein saxonischer Marinetrupp auf dem Weg zum Gefängnistrakt ist. Der Alarm wurde nicht ausgelöst, daher weiß er nicht genau, was los ist. Aber bestimmt nichts Gutes.«

»Sie sollen zum Schiff zurückkehren, bevor sie da noch eingeschlossen werden. Wir folgen ihnen unverzüglich. Ragini ...?«

»Schon dabei, Majestät.« Ihre Finger flogen über den Bildschirm. »Wenn wir nicht genug Luft in die Schiffe bekommen, sind sie nutzlos.«

Fluchend betrachtete ich den Monitor vor mir. »Wir haben uns nicht im Gefängnistrakt angemeldet, Emmory, und das hat sie aufgescheucht. Ach du Scheiße.«

»Hoheit, eines der Schiffe versucht, Kontakt mit uns aufzunehmen.« Ragini schluckte. »Die *Indomitable*. Das Schiff von Flottenmarschall Kreskin.«

»Cas? Wieso hat er denselben Nachnamen wie du?«, fragte ich schnippisch.

»Seht mich nicht so an, Majestät«, sagte er grinsend. »Womöglich ein entfernter Verwandter. Kreskin ist kein so ungewöhnlicher Name.«

Ich warf Emmory einen Blick zu. Er zuckte kaum wahrnehmbar mit den Schultern. »Stell ihn durch, Ragini.«

Ein Mann mit silbergrauem Haar erschien auf dem Bildschirm der Kommandozentrale. Seine Augen waren so hellblau wie der Himmel über Pashati an einem klaren Sommertag.

»Flottenmarschall Kreskin«, sagte ich.

»Kaiserin Hailimi.« Überraschenderweise deutete er eine respektvolle Verbeugung an. »Ich weiß zwar nicht, was Ihr in der Kommandozentrale meiner Station zu suchen habt, aber ich muss Euch bitten, Euch zu ergeben.«

»Und ich muss diese Bitte leider ablehnen. Das hier ist meine Station, es sind meine Schiffe und mein System. Eure Kapitulation nehme ich allerdings sehr gerne entgegen.« Ich schaltete die Audioübertragung ab und kehrte ihm den Rücken zu. »Yama, kannst du die Netzwerkverbindung unterbrechen? Die *smatis* der Gefangenen sind bereits abgeschaltet. Jetzt will ich, dass auf der ganzen Station Funkstille herrscht.«

»Ja, Majestät.«

»Gleich nach diesem Gespräch, ja? Ragini …?«

»Zwei Minuten«, sagte sie, bevor ich fragen konnte. »Hasa, wie sieht's bei dir aus?«

»Gut. Die Lebenserhaltungssysteme arbeiten auf Hochtouren. Sobald ihr den Befehl gebt, schicke ich die Schiffe los.«

»Emmory, Lieutenant Bing soll sich zum anderen Schiff begeben und zusehen, dass sie alle an Bord bringt. Sobald die *Vajrayana*-Schiffe in den Warp gleiten, machen wir uns vom Acker. Wir können selbst fliegen, sie soll auf keinen Fall auf uns warten. Gegen diese Marines haben sie keine Chance.«

Emmory nickte und gab die Befehle weiter. »Sie konnten den Marines entkommen, Majestät. In einer Minute sind sie abflugbereit. Dafür nähern sich feindliche Truppen jetzt unserer Position.«

Ich drehte mich wieder um, schaltete das Mikrofon ein und grinste den Flottenmarschall an.

»Euer Majestät«, sagte er stirnrunzelnd, »Ihr seid allein und in der Unterzahl, und Ihr werdet es nicht schaffen, Eure Leute rechtzeitig auf die Schiffe zu schaffen, bevor wir diese vernichten. Meine Befehle lauten, dass sie Euch unter keinen Umständen in die Hände fallen dürfen.«

Ich zuckte mit den Schultern. »Allein sind wir vielleicht, aber in der Unterzahl? Da habe ich schon Schlimmeres erlebt. Weißt du noch, Hao?«

»Pluto«, sagte er.

»Genau.« Ich grinste und bemerkte erfreut Kreskins besorgte Miene. »Mit Eurer Erlaubnis möchte ich es gerne darauf ankommen lassen.« Ich unterbrach die Verbindung.

»Jetzt, Yama. Wann werden die Marines das Gefängnis erreichen?« Ein Alarm ertönte, und ich verdrehte die Augen. »Schon passiert, nehme ich an. Rai, Johar? Die Tür.«

Sie nickten und postierten sich vor der Tür zur Rechten. Zin und Indula bewegten sich bereits auf die gegenüberliegende Tür zu, als die erste Explosion die Kommandozentrale erschütterte. Emmory schubste mich hinter eine Konsole, packte meinen Nacken und drückte meinen Kopf nach unten. Mir blieb nichts anderes übrig, als untätig den Schüssen und Schreien zu lauschen.

»Startbereit, Majestät.«

»Dann los, Ragini«, sagte ich und sprang auf.

Fünfundvierzig Schiffe verließen gleichzeitig ihre Landebuchten und verschwanden, sodass nur noch ihre schimmernden Warpblasen zurückblieben. Jetzt hätte ich zu gerne die panischen Rufe auf der *Indomitable* gehört.

»Wir kriegen noch mehr Besuch«, meldete Zin. »Ich würde eine Planänderung vorschlagen, Majestät.«

»Hasa, wie lange dauert es, eines der beiden verbliebenen Schiffe flottzumachen? Nur den Antrieb, die Lebenserhaltungssysteme brauchen wir nicht.«

»Nicht lange«, sagte sie. »Dazu muss ich lediglich die Triebwerke hochfahren.«

»Tu das. Danach gibst du folgenden Flugplan ein.« Ich tippte die Daten in ihren Rechner.

»Majestät?« Sie sah mich mit ihren großen dunklen Augen an und lächelte grimmig.

»Furchtbar, ich weiß. Aber wir brauchen mehr Zeit.« Ich ging neben ihr in die Hocke und drückte mit der Hand gegen die Luke unter ihrem Terminal. »Sag Bescheid, wenn du fertig bist. Nakula, zu mir.«

Er eilte herüber. Die Wunde auf seiner Wange hatte sich wieder geöffnet und blutete.

»Du zuerst. Die drei hier folgen dir.« Ich sah auf. Ragini und Hao hatten die Köpfe zusammengesteckt. »Hao ...«

Eine weitere Detonation brachte die Kommandozentrale zum Beben. Emmory ließ eine Reihe so saftiger Flüche vom Stapel, dass sogar ich rot wurde.

»Sie haben soeben die *Falki* zerstört, Majestät.«

»Sind die anderen ...«

Emmory nickte, bevor ich den Satz zu Ende sprechen konnte. »Sie sind entkommen.«

»Aber jetzt sitzen wir hier fest und haben eine ganze Flotte angepisster Saxonier gegen uns. Hey, Hao, sieht ganz so aus, als müssten wir einen neuen Plan austüfteln, während wir auf einer Werft von Saxoniern umzingelt sind.«

»Mir fällt überhaupt nichts mehr ein. Ich hab dich gewarnt, Hail.«

»Sag das dem Flottenmarschall. Er hat unser Schiff gesprengt.«

»Unglaublich, dass Portis euch beide nicht erschossen hat«, sagte Zin, bevor Hao etwas entgegnen konnte.

»Gedroht hat er oft damit.« Ich grinste. »Aber er hat es sich dann doch immer anders überlegt.«

»Majestät, das Schiff ist online.«

»Dann los. Hau ordentlich in die Tasten.«

Hasa drückte auf eine Schaltfläche auf dem Bildschirm, und wir sahen, wie sich eines der *Vajrayana*-Schiffe von der Station löste. V14 flog direkt auf die *Indomitable* zu, bis ein anderes saxonisches Schiff auf Abfangkurs ging. Es stieß mit dem *Vajrayana*-Schiff zusammen, bevor dieses sein Ziel erreichte, und beide explodierten in einem weiß glühenden Lichtball.

Einen Augenblick lang herrschte Totenstille in der Kommandozentrale. Dann brach hektische Betriebsamkeit aus.

»Beide Ausgänge werden von besagten angepissten Saxoniern blockiert«, meldete Zin. »Wir müssen einen anderen Ausweg finden. Und zwar schnell.«

»Hier ist einer«, sagte ich und deutete auf die Einstiegsluke des Wartungstunnels, die ich gerade geöffnet hatte. »Zin, du sorgst dafür, dass die Saxonier sich nicht zu weit vorwagen. Alle anderen in den Tunnel.« Ich schubste Kisah und Iza auf den Einstieg zu.

»Ihr kommt als Nächste«, sagte ich zu Hao und hob die Hand, bevor Ragini protestieren konnte. »Keine Widerrede.«

»Ja, Majestät.« Sie verbeugte sich, drückte ein Datenpad gegen ihre Brust und folgte Hao in den Tunnel.

Rai und Johars Tür war noch intakt. Sie hatten ein schweres Terminal davor gerückt. »Das sollte sie eine Weile aufhalten«, sagte Johar und zerschoss das Bedienfeld in der Wand neben der Tür.

»Sehr gut. Was habt ihr alles dabei?« Rai sah mich unschuldig an, woraufhin ich ihm einen Schlag versetzte. »Ich kenne euch doch. Ihr könnt von Glück reden, dass sie uns bei der Landung nicht durchsucht haben. Irgendwelche Sprengstoffe?«

Rai zog eine Handvoll an Plastikstrohhalme erinnernde Stäbchen aus der Westentasche. Ich pfiff leise.

»Bist du noch bei Trost?« Ich sah Johar an. »Du lässt zu, dass er so was mit sich rumschleppt? Ein Schlag von einem Wachposten, und wir wären alle in die Luft geflogen.«

»Wir haben die Mischung etwas stabilisieren können«, sagte sie mit einem Achselzucken. »Ist nicht mehr ganz so empfindlich wie früher.«

»Na gut, gib her.« Ich nahm die Sprengkörper entgegen. »Zünder?«

»Die behalte ich.«

»Rai, du rückst jetzt sofort die Zünder raus und schwingst deinen Hintern in den Schacht. Hier stirbt heute niemand. Ich sorge dafür, dass wir alle entkommen.«

»Wir alle müssen sterben, Majestät. Die Frage ist nur, wann die Kerze ausgeblasen wird.« Er lächelte schief, dann gab er mir die Zünder und schob Johar auf den Einstieg zu.

Ich wartete, bis alle bis auf Zin, Indula, Gita und Emmory im Schacht verschwunden waren. Dann platzierte ich die Sprengladungen vor dem Panoramafenster und den beiden Ausgängen der Kommandozentrale.

»Indula, Gita, rein mit euch.«

Sie warfen Emmory einen Blick zu und stiegen dann in den Schacht. Zin feuerte noch eine Salve ab und folgte ihnen. Ich sprang ebenfalls hinein, Emmory hinterher. Die Schreie der Saxonier kamen immer näher.

»Los!« Ich scheuchte sie weiter. Emmory schloss die Luke hinter uns. Hoffentlich hielt sie stand. Ich zündete die Sprengladungen.

Die Station erzitterte, als die Kommandozentrale mit allen darin befindlichen Saxoniern pulverisiert wurde.

Zin, Emmory und ich krochen hintereinander durch den Wartungsschacht bis zur nächsten geöffneten Luke. Hände erschienen und zogen Zin aus dem Schacht.

Hao packte mich, hob mich mühelos heraus, stellte mich neben Zin und half dann Emmory.

»Wo sind wir?«

»Eine Ebene unterhalb der Kommandozentrale, Majestät.« Ragini tippte auf ihrem Pad herum. »Ich habe die Aufzüge blockiert. Hasa, ist die Atmosphärensteuerung wiederhergestellt?«

»Ja, alles bestens.«

»Noch haben sie keinen Zugriff, aber lange können wir sie nicht aufhalten«, sagte Yama.

Ragini gesellte sich zu ihren Kolleginnen. Während die drei diskutierten, rief ich meine Mannschaft zusammen.

»Es dauert mindestens eine Stunde, bis Admiralin Hassan die Schiffe bemannt hat und bereit zum Gegenangriff ist. Nakula, du passt zusammen mit Iza auf Hasa und Yama auf. Ihnen darf nichts geschehen.«

»Ja, Majestät.« Sie nickten.

»Emmory ... Vorschläge?«

Beinahe nahtlos übernahm Zin die Überwachung des Flurs, und mein *Ekam* drehte sich zu mir um. »Es ist nicht auszuschließen, dass sie die ganze Station zerstören.« Wie zur Bestätigung bebte der Boden unter unseren Füßen. »Ich bin mir ziemlich sicher, dass König Trace nichts gegen Euer Ableben einzuwenden hätte, Majestät.«

»Also müssen wir runter von der Station. Aber wie?« Ich tippte mit dem Finger gegen meine Lippen und ging alle Möglichkeiten durch. »Ragini?«

»Majestät?«

»Was ist mit dem anderen *Vajrayana*-Schiff? Es ist nicht gefechtsbereit, aber wie sieht es mit der Lebenserhaltung und den Schilden aus?«

Sie drehte die Hand hin und her. »Bedingt einsatzbereit, solange wir keine größeren Entfernungen zurücklegen müssen. Ich habe die Atmosphärengeneratoren aktiviert, als man Euer Schiff zerstört hat.« Sie grinste. »Wir können es noch steuern, und sie haben es noch nicht ins Visier genommen. Wahrscheinlich glauben sie, dass wir sowieso nichts damit anfangen können.«

»Wir müssen los«, drängte Zin.

Flankiert von Gita und Emmory, folgte ich den anderen den Flur hinunter. Ich hatte Emmorys Befürchtung, die Saxonier könnten die ganze Station in Schutt und Asche legen, nicht vergessen.

Rai blieb abrupt stehen und entging so nur knapp einem Kopfschuss. »Dreizehn …« Er spähte um die Ecke und gab eine Salve ab. »Jetzt noch zehn Marines vor uns.«

»Hier.« Ragini klatschte die Hand auf ein Bedienfeld, woraufhin eine Tür neben uns aufglitt. Wir drängten uns hinein. »Noch ein Wartungsschacht.« Sie deutete auf eine Einstiegsluke an der gegenüberliegenden Wand.

»Emmory, wie viel Zeit haben wir noch? Ich muss auf Sendung gehen.«

»Jetzt?« Er sah sich um. »Noch etwa fünf Minuten. Oder weniger, wenn sie unser Versteck finden.«

»Wenn ich an die Öffentlichkeit gehe, können sie die Station unmöglich zerstören«, sagte ich. »Für so einen offensichtlichen Rechtsbruch würde sie das Solarkonglomerat in Stücke reißen.«

»Das bringt uns nicht viel, wenn *wir* vorher in Stücke gerissen werden«, gab Hao zu bedenken.

»Das ist Politik«, sagte ich. »Sie werden die Station nicht vernichten. Unmöglich.« Wieder bebte der Boden. Emmory hielt mich fest. »Außerdem will ich den Leuten auf Major zeigen, dass wir hier an ihrer Seite kämpfen. Das könnte das Blatt zu unseren Gunsten wenden.«

»Okay.« Emmory nickte. »Um zu senden, müssen die Kommunikationssysteme wieder funktionsfähig sein.«

»Kein Problem«, sagte Yama. »Sagt einfach nur Bescheid.«

Rai riss bereits einen mit dem Boden verschraubten Tisch aus seinen Verankerungen und zerrte ihn mit Johars Hilfe vor die Tür.

Ich fuhr mir mit den Händen durch die Haare und strich mein schmutziges Top so gut es ging glatt. Dann nickte ich Emmory zu, räusperte mich und wartete auf sein Signal.

»Wir sind auf Sendung, Majestät.«

»Bürger von Indrana, Bewohner von Canafey. Man hat euch gesagt, ich sei tot.« Ich lächelte. »Das war ganz offensichtlich eine Lüge, in die Welt gesetzt von Premierminister Phanin mit dem Ziel, mein Imperium an sich zu reißen. Ich befinde mich auf der Darshan-Station im Canafey-System, wo wir soeben unsere *Vajrayana*-Schiffe erfolgreich dem Zugriff der saxonischen Truppen entzogen haben, die widerrechtlich unser Gebiet besetzen.

Erhebt euch, meine Untertanen! Holt euch eure Häuser, eure Städte, eure Planeten zurück. Wir schützen und unterstützen euch dabei, doch ihr müsst dasselbe für uns tun. Verbreitet die Nachricht, dass die Saxonische Allianz das Friedensabkommen gebrochen hat. Indrana befindet sich im Krieg, doch wir werden uns gegen alle Feinde behaupten, ob von innen oder von außen.«

Emmory nickte. »Es wurde alles aufgezeichnet und gesendet. Eine Kopie geht direkt an das Konsulat des Solarkonglomerats auf Major. Hoffentlich bewirkt es auch etwas.« Er schubste mich unsanft zur Einstiegsluke. »Na los, Majestät. Wir müssen weiter.«

Diesmal ließ mich Emmory nicht als Letzte einsteigen. Ich folgte Nakula in die Luke, und wir krochen durch die labyrinthartigen Schächte, was mir wie eine Ewigkeit vorkam, der Uhr meines *smati* zufolge aber nur zehn Minuten dauerte. Bis zum Eintreffen von Admiralin Hassans Flotte waren es noch vierzig Minuten – und niemand wusste, wie lange die Station noch standhielt.

»Die Schilde sind auf siebenundsechzig Prozent, Majestät«, sagte Yama, als hätte sie meine Gedanken gelesen, sobald ich aus der Luke kletterte.

»Anscheinend feuern sie nicht mit voller Kraft auf uns«, sagte Nakula, legte eine Hand auf meinen Arm und drückte ihn leicht.

»Vielleicht rechnet der Marschall noch damit, dass ich mich ergebe?« Ich versuchte, ihn aufmunternd anzulächeln, und scheiterte kläglich.

»Ragini hat das Schiff aktiviert. Die Lebenserhaltungssysteme scheinen zu funktionieren, und für den Notfall befinden sich Raumanzüge auf dem Landedeck.«

»Wo sind wir?« Ich streckte die Hand aus und zog Zin aus dem Schacht.

»In einem Lagerraum, Majestät«, antwortete Ragini. »Ungefähr vierzig Meter von V23 entfernt. Die Luft ist rein.«

Hasa fluchte leise. »Sie versuchen, mich aus dem Netzwerk zu werfen. Wenn sie das schaffen, können sie uns lokalisieren.«

»Dann legen wir besser einen Zahn zu.« Ich wollte mich gerade vergewissern, dass alle aus dem Schacht waren, als Ragini plötzlich aufschrie.

»Heiliger Shiva!«

· 37 ·

»WAS?«, RIEFEN EMMORY UND ICH GLEICHZEITIG.

»Warpsignaturen, Majestät – dreiundzwanzig bisher, und es werden immer mehr.« Das Grinsen auf ihrem Gesicht verriet mir alles, was ich wissen wollte.

»Ich hätte nicht gedacht, dass Inana die Schiffe so schnell in Gefechtsbereitschaft versetzen kann«, sagte ich. Emmory dagegen schüttelte den Kopf.

»Die *Vajrayana*-Schiffe sind nicht mit dabei, Majestät. Das ist nur ihre Flotte.«

»Was? Das ist Selbstmord. Sie sollte doch warten.«

»Ich glaube, sie hat sich Euren Befehlen widersetzt.« In Emmorys Stimme lag nicht der kleinste Hauch von Belustigung. Ich sah ihn trotzdem tadelnd an.

»Auf der Station wird nicht länger geschossen«, sagte Yama.

»Wir müssen trotzdem hier raus«, sagte Emmory und ergriff meinen Arm. »Hasa, bist du noch im Netzwerk?«

»Ja.«

»Kannst du sie abwehren, bis wir auf dem Schiff sind?«

»Eine Minute, länger nicht«, sagte Hao. »Wenn wir uns jetzt in Bewegung setzen, könnten wir es schaffen.«

Indula öffnete die Tür und sah sich im Flur um, dann machte er Platz, damit Cas, Kisah und Johar Position beziehen konnten. Das Dröhnen unserer Schritte auf dem Metallboden der verlassenen Werft hallte von den Wänden wider.

Ein muskelbepackter Saxonier trat aus einer Tür. Ohne zu zögern, sprang Johar los und trat dem Mann gegen die Brust, sodass dieser zurückgeschleudert wurde.

Er ergriff ihre Faust, bevor sie zuschlagen konnte, und warf Johar gegen die Wand. Dann ging er mit der Wucht eines interplanetaren Schnellzugs aus dem Kyoto-System auf sie los.

Als sein breiter Fuß Johars Kopf nur um Haaresbreite verfehlte, konnte ich mir ein erschrecktes Keuchen nicht verkneifen. Rai kicherte, und ich knuffte seinen Arm.

Johar rollte sich ab und ließ ihren Fuß vorschnellen, der das Kinn ihres Gegners traf. Der Tritt setzte ihn nicht außer Gefecht, verschaffte ihr aber genug Zeit, um sich aufzurappeln.

Sie wartete nicht ab, bis er sich wieder gefangen hatte. Während er noch benommen den Kopf schüttelte, landete sie mehrere Treffer gegen seinen Solarplexus und die rechte Niere. Dann trieb er sie mit einem Handkantenschlag mehrere Schritte zurück.

Mit einem Brüllen stürzte er sich auf sie. Sie wirbelte herum, konnte seiner riesigen Pranke jedoch nicht entkommen. Er packte sie mit eisenhartem Griff.

»Ich habe keine freie Schussbahn«, sagte Emmory.

»Keine Sorge«, sagte Rai. »Warte noch einen Augenblick.«

Rai grinste. Blut aus einem Schnitt über dem rechten Auge floss über Johars Gesicht. Sie ließ sich auf den Boden fallen, warf ihren Gegner über sich hinweg und löste sich so von ihm.

Als sich der Saxonier aufrappelte, landete sie einen Hieb gegen seinen Kopf. Er drehte sich um und wollte eine Verteidigungsposition einnehmen, als ihr langes Bein vorschoss. Der brutale Tritt traf ihn genau am Kiefer, und der Saxonier sackte zusammen. Plötzlich herrschte eine unheimliche Stille.

Johar klatschte in die Hände und nickte uns zu. »Weiter geht's.«

Als wir das Schiff erreichten, hatten die drei Technikerinnen die Luftschleuse bereits geöffnet. Hao schüttelte den Kopf, als ich ihnen folgen wollte. »Lass mich zuerst nachsehen«, sagte er und schloss die Schleuse hinter sich.

»Sie müssen uns doch inzwischen auf den Scannern haben.« Ich umklammerte meine Waffe fester und lauschte konzentriert auf Stiefelschritte.

Rai legte lächelnd eine Hand auf meine Schulter. »Noch nicht. Johar und ich hatten da noch ein Ass im Ärmel. So viele Leute auf einmal habe ich zwar noch nie mit meiner Tarnvorrichtung unsichtbar gemacht, aber es scheint zu funktionieren.«

Die Luftschleuse öffnete sich wieder, und die übrigen schlüpften hindurch. Nur Rai und Johar blieben zurück und suchten alle Spinde in der Nähe nach Schutzanzügen ab.

»Wo geht's zur Brücke?«, fragte ich, sobald wir die V23 betreten hatten.

»Hier entlang«, sagte Hao. Emmory, Gita und ich liefen ihm hinterher.

Der grundlegende Aufbau und die Innenausstattung der *Vajrayana*-Schiffe unterschieden sich nicht von denen der übrigen indranischen Flotte. Es waren dieselben gewölbten weißen Wände und geriffelten Böden wie auf jedem anderen Schiff, allerdings war der halb fertige – oder halb auseinandergenommene – Zustand des Schiffes nicht zu übersehen.

Kabel hingen aus der Decke, manche Wände und ganze Sektionen fehlten völlig. Ein Großteil der Steuerkonsolen auf der Brücke war noch mit Plastikplanen bedeckt. Ragini setzte sich an ein freies Terminal. Ihre Kolleginnen scharten sich um sie.

»Majestät, die Schilde sind hochgefahren«, sagte sie. »Dem Funkverkehr zufolge, den ich aufschnappe, wissen sie nicht, dass wir hier sind.«

»Was ist mit Admiralin Hassan? Kann ich meinen *smati* mit dem Schiffscomputer verbinden?«

»Sie hält durch, Majestät. Durch ihren Überraschungsangriff konnte sie mehrere saxonische Schiffe ausschalten.« Raginis Finger flogen über den Bildschirm. »Ich versuche, Verbindung mit der *Vajra* aufzunehmen.«

Hasa nahm mit Indulas Hilfe die Plastikplane von einem weiteren Bordrechner. Wenige Minuten darauf erschienen die Abbildungen mehrerer kämpfender Schiffe in der Luft vor uns.

»Zehn weitere Signaturen nähern sich von Minor aus«, meldete sie.

»Ach du Scheiße.« Ich hatte gehofft, dass die Schiffe auf Minor nicht eingreifen würden. Da hatte ich mich wohl verrechnet.

»Identifizieren«, sagte Hao. Der Waffenschmuggler grinste, als Hasa eine Kennung vorlas. »Die gehören zu uns«, sagte er. »Ich dachte mir schon, dass Mel aus der anderen Richtung kommt.« Er sah mich an. »Wenn sie diese verdammten Schiffe gefechtsfähig kriegen und hierherschicken, sind wir aus dem Schneider.«

Diese Hoffnung wollte ich mir nicht leisten.

»Zwei Marinetrupps kommen durch die Werft auf uns zu. Haben die Saxonier inzwischen mitbekommen, dass wir dieses Schiff aktiviert haben?«, fragte Emmory und beugte sich über Ragini.

»Nein.«

Ich sah Emmory an, während meine übrigen Mitstreiter auf die Brücke kamen. Hierbleiben oder fliehen? Keine der Alternativen klang besonders berauschend, aber untätig herumzusitzen war erst recht nicht mein Stil. »Ragini, wie weit sind die Schilde hochgefahren?«

»Zu hundert Prozent, Majestät.«

»Können wir das Schiff navigieren?«

»Ja, Majestät. Das wird alles vollautomatisiert vom Schiffscomputer gesteuert. Aber wenn wir einen Treffer einstecken und sich niemand im Maschinenraum oder in den anderen Bereichen darum kümmert, könnten wir alle draufgehen ...« Sie lächelte mich entschuldigend an.

»Das ist riskant, aber ich möchte die Werft verlassen, bevor sie herausbekommen, dass wir hier sind, und das Feuer eröffnen. Ist das das Navigationsterminal, Ragini? Emmory, hilf mir mal.« Wir zogen die Plastikplane von der Navigationskonsole. Dann setzte ich mich davor.

»Majestät?«

»Ja?«

»Habt Ihr schon einmal ein Großkampfschiff geflogen?«

»Nein«, sagte ich. »Aber ich bin eine gute Pilotin. Das kann ja so schwer nicht sein.«

»Vielleicht sollte jemand anderes ...« Emmory sah sich auf der Brücke um.

Hao hob abwehrend die Hände. »Besser als ich ist sie auf jeden Fall«, sagte er lachend.

»Wir haben uns vom Landedeck gelöst, Majestät«, sagte Yama. »Ihr könnt frei manövrieren.«

»Festhalten«, sagte ich und zündete die Schubdüsen. V23 glitt so elegant durch die Landebucht wie ein indranischer Delfin durchs Wasser. Das schlanke Schiff reagierte ohne

Verzögerung auf die kleinste Kurskorrektur. Sobald die Triebwerke hochgefahren waren, verriet mir ein leichter Ruck, dass die interne Vibrationsdämpfung aktiviert worden war.

»Kommunikationssysteme einsatzbereit, Majestät. Ihr könnt Euch in den Schiffscomputer einklinken.«

Sofort gab ich die Koordinaten des nächsten indranischen Schiffes ein. Hinter mir erteilte Emmory Befehle, doch ich bekam nur am Rande mit, dass Nakula und drei weitere Crewmitglieder die Brücke verließen.

»Majestät, die *Vajra* nimmt Kontakt auf. Soll ich die Verbindung herstellen?«

»Ja.«

Admiralin Hassans Gesicht erschien auf dem Bildschirm.

»Inana, was bei den Feuern von Naraka soll das werden? Wo sind die *Vajrayana*-Schiffe?«

»Wir haben Eure Nachricht bezüglich der siebzehnten Flotte erhalten. Da Ihr nicht auf den Schiffen wart, gingen wir davon aus, dass etwas schiefgelaufen ist. Ich hielt es für das Beste, ein Ablenkungsmanöver zu starten, bis die anderen Schiffe einsatzbereit sind. Wieso seid Ihr noch hier und nicht auf einem der zum Treffpunkt gewarpten Schiffe?«

»Wir hatten ein Problem mit unserem Gefährt. Es wurde zerstört.« Grinsend zuckte ich mit den Schultern. »Aber wir kommen schon klar. Ein schönes Schiff, leider macht es nur halbe Kraft.«

»Ich schicke zwei Eskortschiffe zu Eurer Verteidigung los. Bitte greift nicht in die Schlacht ein, Majestät.« Admiralin Hassan hielt sich an den Armlehnen fest, als die *Vajra* durchgeschüttelt wurde und Sirenen ertönten. »Wir sehen uns später.«

»Das will ich schwer hoffen«, sagte ich und unterbrach die Verbindung.

»Zwei Schiffe nähern sich uns«, sagte Hasa. »Die *Moksha* und die *Devaki*, beide Sarama-Klasse. Wie es aussieht, haben sie ein paar Verfolger im Schlepptau.«

»Sind die Waffensysteme dieser Schrottmühle endlich feuerbereit?«

»Noch nicht, Majestät«, antwortete Emmory. »Nakula und Kisah arbeiten daran.«

Dankbar lächelte ich ihm zu. »Wenn das hier vorbei ist, geb ich eine Runde aus.«

»Majestät, die *Devaki* kontaktiert uns.«

»Auf den Schirm.«

»Eure Majestät, hier spricht Kapitänin Ellie Skel. Admiralin Hassan hat uns befohlen, Euch zu eskortieren. Seid Ihr warpfähig?«

»Ich kann nicht garantieren, dass das Ding dabei nicht auseinanderfällt. Alles andere funktioniert aber«, sagte ich mit Blick in Yamas Richtung. Die Technikerin schüttelte mit resignierter Miene den Kopf. »Die Schilde sind hochgefahren, und wir versuchen, die Waffensysteme zum Laufen zu bringen. Kapitänin, ihr habt übrigens Gesellschaft. Kümmert euch um eure Verfolger, wir warten so lange.«

»Ja, Majestät.« Sie nickte knapp, und auf dem Bildschirm erschien wieder ein Scannerabbild der Umgebung.

»Ragini, können wir uns in den Hauptbefehlskanal von Admiralin Hassans Flaggschiff einklinken?«

Lageberichte wurden an den Rändern des Hauptbildschirms eingeblendet. Funkübertragungen der einzelnen Schiffe hallten durch den Raum. Mit halbem Ohr hörte ich dem Gefecht der beiden Schlachtkreuzer gegen die fünf saxonischen Zerstörer zu, während ich gleichzeitig dem chaotischen Nahkampf an der Hauptfront zu folgen versuchte.

Der Countdown, den mein *smati* am Rande meines Sichtfelds einblendete, verriet mir, dass die *Vajrayana*-Schiffe erst in siebzehn Minuten aus dem Warp kommen würden. Vorausgesetzt, es gab keine Probleme beim Flottmachen.

»Starker Beschuss aus Richtung des Planeten.«

»Schilde auf dreiundsiebzig Prozent gefallen.«

»Hier spricht die *Alix*. Feuerhauptsteuerung ausgefallen.«

»*Alix*, Position der *Devaki* in der Nachhut einnehmen.«

»Leck in der Außenhülle! Warpantriebseindämmung instabil. Schiff evakuieren!«

Ein Licht blitzte auf dem Bildschirm auf, und ich seufzte tief auf, als die *Alix* explodierte und dabei mehrere saxonische Schiffe in der Umgebung mit in den Untergang riss.

»Bei der Dunklen Mutter«, flüsterte ich und berührte Lippen, Herz und Stirn.

Mit einem zweiten, diesmal viel näheren Lichtblitz schoss eine Flammensäule aus der Flanke eines saxonischen Zerstörers.

»Schilde auf zweiundzwanzig Prozent gefallen«, meldete die *Moksha*. »Hüllenbruch in den Sektoren achtzehn und neunzehn.«

»Was nun?«

»Majestät.« Wie aufs Stichwort ertönte Nakulas Stimme durch die *smati*-Verbindung. *»Wir sind eingeschränkt feuerbereit, aber ich weiß nicht, für wie lange. Wir sollten also Nägel mit Köpfen machen.«*

»Kapitänin Skel, wir sind feuerbereit. Ich wiederhole, wir sind feuerbereit. Wie können wir helfen?«

»Verstanden, V23. Wir könnten Eure Unterstützung gebrauchen, um den beschädigten Zerstörer ganz auszuschalten.«

»Hao, Feuer auf den Zerstörer richten. Machen wir das Ding fertig.«

»So viel braucht der nicht mehr«, sagte Hao und tippte auf den Bildschirm vor sich. »Plasmastrahl abgefeuert.«

Selbst mit eingeschränkter Feuerkraft machte das *Vajrayana*-Schiff kurzen Prozess mit seinem angeschlagenen Gegner. Hao wandte sich sofort den nächsten drei Zerstörern zu. Geschmolzenes, auf fünfundneunzig Prozent Lichtgeschwindigkeit beschleunigtes Eisen durchschlug die Schilde des zweiten Schiffs und machte ihm den Garaus. Die verbliebenen beiden Zerstörer zogen den Schwanz ein und flohen.

»Kein schlechtes Schiff«, sagte Hao.

»Du darfst es trotzdem nicht behalten.« Sein Gesichtsausdruck brachte mich zum Lachen, bis mich Raginis Ausruf verstummen ließ.

»Majestät, Admiralin Hassans Schiff wurde getroffen!«

Ich bekam keine Luft mehr. Die Vorstellung, noch einen geliebten Menschen zu verlieren ... »Nein.«

»Ihre Schilde sind ausgefallen. Ich kann die Brücke nicht erreichen.«

»Eingehende Warpsignatur.«

Ich warf einen Blick auf den Countdown. Meinem *smati* zufolge mussten wir noch etwas mehr als zehn Minuten durchhalten.

Fünfundvierzig Lichtblitze traten hinter der Hauptflotte aus dem Warp und eröffneten mit erstaunlicher Präzision das Feuer auf die Stellen, an denen das Gefecht am heftigsten tobte.

Mehrere saxonische Schiffe explodierten so hell, dass es auch ohne die Scanner zu sehen war. Einen Augenblick lang waren auf allen Kanälen Jubel und Gebete zu hören, bevor man zu den Lageberichten und Verlustmeldungen zurückkehrte.

»Kapitänin Skel, wer hat das Kommando über die Flotte übernommen?«

»Admiralin Zellin auf der *Helena*, Majestät.«

»Stell mich durch.«

Die Brücke der *Helena Bristol* war von Rauch erfüllt. Admiralin Zellin hatte eine stark blutende Schnittwunde unter dem Haaransatz davongetragen, wirkte aber völlig geistesgegenwärtig. »Majestät«, sagte sie und atmete erleichtert aus. »Flottenmarschall Kreskin hat soeben kapituliert.«

»Zieht Euch zurück. Die *Vajrayana*-Schiffe sollen die Aufräumarbeiten übernehmen. Wir treffen uns auf der Darshan-Station. Innerhalb der nächsten sechzig Minuten will ich einen detaillierten Lagebericht.«

»Ja, Majestät.«

»Und findet Inana. Bitte.«

»Wir tun, was in unserer Macht steht. Admiralin Fon ist bereits auf dem Weg.«

Ich rieb mir das Gesicht und murmelte ein Gebet für die Besatzung der *Vajra*. Der Verlust von Admiralin Hassan wäre ein schwerer Schlag für uns. Nicht nur emotional – sie war eine unserer besten Strateginnen und eine bekannte und beliebte Offizierin, die hundertprozentig hinter unserer Sache stand. Und ich …

Hör auf, du dumme Kuh. Sie ist noch nicht tot, also denk auch nicht so über sie.

Für den Rückflug zur Station übergab ich Hao das Kommando und ging die Treppe zur Aussichtsplattform hinauf. Emmory folgte mir so lautlos wie ein Gespenst.

Den meisten Schaden an der Werft hatten die dort stationierten Saxonier verursacht. Trümmer schwebten um die

Überreste der Kommandozentrale und der Landebucht, an der die *Falki* angedockt gewesen war. Mehrere Transportschiffe näherten sich schnell der Werft. Sobald sie angedockt hatten, stürmten kaiserliche Marines mit ihren Gewehren im Anschlag heraus.

Flottenadmiral Kreskin hatte zwar kapituliert, aber wir wollten kein Risiko eingehen. Meinen Marines hatte ich befohlen, auf jeden zu schießen, der dumm genug war, die Waffe zu erheben. Emmory bestand darauf, dass die Station erst gesichert wurde, bevor ich sie ein weiteres Mal betrat. Und ich hatte keine Lust, noch weitere Opfer beklagen zu müssen.

Es dauerte noch beinahe eine Stunde, bis alles unter Kontrolle war. Währenddessen verfolgte ich die Lage auf Major. Kurz nachdem meine Botschaft den Planeten erreicht hatte, waren Aufstände ausgebrochen, und die verbliebenen indranischen Streitkräfte hatten die größte saxonische Garnison nahe der Hauptstadt angegriffen.

»Ich hab gerade mit Mel gesprochen«, sagte Hao, lehnte sich gegen den Fensterrahmen und betrachtete die Schiffe, die um die Station kreisten. »Minor wurde von lediglich vier Schiffen bewacht. Sie hat sie bereits gestern auf der Durchreise außer Gefecht gesetzt. Zur Sicherheit schicke ich noch einen kleinen Trupp dorthin, aber wie es aussieht, ist Canafey wieder in indranischen Händen, kleine Schwester.«

»Ich weiß nicht, ob es das wert war«, murmelte ich mit Blick auf die Namensliste, die am Rande meines Blickfelds vorbeizog. Eine nicht enden wollende Prozession der Gefallenen und Verwundeten. Seit Admiralin Fon an der *Vajra* angedockt hatte, gab es keine Neuigkeiten. Sie wollte Bescheid geben, sobald sie sich ein Bild von der Lage gemacht hatte.

»Das ist es nie«, sagte Hao, legte den Kopf schief und musterte mich eingehend. »Aber manchmal geht es eben nicht anders. Du brauchst diese Schiffe. Das hier war nur eine Schlacht, nicht der ganze Krieg. Du hast dich übrigens glänzend geschlagen.«

Ich warf ihm einen Seitenblick zu. Er grinste.

»Wirklich, Hail. Portis wäre stolz auf dich. Ich bin auch stolz auf dich, aber ich bin ja nur ein Waffenschmuggler.«

»*Nur* bist du gar nichts.« Ich stieß ihn mit der Schulter an.

»Das hier ist mir sehr wichtig.« Er drehte sich zu mir um und verbeugte sich tief. »Ihr werdet eine fantastische Kaiserin, Eure Majestät.«

»Ich … du …« Bevor ich eine Antwort stammeln konnte, unterbrach mich Raginis Stimme über den allgemeinen Kanal.

»Majestät, Admiralin Hassan für Euch.«

Ich nahm die Treppe zur Brücke zwei Stufen auf einmal. Noch hatte ich nicht richtig verarbeitet, dass mich Hao gerade so voller Respekt Majestät genannt hatte, da erreichte mich die Nachricht, dass Inana noch lebte. Ich rutschte auf der letzten Stufe aus und wäre beinahe auf dem Hintern gelandet. Emmory fing mich rechtzeitig auf und stellte mich gerade hin.

»Inana.« Die Emotionen, die Hao gerade in mir freigesetzt hatte, brachen sich beim Anblick von Hassans lädiertem Gesicht endgültig Bahn. »Shiva sei Dank, Ihr seid in Sicherheit. Ich hatte schon …« Ich schluckte und atmete aus. »Ich freue mich so sehr, Euch zu sehen.«

»Gleichfalls, Eure Majestät. Ich muss Euch leider mitteilen, dass Euer Flaggschiff schon besser ausgesehen hat.«

»Das reparieren wir wieder.« Vage deutete ich nach rechts. »Die Werft wurde kaum beschädigt.«

Hassan lächelte. »Das habe ich bereits gehört. Glückwunsch, Majestät.«

»Vielen Dank, Admiralin. Ohne Euch hätten wir das nicht geschafft.« Ich faltete die Hände und drückte sie gegen die Stirn, dann schüttelte ich sie. Hassan errötete, als alle auf ihrem und meinem Schiff diese Geste der Dankbarkeit wiederholten.

»Majestät«, sagte Emmory. »Colonel Baleth hat die Station gesichert. Ihr könnt übersetzen.«

»Sehr gut. Inana, wir sehen uns bald?«

»Ja, Majestät.«

»Admiralin Fon?«

Die ältere Frau hob etwas die Schultern. »Ja, Majestät?«

»Schick uns bitte ein Transportschiff mit einem fähigen Piloten. Weder Hao noch ich beherrschen das Andocken besonders gut, und ich will kein weiteres Loch in die Station reißen.«

Das Gelächter auf der Brücke ebbte rasch wieder ab. Ich musste trotzdem grinsen.

»Wird erledigt, Majestät. Es dauert höchstens ein paar Minuten.«

»Kein Problem. Wir haben Zeit.« Ich ließ mich auf einen Sitz fallen. »Im Augenblick zumindest«, fügte ich hinzu, als der Bildschirm wieder schwarz wurde.

· 38 ·

WIR ERRICHTETEN EINEN BEHELFSMÄSSIGEN Befehlsstand in einem Besprechungszimmer zwei Etagen über dem Deck, das ich vor zwei Stunden in die Luft gejagt hatte und das mittlerweile ausgebrannt war.

Der fensterlose Raum war voller Menschen. Stumm kämpfte ich gegen die Klaustrophobie an, bemühte mich, so langsam und gleichmäßig wie möglich zu atmen. Mein Herz klopfte wie verrückt.

»Majestät, sollen wir auf einen größeren Raum ausweichen?«, fragte Emmory mit leiser Stimme und legte eine Hand auf meinen Rücken.

»Das hier ist der größte Raum auf der Station, den wir vollständig unter Kontrolle haben«, sagte ich mit einem Kopfschütteln. Die Kantine bot viel zu viele uneinsehbare oder ungeschützte Stellen. Dort hätte mein *Ekam* nicht eine Besprechung überlebt – er wäre an einem Herzanfall gestorben, noch bevor sich alle einander vorgestellt hätten.

Sollte sich Emmory ruhig Sorgen um mich machen. Ich wollte den entscheidenden Sieg, den wir gerade errungen hatten, jedenfalls nicht durch meinen Tod ruinieren.

Das zumindest war der Plan. Jetzt sah es allerdings mehr und mehr danach aus, als würde *ich* vor Aufregung demnächst einen Herzinfarkt bekommen.

Glücklicherweise waren Rai und Johar anderweitig beschäftigt. Doch außer meinen BodyGuards, Hao und Ragini waren noch fünf Admiralinnen, zwei Colonels von den Marines und über ein Dutzend Adjutanten und Stabsmitarbeiter anwesend.

Viel zu viele Menschen in einem viel zu kleinen Raum. Ich bekam keine Luft.

Wenigstens hatte ich meine Adrenalinvorräte bereits vor einer Stunde aufgebraucht. Jetzt sehnte ich mich nur noch nach einem Drink, einer Mahlzeit und einer Mütze voll Schlaf.

»Admiralin, fangen wir an?«, fragte ich, und die Gespräche im Raum verstummten.

»Selbstverständlich, Eure Majestät. Wenn bitte alle Platz nehmen möchten.«

Ich blieb neben der Wand stehen. Die anderen gingen zu ihren Stühlen, setzten sich aber nicht darauf.

»Sie werden sich erst setzen, wenn du es tust«, flüsterte Hao.

»Ach du Scheiße. Na los, setzt euch.« Meine Stimme knallte wie eine Peitsche durch den Raum. Mehrere der jüngeren Offiziere fuhren zusammen und sprangen förmlich auf ihre Stühle.

Admiralin Hassan grinste hinter vorgehaltener Hand. Lieutenant Morens Verletzungen waren so gut wie verheilt. Ein fleckiger Bluterguss zeichnete sich auf ihrem Gesicht ab.

»Zunächst einmal möchte ich mich bei allen für diesen Sieg heute bedanken. Gedenken wir unserer Gefallenen. Sie haben ihr Leben für den leuchtenden Stern von Indrana gegeben. Mögen sie nie in Vergessenheit geraten.«

»Mögen sie nie in Vergessenheit geraten.« Die Worte hallten in meinem Kopf wider. Am liebsten wäre ich aufgesprungen und aus dem Raum gelaufen.

»Admiralin Hajuman, den Lagebericht, bitte.«

»Ja, Majestät.« Admiralin Hajuman war eine zierliche Frau mit wachsamen, dunklen Augen und mit meiner BodyGuard Iza weder verwandt noch verschwägert. »In der Schlacht um Canafey haben wir fünf Schiffe verloren. Drei Schlachtkreuzer und zwei Zerstörer. Von den sechs Trägern hat die *Vajra* schwere Schäden hinnehmen müssen und wird die nächste Zeit ausfallen. Achtzehn Jal-Raumjäger wurden entweder zerstört oder beschädigt. Die Lazarettfregatten sind unversehrt, und bis auf das *Vajrayana*-Schiff, das Ihre Majestät zur Explosion gebracht hat, sind auch die Schiffe dieser Klasse in gutem Zustand.«

»Es war sowieso nicht gefechtsbereit«, fügte ich hinzu, was ein Kichern im Raum zur Folge hatte.

»Na dann, Majestät. Die zehn Schiffe, die Cheng Hao großzügigerweise für unsere Sache rekrutiert hat, sind ebenfalls unbeschädigt. Wir haben achtundzwanzig intakte saxonische Schiffe erbeutet sowie sieben weitere, die wir nach der Ausschlachtung abwracken müssen.«

»Wie viele Gefangene?«, fragte ich.

»Fünfzehnhundert, Majestät. Über die Anzahl der Gefangenen, die auf den Planeten gemacht wurden, bin ich nicht informiert.« Admiralin Hajuman sah zu den Marines hinüber.

»Wir haben sie noch nicht alle registriert, Majestät«, sagte Colonel Baleth. »Auf Major und Minor sind es insgesamt wohl über fünftausend. Noch sind die Kämpfe nicht beendet, es gilt noch einige Widerstandsnester auszuschalten. Der Großteil der feindlichen Truppen hat jedoch kapituliert.«

Anschließend wurde beschlossen, die Gefangenen alle auf die Planeten zu bringen, bis wir über ihr weiteres Schicksal entschieden hatten. Ich nahm mir vor, Captain Earnest und sein Team ebenfalls dorthin zu schicken. Dann lehnte ich mich gegen die Wand, als Ragini das Wort ergriff. Die Cheftechnikerin war sichtlich nervös, weil sie einem so großen Publikum die Funktionsweise der *Vajrayana*-Schiffe erklären musste.

»Sie ist ziemlich clever«, flüsterte mir Hao ins Ohr. »Behalt sie in deiner Nähe.«

»Das habe ich vor«, flüsterte ich zurück. »Rai und Johar wollen bald aufbrechen. Wirst du auch …«

»Ich bleibe noch eine Weile«, sagte Hao. »Im Moment habe ich sowieso nichts Besseres vor, und das hier macht richtig Spaß. Außerdem sind Kost und Logis umsonst.«

Admiralin Hassan quittierte mein unterdrücktes Lachen mit einem Blick, bei dem ich mir wieder wie ein Schulmädchen vorkam. Ohne Haos Kichern zu beachten, konzentrierte ich mich wieder auf Raginis Vortrag.

»Jedem Interessierten steht genügend Material zur Verfügung, und nach der Besprechung werde ich gerne Fragen beantworten.« Als niemand mehr etwas anzumerken hatte, kehrte sie mit einem erleichterten Seufzen auf ihren Platz zurück.

»Wir befehligen zwanzig der drei Dutzend Schiffe der Heimatflotte«, sagte Admiralin Hassan und warf eine entsprechende Liste auf den Bildschirm. »Acht konnten sich vor der zweiten Flotte in Sicherheit bringen, da sie beim Eindringen ins Red-Cliff-System rechtzeitig bemerkten, was dort vor sich ging. Die anderen Flottenkommandanten schenkten Phanin Glauben und gingen davon aus, dass sowohl ich als auch die Kaiserin tot sind. Die danach und auch heute gesendeten Botschaften sollten sie vom Gegenteil überzeugen. Ich habe ihnen bereits befohlen, die Stellung zu halten, solange sie nicht von ihren eigenen Leuten unter Feuer genommen werden. Sie dürfen ihre Posten erst verlassen, wenn unsere Grenzwelten gesichert sind, andernfalls riskieren wir eine saxonische Invasion. Inoffiziellen Quellen zufolge hat der Feind etwa die Hälfte der Planeten des Imperiums unter seiner Kontrolle. Bisher gibt es dafür noch keine offizielle Bestätigung.«

»Wie ist die Lage auf Pashati?« Colonel Bristol war eine entfernte Verwandte von mir. Sie hatte dunkelbraune Augen und denselben breiten Kiefer wie mein Urgroßvater.

»Bis auf die bereits bekannten Gerüchte unklar. Mehrere Matriarchinnen wurden ermordet, die übrigen sind in Sicherheit. Matriarchin Clara Desais Aufenthaltsort ist nach wie vor unbekannt. Wir sind in Kontakt mit dem Direktor der Imperialen Sicherheitsbehörde und Matriarchin Alice Gohil. Zur Lage auf der Heimatwelt wird es eine gesonderte Besprechung geben.

Je weiter man sich von Pashati entfernt, desto schwächer werden die Kämpfe. Phanins Truppen konzentrieren sich in erster Linie im Ashvin-System, aber wir müssen schnell handeln, wenn wir eine Ausweitung der Konflikte verhindern wollen. Inzwischen treffen Berichte über Kampfhandlungen auf anderen Welten ein, doch dies wurde, wie gesagt, noch nicht offiziell bestätigt. Momentan kontrolliert Phanin das Ashvin-System und insbesondere Pashati. Das ist unsere oberste Priorität.« Hassan schüttelte den Kopf. »Einen Krieg an zwei Fronten können wir uns nicht erlauben.«

»Er arbeitet mit den Saxoniern zusammen«, wandte ich ein. »Oder hat es zumindest getan. Wenn ich Trace richtig einschätze, können wir uns nicht darauf verlassen, dass er seinen Teil der Abmachung einhält, worin auch immer dieser bestehen mag. Außerdem hat ihn Phanin höchstwahrscheinlich hintergangen, indem er den Angriff auf Red Cliff den Saxoniern in die Schuhe schob.« Ich verschränkte die Arme über der Brust und machte eine finstere Miene. »Inana, die Karte, bitte.«

Sie holte sie auf den Bildschirm. Ich entfernte mich von der Wand, um besser sehen zu können.

»Ragini, welchen taktischen Vorteil verschaffen uns die *Vajrayana*-Schiffe?«

»Einen beträchtlichen, Majestät. Die neuen Schiffe sind schneller, mit besseren Schilden ausgerüstet und verfügen, wie Ihr selbst gesehen habt, über eine deutlich höhere Feuerkraft. Noch ein Monat, um die Mannschaften ordentlich auszubilden, und wir sind den Saxoniern haushoch überlegen.«

»Ich weiß nicht, ob wir einen Monat haben, aber wir fangen trotzdem sofort damit an.« Admiralin Fon nickte und setzte diesen Punkt auf ihre Liste. »Wie ist das zahlenmäßige Verhältnis?«

»Die Saxonier haben weniger Großkampfschiffe, aber zehn – nein, inzwischen sind es neun – Flotten mehr als wir, Majestät«, sagte Admiralin Zellin. »Allerdings sind diese weit verstreut. Verbündete sind hier wohlgemerkt nicht mit eingerechnet.«

Wie es aussah, hielten sich sowohl unsere als auch die Verbündeten der Saxonier bisher aus dem Konflikt heraus. Wenn tatsächlich ein Krieg ausbrach, würden viele weitere Menschen und Völker mit hineingezogen werden.

»Was meint Ihr dazu, Majestät?«, fragte Hassan.

»Das ist Wahnsinn«, sagte ich grinsend. »Ich will keine zwei Kriege auf einmal führen, Inana. Wie wäre es, wenn wir Trace ein Ultimatum stellen? Er kapituliert, oder ...« – ich tippte mit dem Finger auf Canafey und zog dann eine Linie bis zum saxonischen Heimatsystem – »... ich schlage eine Bresche durch Saxonien, gegen die der Marsch des antiken amerikanischen Generals Sherman wie ein Nachmittagsspaziergang aussehen wird.« Während ich sprach, berührte ich jeden Punkt, an dem die Saxonier ihre Schiffe konzentriert hatten.

Es folgte langes Schweigen.

Colonel Bristol räusperte sich. »Mit allem gebotenen Respekt, Hoheit, aber Trace wird diesen Bluff durchschauen.«

»Oh, aber das ist kein Bluff.« Ich zwinkerte ihr zu, woraufhin sie rot anlief. »Wir sind auf der Gewinnerstraße, meine Freunde. Diesen Schwung sollten wir ausnutzen. Wir haben die Schiffe und sind im Vorteil. Sobald wir mit den Saxoniern fertig sind, kehren wir nach Hause zurück. Wenn Phanin glaubt, dass er sich uns danach noch entgegenstellen kann« – ich fletschte die Zähne zu einem grausamen Lächeln –, »dann soll er es ruhig versuchen.«

»Majestät, Caspel und die anderen sind in der Leitung.«

Ich stopfte mir die letzten Bissen in den Mund und schnappte mir meine Tasse. Zum Glück hatte ich vor dem Frühstück geduscht und mich angezogen. Man hatte mir eine Marineuniform und ein einfaches schwarzes Oberteil mit dem verschlungenen Emblem des Imperiums bereitgelegt. So unterschied ich mich kaum von den BodyGuards, als wir den Flur hinunter zu dem Büro marschierten, das Admiralin Hassan zugeteilt worden war.

Als ich eintrat, unterbrach sie das Gespräch mit dem einäugigen Direktor der Sicherheitsbehörde und verbeugte sich lächelnd. »Guten Morgen, Majestät.«

»Inana. Caspel.«

»Guten Morgen, Majestät.« Caspel senkte den Kopf. Die Kamera entfernte sich etwas, sodass Taz und Alice ins Bild kamen.

»Majestät«, sagten die beiden im Chor. Alice lehnte gegen Taz, er hatte seinen Arm um sie gelegt. Ich konnte mir einen erstaunten Gesichtsausdruck gerade so verkneifen.

Alle drei sahen müde aus.

»Majestät, ich habe Admiralin Hassan soeben über die Größe der Streitmacht auf Pashati und im übrigen Ashvin-System unterrichtet. Die gute Nachricht lautet, dass wir unseren Stützpunkt bei den Docks im östlichen Teil der Hauptstadt halten konnten.«

»Und die schlechte?«

Caspels Lächeln verschwand. »Ich weiß nicht, wie lange wir ohne Hilfe noch durchhalten. Diese Verbindung ist sehr gut verschlüsselt, daher sind wir fürs Erste wohl sicher. Ich lasse Euch einen detaillierten Bericht zukommen. Admiralin Hassan sagte, dass Ihr Informationen für mich habt?«

»Ja.« Ich nickte. »In Kürze schicke ich sie Euch.« Schon änderte ich meinen Plan. Phanin durfte Caspel und die anderen auf keinen Fall in seine Gewalt bringen. Das hätte Alices Tod bedeutet – und den aller anderen Matriarchinnen, die bei Caspel Schutz gefunden hatten.

»Wer kommandiert Phanins Bodentruppen? Prajapati?«

»Nein, so überraschend das auch sein mag.« Wieder lächelte Caspel knapp. »Als ich zum letzten Mal mit ihr gesprochen habe, war sie noch auf Basalt IV und verteidigte den Planeten im Namen der Krone. Ich habe sie angewiesen, die Stellung zu halten, bis sie von Euch neue Befehle erhält.«

»Alba, notier dir das. Auf dem Heimweg können wir einen Schlenker machen und sie und ihre Truppen aufnehmen.«

»Phanin hat einem ehemaligen Colonel namens Regen das Kommando übertragen«, sagte Caspel. »Nachdem er ihn aus dem Gefängnis befreit hat.«

Ich musste nicht fragen, weshalb der Mann eingesessen hatte. Sobald sein Name gefallen war, hatte ich seine Akte aufgerufen. Zu den vielen Delikten, denen er sich schuldig gemacht hatte, gehörten Körperverletzung, Trunkenheit in der Öffentlichkeit und die Veruntreuung imperialer Gelder. Am schlimmsten war jedoch, dass er einen jungen Rekruten in seiner Einheit beinahe zu Tode geprügelt hatte.

»Kann der irgendetwas, oder ist das nur ein tumber Schläger?«

»Laut Generalin Prajapati macht er das, was ihm an taktischen Fähigkeiten fehlt, durch Entschlossenheit wett. Er drischt so lange auf jedes Hindernis ein, bis es irgendwann nachgibt. Momentan sorgen Captain Gill und die anderen ISK-Trupps dafür, dass er mehr oder weniger ausschließlich mit der Jagd auf sie beschäftigt ist. Die Details seiner Übereinkunft mit Phanin sind mir unbekannt, aber ich schätze, er hat ihm damit gedroht, ihn wieder zurück ins Gefängnis zu bringen, wenn er versagt.«

»Das klingt ziemlich ungewöhnlich für Phanin.«

»Ja, nicht wahr? Ich glaube, er hat verzweifelt einen Ersatzmann gesucht. Angeblich war General Mara seine erste Wahl.«

»Was ist mit ihm passiert?«

»Während des ersten Putschversuchs hat ihn Euer *Ekam* im Thronsaal erschossen.«

»Tja, Pech für ihn«, sagte ich achselzuckend. »Apropos Phanin – Caspel, warum zum Kroni haben wir nicht bemerkt, was er im Schilde führt?«

Der Direktor fuhr sich mit der Hand über die Augenklappe. »Keine Ahnung, Majestät. Er ist clever. Mir wurde erst nach und nach klar, dass er das Ganze schon seit Jahrzehnten plant. Irgendwie hat er es geschafft, so lange unentdeckt zu bleiben. Selbst Euer Cousin und Euer Neffe wussten von nichts.«

»Ich weiß schon, wie er das gemacht hat«, sagte ich und zischte zwischen zusammengebissenen Zähnen einen Namen hervor. »Wilson.«

»Verdammt, der große Unbekannte. Manchmal glaube ich, dass er zu schlau für mich ist, Majestät. Bitte verzeiht.«

»Kuhscheiße, Caspel. Ihr seid der schlauste Mann, den ich kenne.«

»Ja, Majestät.«

»Wie ist die Lage auf dem Planeten? Sind meine Untertanen zufrieden mit Phanin?« Erleichtert bemerkte ich, dass bis auf Emmory niemand den leisen Zweifel in meiner Stimme gehört hatte.

»Nein, Majestät, ganz und gar nicht. Sie haben Angst, aber sie sind auch wütend. Die Trauer über Euren angeblichen Tod hat sich in Wut auf Phanins Verrat verwandelt. Sie sind fest entschlossen, für Euch zu kämpfen. Das ist einer der Gründe, weshalb uns Colonel Regen noch nicht angegriffen hat. Zu viele Zivilisten würden dabei zu Schaden kommen.«

»Das wäre ihm wahrscheinlich egal, doch die Diplomaten des Solarkonglomerats beobachten die Situation sehr genau. Phanin ist Politiker, er weiß, wie sehr ein Massaker an Unschuldigen seinem Ruf schaden würde. Der ist wegen der Ermordung der Matriarchinnen sowieso schon beschädigt.«

Caspel hob eine Augenbraue. »Angeblich gab es bereits zwei Anschläge auf ihn. Eine gewisse Cressen Stone hat ein Kopfgeld auf ihn ausgesetzt.«

Ich lächelte den Direktor unschuldig an und wechselte schnell das Thema. »Was ist mit den Raumstreitkräften? Wir haben acht Schiffe der zweiten Flotte.«

»Diese Verluste hat er durch die Schiffe ausgeglichen, die aus der Heimatflotte zu ihm übergelaufen sind. Sieben wurden vor Admiralin Smith' Rückzug im Kampf zerstört. Neun schlossen sich Admiral Shul an. Mein Agent berichtet, dass mindestens ein und vielleicht sogar drei Schiffe schwer beschädigt und nicht einsatzbereit sind.«

»Euer Agent? Caspel, Ihr solltet sie doch alle da rausholen!«

»Ich weiß, Hoheit.« Caspel blickte finster drein. »Sie hielten es für ihre Pflicht, auf ihrem Posten zu bleiben. Einerseits macht mich diese Insubordination sehr wütend, andererseits kann ich sie nachvollziehen.«

»Die von den Agenten in Erfahrung gebrachten Informationen waren Gold wert. Wir konnten dadurch mehrere Luftschläge planen«, sagte Alice.

Ich fuhr mir mit der Zunge über die Zähne und überlegte, wie ich die nächste Frage am besten formulierte. Sobald ich sie ausgesprochen hatte, konnte ich sie nicht mehr zurücknehmen. Und so unbarmherzig mein Befehl auch war – niemand der Anwesenden würde ihn infrage stellen.

Caspel wartete geduldig. Sein Blick verriet mir, dass er sich bereits denken konnte, was ich ihn fragen wollte.

»Caspel, ist es Euren Agenten möglich, Admiral Shul zu eliminieren?«

Admiralin Hassan holte kaum hörbar Luft. Die wohlerzogene Alice starrte mich fassungslos an. Taz und Caspel grinsten wölfisch.

»In der Tat, Majestät. Wenn wir uns dazu entschließen, diesen Pfad zu beschreiten.« Ein schwerer Tadel hätte wohl anders geklungen. Das Kopfgeld auf Phanin war die eindeutige Botschaft an ihn gewesen, dass ich auf Vergeltung aus war. Wenn es sich jemand verdiente, dann umso besser. Admiral Shul würde keine Vorwarnung erhalten. Ich wollte, dass er erst dann begriff, wer ihn ermordet hatte, wenn er an seinem eigenen Blut erstickte.

»Wir beschreiten diesen Pfad bereits. Sie haben uns dazu gezwungen. Sagt Eurem Agenten, er soll sich bereithalten. Wenn wir den Planeten erreichen, muss er bereits tot sein.«

»Majestät, was ist mit Phanin und Wilson?«

Bevor ich antworten konnte, zuckte Admiralin Hassan zusammen und fluchte. »Majestät, noch jemand nimmt von Pashati aus Kontakt mit uns auf. Aus dem Palast, wie es aussieht.«

»Caspel soll in der Leitung bleiben. Er soll alles sehen können, ohne selbst gesehen zu werden. Geht das?«

Inana nickte.

»Emmory, hinter mich. Alle anderen aus dem Bild. Keiner sagt ein Wort, egal was passiert.«

Ich warf einen kurzen Blick auf mein Spiegelbild, zog meine Bluse glatt und gab Hassan ein Zeichen.

»Endlich, Eure kaiserliche Majestät. Es ist mir ein Vergnügen.« Die Verbeugung, die der Mann andeutete, war ebenso spöttisch wie sein Tonfall. Wilson war ein großer Mann mit breiten Schultern, kurzem grauem Haar und stechenden blauen Augen in einem faltigen Gesicht.

»Verzeihung, wie war dein Name?«, fragte ich.

Zorn flackerte in seinen Augen. »Den kennt Ihr sehr gut. Obwohl Wilson natürlich nicht mein richtiger Name ist. Und Ihr wisst ganz genau, *Cressen Stone*, dass die Namen, die wir uns selbst geben, manchmal auch am besten zu uns passen.«

»Wo ist Phanin?«

»Der hat zu tun.« Wilson wedelte mit der rechten Hand. »Ein Imperium zu regieren ist ziemlich viel Arbeit. Aber er macht sie gerne, deshalb habe ich ihn ja überhaupt ausgesucht. Für so etwas habe ich keine Zeit.«

»Womit beschäftigst du dich denn?«

»Mit der Zerstörung Eures Imperiums.« Wilson senkte die Stimme zu einem verschwörerischen Flüstern. »Und bevor Ihr mich jetzt bei Phanin verpetzt: Er weiß Bescheid. Das Neuindranische Imperium wird keine Ähnlichkeit mit dem Trauerspiel haben, das die Bristol-Schlampen seit fünfzehn Jahrhunderten veranstalten.«

»Lasst ihn reden, Majestät. Seine Arroganz wird ihn schon bald zu Fall bringen«, teilte mir Emmory über die *smati*-Verbindung mit.

»Wilson, was hast du denn gegen meine Familie? Du wirst ja richtig persönlich.«

»Und wie persönlich, Cressen. So persönlich, dass ich ein Vermögen ausgegeben habe, um Eure Familie auszulöschen. Und ich bin nahe dran.« Er lächelte boshaft. »Sehr nahe.«

»Du versuchst jetzt schon seit einer ganzen Weile, mich umzubringen. Anscheinend bin ich dein *kabab mein haddi*.«

»Der Knochen im Fleischklops, ich weiß. Offen gestanden war das anfangs auch extrem lästig. Doch inzwischen sehe ich das Ganze als perfekten Höhepunkt jahrelanger Arbeit. Nur Euretwegen habe ich meinen Plan geändert. Bevor ich Euch töte, sollt Ihr zusehen, wie jeder, der Euch etwas bedeutet, stirbt. Sehr poetisch, wie ich finde.«

Er zerrte Clara vor die Kamera. Ich hörte einige erstickte Schreie hinter mir, verzog aber keine Miene. Sie war zerzaust und ganz offensichtlich verletzt. Ihre linke Gesichtshälfte war blutüberströmt.

»Ich werde sie alle finden«, knurrte Wilson. »Und eine nach der anderen auslöschen. Ihr könnt mich nicht aufhalten. Und Ihr könnt sie nicht retten.«

Clara sah mir in die Augen, und sie löste sich aus ihrer schmerzumnebelten Benommenheit. Sie rammte den Ellbogen in Wilsons Magen, sodass dieser sich zusammenkrümmte.

»Hail …« Was sie auch sagen wollte, wurde von den Geräuschen eines Handgemenges und schließlich vom grässlichen Knall eines Schusses übertönt.

Ich zwang mich, nicht wegzusehen, als Clara zu Boden und damit aus dem Bild sackte.

»Ich werde dich töten«, sagte ich und war selbst überrascht davon, wie ruhig meine Stimme klang. »Du wirst auf Knien vor mir um dein Leben winseln, und es wird mir eine Freude sein, dir jegliches Erbarmen zu versagen.«

Wilson grinste und winkte mir mit blutigen Fingern zu. Dann wurde der Bildschirm schwarz.

Ich sah zu Caspel hinüber. Alice weinte an Taz' Schulter. Er hatte eine Hand in ihrem schwarzen Haar vergraben und zog sie fest an sich. Caspel verzog das Gesicht zu einer traurigen Miene, und ich musste mir auf die Zunge beißen, um meine Tränen im Zaum zu halten.

»Sie gehören mir, Caspel. Niemand rührt sie an.«

»Ja, Majestät.«

Taz sah von Alice auf. Er hatte die Lippen vor Schmerz aufeinandergepresst. »Hail, ich …«

»Kümmere dich um sie. Und sag meinem Volk, dass ich nach Hause komme.«

DANKSAGUNG

Thronräuber wurde in drei Monaten geschrieben. Danach habe ich sechs Jahre daran gefeilt, eine Menge Anregungen und Lob dafür bekommen. *Sternenkrone* wurde ebenfalls in drei arbeitsreichen Monaten geschrieben, doch ich hatte diesmal viel, viel weniger Zeit, um daran zu feilen.

Daher bin ich meiner Familie und meinen Freunden für die Unterstützung während dieser zugegebenermaßen sehr anstrengenden und chaotischen Zeit ewig dankbar. Ohne euch hätte ich das nicht geschafft. »Ich liebe euch« drückt nicht einmal ansatzweise die Tiefe meiner Gefühle aus. Danke für die Essenseinladungen und das Verständnis, wenn ich sie einmal ausschlagen musste. Danke für eure Besuche und dass ihr mir vergeben habt, wenn ich einmal abwesend war – sowohl körperlich als auch emotional.

An meine kleine Familie, Don, Ben und Dex: Es war eine harte Zeit. Ich hoffe, wir haben das Gröbste hinter uns und können uns etwas ausruhen.

Tausend Dank an meine Testleserinnen, die das mörderische Tempo halten konnten: Lisa und Ana für eure Einsichten und eure Unterstützung, an C. J. für die Zuwendung und weil du zum richtigen Zeitpunkt für mich da warst. Ich liebe euch. Ihr habt mich in stürmischen Zeiten über Wasser gehalten.

Andrew Zack ist der beste Agent der Welt. Danke, dass du dich um den ganzen »anderen Kram« gekümmert hast, damit ich mich aufs Schreiben konzentrieren konnte.

Danke auch an Kelly O'Connor, Ellen Brady Wright und Jenni Hill von Orbit Books. Ein fantastisches Team. Ich kann mich glücklich schätzen, von so tollen Frauen betreut zu werden.

Ein ganz besonderer Dank gebührt Beena Gohil fürs Probelesen. Sie ist ein Fan der ersten Stunde und für viele tolle Einfälle verantwortlich; für Fehler selbstverständlich nur ich. Dank auch meiner guten Freundin Abby für die Tipps, wie man jemanden beinahe umbringt, aber noch ein bisschen am Leben lässt.

Danke an Happy Cats Haven, dass ich während einer wirklich schweren Zeit in meinem Leben gelegentlich in einem Raum voller Katzen sitzen durfte. Ihr habt ein trauerndes Herz getröstet. Liebe Leser, bitte besucht www.happycatshaven.org und informiert euch über die tolle Arbeit, die in diesem Tierheim geleistet wird.

Danke an die Angestellten des Starbucks in der Southgate Nr. 5802, die mir meinen Sonntagmorgenkaffee gemacht haben. Vielen Dank Lion & Christine für die unermüdliche Unterstützung und die Freude an meiner Arbeit. Ihr seid tolle Freunde.

Und schließlich danke ich euch, meinen Lesern und Fans. Es freut mich, dass euch *Thronräuber* ebenso gut gefallen hat wie mir und dass ihr auch diesen Band gelesen habt.